Holger Senzel

SPÄTER ZEUGE

Roman

NAGEL & KIMCHE

1. Auflage 2020

in der MG Medien Verlags GmbH, München
Satz: JournalMedia GmbH, Susanne Tauber
gesetzt aus der Berling LT Std
Umschlaggestaltung: JournalMedia GmbH, München
Druck und Bindung: CPI Books GmbH

ISBN 978-3-312-01167-4
Printed in Germany

FSC
www.fsc.org
MIX
Papier aus verantwortungsvollen Quellen
FSC® C083411

Für Lena,
die mich jeden Tag neu inspiriert.

Tragödie: dichterische Gestaltung der Tragik
als Darstellung eines ungelöst bleibenden Konflikts mit
der sittlichen Weltordnung, mit einem von
außen herantretenden Schicksal, der das Geschehen zum
äußeren oder inneren Zusammenbruch führt,
doch nicht unbedingt im Tod des Helden, sondern in
seinem Unterliegen vor dem Ausweglosen gipfelt.

Gero von Wilpert: Sachwörterbuch der Literatur

Man bekommt alles zurück im Leben. Aber gilt das nur für die bösen Taten? Oder auch für die guten? Und lassen sich beide gegeneinander verrechnen? Vor fünfundzwanzig Jahren wurde ich zum Mörder. Aber habe seitdem Dutzende Menschen gerettet. Als Arzt.

Heute hat mich meine Vergangenheit wieder eingeholt, und so irreal mir die Begegnung in der Tiefgarage jetzt erscheint, die Worte meines Erpressers habe ich deutlich im Ohr. »Wenn mir etwas zustößt, gehen die Beweise an die Staatsanwaltschaft.« In dem braunen Umschlag, den er mir in die Hand gedrückt hat, sind Röntgenbilder mit einem riesengroßen Tumor in der Leber und jeder Menge Metastasen in Magen und Milz. Am Rand Name und Aufnahmedatum in weißer Schrift auf das Negativ gedruckt. Kramer, Hans-Georg wird spätestens in einem halben Jahr tot sein.

Teil I

Das Subjekt

Mittwoch, 5. August

Dunkelblau liegt die scheidende Nacht über dem Wald. Noch schweigen die Vögel. Ab und zu ruft ein Käuzchen. Fledermäuse flattern durch die Baumwipfel. Äste knacken unter den Klauen eines Rehs oder Wildschweins. Der Wald hat eine eigene Melodie für jede Tageszeit. Menschen sind eine irritierende Dissonanz zu dieser Stunde. Verhaltene Stimmen, gedämpfte Schritte, Schleifgeräusche im nachtschwarzen Unterholz. Gleich werde ich zwei Männer töten.

Aber dann stolpere ich und falle ins Nichts – zurück in mein Bett. Schüttle den Schrecken des bodenlosen Sturzes ab, mit dem Albträume mitunter enden.

3.19 zeigen die beleuchteten Ziffern des Weckers auf meinem Nachttisch. So ein klobiges oranges Plastikteil aus den Siebzigern. Es stand schon in meinem Kinderzimmer in Goslar und in meiner Studentenbude. Die Ziffern auf den Blechplättchen drehen sich auf einer Rolle hinter einem Sichtfenster und lassen jede Minute mit einem ganz leisen *Flapp* das Verrinnen der Zeit erklingen. Eine Designkatastrophe, findet meine Frau.

Der altbekannte böse Traum umschattet mein Gemüt. Vor einem Vierteljahrhundert für immer eingebrannt in meinem Hirn, jede Einzelheit vertraut. Kristina schläft tief und ahnungslos neben mir, ihre regelmäßigen Atemzüge von leisem Schnarchen begleitet.

Flapp. 3.21 Uhr.

Kalter Schweiß steht mir auf der Stirn. Ich weiß nicht, ob mir heiß oder kalt ist, ob ich mich unter der Decke verkriechen oder sie wegstrampeln möchte. Unruhiges Wälzen, der Lattenrost knarrt, ich zwinge mich, reglos zu liegen, um meine Frau nicht zu wecken. Ich sollte schleunigst wieder einschlafen, sonst werde ich gerädert sein am Morgen.

Flapp. 3.47 Uhr

Es hat keinen Zweck. Ich bin hellwach! Vorsichtig stemme ich mich aus dem Bett, schleiche aus dem Schlafzimmer, hole mir ein Glas Wasser und setze mich mit dem *Oncologist* in mein Arbeitszimmer. Beginne dreimal einen Artikel über neue Therapien bei fortgeschrittenem Nierenkrebs, aber weiß nicht wirklich, was ich lese. Die alten Bilder sind wieder da und überschatten alles. Und die Geräusche. Der ganze Film in meinem Kopf:

Laub raschelt unter meinen Stiefeln auf dem Weg zum Hochsitz. Da sind diese Stimmen im Unterholz. Immer wieder bleibe ich stehen und horche. Aber es ist nicht so leicht, im dunklen Wald die Richtung zu bestimmen, aus der ein Geräusch kommt. Angst habe ich nicht. Ein Liebespaar, eine verbotene Party – es wird eine harmlose Erklärung geben. Als ich aus dem finsteren Kiefernforst auf die Lichtung trete, sehe ich schemenhafte Gestalten zwischen Bäumen hin und her huschen, geduckt im Waldboden buddeln. Ich bin starr vor Schreck. Terroristen graben ihre Waffen aus, das ist mein erster Gedanke. Ein RAF-Depot. Man liest so etwas ja bis heute immer wieder in der Zeitung. Zufällig von einem Jungjäger entdeckt auf dem Weg zum Ansitz mit einer Thermoskanne Kaffee und einer Dose belegte Brote im Rucksack. Eine der Gestalten richtet sich auf und dreht sich in meine Richtung. Mit einer Waffe in der Hand!

Ich bin unfähig, mich zu rühren. Habe Todesangst. Dann hechte ich zu einer mächtigen Fichte, zerre dabei das Jagdgewehr von der Schulter, verheddere mich in den Tragriemen, stolpere, fange mich wieder. Gefühlte Zeitlupe, ich erwarte jeden Moment den Feuerstoß einer automatischen Waffe. Als ich die Deckung erreiche, habe ich auch den Drilling klar und reiße panisch den Abzug durch. Donnernd entlädt sich der linke Schrotlauf. Nicht, dass ich das wahrgenommen hätte. Ich weiß einfach, dass der linke zuerst auslöst. Im Mündungsfeuer sehe ich einen Körper fallen.

Den Schatten eines weiteren Mannes riesenhaft in den Bäumen. Wieder drücke ich ab, dann bin ich endlich hinter der Fichte. Halb taub von den Schüssen, Pfeifen im Ohr. Mein Herz klopft wild, mit zittrigen Fingern klappe ich den Drilling auf, schiebe neue Schrotpatronen in die Läufe.

Der Impuls ist mächtig, einfach die Augen zu schließen. Panisch überlege ich, wie ich an das Funktelefon im Rucksack kommen könnte, das ich als junger Bereitschaftsarzt bei mir habe. Aber um nichts in der Welt hätte ich den schweren Drilling losgelassen, den ich mit beiden Händen fest umklammert habe. Glänzend poliertes Wurzelholz, Wildschweine mit Eichenlaub in silbergrauem Stahl graviert. Seit vier Generationen ist das Gewehr in Familienbesitz, und jetzt kämpfe ich um mein Leben damit. Mein Schwiegervater in spe wird nicht erfreut sein, wenn ich Kratzer auf der kostbaren Waffe hinterlasse. Ängstlich spähe ich immer wieder hinter meinem Baum hervor, horche und halte Ausschau nach der kleinsten Bewegung im Unterholz. Nichts rührt sich.

Allmählich hellt sich der Himmel auf, und die bedrohlichen Schatten verblassen. Ich lausche angestrengt in den Wald, aber bis auf die Vögel, die ihr Morgenkonzert begonnen haben, bleibt es still. Schließlich wage ich mich aus der Deckung, das Jagdgewehr schussbereit im Anschlag.

Ein Körper liegt am Rande des Erdlochs, der Kopf eine blutige Masse. Die Schrotladung hat ihn mitten ins Gesicht getroffen. Der Mann hält den Spaten noch in der Hand, den ich in der Dämmerung für eine Waffe gehalten habe. Fünf, sechs Meter entfernt im Gestrüpp finde ich einen weiteren reglosen Mann. Er stöhnt wimmernd vor sich hin und reagiert nicht, als ich ihn anspreche. Seine linke Körperseite ist dunkel und nass, er verliert viel Blut.

Ich bette ihn auf den Rücken, Jacke in den Nacken, Knie auf den Rucksack. Die Atmung ist flach, der Puls rast. Innere Blutungen vermutlich, auch der Darm könnte verletzt sein. Ich lege eine Art improvisierten Druckverband über dem guten Dutzend winziger, kreisrunder Löcher an, welche die Schrotkugeln in seinen Bauch geschlagen haben. Der Mann muss so schnell wie möglich in ein Krankenhaus. Ich nestle mit der Linken das Handy aus dem Rucksack, so ein brikettgroßes Teil. Tippe zweimal die Eins – doch bevor ich die Zwei drücke, lässt mich etwas innehalten. »Ganz ruhig, alles wird gut«, sage ich sanft zu dem Mann am Boden, obwohl er mich vermutlich nicht hört, und richte mich langsam wieder auf. Nähere mich vorsichtig – das Mobiltelefon noch in der Hand – der frisch ausgehobenen Grube. Zwinge mich, den Blick abzuwenden vom zerstörten Gesicht des Toten.

Olivgrüne Plane, verklebt mit vielen Lagen silbernem Panzerband, umhüllt einen großen rechteckigen Gegenstand neben dem Erdloch. Und dann habe ich auch schon das Jagdmesser in der Hand und schneide mich verbissen durch dicke Lagen Tape. Eine mattsilberne Blechkiste kommt zum Vorschein, der Deckel mit seiner Gummidichtung löst sich nur schwer. Darin ein vollgestopfter blauer Müllsack. Ich schneide noch mehr Klebeband auf, dann kann ich endlich mit meiner kleinen Taschenlampe hineinleuchten: Bündel von Geldscheinen mit Banderolen. Ich nehme den Sack aus der Kiste, leuchte jede Ecke aus, fühle nach einem doppelten Boden. Durchwühle mit wachsender Panik den Müllsack. Aber da sind nur Geldbündel. Fünfhunderter, Hunderter, Fünfziger. Zu handlichen Päckchen geschnürt – Unmengen davon. Kriminelles Geld, da bin ich mir sicher. Aber keine Waffen!

Bis zu diesem Augenblick hatte ich keinen Zweifel, dass an meinem Handeln etwas falsch sein könnte. Ich war der Gute in diesem Spiel, der gegen Verbrecher um sein Leben kämpfte. Aber tatsächlich war es ja nie in Gefahr! Ein schießwütiger Jäger, zwei harmlose Ganoven, ich kann mir vorstellen, was die Presse aus dem Fall macht. Habe den Staatsanwalt vor Augen, der triumphierend den Spaten in den Gerichtssaal reckt. »Sieht das für Sie aus wie eine Waffe?« Natürlich nicht, aber es war ja auch dunkel. »Und da haben Sie sich gedacht, erst schießen, dann fragen, oder was?« Im Zuschauerraum schüttelt mein dann vielleicht nicht mehr zukünftiger Schwiegervater verständnislos den Kopf.

Die Sonne sendet ihre Strahlenfinger durch das Laub der Bäume. Tau liegt auf dem zarten Frühlingsgrün der Blätter, es duftet nach Moos und Erde. Fröhliches Vogelzwitschern übertönt das schwache Stöhnen des Verletzten.

Die Schatten der Nacht mit ihren Ängsten und Bedrohungen haben sich aufgelöst im Frieden eines neuen Morgens. Die Todesangst ist ganz weit weg. Nicht mehr fassbar.

Als ich den Drilling auf den Kugellauf umschalte, fällt mir meine Zeit in der Gerichtsmedizin ein. Eine Kugel lässt sich von den Ballistikern einer Waffe zuordnen, Schrot jedoch nicht. Ruhig drücke ich den kleinen Schieber am Kolben zurück, und in diesem Moment schlägt der Verletzte die Augen auf. Dieser Blick hat mich lange verfolgt: Die hoffnungslose Schrecksekunde in seinem Gesicht, bevor es sich in Blitz und Donner und einer Wolke aus Blut auflöst.

Ich schrecke hoch aus halb wachen Gedanken und Traumfetzen, die Vögel zwitschern wie damals im Wald – aber ich bin immer noch zu Hause in meinem Arbeitszimmer, zusammengesunken auf dem Schreibtisch. Richte mich auf, um die bleierne Müdigkeit und die bösen Bilder abzuschütteln. Die Bilder, von denen ich einmal geglaubt hatte, dass sie mich nie wieder loslassen würden, und die doch längst verblasst waren nach einem Vierteljahrhundert. Erinnerungen an ein Verbrechen, begangen von einem völlig anderen Menschen, in einer anderen Zeit, einem anderen Leben, und deshalb längst unwirklich. Und jetzt sind sie mit voller Wucht wieder da. Ein später Zeuge hat sie zurückgebracht. Ein Geist aus der Vergangenheit.

Sein großer brauner Umschlag liegt neben dem aufgeschlagenen *Oncologist* vor mir auf der Tischplatte – der Beleg, dass es die Begegnung in der Tiefgarage gestern wirklich gegeben hat, so unwirklich sie mir im Nachhinein erscheint. Montagmorgen kurz vor neun, als ich von meinem Auto zu den Aufzügen eilte, in Gedanken versunken an die neue Woche. Eine dünne, irgendwie gemeine Fistelstimme aus dem Halbdunkel rief plötzlich meinen Namen und erschreckte mich zu Tode. Als die Gestalt hinter der Betonsäule hervortrat, wusste ich nicht, ob ich grinsen oder mich gruseln sollte. Das Männlein war zu winzig, als dass ich mich von ihm körperlich bedroht fühlte. Aber sein totenkopfartiges Gesicht ließ mich erschauern in seiner Wut und Hässlichkeit. Wie ein böser Zwerg aus einer alten Sage. »Wissen Sie, was das ist?«, krächzte er und streckte mir einen Zellophanbeutel mit einem daumendicken roten Plastikzylinder entgegen. Ich brauchte einen Moment, um die Schrotpatronenhülse zu erkennen. Das Männlein sagte: »Die haben Sie damals vergessen, als Sie meinen Bruder und seinen Kumpel umgelegt haben.«

»Was soll der Unsinn?«, fuhr ich ihn entgeistert an. »Verlassen Sie sofort das Klinikgelände!«

Der Zwerg kicherte nervös. »Den Kopf ham Sie ihm weggeschossen aus einem halben Meter – schon vergessen? Blechkiste, blauer Müllsack – na, klingelt's jetzt?!«

Das konnte ja gar nicht sein! Völlig unmöglich! Mein Hirn suchte verzweifelt eine Erklärung. Die Furcht krampfte meinen Magen zusammen, aber zugleich spürte ich Wut in mir wachsen. Auf diesen Gnom mit dieser uralten Geschichte, die längst begraben war.

»Tja ...«, sagte das Männlein bedeutungsvoll.

Ich zwang mich zur Ruhe. Schwieg, wartete ab, was er wirklich wusste. Und was er wollte.

»Leider, leider haben Sie mich damals übersehen! Sonst gäb's heute wohl keinen Zeugen mehr. Hab mich im Unterholz versteckt, alles mit angesehen. Gibt sogar 'n paar hübsche Fotos.«

Ich war wütend, voller Angst – aber vor allem verwundert. Weil es so gar keine Logik gab in dem, was da gerade passierte und mein Hirn die einzelnen Teile nicht zusammenbekam. Einfach komplett absurd. Dass dieser Typ mit einer Kamera im Gebüsch lag, und ich hatte das nicht gemerkt? Aber ich war natürlich mit anderen Dingen beschäftigt. Und woher sonst sollte er die Details kennen? Aber wieso jetzt, nach dieser Ewigkeit? »Was wollen Sie?«, fragte ich ratlos. Ich hatte immer noch keinen blassen Schimmer, was das werden sollte. Ob es um Erpressung ging, um Rache oder späte Gerechtigkeit. Woher dieser Zwerg auf einmal kam.

»Sagen wir mal, ich will einfach zurück, was Sie uns damals gestohlen haben. Plus Zinsen natürlich. Und ich möchte, dass Sie hier mal einen Blick drauf werfen.«

Er hielt mir einen großen braunen Umschlag entgegen. Die Fotos vermutlich, mit denen er mich erpressen wollte. Ich zögerte einen Augenblick unschlüssig, dann griff ich zu und riss beherzt die Lasche auf.

»Nicht jetzt!«, zischte das Männlein. »Schauen Sie sich das später in Ruhe an.«

Ich zuckte zusammen.

So winzig er war, aber er strahlte eine ungeheure Boshaftigkeit aus. Ganz fern hörte ich Schritte. Der hässliche Zwerg schien es plötzlich eilig zu haben. »Denken Sie drüber nach, ich melde mich!«, sagte er hastig. »Ach ja, und wenn mir irgendwas zustößt, dann geht ein kleines Beweispäckchen an die Bullen!«

Ich war so verdutzt, dass es mich einen Moment sprachlos machte, obwohl mir tausend Fragen durch den Kopf schossen. Als ich mich wieder gefangen hatte, war das

Männlein verschwunden. Als hätte es sich von einem auf den anderen Augenblick in Luft aufgelöst.

Wenn mir etwas zustößt, gehen meine Beweise an die Polizei. Ich weiß nicht, zum wievielten Mal ich seit gestern Morgen die Lasche des großen braunen Umschlags öffne und die Fotos herausziehe. Röntgenbilder mit einem riesengroßen Tumor in der Leber und Metastasen in Magen und Milz. Am Rand des Negativs Name und Aufnahmedatum in weißer Schrift. Kramer, Hans-Georg wird spätestens in einem halben Jahr tot sein.

Immer noch Mittwoch

Ich drehe das Autoradio lauter, aber auch Mozart vertreibt die wattige Melange im Kopf aus Albträumen, Ängsten und Schlaflosigkeit nicht. Aus dem grauen Dunst wächst die kantige Silhouette der Carl-Heßler-Klinik. Es ist einer dieser typischen norddeutschen Regentage, die schwermütige Naturen in Depressionen stürzen können. Die Grenze zwischen Himmel und Straße verwaschen wie ein Bild von Gerhard Richter. Tiefgrau mit schwarzen Wolkeneinsprengseln. Kein Weiß und kein Gelb, schon gar kein Blau. Windböen verwirbeln sprühfeinen Regen über graubraune Äcker zu beiden Seiten des nassglänzenden Asphalts.

Der Film ist nach wie vor im Kopf. Jede Sequenz, jedes Einzelbild. Wie in einer Endlosschleife. Die zwitschernden Vögel, der modrige Geruch des feuchten Waldbodens. Alle Bilder, Geräusche, Gerüche. Alle Gefühle. Der Moment, in dem ich den Drilling von Kugel auf Schrot umschalte, weil Schrot keine Spuren hinterlässt. *Denk an die Hülsen,* habe ich mich ermahnt. Weil der Schlagbolzenabdruck auf dem Hülsenboden ebenfalls die Tatwaffe verrät. *Steck die Hülsen ein!* Ich erinnere mich deshalb so genau, weil ich mich noch gewundert habe über die Klarheit meiner Gedanken in dieser Situation. Insofern bin ich sicher, dass ich an die Hülsen gedacht habe – und das bedeutet: Kramer blufft! Das ist nicht meine Hülse, die er hat! Andererseits: Dass ich die Hülsen vom Boden aufsammle, in der Hand halte – dieses Bild fehlt mir. Habe ich sie in die Tasche gesteckt? Und wo habe ich sie später entsorgt? Drei müssen es gewesen sein, dreimal habe ich geschossen. Vielleicht habe ich eine übersehen? Ich weiß es nicht mehr, beim besten Willen nicht. Die Bilder scheinen scharf und klar im Kopf, als wäre es gestern, aber tatsächlich malt die Zeit nur ein verwaschenes Bild meiner Erinnerungen.

Doch selbst wenn das in Kramers Zellophanbeutel meine Hülse mit meinen Fingerabdrücken ist – dass er sie am Tatort aufgesammelt hat, wird sich nicht beweisen lassen. Ob ich auf den Fotos klar zu erkennen bin, ist zweifelhaft, es war frühe Morgendämmerung, fast noch dunkel. Und ich ein junger Mann. Rappeldürr und mit Locken. Falls es überhaupt Bilder gibt, das muss ich herausfinden. Ich werde mich nicht aus lauter Panik von Kramer, Hans-Georg über den Tisch ziehen lassen.

Ich passiere die Schranke zur Tiefgarage. Ertappe mich dabei, dass ich vorsichtig nach allen Seiten schaue, als ich aus dem Wagen steige. Wäre nicht überrascht, wenn der böse Zwerg aus dem Betonfußboden wächst. Aber da ist nichts außer dem leisen Surren der Ventilatoren und dem britzelnden Flackern einer defekten Leuchtstoffröhre. Trotzdem haste ich beklommen zu den Aufzügen, erleichtert, als die Türen sich schließen und die Kabine sich in Bewegung setzt.

Ich kann mich spiegeln in dem polierten Edelstahl des Lifts. *Ärztlicher Direktor Prof. Dr. Dr. Peter Zielke* steht auf dem Schild neben dem obersten Knopf. Das bin ich! Klein-Peter aus der niedersächsischen Provinz! Es verblüfft mich jedes Mal aufs Neue. Den Kleinbürger tief in meinem Herzen mit all der Unsicherheit und dem brennenden Ehrgeiz, es allen zu zeigen. Ich bin ein gewissenhafter Beobachter meiner selbst und gönne mir beinah jeden Morgen mit selbstironischer Belustigung diese Sekunden eitlen Staunens über meinen gesellschaftlichen Aufstieg, während der Aufzug fast lautlos in den dritten Stock der Carl-Heßler-Klinik gleitet. Doch der Klumpen in meinem Bauch verdirbt mir heute die Fahrt.

Ärztlicher Direktor Prof. Dr. Dr. Peter Zielke, hier in erhabenem Messing auf dunklem Nussbaumholz. *Das* bin ich! Keiner, der in dunklen Tiefgaragen mit Verbrechern spricht.

Hinter der doppelflügeligen Tür erwartet mich das warmherzige Lächeln von Nicola Foerster. Sie arbeitet für mich, seit ich vor mehr als fünfzehn Jahren die Leitung der Klinik von meinem Schwiegervater übernommen habe. Natürlich spürt sie, dass ich nicht zu Plaudereien aufgelegt bin. Frau Foerster hat feine Antennen. Nicola Foerster ist Witwe mit zwei Kindern, der Sohn ist behindert. Oder war es die Tochter? Jedenfalls hat sie's nicht leicht im Leben und findet bei mir jedes Verständnis und jede Unterstützung.

Frau Foerster blickt mich an mit mütterlicher Besorgnis, ich drücke ihr lächelnd die Schulter. »Haben Sie eigentlich die Sendung aufgenommen?«

»Aber natürlich, Herr Professor, ach – und wie Sie das mit den Kindern gesagt haben, da sind mir doch glatt die Tränen gekommen.«

»Das würde jeder andere genauso empfinden, Frau Foerster – wenn er ein Herz hat.«

Sie folgt mir mit frisch aufgebrühtem Tee in mein Büro. Stellt die Kanne ab und wirft mir ein aufmunterndes Lächeln zu, bevor sie leise die Tür hinter sich schließt.

Erwartungsfroh starte ich den Festplattenrekorder, ich habe die Sendung gestern im Fernsehen verpasst. Jetzt sehe ich mich selbst in einem Zelt voller abgestoßener Eisenbetten. Große Augen blicken aus hohlwangigen, dunkelhäutigen Gesichtern in die Kamera. Die Einstellung wechselt auf den Richtkranz auf dem Dach eines Rohbaus. Ich stehe vor Handwerkern, Ärzten und Schwestern – deute mit ausladender Geste auf das graue Steinhaus, das die Zelte ersetzen wird. Bewege die Lippen – die Rede selbst ist nicht zu verstehen unter dem Sprechertext … *ein Herzensanliegen des bekannten Hamburger Onkologen Peter Zielke, ein Meilenstein für die Krebsklinik am Rande Kigalis. Wo Menschen mit Tumoren oft von hilflosen Ärzten zum Sterben nach Hause geschickt werden …* Die Klinik in Ruanda ist das jüngste von vielen Projekten, die ich im Laufe der Jahre angestoßen habe. Mindestens vier Wochen im Jahr arbeite ich als Arzt in Afrika.

»Ich bin sehr privilegiert, und ich bin dankbar dafür«, höre ich mich im Fernsehen sagen. »Insofern halte ich es für meine Pflicht, etwas für jene zu tun, die weniger Glück hatten.« Ich bin gut darin, Gefühle in Szene zu setzen. Was nicht heißt, dass sie falsch oder verlogen wären. Ich glaube an das, was ich sage, und ich weiß, wie man es medienwirksam rüberbringt. Ich habe viele Millionen Spendengelder in den vergangenen Jahren gesammelt. Kollegen davon überzeugt, meinem Beispiel zu folgen und einen Teil ihrer Freizeit zu opfern, um die Ärmsten der Armen zu behandeln. »Demut und Dankbarkeit«, sage ich im Fernsehen, und in diesem Moment windet sich Frau Foerster mit bedrückter Miene durch die Tür.

»Na, was haben Sie auf dem Herzen?«, frage ich aufmunternd.

»Herr Professor, da ist ein Herr Kramer, der sagt, er hat einen Termin bei Ihnen. Ich habe aber nichts notiert und ehrlich gesagt, also, der Herr wirkt – na ja …«

»Ich weiß, Frau Foerster, ich weiß«, sage ich leichthin. »Aber … das hat schon seine Ordnung. Ich hätte Ihnen natürlich Bescheid sagen müssen, ich hoffe, Sie können mir verzeihen.«

Kramer ist nicht so winzig, wie ich ihn Erinnerung habe, knapp 1,70 Meter schätze ich, schwer zu sagen bei seiner gebeugten Haltung. Trotzdem wirkt er immer noch wie ein Zwerg: mager, bleich, zerbrechlich, mit einer unverhältnismäßig langen, spitzen Nase im verwitterten Gesicht. Ich geleite ihn zur Sitzgruppe am Eckfenster und bedeute ihm, Platz zu nehmen. Die Stühle sind mit blauem Samt bezogen, kein Leder – das wäre zu kalt. Die Stofflamellen vor der großen Panoramascheibe sind zugezogen, das Licht im Raum hat einen warmen Gelbton.

Wir sind jetzt in meinem Reich, und das Männlein aus der Tiefgarage hat seinen beklemmenden Zauber verloren.

Bloß ein weiterer todkranker Patient.

Ein Problem, ja – aber eines, mit dem ich mir zutraue, fertigzuwerden.

Ich weiß nicht, wie viele Male im letzten Vierteljahrhundert ich in bange, erwartungsvoll geweitete Augen geblickt habe, die immer dasselbe sagen: *Nur einen kleinen Funken Hoffnung! Bitte! Eine neue Therapie, ein bisschen mehr Zeit, ein bisschen mehr Leben! Eine winzige Chance!* Als junger Onkologe habe ich manchmal Leben und Leiden verlängert bis an den Punkt, an dem der Tod eine Erlösung war. Besser irgendetwas tun, als sich einzugestehen, dass man nichts mehr tun kann. Mit Mitgefühl hat das wenig zu tun. Mitgefühl ist eine Lüge, weil Lebende und Sterbende auf verschiedenen Seiten stehen. Natürlich rührt mich menschliches Leid, und ich tue alles dafür, es zu lindern. Schließlich bin ich Arzt. Aber genau deshalb spüre ich auch jedes Mal wieder die Barriere, die mich von meinen todkranken Patienten trennt. Als sprächen wir nicht mehr dieselbe Sprache. Ich bin ein Mensch mit Plänen und einer Zukunft. Ich kann nicht mitfühlen mit einem Todgeweihten, der nur noch das Ende vor Augen hat. Ich will es auch nicht. Das ist mir zu intim.

Ich bin demütiger geworden mit den Jahren, ich kenne meine Grenzen. Aber natürlich hat sich auch die Medizin verändert. Lebensverbesserung geht vor Lebensverlängerung – darüber herrscht heute Einigkeit. Palliativmedizin – die schmerzlindernde statt heilende Therapie – wurde noch in meiner Studienzeit regelrecht angefeindet, eine Disziplin des Scheiterns. Unheilbar kranke Patienten wurden meist schlecht betreut, mit ihren Symptomen und der Angst vor dem Tod alleingelassen. Kein Mensch verliert gern, und Tod bedeutete früher Niederlage für den Arzt. Doch der Tod steht am Ende jeden Lebens, und deshalb ist ein halbes Jahr schmerzfreies Leben keine Niederlage – sondern ein Erfolg. Wer weiß schon, ob mir mehr Zeit vergönnt ist oder ich am Ende dieses Tages auf dem Heimweg bei einem Autounfall ums Leben komme.

»Herr Kramer, wir müssen uns leider darauf einstellen, dass die Zeit begrenzt ist.« Ich stehe auf, klemme sein Röntgenbild an die Lichtwand und erkläre Kramer den Befund mit größtmöglicher Sachlichkeit. Gut zwei Monate ist die Aufnahme alt, der Krebs hat bestimmt Fortschritte gemacht seitdem. Normalerweise hätte ich ein MRT angeordnet, Kramer gründlich untersucht. Aber der Zwerg ist kein normaler Patient. Er ist mein Gegner. Wie der Krebs.

Kramer hat Kaufmann als Beruf angegeben. Er hat schwielige Hände mit rissigen Fingernägeln. Unrasiert, graue Raucherhaut. Ich schaue ihn an, freundlich und zugewandt, bereit für die üblichen Fragen. Ob die Zeit noch reicht für einen bestimmten Wunsch. Wie es weitergeht mit den Schmerzen und was man dagegen tun kann. Aber Herr Kramer grinst nur hämisch. Ein gemeiner, hässlicher Zwerg, der mich gleich in einen Frosch verzaubern wird. Ich schenke ihm mein freundlichstes Arztgesicht und lasse ihn schweigen. Es ist sein Sterben, und jeder geht anders damit um. Herr Kramer lacht. Gehässig, künstlich, penetrant. »Erzählen Sie mir nichts, was ich nicht schon weiß. Aber Sie sollen mir nicht das Sterben erleichtern, sondern mich wieder gesund machen.«

»Das kann ich nicht«, sage ich konsterniert, weil er mir offenbar überhaupt nicht zugehört hat.

»*Das kann ich nicht* streichen Sie am besten mal, Professor. Deshalb komme ich ja zu Ihnen. In die Chefarztsprechstunde. Sie sind doch 'ne große Nummer. Die Behandlungskosten sind egal in meinem Fall, verstehen Sie? Nun geben Sie sich mal 'n bisschen Mühe, Herr Professor Dr. Dr. Zielke! Zeigen Sie, dass Sie Ihr Geld wert sind. Sie sollten persönlich das allergrößte Interesse daran haben, dass ich wieder gesund werde.«

»Sie können sicher sein, dass ich als Arzt dieses Interesse habe! Aber nach heutigem Stand der Medizin kann Ihnen nur ein Wunder helfen.« Alberich, ich werde ihn Alberich nennen. Dieser fiese Zwerg aus der Nibelungensage mit dem Ring, der nur Unglück bringt.

»Dann sollten Sie sich um eins bemühen, Professor! Ich bin sicher: Sie wollen nicht in den Knast gehen. Ganz bestimmt wollen Sie das nicht!«

Gefängnis! Dafür reicht meine Vorstellungskraft nicht. Davon habe ich nur Bilder aus amerikanischen Spielfilmen: tätowierte Muskelprotze; Schlagstöcke, die gegen Gitterstäbe klappern; ständige Angst vor zügelloser Gewalt. Tom Hanks in *Fegefeuer der Eitelkeiten*. Der Wallstreet-Banker mit den 2000-Dollar-Anzügen und dem Loft in der Fifth Avenue, der konnte sich auch nicht vorstellen, was Knast bedeutet. Und dann landet er mit den ganz harten Jungs in einer Zelle. Weil ein dubioser Politiker, ein ehrgeiziger Staatsanwalt und ein skrupelloser Reporter sich mit seinem Fall profilieren wollen. Und er weiß nicht, wie ihm geschieht, weil der gesunde Menschenverstand und sein Anwalt sagen, dass alles so schlimm nicht werden kann. Und dann wird es noch schlimmer. Auch das hier kann furchtbar aus dem Ruder laufen. Selbst wenn es nicht für eine Verurteilung reicht. »Herr Kramer, ich verstehe gut, dass Sie verzweifelt sind in Ihrer Lage, aber dafür können Sie nicht mir die Schuld geben.«

»Hab ich was von Schuld gesagt, Professor? Wenn ich sterbe, geht ein gewisses Päckchen an die Bullen, so einfach ist das. Also sorgen Sie dafür, dass ich nicht sterbe.«

Ich setze zu einer neuen medizinischen Erklärung an und stoppe mich mit einer unwirschen, resignierten Handbewegung. Es ist zwecklos. Wichtiger, die Kontrolle zurückzugewinnen. Ich lächle ihn an. »Jetzt lassen Sie uns erst mal neue Bilder machen, bevor wir weiterreden, ein Blutbild und ein paar Tests, Herr Kramer. Ich sage Frau Foerster, dass sie alles in die Wege leitet, dann mache ich mir Gedanken über mögliche Behandlungsansätze. Es ist jetzt vor allem wichtig, dass Sie den Mut nicht verlieren.«

Wir stehen beide auf. Ich gehe auf Kramer zu, dränge ihn Richtung Tür, die Hand auf seinem Rücken. Spüre den Widerstand, er will die Oberhand behalten. »Wenn ich verrecke …« Er dreht sich heftig um und streckt mir den Beutel mit der Schrothülse ins Gesicht. »Dann gehen Sie in den Knast!«

Ich zucke die Schultern. »Ich habe immer noch keine Ahnung, wovon Sie sprechen!«

Er tut amüsiert, doch ich spüre seine unterdrückte Wut. »Wenn wir nächstes Mal über meine Behandlung reden, dann reden wir auch über Geld. Zwei Millionen, fangen Sie am besten schon mal an, die Kohle beiseitezuschaffen. Ich meine …« Er blickt sich hämisch um und sagt mit gespielter Bewunderung: »Das dürfte doch kein Problem sein für Sie, oder? Apropos Geld: Könnten Sie mir mit ’nem bisschen Barem über ’n kleinen Engpass weghelfen?«

Im allerletzten Moment bremse ich den Impuls ab, zur Brieftasche zu greifen. Weil es mir die paar Scheine wert wäre, den unangenehmen Herrn Kramer auf schnellstem Wege loszuwerden. Ich schaue ihm direkt in die Augen, sein Blick weicht aus. »Herr Kramer«, sage ich betont freundlich. »Wir sehen uns nächste Woche. Dann besprechen wir alles Weitere. Und jetzt entschuldigen Sie mich bitte!«

Sein Groll ist unübersehbar, aber er schluckt ihn hinunter. »Meinetwegen!«, presst er hervor. »Dann halt nächste Woche. Aber wenn mir was zustößt…« Er hat sich seine Mütze aufgesetzt, die Tür zum Vorzimmer aufgerissen. Meine Assistentin schaut reichlich verwirrt, ich ignoriere es. »Frau Foerster, machen Sie doch bitte für Herrn Kramer einen neuen Termin. MRT, Blutwerte, das volle Programm.«

Ich bezwinge meinen Widerwillen und gebe Kramer zum Abschied die Hand. Zurück am Schreibtisch, sitze ich eine Weile unschlüssig da und starre Löcher in die Wand. Gedanken fahren Achterbahn: *Mach dich nicht verrückt, der hat nichts in der Hand. Trotzdem habe ich letztlich keine Chance in dieser Geschichte. Come on, Zielke, der Staatsanwalt lacht sich doch kaputt, wenn er Kramers Päckchen aufmacht. Vielleicht, vielleicht aber auch nicht: eine ehrgeizige Kommissarin, die ihre Chance sieht, ein großes Tier zur Strecke zu bringen.* Ich warte ein Weilchen, bis ich sicher bin, dass Kramer das Vorzimmer verlassen hat, dann breche ich auf. »Frau Foerster, ich muss dringend los in einer privaten Angelegenheit«, sage ich im Vorbeigehen. »Bitte sagen Sie für heute alle weiteren Termine ab.«

Ich bin allein auf dem Parkdeck, meine Schritte hallen auf dem Beton, Neonröhren flackern an der niedrigen grauen Decke. Eilig haste ich zum Wagen, verriegle von innen die Türen, lächle über meine Angst. Fühle mich unendlich erleichtert, als der Motor läuft und ich die Rampe hinaufsteuere, in Bewegung bin, durch die Schranke bin. Es hat aufgehört zu regnen, der schwarzgraue Himmel ist aufgerissen, Sonnenkegel wie göttliche Fingerzeige zwischen dahinrasenden Wolkengebirgen. Licht an und aus, ein unentschlossener Wettergott.

Ich werde meiner Frau von dem Geheimnis erzählen, das mich nach so langer Zeit wieder einholt. Jetzt, sofort – weil ich es mir bis heute Abend möglicherweise anders überlege. Ich brauche keine weitere Front, sondern eine Verbündete. Die mir hilft, ruhig und besonnen zu handeln, vielleicht ist ja alles gar nicht so schlimm, wie ich es mir in meiner Furcht ausmale.

Der Kies in der Auffahrt knirscht unter den Reifen. Davon habe ich schon als Kind geträumt. *Du hast es geschafft*, sagt das Geräusch. Sinnlich und satt. Der Blick auf das Haus erfüllt mich jedes Mal mit Stolz und Freude. Ein weißer Jugendstiltraum mit Sprossenfenstern und Gauben im Schieferdach. Vom Schlafzimmerbalkon im Obergeschoss kann man die vorbeiziehenden Schiffe auf der Elbe sehen.

Ich überrasche Kristina in der Küche, sie hört mich nicht, weil die Espressomaschine röchelt. Zuckt erst erschrocken zusammen und strahlt mich dann an. Ihr Lächeln versetzt mir einen Stich im Herzen. Meine Brust ist wie zugeschnürt. Sie drückt mir einen weichen Kuss auf die Lippen, lässt die Kaffeetasse unter der Maschine stehen und nimmt eine Flasche Sancerre aus dem Kühlschrank. »Wein um diese Zeit?«, sage ich irritiert.

»Mein Mann ist früh nach Hause gekommen, ich finde, das ist ein ziemlich guter Grund zum Feiern.« Mein Magen rebelliert, während ich in Gedanken über meine Beichte grüble. *Kristina, ich habe ein Verbrechen begangen als junger Mann. Und jetzt werde ich erpresst.* Ich nehme zwei Gläser aus dem Schrank und folge ihr schweigend zur Terrassentür. Die Luft im Garten ist kühl und frisch gewaschen. Der Himmel hat seine Pforten vorübergehend geschlossen, die Sonne durchbricht die Wolken. Wir prosten uns zu, der Wein leuchtet golden im Sonnenlicht, das Glas beschlägt von außen. *Ich hatte Todesangst, dass sie mich erschießen. Ich dachte, sie sind Terroristen. Das verstehst du doch, Kristina – oder?* Sie lächelt, als sie meinen Blick auf ihre Hand registriert, auf den Ring mit dem grünen Smaragd, den ich ihr geschenkt habe vor einer Ewigkeit.

»Weißt du, dass ich den damals total überzogen fand?«, sagt sie belustigt.

»Wirklich?« Ich bin ehrlich überrascht. Der Ring erschien mir damals einfach nur – angemessen.

»Ja, der muss 'n Vermögen gekostet haben, und ich dachte, wieso muss der so auf die Sahne hauen? Andererseits ruiniert er sich für mich.« Sie lacht. »Das fand ich süß.«

Ich zwinge mich zu einem Lächeln, obwohl ich unglaublich niedergeschlagen bin.

»Hey!«, ruft sie fröhlich. »Nicht traurig sein, das ist ein großes Kompliment. Ich hätte dich auch ohne den Klunker genommen!«

Ich habe es dir nie erzählt, weil die Gelegenheit sich einfach nicht ergab und es eigentlich auch keine Rolle mehr spielte in meinem Leben – dachte ich, bis jetzt. Aber »es« gibt es in Wahrheit ja gar nicht. Nicht das eine Geheimnis. Sondern eine Riesenlüge mit einem langen Schweif Heimlichkeiten. Selbst der Verlobungsring ist eine Lüge. Mit kriminellem Geld bezahlt, genau wie die Reisen und die teuren Restaurants, die ich mir als junger Assistenzarzt nicht hätte leisten können.

»Julia schläft heute bei ’ner Freundin«, sagt Kristina unvermittelt.

»Und?«

»Das heißt, wir können mal ganz unvernünftig sein!« Ihr Ton ist verschwörerisch, ihr Lachen so unbekümmert, dass mir noch enger um die Brust wird. Sie gießt mir ein, und ich kippe das Glas in einem langen, gierigen Schluck hinunter. In Gedanken sehe ich ihr Lächeln erstarren und fassungslosem Entsetzen weichen. *Ich verstehe, dass du enttäuscht bist. Aber deshalb bin ich trotzdem der Mann, den du liebst. Ich habe einen schlimmen Fehler begangen vor einer Ewigkeit. Ich liebe dich, und ich bitte dich jetzt, es mit mir durchzustehen.*

Man bekommt alles zurück im Leben. Aber gilt das nur für die bösen Taten? Oder auch für die guten? Und lassen sich beide gegeneinander verrechnen? Vor über fünfundzwanzig Jahren habe ich einen Menschen ermordet. Denn als Mord zählt für mich nur der eine. Die Schüsse auf den ersten Mann fielen in Panik. In gutem Glauben, dass mein Leben bedroht war. Den Mann am Boden habe ich vorsätzlich getötet, es gibt da keine zwei Meinungen über Richtig und Falsch. Ich habe einen verletzten und hilflosen Menschen hingerichtet. Aber seitdem Dutzende Leben gerettet als Arzt, Millionen gesammelt und gespendet für wohltätige Zwecke. Wenn die böse Tat mich am Ende zu einem besseren Menschen gemacht hat, dann liegt vielleicht ein Sinn darin. Und wer weiß, wie viel Leid und Trauer der Welt erspart geblieben sind, weil zwei üble Halunken nicht mehr in ihr weilen.

Mir war hundeelend, als ich sie vergraben habe. Ich kann noch immer den verzweifelten Widerwillen nachfühlen, mit dem ich die Leichen zu der Grube schleppte, panisch und schluchzend versuchte, das Loch zu vergrößern, die Blechkiste mit meinem Taschentuch auswischte. Mich an das kurze Zögern erinnern, bevor ich den Müllsack schnappte und zurück zum Auto rannte. Noch immer das saure Aroma totaler Erschöpfung schmecken. Manchmal sehe ich mich kotzen, aber wirklich sicher bin ich nicht mehr. Erinnerung ist eine Betrügerin. Vielleicht will ich mich daran erinnern, dass ich gekotzt habe, weil ein anständiger Mensch das tut nach einer solchen Tat. Dann würde sich vermutlich noch meine DNA am Tatort finden lassen. Die Kriminaltechnik hat große Fortschritte gemacht seit damals und uralte Verbrechen aufgeklärt anhand einer Briefmarke, die ein Erpresser vor Jahrzehnten angeleckt hat.

Die Fotos mögen schlecht sein oder gar nicht existieren, und die Hülse ist als Beweis wohl untauglich. Es reicht sicher nicht, um mich eines Verbrechens zu überführen. Aber womöglich genügt es, um neue Ermittlungen in Gang zu setzen. Und wer weiß, welche Spuren sich noch finden lassen, wenn man hartnäckig genug sucht. Oder ob sich jemand erinnert an den jungen Assistenzarzt, der über seine Verhältnisse gelebt hat.

»Na, wo bist du gerade?«, fragt Kristina freundlich, und ich schaffe es, nicht zusammenzuzucken.

»'tschuldigung.« Ich schenke ihr mein bestes Lächeln. »Der Protestant in mir fühlt sich schlecht, weil er seine Arbeit verlassen hat.«

Sie gießt mir noch mal Wein ins Glas. »Damit sich das schlechte Gewissen auch lohnt.«

»Auf uns!« Ich greife nach ihrer Hand. »Es hat sich in jedem Fall gelohnt.« Ich kippe auch das zweite Glas abwesend hinunter, meine Frau schaut mich forschend an.

Sonntag, 9. August

Der Sommer kommt spät und heftig. Über Nacht hat die Stadt ihr graues Kleid gegen Miniröcke und Bermudashorts getauscht. Selbst die Hamburger lächeln. 36 Grad und nicht der leiseste Windhauch. Die Luft so zäh wie der Verkehr auf der Elbchaussee. Alle drängen raus ins Freie, raus aus der Stadt. An Nord- und Ostsee, nach Sylt oder Travemünde oder bloß an den Elbstrand. Kein Sonnenstrahl soll ihnen entgehen, die Sommer im Norden sind unberechenbar und mitunter kurz.

Auch bei der dritten Grünphase reicht es nicht, der Wagen vor mir bremst bei Gelb, fluchend trete ich auf die Bremse. Wir sind spät dran. Kristina hat ewig im Bad getrödelt. Dabei ist es der Geburtstag ihres Vaters. Der 79., ein großes Gartenfest. »Wie jedes Jahr, kein Grund, mich so zu hetzen«, sagt Kristina aufreizend lässig. Und: »Zum Achtzigsten bin ich pünktlich. Versprochen!« Die Kinder lachen auf dem Rücksitz, mir bleibt nichts anderes übrig, als mitzulachen. Meine Frau malt vor dem Schminkspiegel die Lippen nach, Julia und Claas ziehen sich wieder in ihr eigenes Gespräch zurück. Unser Sohn ist längst ausgezogen, studiert in Hannover, aber Großvaters Geburtstag ist Pflicht. Es könnte ein wundervoller Sommersonntag werden mit meinen Lieben auf einem unbeschwerten Familienfest. Wenn nur dieser fürchterliche Druck im Magen nicht wäre. Seit Freitag ist Alberich mein Patient. Ich habe mir eine Zeitbombe in die Klinik geholt, aber Kramer hoffentlich unter Kontrolle.

»Und, was meinst du, Papa?« Julia vom Rücksitz.

»'tschuldigung, was hast du gesagt?«

»Ilsebill salzte nach. Das wurde als schönster Anfangssatz der deutschen Literatur gewählt. Wie findest du's?«

»Hm – weiß nicht, bisschen banal vielleicht. Aus welchem Buch ist das?«

»Der Butt«, klärt mich Julia auf. »Von Günter Grass.«

»Ich find eigentlich den zweiten Satz viel besser«, sagt Kristina. *»Bevor gezeugt wurde, gab es Hammelschulter zu Bohnen und Birnen, weil Anfang Oktober.«*

Fröhliches Gelächter im Wagen. Ich bemühe mich, herzhaft mitzulachen, merke selbst, wie laut und gekünstelt es klingt. Fühle mich ausgeschlossen.

»Was ist dein Lieblingsanfangssatz?«

»Papa liest eh nur Fachzeitschriften«, sagt Claas abschätzig.

»Hast du irgendwas? Du wirkst so bedrückt?« Kristina schaut mich an mit fürsorglichem Interesse.

»Nein, gar nichts – nur ein bisschen Kopfschmerzen, ich fürchte, ich kriege eine Erkältung.«

Wir müssen uns jetzt erst mal um Ihre Behandlung kümmern, Herr Kramer! Ich habe Alberich erneut die kalte Schulter gezeigt, als er von Geld anfing. Wieso eigentlich Alberich? Der Versuch, witzig zu sein? Ich werde diesem Subjekt nicht die Ehre eines Spitznamens erweisen. Das Subjekt kommt also auf die zwei Millionen zu sprechen, und ich tue wieder so, als ob ich keine Ahnung hätte, wovon er redet. Tote im Wald? Blaue Plastiksäcke mit Geldscheinen? Was will der Spinner?! Ich behandle hier einfach nur einen Krebspatienten.

Als ob! – wie meine Tochter immer sagt. Wem will ich was vormachen? Mir selbst? Solange ich mich unserer Geschichte verweigere, ist es nicht real? Natürlich ist das Unsinn, denn würde mir die Geschichte keine Angst machen, hätte ich die Polizei gerufen und das Subjekt nicht stationär aufgenommen. Das wissen wir beide. Erklären Sie eine klassische Tragödie, höre ich meinen Gemeinschaftskundelehrer. Die Unvereinbarkeit zweier Zwänge. Wenn jede Entscheidung ins Verderben führt. Ich kann Kramer nicht retten, und damit bin ich selbst verloren.

»Wird sicher wieder ein großes Fest bei Papa«, sagt Kristina in das Schweigen hinein.

»Ja – bestimmt.«

»Hättest ruhig deinen Eltern auch Bescheid sagen können – Papa hätte sich gefreut, wenn die ganze Familie mal wieder zusammenkommt.«

»Ach weißt du, solche Feste sind nichts für sie.«

»Das sagst du immer, auch Weihnachten. Vielleicht können wir ja diesmal alle zusammen unterm Tannenbaum feiern.«

»Ja klar, gute Idee, machen wir!«

»Das sagst du auch immer!«

»Wär doch toll«, wirft meine Tochter ein, obwohl ich bezweifle, dass es von Herzen kommt. Vermutlich ist es ihr egal. Meine Kinder haben nie ein herzliches Verhältnis zu ihren Großeltern in Goslar entwickelt, es ist eine fremde Welt für sie. Und ja, natürlich, es ist meine Schuld.

»Ich finde einfach, du könntest ruhig ein bisschen souveräner sein«, setzt Kristina nach. »Du kannst es dir leisten.«

»Da hast du vermutlich recht«, sage ich sanft. Ich möchte nicht streiten. Sie soll einfach Ruhe geben, mich nicht quälen.

»Es ist deine Familie, das kannst du nicht einfach abstreifen«, insistiert sie.

Sie versteht das nicht, sie kommt aus einer anderen Welt. Sie hat rebelliert gegen ihren Vater, tut das im Grunde bis heute. Aber sie hatte nie einen Zweifel, dass sie zu dieser Familie dazugehört. Ich dagegen habe von Anfang an nichts sehnlicher gewollt als weg, weg, weg aus der kleinbürgerlichen Enge des Reihenhauses in Goslar, und bis heute sträubt sich alles in mir dagegen, sie wieder in mein Leben hineinzulassen. Ich möchte mir meine alten Eltern nicht auf Wolff Heßlers Gartenfest vorstellen. Die verkrampfte Konversation, ihre peinliche Bewunderung, das herablassende Bemühen meines berühmten Schwiegervaters, um dessen Anerkennung ich so hart gekämpft habe. Zugleich ist mir der Gedanke unangenehm, dass ich mich schäme für mein Elternhaus, dass ich immer noch diese geduckte Kleinbürger-Furchtsamkeit mitschleppe, die ich als junger Mann so verachtet habe an meinem Vater. Nie hat er mir den Rücken gestärkt, wenn ich aufbegehrte gegen die Ungerechtigkeit von Lehrern, sondern mich angehalten, Grenzen und Autoritäten zu akzeptieren, nicht aus dem Rahmen zu fallen, möglichst gar nicht aufzufallen. Es ging immer nur darum, *was die Leute denken*. Ich war ein Außenseiter, ein verklemmtes, ängstliches Kind, das von anderen gehänselt wurde und nirgendwo dazugehörte. Ich bin einen langen, steilen Weg gegangen aus meiner nur selten unbeschwerten Kindheit in Goslar. Und ich werde nie das lässige Selbstvertrauen Kristinas besitzen, die von klein auf mit dem Gefühl aufwuchs, etwas Besonderes zu sein.

»Ihr seid meine Familie«, sage ich matt, während ich auf den gepflasterten Hof der Heßler'schen Villa einbiege, wo für uns ein Platz reserviert ist. Roter Backstein, weiße Sprossenfenster, Türmchen und Erker mit Fachwerk und Efeu. Kein neureicher Protz, sondern große Vergangenheit.

Die Hitze ist wie ein Schlag ins Gesicht mit einem heißen Waschlappen, als ich aus dem klimatisierten Auto steige. Wann war es jemals so tropisch schwül in Hamburg? Schmerzend gleißende Sonne von oben. Hitze von den Pflastersteinen. Alle Poren schwitzen um die Wette. Aus dem parkähnlichen Garten wehen die Geräusche des Sommerfestes herüber. Dezente südamerikanische Musik, Gesprächsfetzen, Gelächter. Mächtige alte Bäume spenden der Gesellschaft freundlichen Schatten. Unter großen weißen Sonnenschirmen weiß gedeckte Tische und Segeltuchstühle. Eiskübel mit Champagner, Bier vom Fass. Ein weißes Buffetzelt und ein mächtiger Grill mit einem Wildschwein am Drehspieß. Wolff Heßler hat es – wie all die Jahre zuvor – selbst geschossen, das lässt er sich nicht nehmen. Die Feier ist noch jung, immer neue Gäste trudeln ein mit Blumen und kostbar eingewickelten Präsenten. Alte Kollegen, junge Kollegen, Senatoren, Exbürgermeister, Nochpolitiker und aufstrebende Talente, Exintendanten und Nochvorstände, Geschäftspartner, Freunde, Familie, Weggefährten aus alten und neuen Zeiten. Bestimmt hundert Menschen schon jetzt.

Der Gastgeber überragt fast alle um einen Kopf. Ein großer, schwerer Mann mit offenem weißen Leinenhemd über heller Sommerhose. Riesiger Kopf mit Silbermähne, braun gebrannt, die gebleckten Zähne schneeweiß. Er hat uns gesehen, winkt, schreitet gemessenen Schrittes in unsere Richtung. »Schön, dass ihr da seid«, ruft er gutgelaunt. Umarmt steif seine Tochter, drückt die Enkel an die breite Brust. *Alles Gute, Paps, Happy Birthday, Opa*. Mir reicht er feierlich die Hand, während seine Linke meine Schulter umfasst. »Herzlichen Glückwunsch, Wolff«, sage ich überschwänglich. »Was soll ich dir wünschen, wo du schon alles hast. Du siehst übrigens großartig aus.«

»Für 'nen alten Mann, ich weiß. Schön, dass du da bist, Junge. So, Kinder, jetzt wollen wir aber erst mal anstoßen.« Wolff winkt eine Kellnerin mit Tablett heran.

»Für mich kein Sekt!«, sagt Kristina.

»Mädchen, das ist Dom Pérignon. Und nun komm schon, du wirst doch nicht mit deinem alten Vater mit Saft anstoßen wollen!«

»Wo ist Mutter?«, fragt Kristina stattdessen kühl.

»Im Haus!«, entgegnet er schroff, um dann beinah kleinlaut zu erklären: »Es geht ihr heute wieder nicht so gut. Sie hat sich hingelegt in ihrem Zimmer.«

Meine Frau lässt uns wortlos stehen und geht zum Haus. Der Jubilar hat seine Verärgerung hinuntergeschluckt, betont fröhlich mit den Kindern und mir angestoßen. Und sich längst neuen Besuchern zugewandt. Julia ist aus meinem Blickfeld verschwunden, ich höre ihre Stimme aus einer Gruppe junger Leute heraus, die offensichtlich gelangweilt am Rande der Party steht. Beobachte mit Wohlgefallen Claas in ein ernsthaftes Gespräch mit einem meiner Oberärzte vertieft. Ein Bier in der Hand, völlig entspannt und scheinbar ohne jegliche Berührungsängste dem Älteren gegenüber. Ich beneide meinen Sohn um seine Unbekümmertheit. Beneide ihn darum, dass er diese bohrenden Ängste und Zweifel, die meine Jugend begleitet haben, nie kennenlernen wird. Ein schwerer Arm legt sich von hinten auf meine Schulter. »Konntest du dem Jungen diesen Blödsinn nicht ausreden?«, fragt mein Schwiegervater belustigt. »Architektur, meine Güte, das ist doch brotlose Kunst!«

Konnten Sie meiner Tochter diesen Unsinn nicht ausreden, junger Mann? Das ist der erste Satz von Wolff Heßler, an den ich mich erinnere. Ich war junger Medizinstudent und habe vor Ehrfurcht kaum ein Wort herausbekommen in diesem Haus. Natürlich war mir der Name Heßler schon vorher ein Begriff, jeder Medizinstudent kennt ihn. Carl Heßler – der Ururgroßvater meines Schwiegervaters – war ein Schüler Rudolf Virchows. Die von dem berühmten Pathologen entwickelte Zelltheorie war für ihn die Grundlage zum Verständnis von Krebs. Zellen sind die Atome des Lebens, Bausteine des Wachstums. Eine Zelle teilt und vermehrt sich, und sie stirbt nach einem genetischen Programm, um neuen Zellen Platz zu machen. Krebs ist ein Programmfehler im Bauplan der Natur. Statt zu sterben, wächst eine Zelle unkontrolliert, teilt sich, bildet Tochtergeschwülste, wuchert in Organe, zerstört das Gewebe. Aber gesundes und bösartiges Wachstum haben denselben Ursprung, das macht die Krankheit so unberechenbar. Krebs war lange das Feld radikaler Chirurgen. So wie Wolffs Großvater Gottfried Heßler in den Zwanzigerjahren. Ein Pionier im OP. Während Wolffs Vater Joseph

Heßler Anfang der Fünfziger einer der europäischen Vorreiter der Chemotherapie war zu einer Zeit, als die Bekämpfung von Tumoren mit Zellgiften noch als medizinisches Roulette galt. 150 Jahre Medizingeschichte im Kampf gegen eine der schlimmsten Geißeln der Menschheit standen mir gegenüber in Wolff Heßlers holzgetäfeltem Speisezimmer, und ich war angemessen beeindruckt. Konnte seine Enttäuschung und Wut darüber verstehen, dass die einzige Tochter dieses Vermächtnis ausschlug. Die Heßlers waren immer Ärzte gewesen, der Alte ins Mark getroffen. Kristina hatte mich als Begleitschutz mitgenommen. Voll Trotz und Angst, ihrem Vater zu sagen, dass sie die Medizin aufgeben wollte. Ich erinnere mich an dieses Mittagessen, als wäre es heute. Meine Beklommenheit. Die Zerrissenheit zwischen der Loyalität für meine Freundin und der Bewunderung für Wolff Heßler. Ich hätte viel darum gegeben, einen Vater wie ihn zu haben.

Kristina ist Journalistin geworden. Eine Zeit lang war sie Redakteurin beim Rundfunk, nach dem zweiten Kind hat sie als freie Mitarbeiterin für verschiedene Zeitungen und Magazine gearbeitet, das bot mehr Flexibilität. Gelegentlich schreibt sie immer noch ab und an einen Essay, aber es ist inzwischen mehr Steckenpferd als Beruf.

Bei Wolff Heßlers Geburtstagsfeier sind Ansprachen streng verboten. Selbst der Gastgeber enthält sich launiger Begrüßungsworte, er beherrscht auch so das Feld. Der alte Löwe streunt durch sein Revier. Die Menge teilt sich für ihn. Schöne Frauen und respektable Männer suchen seine Nähe. Ich höre sein dröhnendes Lachen, beobachte die ausladenden Gesten, die Art, wie er die graue Mähne zurückwirft, seine laute, gespreizte, glänzende Laune.

»Mensch, Peter!« Eine Frau löst sich aus dem Grüppchen vor mir, läuft mir entgegen mit ausgebreiteten Armen. Blond, grellroter Lippenstift, bittere Falten um die Mundwinkel. Die Zeit hat es nicht gut gemeint mit ihr, und sie war damals brünett, aber ich erkenne sie trotzdem wieder. »Petra – welche Überraschung! Was machst du denn hier?!«

»Ach, ich bin mit einem Freund da, der lange für deinen Schwiegervater gearbeitet hat.«

»Tja, die Welt ist klein ...«

»Aber dass du dich noch an mich erinnerst. Meine Güte, wie lang ist das her. Zwanzig Jahre?«

»Länger, viel länger. Aber die Zeit war gnädig zu dir!«

»Oh – wie charmant.«

Ich bekomme eine Kurzform ihrer Biografie. Wir haben uns während meines Praktikums am Princeton Plainsboro Teaching Hospital in New Jersey kennengelernt. Zwei junge deutsche Ärzte zur selben Zeit an derselben Klinik, ein komischer Zufall. Die amerikanischen Kollegen begrüßten uns spöttisch mit »jawoll«, machten sich lustig über unseren putzigen Akzent. Fremde, die zusammenfanden. Wir hatten eine kurze Affäre. Trotzdem hat sie gegen mich intrigiert. Sie war eine von Ehrgeiz zerfressene, hinterhältige Zicke.

»Tja«, sage ich. »New Jersey – das waren wilde Zeiten, was?«

Sie seufzt wehmütig. Ich hatte heftige Gewissensbisse, weil ich Kristina betrog, aber auf der doch recht kurzen Liste meiner Heimlichkeiten ist sie längst zu einer Jugendsünde geschrumpft. Eine namenlose Oberärztin am UKE, Schichtdienst im Großklinikum, zwei Scheidungen, wahrscheinlich ist sie mit Ehemann in spe Nummer drei hier. Mein Gott, diese bitteren Mundfalten! Einen klitzekleinen Moment lang genieße ich meinen späten Triumph. Und dann stelle ich mir ihr Gesicht vor, wenn sie von meiner Verhaftung erfährt.

Kurz nach meiner Rückkehr aus den USA – als dem Alten klar wurde, dass es Kristina und mir ernst war mit der gemeinsamen Zukunft – lud mich Wolff zum ersten Mal ein, ihn auf die Jagd zu begleiten. Die Leidenschaft für das Töten von Tieren habe ich nie nachempfinden können. Und dann dieses ganze archaische Brauchtumsbrimborium. Diese Sprache! Blut heißt bei den Jägern »Schweiß«, Scheiße nennen sie »Losung«. Dennoch habe ich unsere Ausflüge genossen. Die Nähe zum großen Wolff Heßler. Sein Vertrauen und seine Geschichten. Natürlich war mir klar, dass er mich prüfte – und ich wollte unter allen Umständen genügen. Meldete mich sogar zur Jagdscheinprüfung an. Man spricht auch vom grünen Abitur, und es ist in der Tat eine elende Büffelei. Ein Jahr lang habe ich dicke Wälzer über Tierspuren und Blätter und Entenarten studiert, an den Wochenenden Hochstände gebaut oder auf dem Schießstand mit Schrot auf Kipphasen geschossen. Ich war oft am Verzweifeln, wenn ich spät nachts über Hunderassen, Wildkrankheiten und Futterpflanzen brütete, denn die neue Stelle in der Klinik war fordernd genug. Kristina und ich hatten deshalb immer wieder Streit, sie fühlte sich vernachlässigt. Ich schätze, es war auch Eifersucht im Spiel. Der Alte ließ die eigene Tochter enttäuscht links liegen und wandte sich mir zu. Nach bestandener Jagdscheinprüfung umarmte er mich, das hatte er vorher noch nie getan. Wir haben mit harten Sachen gefeiert, obwohl ich mir nichts daraus mache. Ich fühlte mich geehrt, dass der große Wolff Heßler mit mir soff.

Sechs Wochen später brach ich noch vor Morgengrauen mit dem alten Drilling in Wolffs Revier auf. Am 16. Mai, dem Tag, an dem der Bock aufgeht, wie die Jäger sagen. Stattdessen erlegte ich zwei Menschen.

Ich greife gedankenverloren nach einem weiteren Glas, als die Kellnerin mit dem Tablett vorbeigeht. Ich bin den Alkohol nicht gewohnt, der Champagner steigt mir zu Kopf. Scheinbar ziellos schlendere ich durch die Festgesellschaft. Zwinge mir ein Lächeln ab, schüttle Hände, klopfe Schultern, küsse Wangen. Smalltalk im Automatikmodus.

»'n Abend, Herr Professor, schön Sie zu sehen.«

»Geht es Ihnen so gut, wie Sie aussehen?«

»Und selbst?«

»Sie waren ja gerade wieder in Afrika. Mein Gott, ich bewundere Sie, diese armen Kinder, dieses Elend.«

»Ja, da wird einem sehr deutlich, wie privilegiert wir doch sind hier.«

»Ihr Schwiegervater ist ja ein Phänomen. Neunundsiebzig Jahre, und schauen Sie ihn sich an. Das blühende Leben.«

»Und er schießt immer noch das Wildschwein für den Grill.«

»Ist ja wieder mal 'ne wunderbare Feier.«

»Wenn es bloß nicht so schwül wäre.«

»Aber wir wollen uns nicht beschweren, wenn wir endlich mal 'n richtigen Sommer haben.«

»Soll ja noch 'n Gewitter geben.«

»Aber vielleicht zieht's auch einfach vorbei, und es passiert gar nichts.«

»Wo haben Sie denn Ihre bezaubernde Frau gelassen? Grüßen Sie sie jedenfalls mal ganz herzlich.«

Die Dämmerung hat eingesetzt. Blaue Stunde. In den mächtigen alten Bäumen leuchten Dutzende roter, blauer, gelber und grüner Lampions und zaubern märchenhafte Stimmung. Auf dem Rasen brennen Feuerkörbe und Fackeln, Schatten tanzen. Menschen lachen, trinken, essen, reden, berühren sich – unerreichbar für mich in meiner Angstblase. Mittendrin im vertrauten, prallen Leben und doch Lichtjahre entfernt – fassungslos darüber, dass all das bald vorbei sein könnte. *Wir sollten uns darauf einstellen, dass die Zeit begrenzt ist.*

Zum Achtzigsten im nächsten Jahr werden sie wieder zu Wolff Heßlers Party kommen, ein Wildschwein grillen, Champagner trinken, Small Talk halten. Und ich werde dann vielleicht Gesprächsthema sein. Oder verlegen totgeschwiegen.

Ich habe mich an einen Stehtisch am Rande des Geschehens zurückgezogen, blicke in das Glas mit der flackernden Kerze. Die auffrischende Brise bringt keine Abkühlung, nur heiße Luft. Ich leere den Rest meines Glases, der Champagner ist warm und schal.

»Hast du Probleme, Junge? Du wirkst so in dich gekehrt.« Ich zucke zusammen, weil ich Wolff nicht habe kommen sehen. Es ist mir unangenehm, dass er mich beobachtet haben könnte. Ich nehme den Notausgang Sommergrippe.

»Hat Julia denn Interesse an der Medizin?«

Meine Güte, was soll das denn jetzt?! Meine Tochter ist in der Spätpubertät, unglücklich verliebt und ignoriert die Ratschläge ihrer Eltern bestenfalls.

»Ich glaube, Julia hat noch überhaupt keine Ahnung, was sie mal machen will.«

»Mit sechzehn sollte man das aber!« Er legt mir wieder seine schwere Pranke auf die Schulter. »Ich werde nächstes Jahr achtzig, Peter.«

»Was hat das damit zu tun?«

»Dass man sich in meinem Alter sehr klar darüber wird, dass die Zeit begrenzt ist.«

»Darüber wird man sich als Arzt auch schon früher klar«, erwidere ich leichthin.

»Ich meine das ernst, Peter. Und ich würde mit einem besseren Gefühl gehen, wenn ich wüsste, dass die Klinik in der Familie bleibt. Das bedeutet etwas, verstehst du.«

»Was erwartest du von mir?!«

»Dass du deinen Kindern klarmachst, was Familie und Tradition und Werte und Beständigkeit sind. Dass es nicht nur um irgendwelche Neigungen und egoistische Selbstverwirklichung geht, sondern um etwas sehr viel Größeres. Sie werden es dir eines Tages danken, Peter, glaub mir.«

So wie deine Tochter, denke ich gehässig. Er hat feine Antennen, das muss ihm der Neid lassen. Hat mir jetzt die linke Pranke auf die andere Schulter gelegt und zieht mich mit beiden Armen so nah an sich heran, dass ich den Champagner-Atem rieche. Die flackernde Kerzenflamme spiegelt sich in seinen Augen. Wasserblau, das Weiße von roten Äderchen durchzogen. »Genau deshalb sage ich dir das, Peter, weil Kristina – ich muss dir da ja nichts vormachen – so eine Enttäuschung war in dieser Hinsicht. Und nun ja, Viola konnte mir keine weiteren Kinder schenken, obwohl ich mir immer eine große Familie gewünscht habe. Aber ich hatte das große Glück, dass du in unsere Familie gekommen bist. Und du weißt, dass du mir ans Herz gewachsen bist wie ein eigener Sohn.«

Der Alte wartet nicht auf eine Antwort, sondern lässt mich einfach stehen. Wolff Heßler hat mir ein großes Erbe in die Hände gelegt. Was werde ich machen aus dieser Verpflichtung? Eine Bildzeitungsschlagzeile? Ein Foto von mir in einem Gefängnisbus? Eine große Enttäuschung – das ist es, was ich hinterlassen werde. Gewogen und für zu leicht befunden.

Ich biege vor dem Buffetzelt ab, Geschirr klappert hinter der Plane, Platten werden abgeräumt. Die Sau dreht sich noch immer an ihrem Spieß, der haarige Kopf monströs, beinahe obszön auf den weitgehend abgenagten Rippenknochen. Ich will hinter den Bäumen den Festplatz von außen umrunden, ein wenig für mich sein, eine Weile nicht reden, nicht lächeln und am liebsten auch nicht denken. Ich bin erschöpft. So unendlich müde, leer und erschöpft. »Hey, Boss!«, ruft mir jemand hinterher, und ich beschleunige meinen Schritt. Ulli kann noch nicht lange hier sein, sonst wären wir uns längst über den Weg gelaufen. Dann klatscht mir seine Hand mit voller Wucht von hinten auf die Schulter, und ich muss schwer an mich halten, um ihn nicht anzubrüllen, als ich mich zu ihm umdrehe. »Hey, Boss«, strahlt er mich an. »Fliehst du vor mir?« Er findet es komisch, mich Boss zu nennen, er findet eine Menge Dinge komisch, sich selbst ohnehin und das Leben im Allgemeinen. Aber Chirurgen haben meist ein sonniges Gemüt.

»Sorry, hab dich gar nicht bemerkt. Mein Kopf ist völlig zu, ich krieg ’ne Sommergrippe.«

»Du Armer, pfeif dir am besten gleich was rein. Aber Alkohol hilft auch.«

»Ja«, sage ich und zeige Richtung Haus. »Wollte mir gerade 'ne Tablette holen.«

Ulli ist mein bester Freund. So würden das alle um uns herum sehen, und wir beide vermutlich auch. Ich habe ihn als Student über Kristinas Clique kennengelernt, ein blendend aussehender nonchalanter Sonnyboy aus adliger Familie. Aus irgendeinem Grund mochte er mich. Ulli war von Herzen großzügig. Er machte einem das Nehmen leicht, weil Geben Teil seiner Natur war. Ich war unglaublich stolz, dass Ulli mein Freund war, doch zugleich fühlte ich mich ihm gegenüber klein. So wie die pummelige beste Freundin der Ballkönigin.

Aber das Mädchen, auf das er ein Auge geworfen hatte – das habe ich geheiratet. Ich bin ziemlich sicher, Wolff wäre es damals lieber gewesen, wenn Kristina sich anders entschieden hätte. Ein Schwiegersohn mit Adelstitel aus einer anderen Ärztedynastie – bestimmt hätte ihm das gut in den Kram gepasst.

»Wo hast du deine Familie gelassen?«, fragt Ulli.

»Die amüsieren sich. Ich fürchte, ich bin ihnen zu langweilig heute.« Lächelnd. Nachsicht suchend. *Es hat nichts mit dir zu tun … und jetzt lass mich in Ruhe!*

»Heute?!« Ulli lächelt spöttisch, Frotzelei unter Männerfreunden, ich mühe mir ein freundliches Grinsen ab und schweige.

»Soll ich uns ein Bier holen?«, fragt er freundlich.

»Du, lass mal«, entgegne ich so versöhnlich wie möglich. »Ich hab wirklich höllische Kopfschmerzen. Ich hol mir erst mal 'ne Tablette.«

Ich berühre seinen Arm, er haut mir kraftvoll auf die Schulter. »Man sieht sich. Lass dich nicht unterkriegen!«

Ich stürze ein weiteres Glas Champagner hinunter. Alle, die mir heute hier auf die Schulter klopfen, die so große Stücke auf mich gehalten haben – die werden sich angewidert abwenden. Ich habe einen wehrlosen, verletzten Mann mit Kopfschuss hingerichtet. Ich bin mir dieser Schuld bewusst – aber ich fühle sie nicht. Was ich für schlechtes Gewissen hielt, war letztlich Furcht vor Konsequenzen. Die Überreste meines Kinderglaubens vom Fluch der bösen Tat, die mir sagten, dass meine Strafe einfach kommen musste. Keine tief empfundene Reue, bloß Bedauern, weil es so überflüssig und dumm war. Ich hätte einfach die 112 wählen sollen auf meinem riesengroßen Steinzeit-Handy. Notwehrschüsse auf zwei Kriminelle, dem einen noch das Leben gerettet.

Angst hatte ich, grässliche Angst. Jeden Tag habe ich damit gerechnet, dass es an der Tür klingelt und die Handschellen klicken. Eine behandschuhte Polizistenhand meinen Kopf nach unten drückt beim Einsteigen in den Streifenwagen. Erst Monate später wurden die oberflächlich vergrabenen Leichen entdeckt. Aufgestöbert vom Hund eines Spaziergängers, der sich losgerissen und einen Hasen verfolgt hatte. Zwei polizeibekannte Gewohnheitskriminelle, der Überfall auf den Geldtransporter eigentlich eine Nummer zu groß für sie. Mein Schwiegervater erzählte es bei einem Abendessen, er hatte großes Vergnügen an der Geschichte. Polizeibeamte hatten ihn routinemäßig befragt, weil es sein Jagdrevier war. Die Kripo ging davon aus, dass der Haupttäter sich seiner Helfer entledigt hatte, weil er nicht teilen wollte – tödlicher Streit unter Kriminellen.

Ich war ein Mörder und davongekommen. Eine Zeit lang erschien mir das geradezu unfassbar. Doch je mehr

Zeit verging, desto unbedeutender wurde die Tat. Durchlief so viele innere Rechtfertigungsprozesse, dass ich am Ende mehr oder weniger selbst an die Notlage glaubte. Und überhaupt: Das war ein anderer Peter Zielke, der da geschossen hat. Ich habe einen Schlussstrich gezogen, und es hat sehr lange sehr gut funktioniert.

Ein knappes Jahr nach dem Vorfall haben Kristina und ich geheiratet. Nach der standesamtlichen Trauung stand ich im Marmor-WC des Hotel Atlantic vor dem Spiegel, bewunderte meinen neuen Anzug und konnte es kaum fassen vor Glück. Hochküche, edle Weine, alles oberste Schublade. Wolff verkündete, dass ich sein Nachfolger werden würde. Wobei es dann noch fast 15 Jahre dauerte, bis er sich aus der Klinik zurückzog. Aber das war mir nicht klar in diesem Moment. Was es bedeutet, in Wolffs Schatten zu arbeiten. Ich hatte es geschafft. Prüfung bestanden. Ich war keine dreißig und ganz, ganz oben. Peter Zielke aus dem Reihenhaus in Goslar. Die Besitzer dieses Reihenhauses waren natürlich auch da, und sie waren mir peinlich in ihrer ehrfürchtigen Unbeholfenheit. Das war der Stall, aus dem ich kam. Und jeder konnte es sehen.

Schwarze Wolken ballen sich am Himmel zu Türmen, die Luft ist zum Schneiden dick, das nahende Gewitter greifbar. Die Band spielt Sinatra. Saxofon, Klavier, Besen, dann setzt ein unauffälliger älterer Herr mit Bierbauch und Halbglatze und einer großartigen Stimme mit dem Gesang ein: *And now the end is here, and so I face the final curtain.* Vielleicht dreißig Frauen und Männer umringen die Tanzfläche, wiegen sich zu den langsamen Klängen des berühmtesten Abschiedssongs aller Zeiten, fallen ein zum Refrain. *I've travelled each and every highway. But more, much more than this – I did it my way.* Ein großer, schwerer, weißgekleideter Mann mit grauer Mähne steht in der Mitte des Kreises, bewegt sich träge zur Musik. *Regrets I had a few, but then again too few to mention.* Dreht sich, schwingt mit erstaunlicher Leichtigkeit die Hüften – *I did, what I had to do and saw it through without exemption* –, um dann beim Refrain, wenn alle wieder im Chor mitsingen, theatralisch die Arme nach oben zu reißen. *I ate it up and spit it out. I faced it all and I stood tall and did it my way.* Umtanzt spielerisch eine Frau mit blonden langen Haaren. Strahlt über das ganze Gesicht, genießt seinen Auftritt, sein Publikum, die Nähe dieser jungen Schönheit. *I've had my fill, my share of losing. And now, as tears subside, I find it all so amusing.* Wenn man genau hinschaut, sieht man ihm die Anstrengung an. Dicke Schweißperlen stehen auf seiner Stirn, tropfen auf die Holzdielen, die Brust hebt und senkt sich schwer, das weiße Hemd ist schweißdunkel. Ich bin so gefangen, dass ich längst selbst aus voller Kehle mitsinge: *For what is a man, what has he got. If not himself, then he has naught*… Aber kurz vor dem Finale umfasst eine Hand meinen Arm. »Komm, lass uns gehen«, drängt Kristina.

»Wo sind die Kinder?«, frage ich, während die letzten, wehmütigen Klänge von Frankies – und vielleicht auch Wolff Heßlers – trotziger Lebensbilanz im Klatschen und Johlen untergehen. Huldvoll verbeugt sich der Alte vor seinem Publikum, die blonde Schöne an der Hand.

»Bleiben hier. Übernachten im Gartenhaus, du weißt doch, wie gern sie da schlafen. Mutter freut sich, wenn sie morgen zum Frühstück hier sind.«

Wir schweigen auf dem Weg zum Auto. Wer möchte das nicht am Ende von sich sagen, dass er immer unbeirrt seinen Weg gegangen ist. Musikfetzen verlieren sich in der Sommernacht. Der Himmel ist schwarz und drohend, kein Stern ist zu sehen hinter den Wolken, leise grollt es in der Ferne. Das Auto begrüßt uns mit freudigem Blinken.

»Ich fahre!«, herrscht Kristina mich überraschend heftig an. Ich zucke die Schultern und lasse mich auf den Beifahrersitz fallen. Spüre ihre Wut, als sie den schweren Wagen aus der Lücke lenkt. »Du bist sturzbetrunken«, sagt sie betont sachlich.

»Ein bisschen angeheitert vielleicht. War halt 'ne nette Feier.«

»Weil du mal wieder meinem Vater in den Arsch gekrochen bist?« Ganz ruhig sagt sie das, aber das bringt mich erst recht in Rage. »Sag mal, hast du sie noch alle? Wenn ihr beide Stress miteinander habt, musst du das nicht an mir auslassen!«

»Weißt du, dass er den ganzen Abend nicht einmal nach Mutter geschaut hat. Sie wird vielleicht bald sterben und er…« Der Satz verliert sich in einem leisen Schluchzen, ich greife nach ihrer Hand, aber sie stößt mich weg. »Du hättest ihr ja zumindest mal Hallo sagen können!«

»Kristina, das wollte ich! Aber dann dachte ich, dass ihr vielleicht allein sein wollt, ein Mutter-und-Tochter-Gespräch.« Sie lässt es jetzt immerhin zu, dass ich ihre Hand nehme. »Und dein Vater macht sich natürlich große Sorgen um sie. Aber es ist sein neunundsiebzigster Geburtstag. So viel Zeit hat er ja auch nicht mehr. Wieso soll er nicht mal ein bisschen Spaß haben?«

»War ja klar, dass du wieder auf seiner Seite stehst. Er ist ein aufgeblasener eitler Gockel, der meine Mutter ein Leben lang gleichgültig behandelt hat. Der sich für nichts interessiert, außer für sich selbst.« Sie hat mir ihre Hand wieder entrissen, ihre Heftigkeit überrascht mich.

»Er ist ein großer Arzt!«

»Er hat meine Mutter betrogen, als sie im Krankenhaus lag. Nach ihrer Totaloperation. Er hat sie das ganze Leben betrogen, und er hat sich nicht mal besondere Mühe gegeben, es zu verheimlichen. Er hat sich amüsiert mit irgendwelchen Krankenschwestern und Assistenzärztinnen, während sie gegen den Krebs kämpfte. Er hat sie komplett allein gelassen mit ihren Ängsten und Leiden. Also erzähl du mir nicht, dass er ein großer Arzt ist.«

Ich weiß nicht, warum ich das gesagt habe. Warum ich ihn in Schutz nehme vor seiner Tochter. Er ist kein großer Arzt, das weiß ich seit mehr als zwanzig Jahren. Nicht mal ein guter Arzt. Ich habe lange genug mit ihm zusammengearbeitet, und ich hätte mich nicht von ihm behandeln lassen wollen. Ich käme nie auf die Idee, mit Wolff ein Fachgespräch zu führen, uns trennt ein Vierteljahrhundert Medizingeschichte, und ich bezweifele, dass er sich je ernsthaft weitergebildet hat. Er war faul und selbstgefällig und hat sich ausgeruht auf seinem großen Namen. Ich verachte ihn wegen seiner Gleichgültigkeit und herrischen Kälte. Er schüchtert mich ein mit seiner gewaltigen Präsenz, und zugleich bewundere ich ihn aus tiefstem Herzen. Seine unglaubliche Kraft und Brutalität, seine unerschütterliche Selbstgewissheit.

»Es ist deine Familie, das kannst du nicht einfach abstreifen«, zitiere ich sie. Eine dumme, überflüssige Replik auf unser Gespräch während der Herfahrt. Eine Spur gehässig womöglich, aber sie hat mich gekränkt. Ihr Familiengepäck ist lächerlich im Vergleich zu meinem, und ich kriege das auch mit mir allein klar. Mein Kopf dreht sich, und mir ist übel. Sie soll mich einfach in Ruhe lassen.

Ich werde in den Gurt gepresst, als sie auf die Bremse tritt.

»Es macht mich krank, wie klein du dich machst bei ihm. Dich blenden lässt von seinem Getue. Meinst du etwa, dass du ihn wirklich interessierst?«

Ich denke ernsthaft über die Frage nach, aber bevor ich zu einem Schluss komme, sagt sie: »Doch, du interessierst ihn vielleicht am ehesten. Du bist der Sohn, den er nie hatte. Mit dir kann er über die Klinik reden und auf die Jagd gehen. Ich versteh das sogar, auch wenn es mich als Tochter natürlich kränkt. Allerdings begreife ich nicht, wieso dir seine Anerkennung so wichtig ist.«

»Hm.«

»Du hast es nicht nötig, um ihn rumzuschwänzeln«, fährt sie aufgeregt fort. »Und du hast es nicht nötig, deine Eltern zu verstecken. Gönn ihnen doch ihren Stolz auf dich, sie haben nämlich recht, und du bist einfach verdammt mehr wert als sie alle zusammen. Und deshalb habe ich auch dich geheiratet und nicht Ulli. Das ist nämlich auch so 'n Schaumschläger.«

Ich muss schlucken, bin ehrlich gerührt. Aber ich will nicht mit Kristina über ihren Vater sprechen. Ich habe mich täuschen lassen von seinem großen Namen, nach seiner Pfeife getanzt und ich bin sogar Jäger geworden, um von ihm akzeptiert zu werden. Wolff ist selbstsüchtig, kleinmütig, gemein, furchterregend stark. Aber darüber habe ich nie mit meiner Frau gesprochen. Wollte in keinen Loyalitätskonflikt geraten, vielleicht war es mir auch peinlich, dass ich bis heute Angst habe vor ihm.

»Du solltest dich an deine eigenen Maßstäbe halten«, sagt sie leise.

Ich schweige betreten. Was hat einer für Maßstäbe, der anderen Menschen den Kopf wegschießt? Wie konnte ich auch nur in Erwägung ziehen, mich ihr anzuvertrauen? Einen einzigen Augenblick glauben, sie würde verzeihen, verstehen und diese Geschichte gemeinsam mit mir durchstehen?

Ich bin nicht der Mann, den sie in mir sieht. Mit den hohen moralischen Ansprüchen und altmodischen Wertmaßstäben und Idealen, die sie so an mir schätzt. Sondern ein Lügner und Mörder. Ein Arzt, der statt zu helfen gemordet, sich die Beute unter den Nagel gerissen und damit ihren Verlobungsring gekauft hat!

Was bin ich froh, dass ich dem ersten Impuls widerstanden habe, mein Gewissen zu erleichtern. Etwas Egoistischeres gibt es ohnehin kaum. Das Gewissen erleichtern! Den Schmutz und den Ballast abzuladen bei dem Menschen, der dich liebt – und sein Herz zu vergiften.

Zugegeben, ich hatte auch Angst, dass sie mir ins Gewissen redet, den ehrlichen und geraden Weg zu gehen: Schluss machen mit dem Teufelskreis aus Lügen und Verschweigen. Ein Mann, der sich seiner Verantwortung und Konsequenzen seines Handelns stellt! So möchte man gern sein. Stolz in den Spiegel schauen, weil man sich nicht selbst verraten hat. Dem eigenen Gewissen gefolgt ist.

Aber es geht hier doch nicht um mein Gewissen! Das mach mal mit dir selbst aus, Zielke. Es geht hier um meine Verantwortung, und die wiegt schwer. Gegenüber meinen Patienten, der Klinik und meiner Familie. Ich würde womöglich sogar wieder töten, wenn ich meine Existenz bedroht sähe. Jahrelang konnte ich mir einreden, dass der Mörder Peter Zielke ein anderer Mensch in einem anderen Leben war. Offenbar habe ich mir etwas vorgemacht.

Mir ist klar, dass ich vielleicht neue Schuld auf mich laden muss. Mich noch einmal kalten Herzens für das Böse entscheiden. Eine Güterabwägung letztlich. So wie jede Therapie – ob OP oder Chemo – für den Arzt eine Güterabwägung ist. Was ist der Nutzen – was nehme ich in Kauf? Ich will nicht sagen, dass der Zweck die Mittel heiligt. Aber ich weiß, dass es wenig gibt, das ich nicht zu tun bereit wäre, um diesen dunklen Fleck im Verborgenen zu belassen.

Ich werde gebraucht. Kramer nicht.

Montag, 10. August

»Puh«, stöhnt die junge Frau im blauen Samtsessel. Lächelt mich tapfer an mit tränenfeuchten Augen, senkt den Blick, spielt mit ihren Händen, schweigt. Ich sehe, wie es in ihr arbeitet. Lasse ihr Zeit, die Diagnose zu begreifen: akute Lymphatische Leukämie, Krebs der weißen Blutkörperchen. Lisa Amelund ist 28 Jahre alt. Eine sportliche Frau mit roten Locken und Sommersprossen, Assistenzärztin in der Chirurgie am Krankenhaus Altona. Vor einem halben Jahr begann es mit bohrenden Kopfschmerzen. Sie fühlte sich müde und abgeschlafft, permanent am Rande totaler Erschöpfung. Freunde und Kollegen vermuteten eine Depression. Es schien schlüssig zu sein: Ihre Ehe war gescheitert, sie fühlte sich im Beruf unter Druck, ein Jahr zuvor war ihre Mutter gestorben. Sie begann eine Psychotherapie, dann entdeckte sie blaue Flecken auf ihren Oberschenkeln; das Zahnfleisch war schmerzhaft entzündet. Das Blut, das ihr bei der Untersuchung abgenommen wurde, war wässrig und hell, die Laborwerte dramatisch. Und jetzt sitzt sie in meinem Zimmer auf dem blauen Samtsessel und spielt im warmen Licht der Stehlampe mit ihren Fingern. »Puh!«, sagt sie noch mal, strafft ihre Schultern und schaut mir direkt und erwartungsvoll in die Augen.

»Mir ist klar, was das für ein Schock für Sie sein muss. Aber wir können …«

»… das alles in den Griff kriegen?«, unterbricht sie mich heftig. »Und ich soll mir keine Sorgen machen, weil wir jetzt nach vorn schauen müssen und uns um meine Behandlung kümmern?«

Ich lächle. »Mit solchen Plattitüden würde ich einer Kollegin nicht kommen. Natürlich ist es ernst, natürlich haben Sie allen Grund zur Sorge – das muss ich Ihnen nicht sagen als Ärztin. Aber Sie sind hier in guten Händen.«

»Okay«, sagt sie gefasst. »Sagen Sie mir, was Sie vorhaben!«

»Ich möchte so schnell wie möglich mit einer Hochdosis-Chemo beginnen. Das wird auch die gesunden weißen Blutkörperchen in Mitleidenschaft ziehen und Ihr Immunsystem stark beeinträchtigen. Deshalb möchte ich Sie für diese Zeit stationär aufnehmen. Um Sie von möglichen Infektionsherden abzuschirmen.«

Sie nickt.

»Und wir müssen Ihr Gehirn bestrahlen. Diese Leukämie zieht sich gern in den Kopf zurück. Die Blut-Hirn-

Schranke, Sie verstehen. Ich will Ihnen nichts vormachen, das wird eine schwere Zeit. Aber wir haben eine gute Chance auf völlige Remission. Und wir können die Nebenwirkungen mittlerweile gut in den Griff bekommen, vor allem die Übelkeit. Nach einem Monat haben Sie das Schlimmste überstanden. Danach würden wir noch einige Zeit die Remission – wenn sie eintritt – mit weiteren Chemotherapien stabilisieren, allerdings in größeren Abständen und geringer dosiert. Das können wir ambulant machen. Sie müssen nur einmal die Woche ins Krankenhaus zur Infusion.«

»*Wenn* die Remission eintritt – was heißt das? Wie stehen die Chancen, dass ich wieder gesund werde? In Prozent. Sie haben doch Erfahrung.«

»So denke ich nicht, Frau Amelund! Ich gehe davon aus, dass wir Erfolg haben werden, und das sollten Sie auch. Natürlich haben Sie Angst, die hätte ich auch. Aber im Gegensatz zu Ihnen erlebe ich es jeden Tag, dass wir den Krebs besiegen. Und ich bin sehr zuversichtlich, dass uns das bei Ihnen auch gelingt.«

»Ich weiß es zu schätzen, dass Sie *zuversichtlich* sagen und nicht *sicher*.«

»Es gibt keine Sicherheit in der Medizin. Das wissen Sie doch selbst am besten!«

»Wann soll's los …« Das Telefon auf meinem Schreibtisch unterbricht sie. Ich bin ungehalten, aber auch beunruhigt. Frau Foerster weiß, dass sie Patientengespräche nur in Notfällen stören darf. Ihre Stimme klingt unglücklich. »Entschuldigen Sie bitte, aber das ist eine merkwürdige Sache. Da ist ein Herr vom ›La Camargue‹ am Telefon, ein französisches Restaurant, und Sie hätten ein Essen hierher bestellt für einen Patienten, Herrn Kramer. Ich fand das ein wenig seltsam … Ich meine: 378 Euro!«

Mir wird heiß. Ich atme tief durch, zwinge mich zur Ruhe. Jede heftige Reaktion von mir wird sich in Frau Foersters Gedächtnis brennen. »Das geht in Ordnung.« Der Wunsch eines schwerkranken Mannes, und sie sollten uns die Rechnung schicken.

»Verzeihen Sie, Frau Amelund, aber das war wirklich wichtig. Was wollten Sie sagen?«

»Wann wollen Sie mit der Chemo beginnen? Ich müsste vorher noch ein paar Dinge regeln.«

»Sie sollten sich darüber klar sein, dass Sie ein medizinischer Notfall sind, der schnellstmögliches Handeln erfordert. Am liebsten würde ich Sie gleich hierbehalten. Regeln Sie Ihre Angelegenheiten, aber beeilen Sie sich, vielleicht kann Ihnen ja jemand dabei helfen. Und spätestens morgen – morgen, verstehen Sie – möchte ich Sie aufnehmen und mit der Therapie beginnen.«

Ich bin aufgestanden, um sie zu verabschieden. Sie ist eine tapfere junge Frau, und ich wünsche mir in diesem Moment mehr als alles andere, dass die Behandlung Erfolg haben wird. Sie nimmt meine Hand und schaut mir in die Augen.

Ein Luxusmenü von einem französischen Restaurant in die Klinik geliefert. Also, wenn sie sich da nicht auf Station das Maul drüber zerreißen! Ich lasse ihre Hand los und schaue ihr abwesend hinterher, als sie das Büro verlässt.

Ich habe mir meinen Erpresser ins Haus geholt. Nun darf ich ihn nicht mehr gehen lassen. Nicht, bevor ich eine Möglichkeit gefunden habe, an sein ominöses Päckchen zu gelangen. Sehr viel Zeit bleibt mir nicht, selbst wenn ich alle Möglichkeiten aufbiete. Ich ziehe mir den weißen Arztmantel über und verlasse das Büro.

Der Zwerg zwinkert mir grinsend zu, als ich an sein Bett trete. Aus den Beuteln am Infusionsständer laufen Zytostatika in seinen Arm. Hochaggressive Zellgifte gegen einen Krebs, der längst gesiegt hat. Auf dem Nachttisch steht ein Tablett mit einer großen silbernen Glocke darüber. Kramer ist bleich, streckt mir aber demonstrativ fröhlich die Flasche entgegen. »Auch ’n Schluck, Professor?«

Ich greife ärgerlich nach dem Champagner. »Kein Alkohol in der Klinik! Verträgt sich schlecht mit den Medikamenten. Und wie kommen Sie eigentlich dazu, auf meinen Namen solche Bestellungen aufzugeben?!«

»Ach Professor, ich bin ein schwerkranker Mann. Und ich habe noch nie im Leben Hummer gegessen und Austern. Schmecken übrigens gar nicht so doll. Wie salziger Popel.«

»Womöglich wird Ihnen bald ohnehin nichts mehr schmecken wegen der Chemo.«

»Warten wir’s ab! Vielleicht probiere ich mal Sushi. Rohen Fisch hab ich auch noch nie gegessen.«

»Sie bestellen hier gar nichts mehr!«, herrsche ich ihn an.

»Werden Sie mal nicht kleinlich, das kann ich überhaupt nicht leiden. Apropos kleinlich …«

»Nein«, unterbreche ich ihn. »Jetzt hören Sie mir mal zu. Es wäre für uns beide günstiger, wenn Sie es vermeiden würden, überflüssige Aufmerksamkeit auf sich zu ziehen.«

»Ah, Herr Professor erinnert sich wieder, warum ich hier bin.«

»Sie sind hier, weil Sie Krebs haben, Herr Kramer!«

»Und weil Sie meinen Bruder umgelegt haben und nicht wollen, dass die Bullen davon Wind bekommen.«

»Ja«, sage ich resigniert. »Das auch.« Ich habe ihn aufgenommen in meiner Klinik, ich habe mich doch längst eingelassen auf sein Spiel. Wir sind allein, und er wird vor keinem Gericht mehr aussagen, außer vor dem allerhöchsten. Ich muss nur seine Beweise an mich bringen, das ist alles, was zählt.

»Es tut mir sehr leid, was geschehen ist, aber ich kann es nicht ungeschehen machen. Doch wenn Sie wollen, dass ich Sie bestmöglich behandle, dann werfen Sie mir dabei keine Knüppel in den Weg. Verstanden?«

Kramer schweigt trotzig.

»Ob Sie das verstanden haben?! Dass wir auf derselben Seite stehen momentan und beide dasselbe Interesse haben – nämlich, dass Sie am Leben bleiben. Und deshalb werden Sie sich in Zukunft an die Regeln halten!«

»Ich will, dass Sie mir das Geld bringen – zwei Millionen!«

Ich blicke ihn mürrisch an. »Und ich möchte die Fotos sehen!«

»Die Fotos sind an einem sicheren Ort. Da komme ich erst ran, wenn ich wieder hier raus bin.«

Ich lache höhnisch. »Wissen Sie was, Herr Kramer? Ich glaube, es gibt gar keine Bilder. Oder wieso hatten Sie zufällig gerade 'n Fotoapparat dabei? Handykameras gab's ja wohl noch nicht. Und was haben Sie überhaupt da im Gebüsch gemacht?«

Kramer schweigt, und ich glaube schon, ich habe ihn überrumpelt.

»Die wollten mich ausbooten«, sagt er schließlich leise.

»Ihr Bruder?«

Kramer nickt verkniffen. »Jahrelang waren wir unzertrennlich. Mein Bruder, Alf und ich. Eine Gang.« Er lächelt. »Mann, wir haben Dinger zusammen gedreht…« Seine Stimme verliert sich, er stiert ins Leere.

»Und dann?«

»Wir ham uns vertraut, verstehen Sie, einer für alle, alle für einen. Und dann – weiß nicht mehr, von wem der Tipp kam – ging's um diesen Geldtransporter. Der die Kohle abholt von den ganzen Sparkassenfilialen im Alten Land. Gebrauchte Scheine, unmarkiert, die Einnahmen von Tankstellen und Supermärkten und so. Über zwanzig Zweigstellen, 'ne Menge Kohle. Und das Schönste: 'n normaler neutraler Lieferwagen von der Bank mit zwei Mann. Ham sie wohl damals noch gemacht manchmal, war halt unauffälliger als 'n Panzerwagen. Na ja, den wollten wir dann erst mal beobachten, ob der immer die gleiche Route nimmt, und dann 'ne einsame Landstraße suchen, wo wir den stoppen, und so.« Kramer schluckt, bevor er finster fortfährt: »Und plötzlich: kein Wort mehr. Und ich frag meinen Bruder immer wieder, ey, was ist denn jetzt mit dem Geldtransport – und er sagt: Lass man, Hansi, das ist 'ne Nummer zu groß. Zu groß für mich, hat er wohl gemeint. Hat mir nicht getraut, der Scheißkerl. Aber ganz blöd bin ich auch nicht. Ich mein, so wie die jedes Mal aufgehört ham zu reden, wenn ich dazukam. Und da hab ich gedacht, der kleine, blöde Hansi wird's euch schon zeigen. Hab sie beschattet, war gar nicht schwer, die hatten mich ja nicht auf dem Schirm. Alles aufgenommen – ich fotografier ganz gut, hatte damals 'ne Pentax mit 'nem Tele.«

»Um Ihren Bruder und seinen Komplizen zu erpressen?«

Kramer winkt ab. »So weit hab ich erst gar nicht gedacht. Ich war einfach stinksauer und wollte zeigen, dass ich's auf dem Kasten hab. Und klar – sie überzeugen, mir 'n Stück abzugeben von dem Kuchen. Aber als ich sie dann beobachtet habe, wie sie den Zaster vergraben haben – da dachte ich: Wieso eigentlich 'n Stück abgeben – ich schnapp mir einfach alles, ich meine, die ham mich schließlich auch derbe verarscht. Tja, aber dann kamen Sie ...«

Ich blicke meinen Patienten zweifelnd an. »Und wieso fällt Ihnen das nach fünfundzwanzig Jahren wieder ein? Haben Sie zwischenzeitlich das Gedächtnis verloren?«

Kramer lacht bitter. »Sind mir 'n paar Jahre Gefängnis dazwischengekommen. Unter anderem. Aber glauben Sie man nicht, ich hätte es nicht versucht. Fragen Sie doch Ihren Schwiegervater.«

Ich bin alarmiert. »Was hat der denn damit zu tun?«

»Na wegen der Jägerklamotten, da war das natürlich meine erste Wahl, nachdem ich rausgekriegt hab, wem das Revier gehört. Also lauer ich dem auf vor der Klinik, spreche ihn an. Aber merk natürlich schnell, der war's nicht. Also dachte ich, es war wohl einer von den Kumpeln von meinem Bruder oder von Alf, weil irgendwer rumgequatscht hat – das ham ja auch die Bullen vermutet. Ein Typ, der da einen auf Jäger macht und der, als die ihn bemerken, gleich kurzen Prozess mit denen macht. Mich hatte der natürlich nicht auf dem Schirm. Die ganze Zeit zermartere ich mir das Hirn, wer die Kohle haben könnte, und dann ...«

Kramer schaut mich erwartungsvoll an, aber ich tue ihm nicht den Gefallen nachzufragen.

»Und dann sehe ich Sie zufällig im Fernsehen und denke, der Typ kommt mir irgendwie bekannt vor. Also, richtig erkannt habe ich Sie natürlich nicht nach so langer Zeit.

Aber Heßler-Klinik, Chefarzt, vom Alter her würd's auch hinkommen … Und dann macht's klickedi-klickedi-klick in meinem Kopf, und ich denke: hm, ja, könnte tatsächlich passen …«

Ich zucke mit den Schultern. Soll er sehen, dass ich mich nicht fürchte. Keinen Grund dazu habe, weil er nichts wirklich in der Hand hat. »Das beweist alles gar nichts, Herr Kramer. Ihr Wort gegen meins, darauf wird es am Ende hinauslaufen. Zumal Sie nicht einmal …« Ich zögere, weil sich alles in mir sträubt, einen Patienten brutal vor den Kopf zu stoßen. Aber das ist er nicht – ein Patient. Sondern einfach nur ein übles Subjekt. »Zumal Sie nicht einmal persönlich aussagen werden können. Ein Brief – verzeihen Sie, wenn ich so drastisch bin – aus dem Jenseits. Zwei tote Kriminelle vor einer Ewigkeit. Ich bin ein angesehener Bürger und Sie …«

»Ein vorbestrafter Penner? Schon recht! Aber wieso ist der Penner Privatpatient beim Herrn Professor? Dieser Penner, dem sein Bruder vor fünfundzwanzig Jahren im Jagdrevier erschossen worden ist, das Ihrem Schwiegervater gehört. Mit Zwölferschrot, 'ne passende Flinte ist sicher bei Ihnen eingetragen. Oder war. Wenn da einer in der Bullenschule nur 'n bisschen aufgepasst hat, also dann wird er doch ganz, ganz wach – glauben Sie nicht?«

Ich winke angewidert ab. Drehe mich um, eile zur Tür und verlasse hastig das Zimmer. Ich wollte ihn kontrollieren. Und habe mich ihm ausgeliefert. Aber hatte ich eine Wahl? Ja verdammt, ich hätte nicht so überheblich sein dürfen, dann wäre ich wachsamer gewesen. Ich habe Kramer unterschätzt. Das Subjekt hat mich sauber an den Haken gekriegt.

Mir ist schwindlig, und meine Knie zittern vor Erschöpfung. Ich stinke, registriere ich angewidert. In dem kleinen Duschbad neben meinem Büro reiße ich mir das durchgeschwitzte Hemd herunter. Stehe eine gefühlte Ewigkeit unter dem heißen Wasserstrahl; Schmutz und Angst lösen sich auf im Seifenschaum. Während ich die dunkelblaue Krawatte mit den winzigen Rosenknospen über dem frischen Hemd binde, lächle ich meinem Spiegelbild zu. Atme tief ein: *Cacharel for men*, ich habe nie ein anderes Eau de Toilette benutzt, seit es Kristina mir vor einem Vierteljahrhundert geschenkt hat. Der Duft vieler schöner, warmer Erinnerungen. Auch diesen Augenblick werde ich künftig damit verbinden. Und ich möchte, dass es eine gute Erinnerung wird: an einen Mann im Bad, der die Ausweglosigkeit einer Situation nicht akzeptiert hat. Sondern einen Ausweg fand. Kramers Ängste und Hoffnungen könnten der Schlüssel sein. Er glaubt, dass er mich unter Kontrolle hat, aber er ist mir genauso ausgeliefert, wenn er wirklich hofft, dass ich ihn heile. Auch wenn ich noch nicht den Hauch einer Idee habe, wie ich daraus einen Plan schmieden kann, verlasse ich die Klinik mit neuer Zuversicht.

Eine nervöse Assistentin wartet am Eingang des Fernsehgebäudes und führt mich in einen trostlosen Konferenzraum. Platten mit Schnittchen auf dem weißen Resopaltisch, angetrocknete Fleischränder, lasche Salatblätter. Die Thermoskanne gibt Quietschgeräusche von sich, als ein bleiches Mädchen mit kahlem Schädel seinen Kaffeebecher füllt. Ein junger Mann mit Vollbart kippt Wein in sich hinein, bewegt nervös die Lippen, vielleicht probt er seinen Auftritt. Vermutlich der Journalist mit dem Buch über die Häufung von Krebsfällen rund um Atomkraftwerke. Und Dr. Ronald Roth, der alternative Krebsarzt mit den spektakulären Wunderheilungen. Chemotherapie – so behauptet er in einem vielbeachteten Buch – töte mehr Menschen als der Krebs selbst. Er hat *entdeckt,* dass Vitamine und andere Vitalstoffe Tumore schrumpfen lassen. Ein schmaler asketischer Herr mit grauem Haar und feinen Zügen. Er lächelt mir zu, ich deute widerwillig ein Nicken an.

»Krebs – Geißel der Moderne?« Der Titel der Talkshow lässt eine Menge Spielraum. Ein Onkologe, ein Umweltjournalist, ein krebskrankes Mädchen und ein Kurpfuscher – die Assistentin führt den Gänsemarsch zum Studio an. Wir warten schweigend an der stählernen Fluchttür, bis wir nacheinander in die Arena geschickt und dem Studiopublikum vorgestellt werden.

»… Professor Peter Zielke, einer der renommiertesten deutschen Onkologen …« Unter dem Applaus der schätzungsweise vier Dutzend Zuschauer schreite ich energisch die zehn Meter zu meinem Sessel, einem unbequemen knallroten Designerstück.

Noch sechzig Sekunden. Der Redakteur mahnt zur Ruhe, es wird schlagartig still im Studio. Ein junger Mann wuselt hektisch mit dem Schminkpinsel über die Wangen der Moderatorin. Hübsches, schmales Fernsehgesicht mit großen Augen und kleinem Näschen, sie hält sich an ihren Karteikarten fest. Die Assistentin hebt beide Hände in die Luft, zählt mit den Fingern die verbleibenden Sekunden bis zur Sendung ab. … 6 – 5 – 4 – 3 – 2 – 1. Titelmelodie, Begrüßung, Applaus.

Das bleiche Mädchen schaut mich an. Aus jeder Ecke des Raumes leuchtet ihr kahler Schädel. Von all den Fernsehmonitoren, die scheinbar willkürlich im Studio verteilt sind, auf dem Boden stehen und an Stahlträgern hängen, starren mir ihre alten, müden, enttäuschten Augen entgegen. Sie ist erst fünfzehn, die Ärzte haben sie aufgegeben, sie spricht von Schmerzen, der Allgegenwart des Todes und dem Geschenk jedes neuen Tages.

Dr. Roth sagt, dass Chemotherapie Schwindel sei, ein Flop. Dass sie Krebszellen nicht töte, sondern sogar zum Wachsen bringe. Eine unabhängige Studie habe das ergeben. Das kahlköpfige Greisengesicht der jungen Frau füllt erneut die Monitore. Die Kamera hat sich an ihr festgesaugt, sie ist der Star dieses Abends. Sie verzieht die Lippen zu einem freudlosen Lächeln und setzt sich trotzig in Pose. Die Chemo hat ihr das angetan, so kommt es rüber. Und ich bin der Angeklagte, mein Gesicht füllt nun die Bildschirme, die Moderatorin erteilt mir das Wort. Freundlich lächle ich das Mädchen an. Roth ignoriere ich. Um die Patienten geht es. Um die Verantwortung des Arztes, diesen Patienten die Wahrheit zu sagen, nämlich dass Krebs viel zu kompliziert ist für einfache Antworten. Dass wir Ärzte und Wissenschaftler ihn selbst nicht in Gänze verstehen. Uns aber nicht mit einfachen Antworten zufriedengeben, sondern wirkliche Lösungen suchen. Und dann spreche ich von den Erfolgen dieser Forschung. Von leukämiekranken Kindern, die noch ein halbes Jahrhundert zuvor dem sicheren Tod geweiht waren und nun eine Zukunft haben. »Manchmal ist der Krebs stärker, ja – aber sehr viel öfter erlebe ich, dass die Chemotherapie den Tod besiegt.«

Dann ist es Zeit für den Einspielfilm: Kamerazoom vom verhärmten Gesicht einer mittelalten Frau auf die Silhouette der Reaktorkuppel von Brunsbüttel. Ihr Mann starb an Krebs, wie viele in der Elbmarsch. Es folgt eine Tabelle mit farbigen Balken: Krebshäufungen in der Nähe aller deutschen Kernkraftwerke. Jetzt hat der Journalist in dem braunen Cordanzug seinen Auftritt und erklärt langatmig, wie er das alles recherchiert hat.

Roth bringt wieder seine Vitalstoffe ins Spiel. Ich nenne ihn Schwindler, und er wird ein kleines bisschen giftig. Nicht er säße auf der Anklagebank, sondern die Chemotherapie, die Tausende Krebspatienten töte. Die hübsche Moderatorin fragt Roth, ob er glaube, die fünfzehnjährige Jessica heilen zu können. Ich möchte aufstehen und gehen. Roth weist die Frage empört zurück. Die Medizin sei kein Schmierentheater, in dem Diagnosen öffentlich verlost würden. Zum ersten Mal kann ich beinah einen Hauch Sympathie für ihn aufbringen. Aber dann sagt er, dass er in der Tat schon viele Menschen vom Krebs befreit habe, die von der Schulmedizin aufgegeben wurden.

Ich explodiere mit wohldosierter Wut. Spreche von Geschäften mit der Hoffnung todkranker, verzweifelter Menschen, von krimineller Verantwortungslosigkeit. Es ist nicht besonders originell, aber das Publikum nimmt mir die aufrechte Empörung ab. Einen winzigen Augenblick herrscht atemlose Stille. Dann brandet Applaus auf. Die blonde Moderatorin versucht jetzt, Roth mit scharfen Fragen zu grillen. Der Journalist rutscht hibbelig hin und her, vielleicht hofft er immer noch auf seinen Einsatz. Das Schlusswort bekommt natürlich das krebskranke Mädchen. Egal, was die Ärzte ihr sagten, sie werde kämpfen und den Krebs besiegen, davon sei sie überzeugt. Ich bin ebenso sicher, dass sie irrt.

Die Sendung endet mit irritierender Plötzlichkeit. Kaum läuft der Abspann, erhebt sich das Publikum wie ein

Mann von den Stühlen, und ich werde mit den anderen Studiogästen weggeschwemmt in dieser Traube von Fernsehleuten, die ebenso schlagartig ihre Kameras, Leuchten und Mikrofone verlassen haben. Finde mich wieder in einem Nebenraum mit jeder Menge Lampen und Kabel und langen Klapptischen mit weißen Papierdecken darauf. Ein Buffet, viele Flaschen, Fassbier. Die Moderatorin sagt, dass es eine spannende und lebhafte Sendung gewesen sei und die Quoten sicher sehr gut sind. Das krebskranke Mädchen ist nicht dabei, es geht ihr nicht besonders. Ein paar Sekunden schweigen wir mitfühlend, dann wird es wieder laut. Ich stehe etwas ratlos am Rande der Menge. Spüre, dass sich jemand neben mich gestellt hat, wende mich um, blicke in das strahlende Lächeln der blonden Moderatorin. »Schön, dass Sie zufrieden waren«, sage ich, weil ich nicht weiß, worüber ich mit ihr reden soll.

»Das ist ja nun auch zu einem großen Teil Ihr Verdienst, Herr Professor Zielke«, sagt sie fröhlich. »Ihre Leidenschaft ist mitreißend. Sie berühren die Leute.«

Sie hat mir einen Augenblick ihre Hand auf den Arm gelegt. Wie zufällig. Sie flirtet mit mir. Ein Arztkittel ist für Frauen ebenso anziehend wie eine Pilotenuniform. Insofern bilde ich mir nichts darauf ein, aber es gefällt mir trotzdem. Dass ich sie ins Bett kriegen könnte. Wenn ich wollte.

»Worüber freuen Sie sich, Herr Professor, Sie lächeln so vergnügt?«

»Das macht die angenehme Gesellschaft!«

»Ich hol uns einen Drink, was möchten Sie?« Sie strahlt.

»Ein trockener Weißwein wäre schön.« Sie berührt wieder meinen Arm und verschwindet in der Menge und kehrt einen Augenblick später mit einer Flasche und zwei Gläsern zurück. »Prost, Herr Professor«, sagt sie und schaut mir tief in die Augen. Ich hebe mein Glas und senke den Blick – einen Augenblick zu lange – in den Ausschnitt ihres T-Shirts, das sie unter dem Blazer trägt. Nehme hastig einen tiefen Schluck, deute mit einer unbestimmten Geste auf den überfüllten Raum. »Es ist ja immer wieder erstaunlich, wie viele Menschen bei so einer Fernsehsendung mitarbeiten.« Vielleicht fünfzig, sechzig Leute, die laut reden, herzhaft lachen, wild gestikulieren und ungehemmt trinken.

»Und dabei machen wir nur Fernsehen, und Sie kämpfen jeden Tag um Menschenleben!«

Sie füllt mein Glas nach. Ihr Blick geht mir durch und durch. Verschüttete Erinnerungen, wie prall und sinnlich das Leben sein kann. Wie unbeschwert und leicht ein Augenblick. Dieses wundervolle Leben mit seinen Farben, Gerüchen und Möglichkeiten aufzusaugen und zu vergessen, dass es auf der Kippe steht. Eine Zeit lang habe ich tatsächlich nicht an Kramer gedacht. Aber als mir das bewusst wird, ist es natürlich vorbei. Schlagartig kehrt die Schwermut zurück. »Ich muss mich leider verabschieden«, sage ich spröde und leere ein weiteres Weinglas in einem Zug. »Anstrengender Tag morgen.«

Sie drückt mir zum Abschied ihre Visitenkarte in die Hand. Falls ich mal ein Thema für ihre Sendung hätte. Beiläufig streifen ihre Lippen meine Wange. Auf dem Weg zum Auto zerreiße ich ihre Karte in kleine Schnipsel.

Kristina liegt schon im Bett, als ich nach Hause komme. Blickt von ihrem Buch auf, als ich das Schlafzimmer betrete. »Hast du's gesehen?«, frage ich.

»O ja, Peter, du warst gut! Wie immer. Falls es das ist, was du hören wolltest!«

»Meine Güte, was bist du denn so aggressiv? Mir liegt eben was an deinem Urteil!«

»Du bist betrunken.«

»Ich bin nicht betrunken! Ich habe ein Glas Wein getrunken nach der Sendung.«

»Peter, nun benimm dich nicht wie ein ertappter Schuljunge und erzähl mir keinen Mist. Du lallst ja fast.«

»Dann benimm du dich nicht wie meine Mutter. Ist ja wohl kein Drama.«

»Nein, außer dass du Auto gefahren bist. Und dass du normalerweise fast nie Alkohol trinkst und jetzt permanent zu viel davon. Und dass du wie ein Geist auf mich wirkst, nicht zuhörst, nichts redest, schweigend in der Ecke sitzt und ich mir ernstlich Sorgen mache um dich.«

»Brauchst du nicht.« Es soll besänftigend klingen, keinesfalls patzig, aber ich fürchte, es misslingt.

»Doch, Peter, ich bin nämlich deine Frau. Und wenn du Probleme hast, dann solltest du mit mir reden!«

Ach, was heißt schon Probleme. Ich sitze vermutlich bald im Gefängnis, aber sonst fehlt mir nichts. Ich male mir ihre Reaktion aus, wenn ich ihr die Wahrheit erzählte. Bin irritiert über die gehässige Befriedigung, die ich bei der Vorstellung empfinde. Die Wut, die sie in mir auslöst. Meine Lügen und Geheimnisse stehen wie eine Wand zwischen uns.

»Kristina, es tut mir leid. Ich weiß, dass ich kein besonders aufmerksamer Ehemann bin zurzeit, aber ich habe gerade einfach ein bisschen viel um die Ohren.«

Sie lächelt sanft.

»In vier Wochen sind wir schon mitten im Indian Summer. In bunten Wäldern wandern, aufs Meer schauen, Hummer essen.«

»Du glaubst gar nicht, wie ich mich darauf freue«, entgegne ich müde und gehe ins Bad. Der Urlaub! Wie konnte ich bloß den Urlaub vergessen?! Neuengland, im Ferienhaus von Freunden. Auch Claas, unser Ältester, kommt mit. Vermutlich einer der letzten Urlaube mit der ganzen Familie. Am 15. September geht unser Flug nach Bangor. Mir bleibt weniger Zeit, als ich dachte. Keine sechs Wochen mehr, um eine Lösung zu finden. Ich kann Kramer ja nicht meinen Kollegen überlassen. Aber welche Lösung? Entweder Kramer stirbt – oder er stirbt. Es gibt keinen Ausweg aus einer Tragödie, das ist doch genau der Punkt. Ich sehe ein graues, resigniertes Gesicht im Spiegel, Reste der Fernsehschminke in den Falten unter den Augen.

Bemerkenswert, wie du Menschen mit Lügen von dir treibst. Meine Frau ist jetzt meine Gegnerin, weil ich ständig Angst haben muss, dass sie mir auf die Schliche kommt. Und meine Gefühle für sie sind gleich um einige Grade abgekühlt. Weil ich sie belüge! Ich sitze auf dem Badewannenrand und spüre die Tränen. Die Wellen lautlosen, verzweifelten Schluchzens, die mich durchlaufen. Mir war gar nicht klar, wie weit draußen ich schon bin aus diesem Leben, in dem ich so gut angekommen war.

Als ich aus dem Bad ins Schlafzimmer zurückschlurfe, ist Kristina schon eingeschlafen, das Buch liegt aufgeschlagen auf dem Kissen. Ich bin erleichtert, dass sie mich nicht mehr sieht, ich nicht mehr reden, nicht mehr antworten muss. Ich lösche ihre Nachttischlampe, kuschle mich an ihren Rücken. Möchte ihn festhalten, diesen Moment. Hab solche Angst, morgen früh aufzuwachen. Hab Angst vor einem neuen Tag voller Bedrohungen, voller Furcht. Starre ins Dunkle, höre die Minuten dahinflappen in dem alten Radiowecker.

Und dann bin ich mit Kristina in Maine. Wir fahren im Morgengrauen mit dem Kanu hinaus aufs Meer, in den Sonnenaufgang. Ich fasse mir ein Herz und erzähle von Kramer. Aber sie lacht bloß und sagt, ich solle mich nicht so anstellen. Ihr Vater habe das längst in Ordnung gebracht. Mitten in dieses Gefühl von unbeschreiblicher Erleichterung und Glück dröhnt eine Luftschutzsirene. Aber es ist bloß der alte Wecker.

Dienstag, 11. August

Meine Seele fährt die Stacheln aus, als ich Ulli durch die offene Tür zum Sekretariat mit Frau Foerster scherzen höre. Sie lacht laut und etwas gequält. Ullis nächstes Opfer werde ich sein. Ein Arzt, der Ärztewitze reißt! Ich bin übermüdet, habe Sodbrennen, und mein Widerwille ist gigantisch, als Ulli gutgelaunt in mein Büro spaziert, seinen breiten Hintern auf dem Schreibtisch platziert und zum gefühlt fünfzehnten Mal den Witz von dem Ärztewettkampf bringt: 5000 Euro liegen auf einem Fußballplatz und an jeder Ecke steht ein Arzt. Ein Chirurg, ein Radiologe, ein schlechter Orthopäde und ein guter Orthopäde. »Na?!«, ruft Ulli triumphierend. »Wer gewinnt das Geld, was glaubst du?«

»Der schlechte Orthopäde«, erwidere ich grimmig. »Der Chirurg versteht die Regeln nicht, der Radiologe läuft für fünftausend Euro nicht los, und einen guten Orthopäden gibt es nicht.«

»Oh!« Ulli schaut enttäuscht. »Den kanntest du schon. Hab ich den schon mal erzählt?«

»Mindestens.« Der Chirurg versteht die Regeln nicht. Doch, das ist komisch.

»Ich hab dich übrigens gestern im Fernsehen gesehen. Du warst super! So durch und durch aufrecht. Hast diesen Wunderheiler ziemlich blöde dastehen lassen.«

»Danke, ich …« In diesem Moment hastet Johannes Neubach geräuschvoll zur Tür herein, und ich bin ganz froh, dass ich nicht auf Ullis Kompliment reagieren muss. Obwohl es mich natürlich freut. Der Assistenzarzt fährt den Rechner am Konferenztisch hoch, um die Datei mit den aktuellen Fällen aufzurufen. Die Oberärzte Kersten Oggers und Petra Magnussen betreten gemeinsam mein Büro, lassen sich in der blauen Sitzgruppe nieder. Eine kleine Konferenz heute nur. Das erste Bild wird an die Leinwand projiziert. Blitzschnell scrollt der Assistent durch die Rumpfquerschnitte des Patienten: Der MRT hat Herrn Naujocks sauber in virtuelle Scheiben zerlegt. Die Wirbelsäule als weißer Halbmond, dunkelgrau die Bauchspeicheldrüse. Gut sichtbar die hellen Raumforderungen durch den Tumor im Pankreas und der ausgeprägte Lymphknotenbefall im gesamten Bauchraum. »Studienrat, gerade pensioniert worden. Hat sich seit Jahren auf die Weltreise gefreut, die er nach der Pensionierung machen wollte.«

»Was uns mal wieder lehrt, dass man nichts Wesentliches aufschieben sollte im Leben.« Ulli schüttelt den Kopf, während er den Tumor in Herrn Naujocks' Bauchspeicheldrüse betrachtet. »Der liegt verdammt hässlich.«

»Er hat sich hier wegen einer zweiten Meinung vorgestellt. In seinem Kreiskrankenhaus wollten sie ihn operieren.«

»Da hat er aber Glück gehabt, dass er noch zu uns gekommen ist«, sagt Ulli, und auch Oberarzt Oggers murmelt: »Auf gar keinen Fall!«

»Ich denke, da sind wir uns einig«, fasse ich zusammen.

»Therapieempfehlung?«, fragt Neubach, und ich diktiere: »Chirurgische Resektion möglich, aber nicht sinnvoll. Empfehlen palliative Zweitlinientherapie.« Der junge Arzt tippt es in Naujocks' Patientendatei.

»Entschuldigung«, meldet sich Petra Magnussen. »Ich habe da mal eine Frage!«

»Bitte!«, sage ich bemüht freundlich. Die Magnussen hat dieselbe angstfreie Selbstgewissheit, um die ich Wolff, Kristina oder Ulli mein Leben lang beneidet habe. Obwohl ihr Vater bei der Müllabfuhr war. Im einen Fall entspricht es natürlicher Haltung. Petra Magnussen ist durch harte Kämpfe gestählt. Ängste haben nur wir Kleinbürger. Wir schlagen nicht zu, sondern strampeln uns ab. Verachtet von denen oben wie unten. Während in mich in solcherart Überlegungen verliere, verpasse ich ihre Einleitung. »… wundert es mich ein bisschen, dass Sie bei diesem Kramer zu völlig anderen Schlüssen kommen, obwohl die Prognose doch mindestens genauso ungünstig ist.«

Mir bricht der Schweiß aus. Verdammt noch mal, was hat die mit Kramer zu schaffen?! »Können wir uns hier vielleicht auf die aktuellen Fälle beschränken?«, frage ich schroff.

»Entschuldigung«, antwortet sie ungerührt. »Aber ich dachte, Sie würden Herrn Kramer noch im Board vorstellen, und es interessiert mich einfach, wieso Sie zwei Fälle mit vergleichbarer Prognose so unterschiedlich beurteilen?«

»Ach? Und können Sie mir erklären, was Sie das eigentlich angeht?« Ich erschrecke über meinen Ton. Ein törichter Einwand, zudem auf einer Konferenz, die dazu dient, unsere Fälle zu besprechen. Ulli runzelt die Stirn, die Magnussen verzieht keine Miene. »Ich war gerade auf Station, als die Schwester mich ansprach, weil der Patient sich – Zitat – die Seele aus dem Leib kotzt. Ich habe also nachgeschaut, ob wir die Antiemetika höher dosieren müssen und dabei festgestellt, dass der Patient gar nichts gegen Übelkeit bekam.«

»Wirklich? Nun, das ist bedauerlich – Gott sei Dank haben Sie das ja in Ordnung gebracht. Ich bin froh und dankbar, dass Sie unfehlbar sind und es bemerkt haben.«

Sie wischt es lächelnd beiseite. »Das meinte ich gar nicht, so was kann passieren. Worüber ich mich wundere ist, dass Sie in zwei ähnlich gelagerten Fällen so grundlegend anders entscheiden.«

Sie lässt nicht locker, die blöde Kuh. »Das ist ein Irrtum, Frau Magnussen. Nicht ich entscheide, sondern der Patient.«

»Da stimme ich natürlich grundsätzlich zu, aber es hat mich überrascht, dass Herr Kramer offenbar davon ausgeht, dass Sie ihn *gesund machen,* wie er sich ausgedrückt hat. Aber – mit Verlaub – das sieht 'ne Lernschwester im ersten Jahr, dass der Fall hoffnungslos ist.«

Sie hat da nicht gerade meine Kompetenz angezweifelt?! Ich stelle mir vor, sie hätte so etwas bei meinem

Schwiegervater versucht. Seine Konferenzen waren ein Hochamt und seine Visiten Feldherreninszenierungen. Ich habe mir eine Menge darauf eingebildet, dass Wolffs Tyrannei einem Klima der Offenheit und des freundlichen Umgangs gewichen ist. Der Halbgott in Weiß dem professionellen Teamplayer Platz gemacht hat. Aber deshalb muss ich mir von jungen Oberärztinnen keine Unverschämtheiten gefallen lassen! Doch die Magnussen hat natürlich recht. Die Chemo, die ich Kramer verordnet habe, ist absurd bei einem Palliativpatienten. »Es ehrt Sie, Frau Magnussen, dass Sie sich Gedanken um das Wohl des Patienten machen. Und ich verstehe Ihre Bedenken voll und ganz. Aber wenn ein Patient sich noch nicht aufgegeben hat, dann dürfen wir das erst recht nicht. Wir sind Ärzte – keine Götter.«

»Haben wir ein Bild?«, fragt Ulli jetzt. Meine Güte, nun gebt doch endlich Ruhe!

»Kramer – sagten Sie?«, meint der Assistenzarzt am Rechner. Neubach ist vierunddreißig. Wenn ich morgens komme, ist er schon lange da. Seine Fallprotokolle schreibt er nachts zu Hause. Er trägt einen albernen dünnen Bart um das Kinn und eine dieser originellen Brillen, die ich bei Männern fragwürdig finde. »Also ich finde den hier nicht«, murmelt er, und ich sage so beiläufig wie möglich: »Ich würde gern eine andere Patientin vorstellen. Lisa Amelund, achtundzwanzig Jahre alt. Seit heute Morgen liegt sie auf Station. Ihre Laborwerte sind dramatisch. Sie wird viel Kraft brauchen für das, was ihr in den nächsten Wochen bevorsteht.«

Ich stehe immer noch unter Schock. Muss unbedingt die Magnussen von Kramer fernhalten! Muss möglichst alle von Kramer fernhalten! Aber wie? Jeder Versuch, ihn zu isolieren, würde erst recht Fragen aufwerfen und Misstrauen säen. Ich kann ja schlecht seine Bettwäsche wechseln. Ich habe das nicht zu Ende gedacht, als ich ihn aufgenommen habe.

Ich merke, dass ich den Faden verliere, nur noch einzelne Sätze dringen als Fetzen an mein Ohr aus den nüchternen Frontberichten von Kriegen um ein bisschen mehr Zeit.

»Es wundert mich, dass sie den gewhippelt haben und den Magen dringelassen«, »chirurgische Resektion zunächst des Lungenherdes, dann zweiseitig Leberresektion«, »systemische Therapie bei deutlicher Anzahlsprogredienz der suspekten Lungenherde«, »schlecht differenziertes Adenokarzinom des Magens; G3«, »Chemotherapie mit Oxaliplatin; spricht nicht an; Progress der Lebermetastasen«.

Ich schrecke auf, als der Wortteppich verstummt. Blicke in erwartungsvolle Augen. »Also – wir haben hier für heute nichts mehr«, sagt der junge Kollege am Beamer in einem Ton, der vermuten lässt, dass er sich wiederholt.

»Ja – hm – ich auch nicht. Das war's dann, würde ich sagen, ich denke, wir haben alle zu tun.« Ich stehe neben mir. Sehe abwesend der Magnussen nach, wie sie mit dem Klemmbrett unter dem Arm aus dem Zimmer rauscht. Ulli sitzt immer noch auf meinem Schreibtisch. »Geh'n wir essen?«

Die Kantine ist um diese Zeit noch nicht besonders voll. Ein paar Kollegen sprechen mich auf die Talkshow mit Roth an, während wir unsere Tabletts holen. Wir finden einen Tisch am Fenster. »Seit wann bist du Vegetarier?«, fragt Ulli mit Blick auf mein Ratatouille.

»Ich mag kein Rehgulasch. Ich mag überhaupt kein Wild!«

Ulli prustet los, als hätte ich einen guten Witz gemacht. »Nicht schlecht für 'n Jäger!« Ich grinse ihn finster an und stochere lustlos in meinem Essen. Ulli hatte regen Anteil an meiner Jagdscheinprüfung. Voller Stolz habe ich ihm von dem ersten Bock erzählt, den Wolff mir schenkte. Ich habe ihm allerdings nie erzählt, dass es auch mein letzter Jagdausflug war. Dass ich seit jenem 16. Mai kein Gewehr mehr angefasst habe. Ullis gelegentliche Bemerkungen, dass ich ihm doch mal einen Rehrücken schießen könne, einfach unkommentiert weggelächelt. Wenn mein Schwiegervater mich zuweilen auf die Jagd einlud, habe ich Termine vorgeschützt – bis er es irgendwann ließ. Ich bin sicher, dass er sehr enttäuscht war.

»Sag mal, ist irgendwas mit dir?«

»Was meinst du?«

»Keine Ahnung, du bist irgendwie anders. Wieso lässt du dich von Petra Magnussen so reizen? Und was hat es überhaupt mit diesem Kramer auf sich? Ein Prolet, der Hummer und Schampus aufs Zimmer bestellt, habe ich gehört.«

Ich schwitze. »Ja, der ist schon ziemlich speziell!« Ich zwinge mir ein Lachen ab. Dann habe ich eine Idee. »Er ist das schwarze Schaf einer Industriellenfamilie.«

»Name?«

»Von der Familie? Tut mir leid, Ulli, ich musste schwören, dass ich es niemandem verrate. Das sind hoch angesehene Leute, wirtschaftliche Elite dieses Landes, und die wollen auf keinen Fall mit Kramer in Verbindung gebracht werden, weil er ihnen peinlich ist. Die wollen überhaupt keine Öffentlichkeit. Der Typ ist 'n Proll, allerunterste Schublade. Aber er gehört zur Familie, und die haben so viel Geld, das kannst du dir gar nicht vorstellen.« Es ist erstaunlich, wie leicht mir diese Geschichte von den Lippen geht. Doch irgendwie klingt sie hohl.

»Hinterher gibt's dann 'ne fette Spende von der dankbaren Familie für die Klinik, stimmt's oder hab ich recht?«

Sehr gute Idee! Auf dieser Fährte soll er gerne bleiben. »Ach, Ulli, und wenn es so wäre?«

»Würde passen«, murmelt er.

»Was?!«, frage ich gereizt.

Ulli schaut mich argwöhnisch an. »Stimmt es eigentlich, dass die Klinik finanzielle Probleme hat?«

»Wer behauptet das?«

»Das kann ich nicht sagen. Aber ich hab gehört, wir hätten uns beim Neubau der Chirurgie überhoben. Es würden Anleihen fällig, und es gibt keine Rückstellungen.«

Ich bin verblüfft. »Ulli, das ist das Erste, was ich höre – ganz ehrlich!«, sage ich wahrheitsgemäß. Alle Kliniken leiden unter der Krise. Es gibt zu viele Betten, Krankenhäuser müssen schließen. Aber alles in allem halte ich die Carl-Heßler-Klinik für gesund. Wir haben einen ausgezeichneten Ruf und keine Belegungsprobleme.

Ulli schaut skeptisch. »Wir sind Freunde, Peter. Wir helfen einander. Wir vertrauen einander. Und womöglich betrifft mich das ja auch als Oberarzt dieser Klinik.«

»Ich bin Arzt, kein Buchhalter!«, rutscht es mir heraus.

»Du bist der Boss hier! Du kannst mir doch nicht erzählen, dass du solche Dinge nicht weißt!«

»Ulli, das ist immer noch Wolffs Klinik. Aber wenn es ein solches Problem gäbe, dann wüsste ich es, also kannst du davon ausgehen, dass ein solches Problem nicht existiert.«

»Und das soll mich beruhigen – ja? Wo du doch Arzt bist und kein Buchhalter.«

»Spar dir den sarkastischen Ton«, sage ich verärgert.

»Vielleicht ist das ja dein Problem«, entgegnet Ulli nachdenklich. »Dass du nicht genug Arzt sein kannst …«

»Weiter!«, ermuntere ich ihn, scheinbar belustigt.

»Du bist 'n verdammt guter Arzt, Peter«, fährt Ulli unbeirrt fort. »Ich war oft beeindruckt, wie einfühlsam du mit Patienten umgehst. Ich kann das nicht so. Deshalb bin ich Chirurg. Ich rede nicht gern mit Patienten. Es macht mich trübsinnig, wenn ich all diese schrecklichen Geschichten höre. Und ich bin nun mal nicht gern trübsinnig.«

»Worauf willst du hinaus?«

»Du wirkst unglücklich, mein Alter. Weil dir wohl langsam klar wird, dass du dich als Klinikchef mehr und mehr von der Medizin verabschieden musst. Ist nicht gesund, wenn man ständig Dinge tut, die man eigentlich nicht tun will.«

»Was nimmst du für die Therapiestunde, Ulli?« Ich erhebe mich und klopfe ihm auf die Schulter, bevor ich mein Tablett zum Geschirrband trage. *Du bist ein guter Arzt.* Aber als Chef eine Fehlbesetzung? War das der Subtext?

Eine halbe Stunde schiebe ich den Anruf bei Wolff hinaus. Er begrüßt mich überschwänglich, aber seine Stimmung verdüstert sich schlagartig, als ich von dem Gespräch mit Ulli erzähle. Er unterbricht ungehalten: »Peter, das sind Scheißhausparolen. Es gibt immer Gerüchte, gerade in dieser Zeit. Wir sind eine der letzten inhabergeführten Kliniken, Paracelsus würde uns gern übernehmen, und es gibt Leute, die Interesse an solchen Gerüchten haben.«

»Ah … ja.«

»Peter, ich schlage vor, du setzt dich mal mit dem Biesinger zusammen, unserem Prokuristen. Der kann dir alle Fragen beantworten und erklären, was du wissen willst. Du kannst ihm vorbehaltlos vertrauen, er arbeitet seit ewig und drei Tagen für mich.«

Ich bin Arzt, kein Buchhalter – das war ein selten dämlicher Satz von mir gegenüber Ulli. Dünkelhaft, unangebracht. Ich habe keine Ahnung von wesentlichen Bereichen meiner Position – das ist beileibe kein Grund, überheblich zu werden. Keinen Schimmer, was ich machen soll, wenn Wolff nicht mehr da ist. Davor habe ich große Angst. Aber vielleicht läuft ja auch alles einfach so weiter, weil die Klinik eine gut geölte Maschine ist und an den entscheidenden Stellen Leute sitzen, die wissen, was sie tun. Letztlich sind mein Renommee als Onkologe und meine medizinische Qualität für diese Klinik wichtiger als Kenntnisse in Finanzinvestment. Und für den Rest holst du dir Leute. Profis, denen du vertraust. *Werd endlich erwachsen, füll deine Rolle aus!* Das hat der Alte mehr als einmal zu mir gesagt, weil es ihn ärgert, dass ich so viel Zeit in Afrika verbringe. *Die Negerkinder sind dir wohl wichtiger als deine Hamburger Patienten.* Obwohl er sich durchaus gern mit der Anerkennung schmückt, die ich für mein Engagement bekomme. Er hat tatsächlich Negerkinder gesagt.

Wolff ist in erster Linie Unternehmer. Er hat aus der Klitsche seines Großvaters einen florierenden Klinikbetrieb gemacht. Mit fast achtzig hält er noch immer alle Fäden in der Hand. Ich kann mich nicht darüber beschweren, dass er mich nicht eingebunden hat. Ich habe es nie eingefordert. Ich war dankbar dafür, dass er mir den Rücken freigehalten hat.

Insofern weiß ich nicht wirklich, wie solide das große Erbe ist, das er mir in die Hände legt. Mir fehlt der Blick für Details. Weil ich mich immer darauf verlassen habe, dass andere das erledigen. Auch Kramer ist jetzt ein Vorgang in der Buchhaltung. Da werden Therapien erfasst und Rechnungen geschrieben. Und ich habe mir vorher keinerlei Gedanken darüber gemacht, wie ich diese Dinge regeln kann, ohne dass es auffällt. Ich bin Arzt – kein Berufsverbrecher. Es wird Zeit, dass ich nach meiner Patientin sehe.

Lisa Amelund legt das Buch beiseite, als ich ihr Zimmer betrete. Sie lächelt, aber ich sehe Tränen in ihren Augen. Die Niedergeschlagenheit und die Nachwehen des Schocks, die alle befallen, die vom einen auf den anderen Tag dieser bedrohlichen medizinischen Maschinerie ausgeliefert sind. Blutabnehmen, Röntgen, MRT – weitergereicht von Station zu Station mit professioneller Freundlichkeit. Routinierte Anweisungen, Fragen, das Brummen und Piepsen von Geräten, Zahlen und Kurven auf Bildschirmen.

»Ich bin erst einen Tag hier und schon am Ende meiner Zuversicht«, sagt sie ohne Umschweife.

»Dann muss ich Zuversicht für zwei haben«, entgegne ich lächelnd. »Sie sind aus Ihrem Leben herausgerissen worden, das ist verstörend. Aber Sie müssen sich sagen, dass Sie das alles hier tun, um Ihr altes Leben wiederzubekommen. Und in der Zwischenzeit mit der neuen Realität irgendwie leben lernen.« *Schön gesagt, Zielke!* Was muss ich tun, um mein altes Leben zurückzubekommen? Ich nehme ihre Hand. »Wie fühlen Sie sich körperlich?«

»Schlapp, wie mit ’ner toten Maus im Mund. Aber wenigstens ist mir nicht übel. Jedenfalls nicht sehr.«

»Ich würde lügen, wenn ich sage, dass Sie das Schlimmste überstanden haben. Aber in zehn Tagen wissen wir schon mal mehr.«

»Ob die Therapie wirkt oder nicht, meinen Sie.«

»Frau Amelund, ich kann mir vorstellen, dass die Ungewissheit schwer zu ertragen ist, aber es hat keinen Sinn, den zweiten Schritt vor dem ersten zu denken. Wenn wir wissen, wie die Therapie angeschlagen hat, dann denken wir weiter. Wir sind noch längst nicht am Ende unserer Möglichkeiten.«

»Wenn Ärzte das sagen, ist Vorsicht angebracht.«

»Deshalb würde ich ja auch nie versuchen, einer Kollegin etwas vorzumachen. Ich weiß, dass Sie mit der Wahrheit leben können. Und die Wahrheit ist, dass ich zuversichtlich bin.«

»Ich bin keine Kollegin mehr! Ich bin Ihre Patientin. Ich habe die Seiten gewechselt!« Sie flüstert beinahe, klingt resigniert.

»Das muss hart sein, das kann ich mir vorstellen.«

»Können Sie?«

Wie das ist, die Seiten zu wechseln? Doch, das kann ich! Sehr viel besser, als Sie denken, Lisa… »Niemand kann sich wirklich eine Situation vorstellen, bevor er sie erlebt, Frau Amelund. Aber ich habe eine Ahnung davon, dass es mir als Arzt Angst machen würde, ausgeliefert zu sein.«

»Bei manchen Kollegen sicher.« Wir lachen beide. »Aber bei Ihnen habe ich ein gutes Gefühl, Professor Zielke.«

»Danke. Das freut mich sehr. Wirklich.«

Lisa Amelund gibt mir das Gefühl, nicht gänzlich verloren zu sein. Noch auf der Seite der Guten zu stehen. Ich bin aufgestanden, damit sie meine Verlegenheit nicht bemerkt. »Kann ich noch etwas für Sie tun? Sonst lasse ich Sie jetzt in Ruhe. Einen schönen Abend noch, Frau Amelund, schlafen Sie gut.« Fast wäre ich in den Servierwagen mit dem Abendessen gerannt, der vor der Türe steht. Brot und Aufschnitt unter Zellophan, Plexiglasboxen mit bunten Pillen. Aus dem Nebenzimmer höre ich die Stimme der Schwester. Ich eile vorbei, bevor sie wieder herauskommt und das nächste Tablett holt.

Drücke leise die Klinke von Nummer 7. Der stummgeschaltete Fernseher taucht das Zimmer in unruhiges Flimmerlicht. Das Kopfteil des Bettes ist hochgestellt, Kramers Gesicht liegt regungslos auf dem Kissen. Ich wende mich leise wieder um, damit ich ihn nicht wecke. Sein Laken raschelt. »Wollten Sie noch mal nach Ihrem Lieblingspatienten sehen?« Kramers krächzende Fistelstimme lässt mich zusammenzucken. »Ich hoffe bloß, Sie haben kein Gewehr dabei.« Sein Lachen klingt wie Seehundbellen.

Ich taste nach dem Lichtschalter neben der Tür. Blinzle. Kramer mustert mich aus tief liegenden Augen. Bartschatten auf den eingefallenen Wangen. Er sieht aus wie der Tod im weißen Deckenlicht. »Guten Abend, Herr Kramer. Wie geht es Ihnen?«

»Wieder etwas besser, nachdem mir die junge Ärztin was gegen die Kotzerei gegeben hat. Was sollte das werden, Professor?!«

Ich wollte ihn leiden lassen! Diesen nichtsnutzigen Widerling, der mich erpresst und meine Existenz bedroht.

Es schockiert mich, wie irrational und unvernünftig ich handle. Mich von Gefühlen mitreißen lasse. »Ich habe keine Ahnung, wie das passieren konnte«, sage ich leise. »Ich habe Ihnen selbstverständlich was gegen Übelkeit verordnet.«

Er lacht. »Klar! Sie wollten mir zeigen, dass Sie den Längeren haben, darum geht's.«

Er hat so eine drastische Art, die Dinge auf den Punkt zu bringen. Es ist mir unangenehm, dass er mich durchschaut haben könnte, und ich erwidere heftig: »Nun kriegen Sie sich mal wieder ein. Es ist ein Fehler passiert. Nichts, was Ihnen körperlichen Schaden zugefügt hat, außer dass Ihnen übel war!« Und das hast du verdient, mein Lieber!

Das Subjekt schweigt trotzig, und ich setze mich auf den Stuhl neben seinem Bett. »Vertrauen Sie mir, Herr Kramer?«

Er verschluckt sich fast vor Lachen.

»Sie sollten mir vertrauen, Herr Kramer! Sie haben nämlich keine andere Wahl. Sie können sich natürlich auch anziehen und gehen. Aber wenn Sie hierbleiben und von mir behandelt werden wollen, dann müssen Sie mir vertrauen.«

»Worauf wollen Sie hinaus, Professor?«, fragt er lauernd.

»Sie wissen, dass Ihre Prognose ungünstig ist, Herr Kramer. Das haben andere Ärzte Ihnen bereits gesagt, und ich komme leider zu keinem anderen Urteil.«

»Na dann viel Spaß im Knast!«

»Lassen Sie mich ausreden. Ich habe Ihnen gesagt, nur ein Wunder kann Sie retten. Unsere Chancen sind winzig, Ihren Krebs zu besiegen. Aber ich bin entschlossen, alles zu tun, um auch die winzigste Chance zu nutzen. Wie Sie bereits sagten: Ich habe selbst das allergrößte Interesse daran, dass Sie am Leben bleiben. Also vertrauen Sie mir!«

»Wie winzig ist die Chance?«

»Ich bin Arzt und kein Mathematiker. Aber ich bin auf Ihrer Seite, Herr Kramer. Ich kämpfe um Ihr Leben. Wenn Sie mir dabei helfen. Wenn es kein Gerede gibt über diesen Fall, weil Sie irgendwelchen jungen Ärztinnen erzählen, ich würde Sie *gesund machen*.«

»Weil Sie's gar nicht vorhaben!«, trumpft Kramer auf. »Weil Sie mich reinlegen wollen!«

Ich zwinge mich, ruhig zu bleiben. »Nein, Herr Kramer. Weil meine Kollegen hier in der Klinik zu demselben Schluss kommen werden wie alle anderen Ärzte: dass Ihr Fall hoffnungslos ist. Und sich fragen, ob ich verrückt geworden bin, und daran haben wir beide kein Interesse. Wenn Sie also wollen, dass ich um ein Wunder kämpfe, dann sprechen Sie künftig mit niemand anderem über Ihren Fall. Mit keinem Arzt, keiner Schwester, nicht mal der Putzfrau. Wenn Sie irgendwas beunruhigt, Sie irgendwas brauchen, Probleme haben, dann lassen Sie mich rufen.«

Kramer schweigt, starrt mürrisch vor sich hin. »Wie gesagt, ich bin auf Ihrer Seite, Herr Kramer! Ich tue mein Bestes! Aber wir sollten uns der Tatsache stellen, dass wir diesen Kampf auch verlieren können. Und dass es dann womöglich besser ist, Ihren Frieden zu machen. Nicht ich bin Ihr Gegner, Herr Kramer, sondern der Krebs.«

»Sie meinen, ich soll verrecken und Sie ganz einfach so davonkommen lassen, ja?«

»Wir sind noch nicht am Ende unserer Möglichkeiten, Herr Kramer, aber ich finde, das ist ein Punkt, über den Sie mal nachdenken sollten. Dass ich Ihr Verbündeter bin und es nicht verdient habe, dafür bestraft zu werden.«

Kramer stiert mich feindselig an. »Ich bin müde, bitte geh'n Sie jetzt!«, nuschelt er schließlich schläfrig.

»Gut, ich lasse Sie dann jetzt allein. Gute Nacht, Herr Kramer, schlafen Sie gut.«

Es ist still im Flur, die Klinik ist zur Ruhe gekommen. Der Tablettwagen mit den Resten vom Abendessen steht im Gang. Schmerz- und Schlafmittel sind längst verteilt und die Kranken ihren Träumen und Ängsten überlassen. Hinter der Gardine im Glasfenster des Schwesternzimmers bewegt sich ein Schatten. Ich husche lautlos vorbei, will mich von niemandem grüßen lassen, keinem einen guten Abend wünschen. Beinahe schmerzhaft spüre ich die Einsamkeit.

Der Bewegungsmelder lässt das Neonlicht aufflammen, als ich die Tiefgarage betrete, das Knirschen meiner Ledersohlen hallt überlaut zwischen den Betonwänden. Das Auto schenkt mir ein wenig Geborgenheit. Draußen regnet es in Strömen, nachdem ich die Schranke passiert habe.

Die Scheibenwischer fegen lautlos Gischt vom Glas, Instrumente leuchten in sanftem Orange, die Klimaanlage sorgt für angenehme 21,5 Grad. Der Moderator im Klassikprogramm plaudert über George Gershwin, seinen Zusammenbruch am Flügel. Tod durch Hirntumor auf dem Höhepunkt des Ruhms. Dann setzt die *Rhapsody in Blue* ein mit dem berühmten Klarinettenauftakt. Ich drehe lauter, der bombastische Mix aus Jazz und Sinfonie trägt mich fort. *20 Uhr, Sie hören die Nachrichten.* Der amerikanische Geheimdienst hat den eigenen Präsidenten abgehört, Baschar al-Assad ist aus Syrien geflohen, bei einem Selbstmordanschlag in Bagdad sind 37 Menschen getötet worden. Und so weiter. Es betrifft mich nicht. Hier müsste ich abbiegen, aber ich fahre einfach weiter. Autobahn Richtung Süden. Habe den Sender gewechselt. Oldies zum Mitsingen. *All the leaves are brown and the sky is grey.* Ich trete das Gaspedal durch, der Achtzylinder beschleunigt kraftvoll und seidenweich. In acht Stunden könnte ich in Frankreich sein. Aber was soll ich in Frankreich? Ich will einfach nur fahren, immer weiter, nie mehr anhalten. Wie ein Astronaut in seiner schützenden Raumkapsel. Die Warnlampe der Benzinuhr leuchtet auf. Ich will nicht anhalten. Nicht aussteigen in dieser viel zu dünnen Jacke in die regnerische Kälte – den Tankdeckel öffnen – Zapfhahn hineinstecken – Scheckkarte in den Schlitz stecken – Geheimnummer tippen. Und während ich all dies doch tue, denke ich an morgen und dass es langsam Zeit wird, zurückzukehren. Ich will nicht zurück.

»Die Drei bitte. Ich zahle mit Karte.« Der junge Mann hinter der Kasse blickt gelangweilt von seinem Buch hoch. Neil Postman – *Wir amüsieren uns zu Tode*. »Ach – und einen großen Cappuccino bitte. Und ein Snickers.« Ich stelle mich an den Bistrotisch zwischen Regalen mit Dosenwürstchen, Chips und Damenbinden. Kaue den Schokoriegel, mein Abendessen. Im Radio dudelt ein Popsender. Kunden kommen und gehen. Ein Fernfahrer in Lederweste, ein junges Paar, das schwer verliebt nicht voneinander lassen kann. Ich beneide sie alle. Menschen scheinbar ohne Gedanken an die Zukunft, nur mit einem unmittelbaren Ziel. Eine Ladung ausliefern, schnell ein Bett finden.

Der Regen ist stärker geworden, als ich zurückfahre. Unser Haus wirkt still und tot, Kristina ist nicht da, ich bin erleichtert. Ich öffne einen Bordeaux, schalte den Fernseher ein und schaue noch ein bisschen anderen Menschen beim Leben zu.

Dienstag, 18. August

Aus den Augenwinkeln sehe ich Kristinas Füße in der Türschwelle. Ganz still steht sie da, und ich tue so, als würde ich sie nicht bemerken. Rühre scheinbar gedankenverloren in meiner Tasse und stiere auf die Zeitung vor mir auf dem Tisch. Ich weiß, dass ich schlecht aussehe. Seit halb vier bin ich wach. Habe aus lauter Langeweile drei oder vier Espresso getrunken und fürchterliches Sodbrennen. Aber das muss nicht nur am Kaffee liegen. Sie steht immer noch da, langsam wird es unbehaglich.

Wie zufällig hebe ich den Kopf. »Oh, guten Morgen. Warte, ich mach dir auch einen Kaffee.« Sie schenkt mir ein Lächeln, aber ihre Augen sind nicht dabei. »Schon lange wach? Wieder schlecht geschlafen?«

Ich lächle und deute auf die Zeitung. »Lies mal das Streiflicht. In São Paulo haben sie einen chinesischen Tätowierer verhaftet, der seinen Kunden völligen Unsinn in die Haut geritzt hat. Statt großer fernöstlicher Weisheiten stand da in Wahrheit nur *Nudelsuppe mit Huhn* und so 'n Quatsch.« Wir lachen beide. Sie wird schnell wieder ernst, wirkt bekümmert. Mustert mich wie ein Insekt unter der Lupe. Aber sie sagt nichts, und ich sage auch nichts.

Julia rettet uns aus der Verlegenheit. Verschlafen und übellaunig trampelt sie in die Küche, erwidert mürrisch unser ›Guten Morgen‹. Schaltet das Radio ein, streitet mit Kristina über Sender und Lautstärke. Das Übliche. Ich hole

Milch und Joghurt aus dem Kühlschrank. Julia schnippelt verbissen Obst in ihr Müsli. Ein Morgen wie viele andere. Alltag in verstörender Harmlosigkeit. Kristina erkundigt sich nach Julias Matheklausur, meine Tochter beklagt sich über ihre bescheuerte Englischlehrerin mit dem affigen britischen Akzent. Ich verliere den Faden, weil die Gedanken in meinem Hirn rotieren. Gebe es auf, mich am Gespräch beteiligen zu wollen, beschränke mich auf freundliches Lächeln.

»Was grinst du so, Papa?«, pampt mich Julia an. »Is irgendwas?«

»Nein, ich war in Gedanken, sorry, hab schlecht geschlafen.«

»Papa braucht einfach Urlaub«, sagt Kristina, und ich sage, wie sehr ich mich auf unseren Familienurlaub in Maine freue.

»Vielleicht könnt ihr ja diesmal auf mich verzichten.« Es kommt beinahe zaghaft. Einen Moment ist es still, dann fragt Kristina betont ruhig: »Wieso das denn?«

Julia atmet laut aus. »Ich bin fast siebzehn, und ich finde, da muss man nicht mehr mit seinen Eltern in die Ferien fahren.«

»Und was hast du stattdessen vor?« Kristina spricht leise, aber ich spüre, wie ihre Stimme bebt.

»Einfach hierbleiben. Hannah darf das auch.«

Hannah ist ihre beste Freundin.

»Geht es um Hannah – oder eher um Kai?«

Meine Tochter zieht genervt die Augenbrauen hoch. »Mann, was soll das denn jetzt schon wieder?!«

Kristinas wachsende Erregung prallt ab an Julias verächtlicher Gleichgültigkeit. Drohen, Locken, Verbieten,

Versprechen. Das verzweifelte Bemühen meiner Frau, die Familie zusammenzuhalten. Wenigstens noch ein Weilchen. Aus Kindern werden Leute mit eigenen Wegen und eigenen Vorstellungen und lassen ihre Eltern ratlos zurück. Vielleicht könnte ich die Wehmut darüber mit Kristina teilen, wenn sich nicht ein Schleier aus Angst über all meine Gefühle gelegt hätte. Ich würde viel um die Sorgen eines ganz normalen Familienvaters geben. »Nun sag doch auch mal was!«, fordert meine Frau gereizt.

»Du musst natürlich nicht mit uns in den Urlaub fahren, wenn du das nicht willst«, bemühe ich mich um Versachlichung. »Prinzipiell. Aber ich finde, dann hättest du das sagen können, bevor wir diese Reise gemeinsam geplant haben. Es ist ja auch nicht so, dass wir ständig alle aufeinander hängen müssen in Maine. Du wirst es genießen, Julia! Und nächstes Jahr sagst du rechtzeitig Bescheid und machst, was du willst, in den Ferien.«

»Ich finde, vier Wochen vorher ist absolut rechtzeitig«, insistiert meine Tochter. »Das Haus haben wir sowieso, und mein Ticket kannst du problemlos zurückgeben. Es entstehen euch keinerlei Kosten!«

»Es geht nicht um Geld, Julia, sondern darum, dass man sich an Absprachen hält!«, erwidere ich genervt. »Dass wir uns darauf gefreut haben, mit der ganzen Familie in Urlaub zu fahren. Dein Bruder wäre im Übrigen auch sehr traurig.«

»Claas hat auch keine Lust.«

»Dann soll er uns das selbst sagen!«

»Traut der sich eh nicht«, sagt Julia verächtlich. »Aber könnt ihr mir vielleicht mal sagen, was ihr davon habt, wenn ich mit null Bock gezwungenermaßen mitkomme?«

»Wenn es für dich eine Strafe ist, nach Neuengland ans

Meer zu fahren, dann lass es halt«, platzt es heftig aus mir heraus. »Du musst uns keine Gnade erweisen. Wir haben nämlich auch keine Lust, die ganze Zeit deine schlechte Laune zu ertragen!«

»Danke, Paps!«, sagt Julia lächelnd und ohne jede Spitze.

»Dann macht halt alle, was ihr wollt!«, platzt es aus Kristina heraus, sie wirft wütend ihre Serviette auf den Tisch und verlässt den Raum. Vier Wochen noch bis zum Abflug. Falls nicht der ganze Familienurlaub ohnehin ins Wasser fällt, die Chance besteht jetzt.

Es gibt kein richtiges Leben im falschen – keine Ahnung, wer das gesagt hat, Politik hat mich nie interessiert. Ich bin fremd im eigenen Haus, im eigenen Leben. Ich belüge meine Frau, belüge meine Tochter. Und gleich fahre ich in die Klinik und belüge meinen besten Freund und meine Kollegen. *Hör auf, dir Leid zu tun, Zielke!* Ich stehe vor der größten Herausforderung meines Lebens. Und wenn ich sie bestehe, dann spielt das alles keine Rolle mehr. Dann ist das hier nie passiert, und ich werde damit leben können, so wie ich die vergangenen fünfundzwanzig Jahre damit gelebt habe.

Kristina kommt zurück in die Küche. Lächelt entschuldigend und ein bisschen wehmütig. Vermutlich hätte ich recht, aber es sei eben schwer, loszulassen. Und sie habe sich so gefreut, dass wir alle mal wieder zusammen Urlaub machen. Julia schaut ein wenig schuldbewusst, murmelt was von *noch mal drüber reden,* und es sei ja keine endgültige Entscheidung.

»Du hast gar nichts gegessen«, sagt Kristina, als ich mich vom Tisch erhebe.

»Hab's 'n bisschen mit dem Magen!«

»Dann solltest du erst recht was essen!«

»Ich bin hier der Arzt«, scherze ich. Julia sagt: »Und ich dachte, sie will nur mich bevormunden.« Wir tauschen einen Verschwörerblick. Kristina ertappt uns, und wir müssen alle lachen, die Spannung löst sich. Einer dieser Momente, in denen du spürst, wie großartig Familie ist. Du gehst dir auf die Nerven und fühlst dich wohl miteinander. Das Gefühl von Zugehörigkeit. Mir stehen schon wieder Tränen in den Augen. Ich hol mir das zurück, ganz und gar zurück. Ich mach das alles wieder gut, großes Ehrenwort.

Erleichtert atme ich aus, als ich endlich im Auto sitze. Ein Augenblick nur für mich. Ich kämpfe mit den Tränen beim Gedanken an den neuen Tag, während der norddeutsche Spätsommer vorbeigleitet. Passiere die Schranke zur Tiefgarage, bleibe noch einen Moment unentschlossen sitzen, quäle mich mit resigniertem Stöhnen aus dem Wagen. Ich nehme die Treppe von der Tiefgarage ins Büro, um meinem Spiegelbild aus dem Weg zu gehen. Außer Atem wie ein alter Mann. Straffe mich, ziehe die Mundwinkel zu einem Lächeln nach oben und biete alle Kraft auf, um einen dynamischen Eindruck zu machen.

Frau Foerster überschüttet mich mit einem Redeschwall, während sie mit der Teekanne hinter mir herdackelt. »Ich hab Ihnen ein paar Unterschriftenmappen auf den Schreibtisch gelegt. Da ist ein Antrag, es geht um den neuen CT, es eilt, sagt Dr. Hansmann. Ach, und der Herr Kramer hat schon zweimal angerufen, er müsse Sie unbedingt sprechen.«

»Erst mal trinke ich jetzt in Ruhe eine Tasse Tee«, nehme ich ihr den Wind aus den Segeln. Warte, bis sie die Tür hinter sich geschlossen hat und greife abwesend nach der obersten Unterschriftenmappe auf dem Stapel, um es möglichst schnell hinter mich zu bringen. Rechnungen, Laborkosten, Ausgabenbewilligungen, Anträge für Material und Geräte, Reparaturen, Fremdaufträge. Wie im Akkord kritzele ich meine Unterschrift auf die Seiten, dort wo Biesinger oder seine Assistentin den Pfeil aus roter Folie angeheftet haben. Mir wird bange bei dem Gedanken, was da möglicherweise alles meine Unterschrift trägt. Weil Wolff vielleicht in Wahrheit auch keinen Plan hat hinter seiner brachialen Silberrücken-Rhetorik.

Ich trinke eine weitere Tasse Tee, dann bin ich gewappnet für die Konfrontation mit dem Patienten, der keiner ist. Sondern – das Böse. Aber wir wollen Herrn Kramer, Hans-Georg auch nicht zu viel der Ehre antun. Ich teile den Aufzug mit zwei schweigsamen Pflegern, die ein Rollbett mit einer ausgemergelten Greisin schieben. Die Frau hat Panik in den Augen und – wenn mich mein Eindruck nicht gänzlich täuscht – auch allen Grund dazu.

Der Gang auf Station ist in freundlichem Apfelgrün gestrichen, die Bilder an den Wänden bezeugen die Schönheit der Natur. Großformatige Fotos mit Meeresbrandung, Wüste und Regenwald. Aus der offenen Tür des Schwesternzimmers dringt fröhliches Lachen. Graugesichtige, schweigsame Frauen und Männer dämmern hinter den offenen Türen der Behandlungszimmer auf Liegestühlen, während die Zytostatika aus den Infusionsbeuteln in ihre Venen tropfen.

Ein kahlköpfiger blasser Mann im Bademantel schlurft an mir vorbei, einen Infusionsständer schiebend und eine Schleppe kalten Zigarettenmiefs hinter sich herziehend.

Ich sammle mich kurz, bevor ich die Klinke zu Nr. 7 niederdrücke. Ich habe einen Plan.

Kramer starrt mich missmutig an, als ich das Zimmer betrete. Dann dreht er sich ohne ein Wort weg und schaut wieder auf den Fernseher.

»Herr Kramer!« Ich warte, bis ich seine Aufmerksamkeit habe und sage fürsorglich: »Es hat keinen Zweck. Diese Therapie ist sinnlos und wird Sie nicht retten. Nur Ihre Qualen verlängern. Ich kann das nicht länger verantworten als Ihr Arzt.«

Er wirkt schockiert. »Sie spielen mit Ihrer Freiheit, Professor!«, sagt er heiser.

»Nein, Herr Kramer«, sage ich bestimmt, weil es jetzt kein Zurück mehr gibt. »Sie spielen ein Spiel, dass Sie nicht gewinnen können!«

»Gegen Sie?« Er lacht höhnisch.

»Nein, Herr Kramer, gegen den Tod!«, antworte ich betrübt. »Sie können mich doch nicht erpressen mit etwas, das in jedem Fall geschieht. Sie werden tot sein in einem halben Jahr, egal, was ich tue. Womöglich können Sie mich mit in den Untergang reißen, aber dann müssen Sie das als armer Mann tun. Ob Sie mittellos oder im Luxus sterben – das ist die einzige Wahl, die Sie noch haben. Denken Sie mal in Ruhe drüber nach.«

Ich drehe mich abrupt um und verlasse das Zimmer, bevor er sich von seiner Verblüffung erholt. Da soll er jetzt alleine dran kauen. Noch einmal im Leben das große Rad drehen, reich sein – wenn auch für kurze Zeit.

Nur drei Türen weiter liegt Lisa Amelund. Sie zieht mich ungeheuer an. Dass einem manche Patienten näher sind als andere, ist normal. Das ist bei Lehrern mit ihren

Schülern oder Anwälten mit ihren Klienten vermutlich genauso. Aber das hier geht weit darüber hinaus. Sie erscheint mir so rein und unschuldig, ich weiß nicht, wie ich es anders sagen soll. Ein Engel. Sie vertraut mir, und ich will diesem Vertrauen unter allen Umständen gerecht werden. Ich bin ein Mörder – aber wenn es darauf ankommt, bin ich immer noch ein guter Arzt. Ich bin nicht so schlecht, wie ich mich fühle, wenn sie mir vertraut. Denn das würde sie spüren, da sie in meine Seele schauen kann. Ausgezehrt und gepeinigt sieht sie aus, der Blick leer und stumpf. Die Hochdosis-Chemo setzt ihr sichtbar zu. »Mieser Tag offenbar?!«, sage ich, so sanft ich kann. Sie zuckt gleichgültig die Schultern, schaut mich nicht an, stiert nur stumpf an die Decke.

»Sie gehen da gerade durch eine harte Zeit, das ist mir klar. Aber denken Sie immer daran, dass Ihr Leben das wert ist.« Ich beobachte sie intensiv von der Seite. Aber ihre Miene bleibt regungslos.

»Ich habe Ihnen neulich ganz offen gesagt, dass Sie das Schlimmste noch vor sich haben. Und ich verspreche Ihnen heute, dass es Ihnen schon sehr bald sehr viel besser gehen wird.«

Ich suche nach der Andeutung eines Lächelns, aber sie zuckt bloß wieder leicht die Schultern. Lässt mich abprallen. Ihre Gleichgültigkeit kränkt mich, ich kann das nicht brauchen jetzt. Sage etwas ähnlich Belangloses wie »Kopf hoch« und verabschiede mich mit meinem Arztgesicht.

Einen Augenblick stehe ich unschlüssig auf dem Flur. Erwäge einen weiteren Besuch bei Kramer. Aber wenn ich ihn zu sehr unter Druck setze, erreiche ich womöglich das

Gegenteil. Was fängst du an mit zwei Millionen, wenn du den Tod vor Augen hast? Mir wäre Geld egal, wenn es zu Ende geht. Aber ich habe auch noch nie Not gelitten. Woher soll ich wissen, wie Kramer tickt? Ich gebe mir einen Ruck und eile zum Treppenhaus.

»Herr Kramer hat wieder nach Ihnen gefragt«, informiert mich Frau Foerster, als ich zurück ins Büro komme. Das ging schnell! Ich unterdrücke das Hochgefühl und bremse meine Zuversicht. Ziehe mich zurück an den Schreibtisch und lasse mir von Frau Foerster einen Tee machen, obwohl ich vor Neugier und Ungeduld vergehe. Aber dieser boshafte Zwerg soll nicht glauben, dass ich den ganzen Tag nur auf ihn warte und springe, sobald er ruft. Lassen wir ihn ruhig ein bisschen schmoren! Nach der dritten Tasse Tee, zwei abgekauten Fingernägeln und einem durchgeschwitzten Hemd stemme mich aus dem Schreibtischsessel und eile auf Station.

Kramers Gesicht ist gelb und wächsern, seine Nase steht spitz aus dem mageren Wieselgesicht hervor. Er ignoriert meinen Gruß, hält sich nicht mit Höflichkeiten auf. »Okay, geben Sie mir drei Millionen, und Sie kriegen das Päckchen!«

»Vorgestern waren's noch zwei Millionen!«

»Da sollten Sie mich ja auch noch gesund machen. Also werden Sie mal nicht kleinlich. Ich verlier hier mehr, ich werde nämlich verrecken. Und für Sie geht's munter weiter. Für drei Millionen verkaufe ich.« Ich atme tief durch, weil mich seine Dreistigkeit empört. Aber sage nichts. Die Lösung ist nah, die Tragödie beinah abgesetzt vom Spielplan. Da werde ich es mir jetzt nicht mit dem Schicksal verderben, indem ich mit einem Todgeweihten um Geld streite. Er hat kapituliert, und deshalb braucht er diesen kleinen Sieg.

»Gut, Herr Kramer. Ich schlage vor, dass wir diesen Chemozyklus noch beenden. Das wird Sie etwas stabilisieren. Inzwischen besorge ich das Geld, das dauert so drei bis vier Tage. Und dann erstellen wir einen Behandlungsplan für eine palliative Chemo, wo auch immer Sie die machen wollen. Die Sie so wenig wie möglich beeinträchtigt. Damit Sie die verbleibende Zeit bestmöglich genießen können.«

Kramer lacht hämisch »Sparen Sie sich die Show für Ihre anderen Patienten. Besorgen Sie die Kohle und schreiben Sie mir Rezepte für die Medikamente. Damit ich es schwarz auf weiß habe. Falls Sie auf dumme Ideen kommen. Nichts für ungut, aber von Ihnen persönlich möchte ich mir gar nichts mehr verabreichen lassen, wenn Sie erst mal das Päckchen haben. Im Krankenhaus sterben halt Leute, das fällt nicht mal auf.«

»Sie müssen nicht von sich auf andere schließen«, antworte ich gallig.

»Ach ja, ich vergaß, Sie sind ja ein Ehrenmann.« Er hebt die Hand, zielt mit dem Zeigefinger auf mich wie mit einer Waffe und lacht leise keckernd. »Wollte Sie nicht beleidigen, Professor«, sagt er belustigt. »Ich schick Ihnen mal 'ne Ansichtskarte aus der Südsee oder Karibik. Weißer Strand, Palmen, kühle Drinks. Aber vor allem Sonne.«

»Sie wollen Deutschland verlassen?«

»Darauf können Sie einen lassen! Oder würden Sie Ihre letzten Monate im Hamburger Schietwetter verbringen wollen? Ist Ihnen schon mal aufgefallen, dass es hier eigentlich permanent pisst?«

»Ich kann mich aber auch an sehr schöne Sommer in Hamburg erinnern!«, widerspreche ich.

Kramer winkt ab. »Ja, ich auch. Alle Hamburger erinnern sich immer nur an fantastische Sommer. Doch jedes Mal, wenn ich aus dem Fenster schaue, dann pisst es in Strömen.«

Ich lächle.

Kramers Spuren werden sich im Nichts verlieren. In einem namenlosen Grab am Ende der Welt.

Montag, 24. August

Draußen scheint der Abend anzubrechen. Es ist fast dunkel, obwohl es gerade mal vier Uhr ist. Regen prasselt gegen das Fenster. Hamburger Hochsommer. Herr Naujocks sitzt mir gegenüber auf der blauen Couch und schaut mich mit großen Augen an. Fragend und voller Angst. Ich lächle ihm freundlich zu, erkundige mich nach seinem Befinden.

»Sagen Sie mir, wie es mir geht!«, sagt er tapfer.

»Ich fürchte, nicht so gut.« Ich drehe den Bildschirm mit dem MRT in seine Richtung und deute auf das Querschnittbild seines Bauches. »Das ist Ihre Bauchspeicheldrüse. Und hier haben wir einen nicht mehr nur lokalen Lymphknotenbefall.«

»Aber das kann man doch operieren!?«

»Dafür ist es schon zu weit fortgeschritten. Bauchspeicheldrüsenkrebs ist leider ein sehr ungünstiger Krebs, der meist schon sehr früh metastasiert – also Tochtergeschwülste streut.«

»Der Arzt bei mir zu Hause hat gesagt, sie würden das operieren.« Es klingt nicht trotzig, eher flehend. Er ist zu uns gekommen, weil er seinem Kreiskrankenhaus misstraut. Für eine zweite Meinung. Eine bessere Alternative. Nicht, damit wir ihm alle Hoffnung nehmen. »Herr Naujocks, rein technisch *kann* man das operieren. Aber eine Operation würde Ihnen nicht viel bringen. Die Chancen, dass wir Sie vollständig sauber bekommen vom Krebs, sind gleich null, aber die Belastungen durch eine solche OP gigantisch. Wir müssten Ihnen nicht nur den Pankreasschwanz herausnehmen, sondern auch die Nebennieren, eine Niere – und einen Großteil des Magens. Sie würden Monate brauchen, um sich davon zu erholen. Falls überhaupt.«

Schweigen.

»Wir würden Ihnen stattdessen eine Chemotherapie anbieten. Damit bekämen wir die Schmerzen in den Griff und würden Ihr Leben verlängern.«

»Wozu?«

»Damit Sie Ihre Weltreise machen können, Herr Naujocks.«

Er lächelt. »Daran erinnern Sie sich?«

Ich habe mich oft gefragt, warum so viele meiner Patienten gerade im Begriff sind, eine große Reise zu tun, wenn sie die Diagnose bekommen. Ob der Krebs einen lange gehegten Traum zurück ins Bewusstsein befördert. Oder eine Ausrede ist, Dinge nicht zu tun, die man ohnehin nicht getan hätte. In meinem Leben gibt es keine große Reise, keine unerfüllten Träume. Ich war immer stolz darauf, genau das

Leben zu führen, das ich mir gewünscht habe. »Natürlich erinnere ich mich, Herr Naujocks. Und wenn das immer noch Ihr großer Wunsch ist, sollten Sie ihn sich erfüllen. Wir werden gemeinsam einen Weg finden, wie wir die Chemo mit Ihren Plänen koordinieren können.«

»Ich weiß das sehr zu schätzen, Herr Professor Zielke. Aber ehrlich gesagt, habe ich jetzt nicht den Kopf, um irgendetwas zu regeln, zu klären oder zu planen. Ich möchte jetzt erst mit meiner Frau sprechen.«

Vielleicht wird sie ihm die Reise ausreden. Vielleicht ist sie auch unwichtig geworden. Prioritäten verschieben sich, wenn es existenziell wird. Große Träume sollten nicht das Ende markieren, letzte Male haben einen schalen Beigeschmack. Seit Wochen frage ich mich jeden Morgen, ob es das letzte Frühstück mit der Familie ist, die letzte Autofahrt in die Klinik, die letzte Konferenz mit den Kollegen. Wie kostbar diese Alltagsmomente erscheinen, wenn sie bedroht sind. Und wie wenig du sie noch genießen kannst, wenn die Angst vor dem Ende darüber schwebt. Ich denke, ich würde auf die Henkersmahlzeit verzichten.

Herr Naujocks lächelt mich tapfer an, schaut dann schnell unter sich und wischt sich im Aufstehen mit der Hand verstohlen die Augen. Ich begleite ihn schweigend ins Sekretariat, an Frau Foerster vorbei, um ihm die Abschiedsfloskeln zu ersparen. Ihm fehlt die Kraft für Freundlichkeit. Die Versuchung ist groß, mich mit einem tröstenden Wort zu schützen vor seiner erdrückenden Niedergeschlagenheit, seiner Einsamkeit, die sich in meine Seele schleicht, was mich zutiefst verstört. Weil ich normalerweise Distanz wahren kann zum Leiden meiner Patienten. Weil ich in meinem Herzen ein lebensfroher Mensch geblieben bin. Aber ich begreife auch zum ersten Mal am eigenen Leib, was es bedeutet, ausgeliefert zu sein.

Vielleicht wird sich Naujocks am Ende doch für die OP in seinem Krankenhaus entscheiden. Wie lange ist Leben lebenswert? Ich maße mir da längst kein Urteil mehr an. Erinnere mich an einen alten Seemann, der so vom Krebs zerfressen war, dass er nur mit Mühe atmen und kaum essen und wegen seiner unerträglichen Schmerzen nicht mehr schlafen konnte. »Ich weiß, Herr Doktor«, flüsterte er eines Nachmittags. »Die meisten Menschen würden sagen, lieber tot als so. Aber ich sage Ihnen: Leben ist trotzdem besser.«

Solange du lebst, bist du dabei. Und wenn du nichts mehr hast als Bilder der Enkel auf dem Nachttisch und Erinnerungen im Kopf. Und nach allem, was ich erlebt habe, kann ich nicht ausschließen, dass sogar ich verzweifelt kämpfen würde. Obwohl ich besser wüsste als alle anderen, wann es vorbei ist. Es steckt so in uns Menschen drin, dass wir am Leben kleben und hoffen bis zum Schluss.

Ich drücke Naujocks zum Abschied nur kurz die Hand und denke wieder an den bordeauxfarbenen Aktenkoffer mit den drei Millionen unter meinem Schreibtisch. Den ganzen Tag schon steht er da und macht mich ähnlich nervös wie damals der blaue Müllsack voller Scheine im Keller.

Ich wollte das Geld nicht. Ehrlich! Aber ich wusste auch nicht, wie ich es wieder loswerden sollte. Warum ich es überhaupt genommen habe? Nachdem ich den Sack durchwühlt hatte auf der Suche nach Waffen und überall meine Fingerabdrücke hinterlassen, hatte ich keine Wahl.

Abgegriffene Scheine, unregistriertes Geld. Aber das erfuhr ich erst Monate später, nachdem die Polizei mit Wolff über den Leichenfund in seinem Revier gesprochen hatte. Bis dahin hatte ich das Geld nicht angerührt. Und plötzlich eröffneten sich mir völlig neue Möglichkeiten. Dem Assistenzarzt aus der niedersächsischen Provinz mit BAföG-Schulden und schlecht sitzenden Klamotten und einer Partnerin aus reicher, alter Familie. Mit dieser Angst, nicht mithalten zu können. Nicht zu genügen. Natürlich habe ich nicht mit Geld um mich geworfen. Hier eine Esseneinladung, da eine Städtereise, ein Ring oder ein neuer Anzug.

Dinge, die in Kristinas Welt selbstverständlich waren. Bis auf den sündhaft teuren Verlobungsring jedenfalls. Ich habe mich ein bisschen weniger klein gefühlt mit der vielen Kohle. Ich war reich, und das fühlte sich grandios an. Auch wenn es niemand wissen durfte. Zugleich hatte ich ständig panische Angst, dass der blaue Müllsack durch einen blöden Zufall entdeckt wird. Mehrfach habe ich das Versteck gewechselt, aber selbst ein Schließfach erschien mir nicht wirklich sicher. Irgendwann kam ich auf die Idee mit dem Schweizer Nummernkonto. Häppchenweise habe ich die Beute im Auto über die Grenze gebracht. Mich immer mal wieder für ein Wochenende von zu Hause losgeeist. Jedes Mal so 100.000 Mark im Umschlag in meiner Unterhose. Ich habe auch mit Aktien spekuliert, obwohl ich davon nichts verstehe. Ich hielt das für eine gute Notfallstrategie. Wenn der Zoll mich erwischte, wäre ich ein Arzt, der Spekulationsgewinne vor dem Finanzamt versteckt. Es hätte Ärger gegeben, aber keine schlüssige Spur zu einem ungeklärten Mord. Es waren hochriskante Spekulationen, und ich hätte alles verlieren können. Aber das gehörte zum Spiel. Weil es eben so durch und durch unanständig ist, sich an einer bösen Tat zu bereichern.

Einen wehrlosen Menschen zu töten – das ist ruchlos. Sein Geld zu stehlen – das ist schäbig. Ich gab dem Schicksal die Chance, es mir wieder abzunehmen. Aber Fortuna hat mir ein Vermögen geschenkt.

Das Schweizer Konto ist seit einer Ewigkeit unberührt. Vor Jahren habe ich eine horrende Abgeltungssteuer gezahlt, das war Voraussetzung für die Fortführung des anonymen Nummernkontos. Das schmutzige Geld ist damit sauber. Aber immer noch ein Geheimnis. Eine stille Reserve von sechs Millionen, von der niemand weiß. Ich lasse mir nicht einmal Auszüge schicken aus Angst, Kristina könnte durch einen dummen Zufall davon erfahren. Sie würde denken, ich habe Geld beiseitegeschafft für den Fall einer Scheidung. Ich ziehe das Köfferchen unter dem Schreibtisch hervor. Erstaunlich, wie wenig Platz drei Millionen einnehmen. Ich bin tausend Tode gestorben, als ich sie abgeholt habe in Zürich. In einem kleinen, aber feinen Besprechungsraum habe ich zwei alterslosen Bankern in gut sitzenden Anzügen dabei zugeschaut, wie sie die Bündel durch die Zählmaschine laufen ließen und mit Banderolen versehen in das Köfferchen packten. Einer schob mir den geöffneten Koffer zu. »Vielleicht möchten Sie …«

»Nein danke!«, unterbrach ich. Es wird keine DNA von mir geben in diesem Koffer. Der Deckel schloss sich, klickend schnappten die Schlösser ein. Und dann stand ich in Zürich auf der Straße mit einem bordeauxfarbenen Aktenkoffer mit drei Millionen darin. Ein Mann holt sein Schwarzgeld heim. So hätte es ausgesehen, wenn der Zoll mich kontrolliert hätte. Aber es ging nicht anders. Jede Banktransaktion in solcher Größenordnung hätte Fragen ausgelöst und Spuren hinterlassen.

Ich hatte mir einen Lieferwagen aus der Klinik geliehen, einen dunkelblauen Mercedes-Kombi mit dem Carl-Heßler-Logo. Arzt auf Dienstreise, es sollte seriös wirken. Den Geldkoffer habe ich unter medizinischem Notfall-Equipment versteckt. Der Zoll würde sich nicht an den Instrumenten eines Arztes vergreifen, wenn ich ihnen keinen Anlass bot und die Nerven behielt. Ich fühlte mich wie ein Verbrecher, als ich mich der Grenze näherte. War klatschnass geschwitzt und überzeugt, die Zöllner müssten mir schon auf zwanzig Meter Entfernung ansehen, dass etwas nicht stimmt. Doch sie haben mich einfach durchgewinkt.

Man bekommt alles zurück, aber vielleicht lassen sich Gut und Böse am Ende ja doch miteinander verrechnen. Ich habe schließlich auch eine Menge eingezahlt, und ich muss jetzt Fortuna um eine Hypothek bitten.

Ich blicke auf, als die Tür sich öffnet. Ulli steht da mit einer Zeitung in der Hand und schaut mich nachdenklich an. »Du erinnerst dich sicher an unser Gespräch in der Kantine.«

»Ja, und ich sage dir noch mal, das sind Scheißhausparolen. Von Leuten, die ein Interesse an solchen Gerüchten haben.«

»Ich nehme an, du hast mit Wolff gesprochen.«

»Ja, natürlich. Sag mal, was soll das eigentlich? Wenn du irgendwas weißt, das ich nicht weiß, dann solltest du mir das sagen, statt dich ständig in irgendwelchen Andeutungen zu ergehen.«

Ulli hebt besänftigend die Hand. »Gerüchte, Peter, nur Gerüchte. Aber wenn ich dich so fertig erlebe, und dann noch so 'n Artikel lese, dann macht einen das doch nachdenklich.« Er legt mir das aufgeschlagene Magazin auf den Schreibtisch.

»Du liest den *Spiegel?*«, sage ich ungläubig.

Ulli deutet schweigend auf den Artikel:

Studie: Jedes zweite Krankenhaus macht Miese. Die finanzielle Lage vieler deutscher Krankenhäuser verschlechtert sich drastisch. Jede zweite Klinik hat einer Studie zufolge im vergangenen Jahr Verluste eingefahren.

Ich hebe den Kopf. »Das ist langsam ’ne fixe Idee von dir, was?«

»Lies, Peter, lies einfach zu Ende.«

Der Bericht strotzt nur so vor Zahlen und Fakten, und ich verliere sofort das Interesse. Ein flüchtiger Blick, und mir ist klar, dass da nichts Neues drinsteht. Jeder vierten Klinik droht die Pleite, alle haben mit der Krise zu kämpfen, das ist bekannt. »Okay, Ulli, ich hab’s gelesen. Steht da vielleicht unser Name drin?«

»Nein, aber dass es die kleinen Häuser unter dreihundert Betten besonders hart erwischt hat. Wie viele Betten haben wir?«

»Hundertvierundachtzig. Was soll das? Das weißt du doch. Und dass die Zeiten nicht rosig sind, auch. Aber alles in allem steht … was schaust du so?«

»Ich frage mich gerade …«

»… ob ich dir was verschweige?«

»Nein, Peter, schlimmer! Ich glaube, dass du wirklich keine Ahnung hast, und möchte dich einfach ein bisschen sensibilisieren. Als dein Freund, und aus Eigeninteresse! Dein Vertrauen in Wolff in allen Ehren, aber …« Das Telefon summt. Frau Foerster richtet aus, dass Kramer mich zu sehen wünscht. Ich erhebe mich. »Ulli, lass uns ein andermal weiterreden. Ich will dir nicht ausweichen, aber ich hab jetzt wirklich zu tun.«

Ulli lächelt. »Du weißt ja, dass mein Vater mit Wolff befreundet war. Und er hat immer gesagt, er würde ihm nie über den Weg trauen.«

»Echt? Das hat er gesagt?« Als ob ich Wolff über den Weg trauen würde.

Ich sollte natürlich alarmiert sein. Ulli ist gut vernetzt, er hört das Gras wachsen. Tatsächlich bin ich froh über jede Spur, die von meinem Subjekt ablenkt. Probleme mit der Klinik, damit ließe sich alles erklären. Womöglich sogar der Urlaub verschieben. Ich straffe die Schultern, atme tief durch und blicke Ulli entschlossen in die Augen. »Okay, Ulli, du hast recht. Wir haben unsere Probleme, aber nichts, das unlösbar wäre.« Ich zögere einen Augenblick, bevor ich mich scheinbar zum Weiterreden zwinge. »Und du hast auch recht, dass ich über einige Details nicht vollständig im Bilde bin.« Ich lächle. »Wie du gerade sagtest, wir wissen ja beide, wie Wolff ist. Aber ich bin dabei, mich einzuarbeiten, und deshalb – ehrlich gesagt – ziemlich im Stress. Verstehst du das?«

»Mensch, Peter, klar, keine Frage, sag das doch gleich.«

Ich schnappe mir den Koffer, dränge mich an Ulli vorbei, klopfe ihm auf den Oberarm. »Und ich verspreche dir, wenn es irgendwelche entscheidenden Entwicklungen gibt, erfährst du es als Erster. Lass uns mal bei Gelegenheit 'n Wein trinken gehen, ich muss los.« Im Satzende drehe ich mich um und eile auf Station.

Kramer empfängt mich gut gelaunt auf dem kleinen Balkon seines Einzelzimmers. Er sitzt auf einem Plastikstuhl, neben sich den Infusionsständer. Hat die Bettdecke um sich gewickelt, schaut in den pladdernden Regen, geschützt durch das Dach des Balkons darüber. Er raucht. »Ist nicht gut für meine Gesundheit, ich weiß«, sagt Kramer, als er meinen missbilligenden Blick bemerkt, und lacht dreckig. Er wirkt erstaunlich gefasst, beinah heiter. »Haben Sie meine Kohle?«, fragt er ruhig. Ich öffne den Koffer und sehe seinen gierigen Blick. Er nimmt nacheinander mehrere Bündel in die Hand, lässt die Scheine durch die Finger gleiten, grinst wie ein Kind im Spielzeugladen. »Wow, ich bin Millionär! Fühlt sich gut an.«

»Das reicht!«, sage ich, klappe den Koffer zu und ziehe ihn an mich. »Haben Sie mein Päckchen?« Ich komme mir ein bisschen albern vor, wie in einem schlechten Krimi. Kramer zieht einen braunen Polsterumschlag aus der Bettdecke hervor, die er sich um den mageren Körper gewickelt hat, und wirft ihn mir in den Schoß. Ich öffne die Lasche und sehe eine rote Schrotpatronenhülse, ein Filmdöschen und einen Packen Fotoabzüge. Postkartenformat. Schwarz-Weiß. Die Lichtung im Wald, Bäume mit Forstmarkierungen in Nahaufnahme, der Weg, das Loch in der Erde und die halb vergrabene Kiste. Beim nächsten Bild zucke ich zusammen. Ein Mann am Boden und ein anderer, der mit dem Gewehr auf ihn zielt. Der Kopf des Bewaffneten ist von der Kamera abgeschnitten. Ein Bild weiter sieht man den Schützen ganz: ein schlaksiger junger Mann. Ich hatte eine Menge Haare damals, das Gesicht ist durch die lange Belichtungszeit verwackelt und unkenntlich. Derselbe Mann von hinten beim Hantieren mit einem Spaten. Mit einem Sack über der Schulter im Profil, das Gesicht von Locken verdeckt. Schlechte Bilder, die alleine nichts beweisen, aber eindringlich den Morgen im Wald zurück in mein Gedächtnis holen. Mir wird flau im Magen.

Weil ich so sehr auf die Fotos fixiert war, fallen mir erst jetzt die vergilbten, labbrigen Zeitungsausschnitte auf. Meldungen über den ungeklärten Mordfall. Die Namen der Opfer, ein alter Personalausweis von Kramer. Mein Name auf einem linierten Blatt, der Tathergang, alle Details mit Kuli in krakeliger Schönschrift. Ich atme tief durch.

»Was garantiert mir, dass Sie nichts zurückbehalten?«

Er lacht. »Was hätte ich denn davon, Professor?! Sie verschaffen mir 'nen guten Abgang, mehr kann ich nicht mehr erwarten. Außerdem …« Er deutet auf den Umschlag in meiner Hand. »Außerdem haben Sie auch die Negative!« Ich schaue nachdenklich zu, wie er den Geldkoffer zu sich heranzieht. Es ist Wahnsinn! Er wird damit um sich werfen und auffallen, und auf den Rezepten ist meine Unterschrift. Es wäre besser, wenn er hier nicht herausspazierte. Krebs im Endstadium – da ruft der Tod nicht unbedingt den Gerichtsmediziner auf den Plan. Wenn es kein Päckchen mehr gibt, das in einem Kommissariat auftauchen kann. Wenn man bloß sicher sein könnte, keine Spuren zu hinterlassen.

Ich sage mit belegter Stimme: »Ich habe Ihre Rezepte mitgebracht. Und eine genaue Anleitung, wie Sie Ihre Medikamente nehmen müssen. Außerdem mein Bericht auf Englisch. Wenn Sie im Ausland ärztliche Hilfe brauchen, dann weiß der Kollege Bescheid.«

Kramer lacht wieder sein Ziegenmeckern. »Nun machen Sie mal nicht so 'n trübes Gesicht, Partner. Wir sind im Geschäft, Sie ham's geschafft. Und ich lass es noch mal richtig krachen. Das sollten wir feiern – finden Sie nicht, Professor?«

»Ich kann Ihnen von übermäßigem Alkoholkonsum nur abraten, Herr Kramer.«

»Nun seien Sie mal kein Spielverderber! Sie werden doch einem todkranken Mann nicht einen so läppischen Wunsch abschlagen. Also organisieren Sie mal 'n Kasten Bier und Pizza.«

»Also, Herr Kramer, wirklich!«

»Ich möchte das einfach gern, Professor. Bitte!« Seine übliche Unverschämtheit ist augenblicklich wie weggeblasen, der Ton leise und eindringlich. Bittend, nicht fordernd. Ich bringe es nicht fertig, ihn abblitzen zu lassen, greife achselzuckend zum Handy, wähle mein Sekretariat an. Ein Patient, der morgen entlassen wird, ungünstige Prognose, wünscht sich zum Abschied Bier und Pizza. »Schinken, Salami und extra Sardellen«, raunt mir Kramer zu, und ich gebe es weiter. »Ach – und noch eine große Vier-Jahreszeiten.«

»Ach, Herr Professor, Sie sind einfach zu gut!«, sagt Frau Foerster und verspricht, sich zu kümmern.

»Glauben Sie an ein Leben nach dem Tod, Professor?« Das Subjekt überrascht mich schon wieder.

»Ehrlich gesagt, nein.«

»Dann ist es also völlig egal, was ich im Leben gemacht habe, wenn ich abkratze?«

»Ich weiß nicht, ich denke, jeder Mensch hat das Bedürfnis, irgendetwas zu hinterlassen. Aber das hat natürlich nur eine Bedeutung, solange man lebt.«

Kramer lacht. »Was soll ich schon hinterlassen? Wird mich keiner vermissen, schätze ich.«

»Ich denke, es ist viel wichtiger, dass man seinen Frieden macht.«

»Kann ich nicht so viel mit anfangen. Ich würde lieber noch 'ne Weile weiterleben.«

»Das widerspricht sich ja nicht. Ich meine, wir kommen alle irgendwann an den Punkt, an dem wir Abschied nehmen müssen, und wir würden lieber noch bleiben. Dann loszulassen, ohne zu hadern – das ist wahrscheinlich die Kunst.«

»Schön gesagt, Professor. Schätze mal, Sie haben schon viele krepieren sehen. Haben die das alle geschafft, ihren Frieden zu machen?«

»Nein, viele hadern. Bereuen Dinge, die sie nicht getan haben, das Leben, das sie nicht gelebt haben! Aber das macht dann keinen Sinn mehr! Sie können nichts nachholen, wenn die Zeit dafür vorbei ist. Denke ich.«

»Glauben Sie, dass Sie Ihren Frieden machen werden, wenn's mal so weit ist?«

»Ich hoffe das. Ich kann zumindest sagen, dass ich das Leben gelebt habe, das ich mir immer vorgestellt habe.«

»Sie ham's gut, Professor. Bei mir gibt's nicht so viel, auf das ich stolz sein könnte. Ist ziemlich verpfuscht, mein Leben. Fing schon scheiße an. Mein Alter hat sich ausm Staub gemacht, meine Mutter gesoffen. Das Jugendamt hat uns ins Heim gesteckt, meinen Bruder und mich.«

Mein Handy klingelt, Frau Foerster teilt mit, dass sie das Gewünschte bestellt habe, und ob sie jetzt gehen könne.

»Mein Bruder war der einzige Mensch, der sich je im Leben um mich gekümmert hat«, sagt Kramer übergangslos, nachdem ich Frau Foerster rasch verabschiedet habe. »Auch wenn er mich verarscht hat. Aber wissen Sie, ich glaube, er wollte mich nur schützen. So wie immer.« Es ist mir unangenehm, ich fühle mich schuldig. »Hören Sie, das tut mir sehr leid mit Ihrem Bruder. Ich dachte, er hätte eine Waffe.«

»Vergessen Sie's! War doch klar, dass so was früher oder später passiert. Das Leben war halt scheiße von vorne bis hinten.«

»Sie glauben, Sie hatten von vornherein keine Chance?«

»Weiß nicht. Was ham eigentlich Ihre Eltern gemacht?«

»Mein Vater war Bankangestellter.«

»Da bin ich ihm vielleicht mal begegnet«, kräht Kramer fröhlich. »Bei 'nem Überfall. Jedenfalls hat er dafür gesorgt, dass Sie aufs Gymnasium gehen und studieren konnten.«

»Sie machen sich das ein bisschen einfach, finde ich.«

»Ach!«

Es klopft an die Tür. »Stellen Sie's bitte auf den Balkon!«, weise ich den Boten mit der Bierkiste und den Pizzaschachteln an. Als er wieder weg ist, reiche ich Kramer eine geöffnete Flasche, wir stoßen klirrend an.

»Sie haben mal erzählt, dass Sie zuerst meinen Schwiegervater erpressen wollten«, frage ich beiläufig, weil mich das schon die ganze Zeit beschäftigt, »haben Sie denn mit ihm gesprochen?«

»Na ja, ich hab ihn abgepasst vor der Klinik. Genauso wie Sie neulich, nur dass es die Tiefgarage noch nicht gab. Hatte die Schrotpatrone im Beutel und quatsche ihn von hinten an. Als er sich dann umdreht, war mir klar, der war's nicht, der geschossen hat. 'tschuldigung, sag ich, hab Sie verwechselt, aber da packt er mich schon am Schlafittchen.«

Das ist typisch für Wolff, im Zweifelsfall greift er erst mal an. »Haben Sie ihm was erzählt? Hat er die Hülse gesehen?«

»Kann sein, aber ist doch auch egal.« Kramer wirkt leicht genervt. »Ich kam ja gar nicht dazu, viel zu sagen, weil er mich gleich angebrüllt hat. Dass ich sofort verschwinden soll, oder er holt die Polizei. Hab ich dann auch gemacht.«

Kein Stern ist zu sehen am verhangenen Abendhimmel. Der Regen prasselt gegen die Blechverschalungen der Balkone. Vom Klinikneubau nebenan ist das Rauschen der Lüfter zu hören. Vor dem Eingang steht jemand im Bademantel, die Zigarette ein kleiner Leuchtpunkt unter dem Schirm, ich schüttle den Kopf. »Machen Sie sich Sorgen wegen Ihrem Schwiegervater?«, fragt Kramer freundlich. »Müssen Sie nicht. Wenn er Sie verdächtigt, hätte er ja wohl mal was gesagt in den letzten fünfundzwanzig Jahren. Noch ’n Bier, Professor?« Wir stoßen wieder miteinander an. »Prost!«, sagt Kramer. »Prost!«, sage ich. Und dann: »Scheiße!«

»Was?«

»Sie haben es auf gut Glück bei mir probiert! Hatten eine Ahnung, aber mehr auch nicht. Ich hätte mich einfach stur stellen sollen, und Sie hätten gedacht, Sie haben sich wieder geirrt. Wie damals bei meinem Schwiegervater.«

»So wie Sie reagiert haben, habe ich sofort gerafft, dass ich mich nicht irre«, entgegnet Kramer ruhig.

»Aber Sie hätten nichts tun können …«

Kramer zuckt die Achseln. »Vielleicht nicht, vielleicht doch.« Er nimmt einen tiefen Schluck aus der Bierflasche. »Aber ist jetzt auch egal, oder? Wissen Sie, ich hab mal mit einem gesessen, der hat ’nen Bullem umgelegt bei ’nem Überfall. Und hat ständig rumgejammert, dass er jetzt schon längst wieder draußen wäre, wenn er nicht abgedrückt hätte. Aber als der Bulle hinter ihm her war, hatte er einfach nur Manschetten, dass sie ihn einbuchten. Sie hätten ihn aber eh gekriegt, weil er seinen Perso in der Bank verloren hatte. Hinterher ist man immer schlauer.«

Ich lache bitter. Habe reagiert, wie ein in die Enge getriebener Bankräuber. Getrieben von Angst. Mehr noch als vor dem Urteil eines Richters vor der gesellschaftlichen Ächtung. Vor einem Kratzer auf meinem Bild, einem Skandal. Vor Wolff womöglich… Panisches Krisenmanagement! Nichts gelernt aus den Schüssen im Wald! Ich schüttle ärgerlich den Kopf, aber es lässt sich ohnehin nicht mehr ändern. Das Geld kann ich verschmerzen, solange ich bloß mein Leben zurückbekomme. Kramer zündet sich eine Marlboro an. Mir liegt eine Zurechtweisung auf der Zunge, ich kann nicht anders, das ist so in mir drin. Stattdessen sage ich: »Geben Sie mir auch eine?«

Kramer lacht. »Passen Sie mal auf, dass Sie keinen Krebs kriegen.« Meine letzte Zigarette liegt sicher zwanzig Jahre zurück. Damals haben viele Ärzte geraucht, die Schwestern sowieso, blauer Dunst hing in den Bereitschaftszimmern. Ich muss husten, aber der Rauch weckt auch Erinnerungen. Gute Erinnerungen. Das Bier rinnt kalt die Kehle hinunter, lange her, dass ich Flaschenbier getrunken habe. Ich inhaliere voller Genuss den würzigen Rauch, fühle mich zum ersten Mal seit Wochen fast entspannt. Hier auf dem Balkon mit meinem Komplizen. Zwei Männer, die Bier trinken, rauchen, über Gott und die Welt philosophieren.

»Glauben Sie, der Krebs ist eine Strafe?«

Was für Gedanken der sich noch macht.

»Quatsch!«, sage ich heftig. »Auch Kinder bekommen Krebs. Völlig unschuldige Kinder.«

Kramer zieht an seiner Zigarette, trinkt geräuschvoll einen Schluck Bier und schweigt.

»Ich hab Zigarettenautomaten geknackt mit fünfzehn«, sage ich.

»Echt?«

»Ja, mit Kumpels aus der Schule. Wir haben die Pfosten abgesägt und die dann im Wald mit Unkraut-Ex und Zucker gesprengt, um an die Kasse zu kommen. Jedenfalls haben wir es versucht.« Ich lache bei der Erinnerung. »Hat aber – glaube ich – nicht funktioniert.«

»'n Brecheisen wär einfacher gewesen«, lacht Kramer, und wir schweigen wieder. Und nach einer Weile: »Und wenn man Sie erwischt hätte?« Ich zucke die Schultern.

»Dann wär'n Sie vielleicht kein Arzt geworden. Hätten keinen umgelegt. Und wir wär'n uns nie begegnet.« Er hält einen Moment inne, scheint nachzudenken. »Aber wahrscheinlich wär'n Sie mit 'nem Donnerwetter und 'n paar Sozialstunden davongekommen.«

»Während man Sie natürlich sofort ins Gefängnis gesteckt hätte.«

»Vermutlich!«

»Okay, meinetwegen, vielleicht ist das so.« Ich bin ein bisschen ungehalten. »Sie hatten es schwerer im Leben als ich, da habe ich keinen Zweifel, aber das ist keine Entschuldigung für alles. Es gab auch für mich 'ne Menge Leute, die's einfacher hatten. Ärztesöhne und -töchter mit reichen Eltern und guten Verbindungen. Trotzdem habe ich mich davon nicht Bange machen lassen. Sondern gekämpft. Weil ich ein Ziel hatte.«

»Sind Sie Arzt geworden, um fette Kohle zu machen?«

»Ich bin Arzt geworden, um Menschen zu helfen und Leben zu retten.« Ich verhake mich in den Gedanken: Was für ein absurder Satz zu dem Mann, dessen Bruder ich ermordet habe. Aber die gehässige Entgegnung bleibt aus, ganz sachlich sagt Kramer: »Mich können Sie nicht retten!« Eine Feststellung, kein Vorwurf. Ohne jede Bitterkeit oder Wehmut. Er wirkt sehr müde auf einmal. »Ich würde jetzt gerne schlafen. Weil ich morgen einigermaßen früh aufbrechen will.« Kramer erhebt sich mühsam aus seinem Plastikstuhl und streckt mir die Hand entgegen. »Machen Sie's gut, Professor, war mir ein Vergnügen, Sie kennengelernt zu haben!«

»Ich wünsche Ihnen alles, alles Gute! Und dass Sie das Leben noch eine Weile in vollen Zügen genießen können.« Wir haben vorerst immer noch dasselbe Interesse, nämlich dass Kramer so lange wie möglich am Leben bleibt. Ein toter Vagabund mit viel Geld in einem Karibikstaat, wen kümmert es. Bricht er am Frankfurter Flughafen zusammen, wirft das zumindest Fragen auf. Mit einem Koffer voller Geld und meinen Rezepten. *Ja, Herr Kramer war mein Patient. Seine Prognose war ungünstig, er plante eine letzte, große Reise. Also habe ich ihm einen Behandlungsplan erstellt und einen Krankenbericht auf Englisch mitgegeben – falls er im Ausland medizinische Hilfe braucht.* Alles ganz offen, völlig harmlos. Ich kann es sowieso nicht leugnen, dass er hier war. Warum auch? Ich bin Onkologe, ich behandle Menschen mit Krebs. *Ein Koffer mit Geld? Nein, davon weiß ich nichts.*

Ich fühle neue Zuversicht auf dem Weg in die Tiefgarage. Hier bin ich dem bösen Zwerg zum ersten Mal begegnet. Meine Schritte hallen laut auf dem Beton, eine Leuchtstoffröhre britzelt an der niedrigen Decke, Autos und Betonsäulen werfen lange Schatten. Die beklemmende Stimmung aber ist fort, lächelnd setze ich mich in meinen Wagen. Ich bin noch nicht aus dem Schneider, und die dumpfe Angst im Magen ist nach wie vor da. Aber zumindest habe ich wieder eine realistische Chance, die Angelegenheit unbeschadet zu überstehen. Und das ist eine ganze Menge angesichts der ganz und gar aussichtslosen Tragödie, in der ich gefangen schien.

Kristina ist außer sich vor Wut, als ich nach Hause komme. *Sie weiß alles,* ist mein erster Gedanke. Ich überlege fieberhaft, was ich übersehen habe, aber tatsächlich geht es bloß um unsere Verabredung. Die Vernissage. Ich habe sie vergessen über das Abschiedsbesäufnis mit meinem Erpresser. Kristinas Freundin hatte am Abend feierlich ihre erste Ausstellung eröffnet. Ich finde sie als Künstlerin vollkommen unbegabt und würde mir keines ihrer Bilder ins Haus hängen, obwohl ich fürchte, dass Kristina genau das vorhat.

»Kristina, es tut mir leid, aber ich hatte leider viel zu tun.«

»Und da kannst du nicht wenigstens mal anrufen? Und schaltest dein Handy aus. Ich hab mir Sorgen gemacht, weißt du das?!« Ich muss lachen, weil sie so komisch aussieht in ihrer Empörung. Natürlich ist es in Wahrheit überhaupt nicht komisch. Ich habe mich mehr als merkwürdig verhalten in der letzten Zeit, und womöglich steckt meine Ehe in einer tiefen Krise. Aber verglichen mit dem Problem, dass ich da gerade – hoffentlich – gelöst habe, ist es natürlich Pillepalle. Geradezu lachhaft.

»Du findest das komisch?«, fragt sie scharf.

»Nein«, sage ich ernsthaft. »Nicht wirklich. Und ich will mich gar nicht rausreden. Ich habe es schlicht vergessen.« Sie holt tief Atem, aber ich lasse sie nicht zu Wort kommen. Gerade rechtzeitig ist mir Ullis Krisengerücht wieder in den Sinn gekommen. »Und das ist unverzeihlich, ich weiß. Aber es gibt womöglich ernsthafte Probleme in der Klinik, um die ich mich dringend kümmern musste.«

»Könntest du *womöglich* ein wenig konkreter werden?« Sie ist noch immer nicht besänftigt.

»Ich weiß es nicht so genau, das ist das Problem. Es gibt Gerüchte über finanzielle Probleme. Ulli hat da angeblich was gehört, und dem muss ich nachgehen. Dein Vater meint, es seien Scheißhausparolen.« *Scheißhausparolen!* Wie oft habe ich dieses Wort jetzt schon benutzt. Wolffs Ausdruck. Kristina steht mir gegenüber mit verschränkten Armen und wartet. Ich werde ihr mehr bieten müssen. »Ich bin Arzt, Kristina, und ich versuche, mich ins Geschäft einzuarbeiten. Aber da ist ja nicht nur die Klinik, sondern Wolff hat noch andere Unternehmensbeteiligungen, über die ich nicht im Bilde bin. Und wo ich nicht weiß, wie die Haftungsverhältnisse sind. Und ob Wolff wirklich, also, ich meine …« Der Satz verhungert, und Kristina schaut mich lange und intensiv an. Es ist mir unangenehm.

»Gut, dann werde ich mit ihm reden!«

»Kristina, bitte tu das nicht!«

»So viel Zeit bleibt ihm nicht mehr, hast du das nicht neulich selbst gesagt? Wann gedenkt er denn, seinen Nachfolger einzuweisen? Es kann doch nicht wahr sein, dass du die Klinik übernimmst und keine Ahnung hast, worauf du dich einlässt!«

»So ist es auch nicht, Kristina.«

»Merkst du's noch immer nicht, Peter?! Es ist ihm egal! Nach ihm die Sintflut!«

»Nein, ist es nicht«, widerspreche ich heftig, obwohl ich

weiß, dass sie recht hat. »Familie, Tradition, Beständigkeit – das bedeutet ihm viel, das hat er mir oft gesagt.«

»Geschwätz«, sagt Kristina heftig. »Alles Geschwätz.«

Ich weiß! Aber Wolff nach all der Zeit im Alter die Gefolgschaft aufzukündigen und mich mit seiner Tochter gegen ihn zu verbünden – das erschiene mir illoyal. Ich käme mir vor wie ein Opportunist.

»Es ist ihm nicht egal, was er hinterlässt«, antworte ich bestimmt. »Das weiß ich absolut sicher.«

»Seinen großen Namen?«, fragt sie spöttisch. »Keine Sorge, den wird er behalten. Wenn die Klinik den Bach runtergeht, wird es heißen, dass sein Schwiegersohn es nicht auf die Reihe gekriegt hat.«

Teil II

Spukschloss

(SECHS WOCHEN SPÄTER)
MONTAG, 5. OKTOBER

Ich betrachte mein Spiegelbild im Bürofenster. Den italienischen Anzug, den mir Kristina vor langer Zeit geschenkt hat. Ich trage ihn selten, weil ich den schmalen Schnitt ein wenig geckenhaft finde. Aber Kristina meint, er macht mich jung. Die Sprechanlage summt. »Frau Dr. Amelund ist dann da«, sagt Frau Foerster, und ich straffe mich. Ich habe gute Nachrichten.

»Krebsfrei?«, ruft sie begeistert.

»Sie sind noch nicht völlig über den Berg«, beschwichtige ich vorsichtig. »Wir müssen die Remission jetzt mit weiteren Chemotherapien stabilisieren.«

»Ich weiß!«, winkt sie ab. »Aber erst mal habe ich ja wohl allen Grund zum Feiern.« Sie strahlt mich an und wirkt so euphorisch, dass ich sie am liebsten in den Arm nehmen würde.

»Natürlich!« Ich kann gar nicht anders, als sie anzulächeln. »Verläufe wie Ihrer sind die Glücksmomente der Medizin.«

»Sie haben nicht mit einem Erfolg gerechnet?«

»Wissen Sie, es ist manchmal schwer nachvollziehbar, wie nah Erfolg und Misserfolg in der Onkologie beieinanderliegen. Eine Medikamentenkombination, die den einen heilt, verändert bei einem ähnlich gelagerten Fall gar nichts. Das Problem ist, dass der Krebs keine Krankheit von außen ist, sondern Teil von uns selbst. Unsere ureigenen Zellen spielen verrückt. Und deshalb ist jeder Krebs so einzigartig und verschieden wie wir selbst.«

Sie wirkt plötzlich nachdenklich. Ich widerstehe dem Impuls, einfach weiterzureden.

»Der Krebs wird also nun mein ständiger Begleiter«, sagt sie leise.

»Sie tragen ein gewisses Risiko in sich, ja. Und deshalb behandeln wir Sie erst mal weiter. Und je mehr Zeit vergeht, ohne dass es zu einem Rezessiv kommt, desto mehr sinkt auch Ihr Risiko. Ja, Sie können in fünf Jahren tot sein, aber Sie können auch steinalt damit werden. Und Sie können auch übermorgen vom Auto überfahren werden, und das ist kein Grund, das Leben ständig vom Ende her zu denken!«

»Sie tun mir wirklich gut, Professor Zielke. Wie Sie sich mit mir freuen! Sie haben wohl nicht allzu oft gute Nachrichten für Ihre Patienten?«

»Das würde ich so nicht sehen. Ein Jahr mehr in diesem Leben ist auch eine gute Nachricht. Ein Monat, eine Woche … Der Wert des Lebens bemisst sich nicht unbedingt nach seiner Dauer.«

»So habe ich das noch nie betrachtet.«

»Ja – es ist eine ausgesprochen befriedigende Arbeit hier. Wir haben meistens einen sehr langen und sehr intensiven Kontakt zu unseren Patienten, wir kommen einander recht nahe. Viele begleiten wir auch bis zum Ende, aber das ist keine vertane Zeit. Keine Niederlage, wie Ärzte früher oft dachten.«

Sie lächelt. »Wollen Sie mich abwerben für die Onkologie?«

Ich bin elektrisiert. Welch faszinierender Gedanke! Lisa Amelund als Kollegin immer um mich zu haben. Natürlich ist es absurd. Sie ist meine Patientin, ich weiß nichts über ihre Qualifikation als Ärztin. Ich hebe den Kopf, sie schaut mich erwartungsvoll an. »Ich muss gerade an eine Szene aus Solschenizyns *Krebsstation* denken«, sage ich lächelnd. »Haben Sie's gelesen?«

Lisa Amelund schüttelt stumm den Kopf.

»Es spielt in einer sowjetischen Krebsklinik in den Fünfzigern. Als man nicht mehr tun konnte, als Tumore großflächig herauszuschneiden und dann mit massiven Röntgendosen großflächig zu bestrahlen. Jedenfalls bekommt die Radiologin bei Solschenizyn durch den ständigen Umgang mit den Röntgengeräten selbst Krebs und fragt sich, ob es einen guten mitfühlenden Arzt nicht auszeichnet, wenn er die Krankheit, die er behandelt, am eigenen Leibe erleidet.«

»Dann würde ich der Geburtshilfe den Vorzug vor der Onkologie geben«, entgegnet sie trocken.

»Ja, vielleicht«, sage ich lächelnd. »Wissen Sie, der Punkt ist, dass wir seit Solschenizyns *Krebsstation* rasante Fortschritte gemacht haben. Seine Radiologin kann mit ihren Patienten nur die Angst vor dem Sterben teilen. Sie dagegen verkörpern die Fortschritte in der Medizin. Die Hoffnung! Sie wären längst tot, vor fünfzig Jahren mit akuter Lymphatischer Leukämie, vor zwanzig Jahren noch. Und dass wir hier heute über Ihre berufliche Zukunft sprechen, sollte Ihnen doch zeigen, dass ich Ihre Perspektiven durchaus optimistisch betrachte.«

»Wow!«, sagt sie heiter. »Ist das jetzt ein Angebot?« Sie spielt mit ihren Händen, wie damals, als ich ihr die Diagnose eröffnete. Sie ist immer noch sehr dünn und hat

Ringe unter den Augen. Wirkt zerbrechlich, aber ich weiß, wie stark sie ist. Sie hat mich gerettet – und ahnt es nicht. Ihr Vertrauen hat meine Seele überleben lassen. Ich räuspere mich. »Wir könnten hier jemanden brauchen wie Sie.«

Die junge Ärztin strahlt mich an. »Das ist schön zu hören, aber woher wollen Sie das wissen?«

»Ich verlasse mich auf meine Intuition, Sie haben das Herz am rechten Fleck.«

»Und das macht mich zu einer guten Ärztin?« Sie klingt amüsiert, aber ihr Blick ist warm.

»Es ist die Voraussetzung für einen verantwortungsbewussten Arzt. Dass er seinen Beruf aus den richtigen Motiven heraus ergreift. Dass er ein Herz hat, ja, natürlich. Wissen Sie, früher fand ich Onkologie eine furchtbar trübsinnige Disziplin. Bis ich die Größe der Herausforderung begriff, gegen eine der heimtückischsten Geißeln der Menschheit zu kämpfen. Und ich schätze mal, wenn wir den Krebs verstehen, dann verstehen wir auch eine ganze Menge mehr über uns selbst und wie das Leben funktioniert. Oder umgekehrt.«

Du bist wahnsinnig, Zielke. Du hast doch nicht mal 'ne freie Stelle, die du ihr geben könntest. Außerdem … Die Sprechanlage summt in meine Gedanken. »Was gibt's, Frau Foerster?«, frage ich heiter, obwohl ich innerlich zum Zerreißen gespannt bin. Was kann so dringend sein, dass sie in ein Patientengespräch platzt. *Kramer*, schießt es mir siedend heiß in den Kopf. Er ist zurückgekommen und wartet im Vorzimmer auf mich.

»Es tut mir leid, Herr Professor, aber Herr Biesinger von der Buchhaltung hat schon dreimal angerufen und gesagt, es ist dringend.« Fast hätte ich laut aufgelacht.

»Danke Frau Foerster, ich rufe ihn gleich zurück!«

Lisa Amelund ist aufgestanden. »Ich bin Ihnen wirklich dankbar, Professor Zielke. Für alles. Und ich fühle mich durch Ihr Angebot sehr geehrt. Aber ich möchte jetzt erst mal mit meiner Behandlung weitermachen, bevor ich irgendwelche Entscheidungen für mein weiteres Leben treffe. Und Sie sollten vielleicht auch noch mal darüber nachdenken.«

»Das muss ich nicht!«, sage ich ernsthaft. Geleite sie zur Tür und gebe ihr zum Abschied die Hand. Der Buchhalter hat angerufen. Es sei dringend. Meinetwegen.

»Na, Herr Biesinger?«, frage ich gut gelaunt, als ich unseren Prokuristen am Apparat habe. »Was gibt es so Dringendes?«

Einen Augenblick herrscht Schweigen, dann sagt Biesinger sachlich: »Wir haben hier eine kritische Lage, die schnelles Handeln erfordert. Ich schlage vor, dass wir uns möglichst bald persönlich zusammensetzen.«

»Gut, Herr Biesinger, dann kommen Sie doch am besten gleich hoch und erzählen mir, was Sie auf dem Herzen haben.«

Fünf Minuten später sitzt Ludwig Biesinger auf dem Stuhl vor meinem Schreibtisch. Eine graue, freudlose, schwäbische Krämerseele, das personifizierte Buchhalterklischee. Er hat einen Haufen Papiere vor mir ausgebreitet und redet auf mich ein. Von Anleihen und Fälligkeiten und Zeitfenstern. Schaut mich erwartungsvoll an, aber ich weiß auch nicht, was ich sagen soll, außer: »Und warum kommen Sie damit zu mir?«

»Nun, Herr Professor Heßler hat mich angewiesen, mit Ihnen zu reden.«

Ich blättere in Biesingers Papieren, um Zeit zu gewinnen. Stelle Fragen zu einzelnen Positionen, um Sachkunde vorzutäuschen.

»Was schlagen Sie vor, Herr Biesinger?«, frage ich ruhig.

Er zuckt unglücklich die Schultern. »Ich weiß nicht«, sagt er hilflos. »Wir brauchen bis Ende des Jahres sechs Millionen, sonst sind wir in ernsthaften Schwierigkeiten.«

»Klar … natürlich«, sage ich unbestimmt. Danke ihm, dass er mich rechtzeitig informiert hat. Zeit genug, eine Lösung zu finden. Biesinger verzieht die schmalen Lippen zu einem freudlosen Lächeln. Rafft seine Papiere zusammen und verabschiedet sich.

Ich stehe am Fenster – immer noch unter Schock. Blicke auf die alte Villa, in der alles begann vor mehr als 150 Jahren. Ein schmutzig weißer Bau mit halbrundem Balkon über einer Säulenveranda, der Putz an vielen Stellen schimmelig-grün, die großen Sprossenfenster blind und fleckig. Das alte Haus wirkt verloren zwischen dem sechsstöckigen Kasten aus den späten Vierzigern und dem Siebzigerjahre-Funktionsbau. In der alten Villa hat Carl Heßler den Grundstein gelegt für die große Onkologendynastie. Sein Ururenkel Wolff wollte ein exklusives Bettenhaus für VIP-Patienten daraus machen, nachdem der Denkmalschutz den Abriss verboten hatte. Das war so typisch Wolff. Er hielt sich für grandios und wollte sich mit grandiosen Patienten umgeben. Ich erinnere mich gut an seine Euphorie. Den Baulärm, die Kräne und Handwerkerarmeen. Und die Stille, die von einem auf den anderen Augenblick eintrat. Sang- und klanglos wurde das Projekt beerdigt. Weil das alte Haus sich dann doch als unzweckmäßig erwies und der Aufwand sich nicht rechnete. Wieso er sich das nicht vorher überlegt hat? Ich habe ihn nie gefragt, mich nicht einmal gewundert. Wolff hatte entschieden, das genügte. Ich schüttle den Kopf. All die großen Pläne und Ideen meines Schwiegervaters erscheinen mir plötzlich in völlig anderem Licht. Ich war so sehr darum bemüht, ihm gerecht zu werden, dass mir nie der Gedanke kam, dass Wolff seine Klinik auf recht abenteuerliche Weise führt. So ganz kann und will ich es immer noch nicht glauben – dass die Klinik in Gefahr ist und mein Schwiegervater nicht den Mumm hat, mir das persönlich mitzuteilen. Er ist an einem offenbar maroden Pharmaunternehmen beteiligt, und es gab massive Privatentnahmen. Er hat die Klinik als Selbstbedienungsladen benutzt, so viel ist mir durchaus klar. Aber was erwartet er jetzt von mir?

Seit Samstag sind Kristina und ich aus dem Urlaub in Maine zurück. Unsere Tochter setzte sich durch und blieb zu Hause. Wir hatten es befürchtet, und wir waren enttäuscht. Und dann hat auch Claas, unser Ältester, kurzfristig abgesagt. Ich vermute, Julia hat ihrem großen Bruder den Rücken darin gestärkt, »sein Ding« zu machen. Etwas ging unwiderruflich zu Ende, und wir mussten einen neuen Anfang finden. Zeit zu zweit. Ein Geschenk. Wir waren fest entschlossen, es anzunehmen und zu genießen.

Aber wir haben nicht mehr so recht zueinandergefunden. Saßen in unserem Hummerrestaurant mit Blick auf das Meer und wussten nicht, worüber wir reden sollten. Eines dieser schweigenden Paare, die ich immer so bemitleidet habe. Sind frühmorgens mit dem Kanu hinausgefahren und haben uns fürchterlich gestritten, weil ich die Strömung falsch eingeschätzt habe. Eines dieser Paare, das sich über jede Schwierigkeit in die Haare kriegt, statt sie gemeinsam zu meistern. Etwas ist aus dem Tritt geraten. Kein Tag, an dem ich nicht an Kramer denke. Der Albdruck im Magen begleitet mich bis heute. Zuweilen genügt ein Telefonklingeln oder Frau Foersters besorgter Blick, und ich zucke mit bösen Ahnungen zusammen. Manchmal träume ich, dass er in der Klinik auf mich wartet. Wache schweißgebadet auf, bin unendlich erleichtert – um mich dann stundenlang schlaflos mit der bangen Frage zu martern, was Kramer eigentlich davon abhalten sollte, zurückzukehren. Ruhig schlafen werde ich wohl erst wieder, wenn ich sicher sein kann, dass er tot ist. Kramer ist der Krebs in meinem Sinn.

Ich kann den Anruf bei Wolff nicht länger hinausschieben. Er reagiert unwirsch, als ich ihm von Biesingers Besuch erzähle. Keine Spur von Schuldbewusstsein. Viola gehe es sehr schlecht, er könne sich jetzt nicht um diese Dinge kümmern. Und dass er volles Vertrauen in mich habe, dass ich Probleme notfalls auch mal alleine löse. Seine Frau kämpfe mit dem Tode, und er müsse mir als Arzt ja nicht sagen, dass es im Leben zuweilen andere Prioritäten gäbe. Als Geld.

»Aber …«, stammle ich und weiß nicht mehr weiter.

»Nun tu doch nicht so überrascht«, fährt er sanfter fort. »Wir haben meines Wissens schon vor zwei Monaten über das Thema gesprochen.«

»Wolff, ich bitte dich, das ist doch absurd.«

»Absurd?« Der Spott ist unüberhörbar. »Richtig, mein Junge, das ist absurd. Ich habe dir nämlich damals schon gesagt: Sprich mit Biesinger! Und was hast du getan? Nichts! Also höchste Zeit, dass du dich mal um diese Dinge kümmerst. Ich kann dir ja nicht ewig den Hintern abwischen.«

»Wolff, ich, das ist doch kein Desinteresse, sondern ich hatte einfach Vertrauen, und …«

»Du *hattest* Vertrauen?!«, unterbricht er lauernd.

»Nein, Wolff, so meine ich das doch gar nicht. Ich meine, wenn dir Dinge zu viel werden, dann müssen wir darüber reden, aber doch nicht so, also …«

Er lacht. Dröhnend. »Es ist nicht die Frage, wann es mir zu viel wird, sondern meinem Schöpfer. Ich bin ein alter Mann, Peter, ich möchte mein Lebenswerk in guten Händen wissen. Und wir sind nicht nur Ärzte, sondern auch Unternehmer. Ich weiß, dass dich das wenig interessiert, was ich nebenbei bedauerlich finde, aber es geht nicht nur um dich.«

»Wolff, bitte! Behandle mich nicht wie ein kleines, dummes Kind!«

»Dann werd endlich erwachsen!«

»Es ist immer noch deine Klinik, Wolff. Ich bin dein Angestellter, du kannst mir jederzeit kündigen. Und ich kann das im Übrigen auch.«

Manchmal rutschen einem Bemerkungen heraus, über die man erschrickt, noch ehe der Satz zu Ende ist. Aber Wolff lacht bloß. »Nun beruhig dich mal wieder, mein Junge. Wir müssen hier keine unnötige Schärfe reinbringen. Du hast deine Stärken, und du hast ein paar kleine Defizite. Aber das ist keine Hexerei. Du kriegst das schon hin. Ich muss mich um Viola kümmern. Sie braucht mich jetzt.«

Ich bin so verdattert, dass ich ihr keine Grüße ausrichte und mich natürlich sofort mies fühle, als es mir einfällt. Bin empört, dass er's tatsächlich geschafft hat, mein schlechtes Gewissen zu wecken. Dabei müsste er sich schämen. Er lässt mich hängen! Es ist mir rätselhaft, was ihn treibt. Er kann doch kein Interesse daran haben, dass ich es in die Grütze reite. Ist er tatsächlich mit seinem Latein am Ende? Oder ahnt er etwas von meinem geheimen Vermögen? Ich muss an den Abschiedsabend mit Kramer denken. Wie er mir erzählte, dass er vor fünfundzwanzig Jahren meinem Schwiegervater auflauerte, um ihn zu erpressen.

Die Sprechanlage summt. Mein Schwiegervater sei am Telefon, sagt Frau Foerster. Womöglich hat er Angst, dass ich ihn seine Suppe alleine auslöffeln lasse. Ich möchte ihm die jetzt ungern nehmen.

»Sagen Sie, ich bin nicht da«, bitte ich Frau Foerster.

»Aber ich habe Herrn Professor Heßler schon gesagt, dass Sie im Büro sind, und ich würde ihn durchstellen.«

»Dann sagen Sie, Sie haben sich geirrt, und Sie hätten mich nicht gefunden«, erwidere ich ungehalten und vergrabe den Kopf in den Händen. Solange der böse Zwerg meine Existenz bedrohte, schien alles andere nichtig und klein. Das Entrinnen aus Kramers Fängen hielt ich für den Schlüssel zur Tür zurück ins glückliche Leben. Stattdessen hat es sich von einer Tragödie in eine Großbaustelle verwandelt. Meine Ehe läuft sich tot, die Klinik ist in Gefahr – und Kramers Geist schwebt nach wie vor über mir.

Das Telefon summt wieder, und Frau Foerster fragt schüchtern, ob sie sich verabschieden dürfe. Sie erinnert mich an die Fernsehdiskussion am Abend. Es geht um Entwicklungshilfe, ich bin eingeladen wegen meines Klinikprojekts in Ruanda. Ich werde wieder von traurigen Kinderaugen und von Menschen mit Tumoren erzählen, die zum Sterben nach Hause geschickt werden, weil sie im falschen Teil der Welt leben und von Hoffnung – das Übliche.

Da ich noch viel Zeit habe, nehme ich den Weg über die Station. Ein paar Worte mit meinen Mitarbeitern wechseln, Interesse zeigen. Vor dem Ärztezimmer redet eine aufgebrachte junge Frau gestenreich auf Stationsarzt Neubach ein. Ich nicke ihm kurz zu und will weitereilen, er wirft mir einen Hilfe suchenden Blick zu, also, was bleibt mir übrig. »Ich bin Professor Zielke, der Leiter der Klinik, gibt es ein Problem?«, stelle ich mich dem Mädchen vor. Ich schätze sie auf höchstens Anfang zwanzig. Sie beschwert sich über den jungen Kollegen. Neubach will ihren krebskranken Vater morgen entlassen. Aber das sei ganz und gar unmöglich, ihre Mutter wäre mit der Pflege überfordert.

»Wir können hier im Moment nichts mehr für ihn tun«, klärt mich Neubach auf. »Und Herr König hat mir gesagt, dass da eine Pflege organisiert sei.«

»Mein Vater sagt viel, und das ist typisch, dass er nur an sich denkt und nicht, wie die anderen damit klarkommen«, entgegnet sie pampig. Neubach und ich schauen uns ratlos an. »Vielleicht können Sie ja mal mit ihm reden, Herr Professor«, bettelt die junge Frau.

Ich schaue wieder Neubach an, der zuckt die Schultern. »Womöglich könnte es die Situation entspannen«, meint er verlegen. Ich kann ihn nicht hängenlassen, also begleite ich ihn zum Patientenzimmer. »Sie bleiben draußen!«, sage ich barsch zu dem Mädchen, als es sich mit in den Raum drängen will.

Drinnen herrscht diffuses Zwielicht, die Vorhänge sind zugezogen. Die Luft ist stickig. Der schnaufende Atem von Herrn König füllt das Zimmer. Wie durchgebrochen liegt er im Bett; der Kopf schief auf dem Kissen, ein mehr als faustgroßer, rot wuchernder Tumor entstellt sein Gesicht. Trotz Bestrahlung und Chemo ist das Plattenepithel weiter gewachsen. Am Infusionsständer hängen mehrere Beutel mit Zytostatika, der letzte Chemozyklus vor seiner Entlassung. »Wie geht es Ihnen, Herr König?« Ein Röcheln entringt sich dem verwüsteten Mund. Seine dürre Hand ergreift den Stenoblock auf dem Nachttisch. *Schwindel* schreibt er in krakeliger Bleistiftschrift. Neubach informiert mich über Königs Medikation, und ich verspreche, dass wir seinen Schwindel in den Griff bekommen. »Sie sollen ja morgen entlassen werden«, sage ich, und er nickt heftig. »Sie wissen aber schon, dass Sie eine professionelle Pflege haben müssen in Ihrem Zustand.« Er nickt wieder heftig und greift zum Block. »Organisiert«, schreibt er, und in diesem Moment blickt Neubach von seinen Papieren auf und sagt: »Ja, ich habe hier auch einen Vermerk.«

Gut, sage ich, dann haben wir das ja geklärt. König zupft mich am Ärmel. »Wie weiter?«, hat er geschrieben. Ich blicke auffordernd Neubach an, und der sagt eifrig: »In drei Wochen kommen Sie wieder, Herr König, dann sehen wir, ob der Tumor kleiner wird oder stagniert, oder ob es zum Progress kommt. Und was wir dann machen.«

Seine Tochter lauert schon vor der Tür. »Und?«, sagt sie. »Haben Sie ihn zur Vernunft bringen können?«

Ich erkläre, dass nach unseren Informationen Kontakt zu einem Pflegedienst bestehe und wir keinen Patienten gegen seinen Willen festhalten. »Bringen die ihn denn auch nach Hause?« Ich schaue Neubach an, aber der zuckt hilflos die Schultern. Die junge Frau ruft beinahe triumphierend: »Sie können doch nicht wollen, dass er auf der Straße steht und zusieht, wie er nach Hause kommt?!«

»Kann sich seine Familie nicht um Ihren Vater kümmern?«, frage ich kühl. Sie stößt ein kurzes, schrilles Lachen aus. »Wie stellen Sie sich das vor?«, fragt sie empört. »Also meine Mutter kann ihn nicht abholen, die ist sowieso schon mit den Nerven am Ende.«

Ich verscheuche das Bild von Herrn König, der mit seinem riesigen Tumor am Kopf stumm und hilflos durch den Regen irrt.

»Wäre es nicht besser, ihn auf eine Palliativstation zu verlegen?«, hakt die Tochter nach.

»Dafür ist es noch zu früh«, sagt der Kollege Neubach.

»Und mein Bruder ist doch erst vierzehn, soll der so was mit ansehen müssen?«

Schärfer als beabsichtigt, sage ich: »Er will noch eine Weile zu Hause sein, das ist doch verständlich – oder nicht?« Man kann es ihm ja nicht ehrlich wünschen, dass er in die Obhut dieser Familie zurückkehrt.

»Aber er muss doch auch mal an uns denken!« Sie schluchzt jetzt beinahe.

»Das ist ein bisschen viel verlangt von Ihrem Vater in seiner jetzigen Situation.« Sie stiert mich verständnislos an. Vielleicht war König ein Ekel, das seine Familie tyrannisiert hat, als er noch gesund war. Und sie zahlen es ihm jetzt heim. Aber ich bin kein Therapeut. Ich habe nicht die Macht, Herrn König ein Ende in Kälte und Einsamkeit zu ersparen.

Eindringlich sage ich: »Ihr Vater leidet, und ich finde, jeder Mensch in seiner Lage hat ein Recht darauf, dass seine Familie ihm die letzte Reise leichter macht. Auch wenn mir schon klar ist, dass das für Sie alle eine schwere Belastung ist.«

»Super!«, sagt sie schnippisch. »Ihnen ist das klar! Aber es kümmert Sie nicht, oder wie?«

Ich muss an mich halten, um nicht loszulachen. Fasziniert von der Absurdität dieses Gespräches. Sie ist unerreichbar für mich in ihrer kaltherzigen Beschränktheit.

»Aber was sollen wir denn nun tun?«, jammert das Mädchen.

»Werden Sie erwachsen, übernehmen Sie Verantwortung!«, entgegne ich scharf. Drehe mich um und eile davon. Neubach rennt hinterher, mühsam das Feixen unterdrückend. Ehe sich die Tochter von Herrn König von ihrer Überraschung erholen kann, sind wir durch die Schwingtür. »Danke noch mal!«, sagt Neubach und reicht mir die Hand. »Sie haben das wirklich großartig gemacht. Ich hätte mich das nicht getraut.« Ich schaue ihn misstrauisch an. Großartig? Ein Disput mit der Angehörigen eines Sterbenden? Das ist absolut unprofessionell. Das sollte ich dem jungen Kollegen jetzt sagen. Damit er sich daran kein Beispiel nimmt. »Gern geschehen«, sage ich, klopfe ihm gönnerhaft auf die Schulter und lasse ihn stehen.

Eine nervöse Assistentin holt mich an der Hauptpforte des Senders ab. Smalltalkt verzweifelt gegen mein Schweigen an auf den langen Gängen des Funkhauses. Führt mich in einen trostlosen Konferenzraum. Eine Platte mit Schnittchen auf dem weißen Resopaltisch, angetrocknete Fleischränder, lasche Salatblätter. 45 Minuten noch bis zur Sendung, die anderen Studiogäste sind schon da. Ein Staatssekretär aus dem Entwicklungshilfeministerium, ein afrikanischer Buchautor und scharfer Entwicklungshilfekritiker, die Sprecherin von *Brot für die Welt* und ich – der Arzt mit dem Krankenhausprojekt in Ruanda.

Der Moderator ist ein forscher Silberhengst, der routiniert-lässig sein Programm abspult. Der Schriftsteller versucht, mich in eine politische Diskussion zu ziehen. Sich zu verbünden mit mir gegen den Staatssekretär und die Frau von *Brot für die Welt*. Ich lasse ihn abprallen, Politik ist nicht mein Feld. Erzähle lieber von Kindern, die sterben, weil sie zufällig im falschen Teil der Welt geboren wurden. Von der Verantwortung jener, die auf der Sonnenseite stehen. Von Demut. Dankbarkeit. Der Chance, etwas zurückzugeben. Ich bekomme tosenden Applaus vom Studiopublikum und habe das Gefühl, in einer Wiederholungsschleife festzuhängen. Verabschiede mich, bevor die After-Show-Party losgeht. Ich weiß ohnehin, was passiert. Wir waren tolle Studiogäste, es war die beste Sendung seit Langem. Der Moderator wird mich in ein Gespräch über meine Arbeit verwickeln und mit falscher Bescheidenheit sagen: *Wir machen ja bloß Fernsehen …* Ich kenne jeden einzelnen Satz, der gesprochen werden wird. Ich weiß sogar, dass ich mir nach dem zweiten Glas Wein sagen werde, dass es eines zu viel war.

Kristina liegt mit einem Buch im Schlafzimmer auf dem Bett und schaut mich irgendwie seltsam an. Auch diese Szene kommt mir bekannt vor, und deshalb frage ich diesmal nicht, wie ihr die Sendung gefallen hat. Sie sagt auch von sich aus nichts dazu, was mich ein bisschen kränkt. Ich hole uns zwei Gläser Rotwein, setze mich dann neben sie aufs Bett. Und warte. Bis sie endlich rausrückt mit der Sprache. Dass sie das Gefühl hat, dass wir auseinanderdriften. Dass sie unzufrieden ist. Sich Sorgen macht. Nicht wisse, ob sie mich wirklich noch kenne und was in mir vorgehe.

Das ist neu, aber nicht unerwartet. Ich atme tief durch. »Kristina, die Klinik befindet sich in ernsthaften Schwierigkeiten. Ein Kredit wird fällig, und wir können den nicht bedienen.« Sie wird mich jetzt erstaunt anschauen und fragen, was ihr Vater dazu sagt. So sehr sie ihn zu verachten scheint, aber sie fragt mich immer, was ihr Vater dazu sagt.

Dienstag, 6. Oktober

Die Sonne weckt mich mit einem warmen rosa Lichtfleck auf den Augenlidern. Ich habe tief und traumlos geschlafen und nicht gemerkt, dass Kristina schon aufgestanden ist. Auf dem Balkon vor dem Schlafzimmer begrüßt mich wolkenlos blauer Himmel. Gefühlt eher Frühling als Herbst, hätte nicht die Sonne bereits diesen sanften Goldton. Weit unten zieht ein Containerschiff über das silberne Band der Elbe.

Kaffeeduft empfängt mich in der Küche, die Flügeltüren zum Garten sind weit geöffnet. Kristina steht am Kühlschrank und hält ein Telefon am Ohr. An ihrem Ton erkenne ich sofort, dass ihr Vater dran ist. »Er kommt gerade rein, warte, ich geb ihn dir«, sagt sie im Umdrehen. Ich hauche meiner Frau einen Kuss zu, während ich das Telefon nehme. »Guten Morgen, Wolff, was verschafft mir die Ehre zu so früher Stunde?«

»Ich dachte mir, da habe ich die besten Chancen. Hab's gestern auch schon in der Klinik und auf deinem Handy versucht.«

»Wie geht es Viola?«, erkundige ich mich, winke kurz Kristina zu und verlasse mit dem Telefon am Ohr die Küche. Wolff klingt gequält, seine Stimme ungewohnt leise. »Wäre Viola meine Patientin, hätte ich nie einen Zweifel über ihre Prognose gehabt. Und natürlich wusste ich es. Aber trotzdem bin ich wie vor den Kopf geschlagen, jetzt, wo es tatsächlich mit ihr zu Ende geht.«

Ich muss schlucken. »Wolff, ich kann ...«

»Nein!«, schneidet er mir das Wort ab. »Du kannst da nichts zu sagen, also versuch es bitte erst gar nicht. Ich habe mir Sorgen gemacht.«

»Um mich?« Ich bin verdattert.

»Ja«, sagt er sanft. »Du hast dich den ganzen Nachmittag vor mir verleugnen lassen.«

Es hat keinen Sinn, es abzustreiten. »Wolff, ich musste einfach mal in Ruhe nachdenken.«

Er lacht. »Kommt nichts Gutes bei raus bei Männern deines Alters. Ich kann's mir genau vorstellen. Was soll jetzt noch kommen im Leben? Und warum sollst du nicht einfach noch mal woanders ganz neu anfangen, vielleicht ist es ja die letzte Chance. Rhabarber-rhabarber-bla-bla-bla.«

»Wolff, nun mach aber mal 'n Punkt!« Ich bin ihn leid, so unendlich leid. Wie habe ich das bloß ausgehalten all die Jahre, diese unerträgliche Selbstgefälligkeit.

»Mal abgesehen davon, dass es nicht gerade eine Empfehlung für künftige Positionen ist, wenn du mich jetzt hängenlässt.«

»Was soll das, willst du mir drohen?!« Ich bin auf hundertachtzig, ich hab keine Angst vor ihm. Blas dich bloß auf, du alter Affe. Es ist doch in Wahrheit nichts dahinter, du hast mir doch die ganze Zeit nur was vorgemacht.

»Deine feindselige Haltung mir gegenüber ist unüberhörbar. Und ich kann's dir nicht verdenken. Das war nicht in Ordnung von mir, so wie das gelaufen ist. Ich möchte mich dafür entschuldigen. Ich bitte dich um Verständnis dafür, dass ich einfach durch den Wind war, mein Gott, wir sind seit über einem halben Jahrhundert verheiratet und …« Seine Stimme bricht ab.

Alles in mir empört sich. Welch ein Schmierentheater! Aber er hat's drauf, das muss man ihm lassen. Und ich gehe ihm auf den Leim. Wissentlich! »Wolff, ich bitte dich, das ist doch selbstverständlich, es tut mir wirklich leid, ich muss herzlos gewirkt haben auf dich.«

»Das ist nicht deine Schuld. Ich muss mir eingestehen, dass ich nicht mehr fünfzig bin, dass meine Kräfte schwinden, dass ich deine Hilfe brauche.«

Er ist mir überlegen in diesem Spiel, da mache ich mir nichts vor. Er schafft es jedes Mal, dass ich mich klein fühle. Er spricht leise, fast beschwörend. »Peter, mir ist auch klar, dass du keine Lösung aus dem Hut zaubern kannst. Aber es würde mir sehr viel besser gehen, wenn du an Bord wärst. Bist du an Bord?«

»Natürlich bin ich an Bord, Wolff, natürlich. Zweifelst du daran?«

»Nein, Peter, ganz und gar nicht. Du weißt, dass du für mich wie ein eigener Sohn bist. Aber wenn du deinen eigenen Weg gehen willst, dann musst du das tun. Du musst es mir einfach nur sagen. Ob wir diesen Weg gemeinsam gehen oder nicht. So oder so hast du deinen Platz in meinem Herzen. Also – bist du an Bord? Oder brauchst du mehr Zeit, darüber nachzudenken?«

»Ich bin an Bord, Wolff!«

»Schön zu hören, Peter. Wir finden eine Lösung, mach dir keine Sorgen. Ach, sag mal, meinst du, du könntest eine Bürgschaft leisten?«

»Wolff, wir reden hier über sechs Millionen!«

»Wenn wir ihnen drei anbieten, gewinnen wir mit Sicherheit Zeit. Die ganze Geschichte ist doch völlig absurd. Die haben die Nerven verloren bei der Bank, weil die Aussichten für kleine Kliniken generell miserabel sind. Aber das ist Statistik, verstehst du. Ich würde dich nicht fragen, wenn ich darin irgendein Risiko sehen würde.«

»Wir haben auch keine drei Millionen, Wolff!«

»Bist du sicher?« Ich halte ein in meinem Hin- und Herlaufen im Arbeitszimmer.

»Was willst du damit sagen?«, frage ich, eine Spur zu scharf. Diese beklemmende Angst schon wieder, dass Wolff etwas ahnt. Zusammenhänge sieht zwischen zwei Leichen in seinem Revier, dem erfolglosen Jagdausflug seines Schwiegersohns und einer Menge verschwundenem Geld. Kramer, der ihm damals mit seiner Patronenhülse aufgelauert hat. Warum sollte er sonst so insistieren. Es muss ihm klar sein, dass unser Privatvermögen nicht reicht.

Er lacht. »Komm, Peter, es geht ja nicht um echtes Geld, bloß eine Bürgschaft. Und ihr habt Immobilien. Womöglich reichen auch zwei.« Langsam dämmert es mir. Er fragt nicht, weil er etwas ahnt. Sondern weil er wirklich verzweifelt ist.

Ich schnappe empört nach Luft, wütend über die Beiläufigkeit, mit der er mich erst in Angst und Schrecken versetzt – und im nächsten Moment schamlos anbettelt. Die Schäbigkeit hinter seiner Grandezza. »Ich muss darüber mit Kristina sprechen«, sage ich ruhig und verspreche, mich wieder zu melden. Wenn Kristina hört, was der Alte von uns verlangt, hat es sich sowieso erledigt.

Ich atme tief durch, bevor ich zurück in die Küche gehe. Versuche zu begreifen, was sich da zusammenbraut. Kristina blickt von ihrer Müslischale auf. »Und, was wollte er?«

»Dass wir für ihn bürgen. Wir sollen ihm den Arsch retten?«

»Erspar dir die Häme!«, weist sie mich brüsk zurecht. »Es muss ihm ziemlich dreckig gehen, wenn er uns um Hilfe bittet.«

»Das sind ja ganz neue Töne!« Ich bin konsterniert.

»Er ist immer noch mein Vater.«

»Ach? Plötzlich wieder die liebende Tochter?«

»Das ist nicht fair, Peter«, erwidert sie gepresst. »Meine Güte, er verliert seine Frau, und er verliert womöglich die Klinik. Er ist ein verzweifelter alter Mann, da werde ich jetzt nicht nachtreten.« Sie hat Tränen in den Augen.

»Wo ist eigentlich Julia?« Ich möchte nicht, dass sie Zeugin unseres Gesprächs wird.

»Sie hat heute schulfrei, sie schläft noch. Ginge das denn, dass wir für ihn bürgen? Würde das helfen?«

Sie verblüfft mich.

»Du würdest unser Heim verpfänden? Und wofür? Hast du nicht selbst gesagt, deinem Vater sei es egal, was aus der Klinik wird? Nach ihm die Sintflut.«

»Hör auf damit, Peter! Meine Wut und meine Kränkungen sind das eine. Aber das ist jetzt ein Notfall.«

»Oder ein Neuanfang, Kristina!« Ich bemühe mich, ruhig zu bleiben. »Wir brauchen die Klinik nicht, wir können auch noch mal völlig neu durchstarten. Wir finden eine andere Klinik. Oder wir gehen ins Ausland, ein Abenteuer mit der Familie. Und für dich wäre es sicher auch ein Befreiungsschlag und womöglich ein beruflicher Neustart.«

»Die Ratten verlassen das sinkende Schiff? Soll er doch selbst sehen, wie er klarkommt – ja?!« Die Kälte in ihrer Stimme ist verstörend. »Hast du das meinem Vater auch gesagt? Ich dachte, ihr seid Freunde?!« Sie überrascht mich. Ich war sicher, sie würde Wolffs Ansinnen empört zurückweisen. Mich darin bestärken, ihrem Vater endlich die Stirn zu bieten. Ich denke an unseren Streit auf dem Heimweg von Wolffs Geburtstagsparty. *Weil du mal wieder meinem Vater in den Arsch gekrochen bist.* All die Wut, der Hass und die Kämpfe zwischen Tochter und Vater. Haben wir so aneinander vorbeigeredet?

»Es geht jetzt mal ausnahmsweise nicht um Wolff«, entgegne ich scharf. Kristina wirkt irritiert. »Sondern um unser Leben. Ich bin kein Unternehmer, Kristina. Ich will auch keiner sein. Ich bin Arzt aus Leidenschaft. Ich habe eine Professur, ich halte Vorträge im Ausland, ich veröffentliche in Fachzeitschriften, trete im Fernsehen auf – aber ich habe keine Ahnung, ob das auch nur das Mindeste zählt. Ich bin ja nicht Chefarzt wegen meiner großartigen fachlichen Reputation, sondern weil ich dich geheiratet habe.«

»Peter, ist gut«, beruhigt sie mich.

»Nein, ist nicht gut«, schreie ich aufgebracht und springe vom Stuhl. »Ich weiß nicht, ob ich je in einer anderen Klinik Chefarzt geworden wäre. Ich bin kein Leitwolf. Mir fehlt die Lust am Schmieden von Ränken und Bündnissen, die man dafür braucht, ich will so nicht arbeiten. Glücklicherweise muss ich das nicht.« Ich breite theatralisch die Arme aus. »Und ich muss auch keine Angst haben, dass mich ein Besserer verdrängt. Weil, weil? Genau, weil ich der Schwiegersohn von Wolff Heßler bin. Bin ich ein guter Chefarzt? Keine Ahnung, es wird mir keiner das Gegenteil ins Gesicht sagen. Weil ich nämlich – erraten – der Schwiegersohn vom großen Heßler bin. So wie Kanzlergatte. Schwiegersohn! Ich habe keine Ahnung, was ich wirklich wert bin, weil ich es nie habe beweisen müssen.«

»Mach dich nicht so klein, das steht dir nicht!«

»Richtig, Kristina, das habe ich auch nicht nötig. Und deshalb wird es Zeit, dass ich mir allmählich selbst überlege, wohin die Reise geht! Dass ich tue, worin ich wirklich gut bin. Als Arzt. Statt mich von deinem Vater herumschubsen zu lassen wie ein dummer kleiner Junge und mir von Oberärzten auf der Nase rumtanzen lasse.«

Meine Frau lächelt. Es liegt Spott in diesem Lächeln, eine Spur Bitterkeit auch. »Und warum erzählst du mir das jetzt? Statt meinem Vater vor zwanzig Jahren? Oder habe ich dich je gebeten, Chefarzt der Heßler-Klinik zu werden?«

»Kristina, was soll das denn jetzt?«, entgegne ich ungehalten.

»Ich wäre überglücklich gewesen, wenn du gesagt hättest, lass uns nach Boston gehen«, fährt sie ungerührt fort. »Oder wohin auch immer. Weg von ihm. Aber du warst ja besoffen vor Stolz, du hast ja andere Optionen nicht mal in Erwägung gezogen.«

Ich bin baff. »Warum hast du das nicht gesagt?«

»Vielleicht hättest du besser zuhören sollen. Deiner Frau meine ich – nicht nur deinem Schwiegervater.«

»Ich kann die Vergangenheit nicht ändern«, versuche ich, zu beschwichtigen. »Aber es ist nie zu spät, einen Irrtum zu korrigieren, wenn man ihn als solchen erkannt hat. Besser spät als nie.«

Ich zucke zusammen, als sie unerwartet scharf erwidert: »Man kann nicht auf einem Schiff anheuern und im Sturm die Kündigung einreichen.« Schon der zweite Mensch heute, der mich an Bord eines Schiffes halten will. Dabei ist keiner in ihrer Familie je gesegelt.

»Selbst wenn wir das wirklich wollen, Kristina«, sage ich vorsichtig. »Wir haben keine drei Millionen. Und ich bezweifle, dass wir Immobilien beleihen können, auf denen Hypotheken liegen. Und wer sagt denn, dass die Bank sich auf drei Millionen einlässt? Das ist Wolffs Wunschdenken, denn eigentlich wollen sie sechs. Und wer weiß, ob das reicht oder ob dein Vater uns nicht schon wieder was vormacht.«

»Uns?«, sagt sie süffisant. »Du bist der ärztliche Direktor!«

Ich winke ab. »Lass doch die Spitzfindigkeiten. Du hattest recht, und ich habe mich geirrt. Was willst du denn mehr, soll ich auf die Knie fallen?«

»Ich glaube, du verwechselst da was«, entgegnet sie ruhig. »Ich bin in fast allem anderer Ansicht als mein Vater, ja. Ich kann nicht mal sagen, ob ich ihn mag. Aber trotzdem lasse ich meine Familie nicht im Stich. Er wäre auch für mich da – obwohl er nicht viel von mir hält. Und du gehörst auch zu dieser Familie, Peter. Darüber solltest du vielleicht mal nachdenken.«

Und du gehörst auch zu dieser Familie, Peter. Darüber solltest du vielleicht mal nachdenken, äffe ich sie in Gedanken nach.

Hab das Erbe angenommen und damit die Bedingungen akzeptiert, auch wenn ich mich um das Kleingedruckte wie üblich nie geschert habe. Kristina geht davon aus, dass ich meine Verantwortung kenne. Weil ich sonst nicht der Mann wäre, den sie geheiratet hat und so weiter und so fort, bla, bla, bla. Voller Überdruss schaue ich sie an.

Sie erwidert meinen Blick, ich fühle mich ertappt. Kristina lächelt. »Ich war immer eifersüchtig, weil du ihm näher warst als ich. Und deine kritiklose Gefolgschaft fand ich immer befremdlich, wie du weißt. Ja, ich hätte mir gewünscht, dass du ihm die Stirn bietest. Ihm seine Grenzen zeigst. Aber momentan ist dafür definitiv ein schlechter Zeitpunkt, findest du nicht?«

Aber momentan ist dafür definitiv ein schlechter Zeitpunkt, findest du nicht, echot es gehässig in meinem Sinn. »Vermutlich«, antworte ich resigniert. Zwinge mich zum Lächeln, um meinen Ärger zu verbergen. Räuspere mich. »Trotzdem bleibt es ein Fakt, dass wir das Geld nicht haben. Ich tue alles, was möglich ist, aber ich kann keine Wunder vollbringen.«

»Das erwartet auch niemand«, antwortet sie milde, und ich überlege, ob es abschätzig gemeint ist.

Als ich eine halbe Stunde später den Aufzug in der Tiefgarage betrete, bin ich immer noch aufgewühlt. Ich fühle mich verraten von Kristina.

Natürlich ist das absurd, das weiß ich selbst. Alles, was sie sagt, ist wahr. Das ist das Schlimme daran. Ich habe mich selbst hereingelegt. Bis an die Grenzen der Selbstachtung habe ich mich verleugnet und einem Mann gedient, den ich im Grunde meines Herzens verachte – und mich darüber der Frau entfremdet, die ich doch eigentlich liebe. Aus Ehrgeiz, Gefallsucht, Angst, was weiß ich …

Wieso ist mein 52-jähriges Herz so furchtsam? Ich sollte aufrecht und unerschütterlich durchs Leben gehen. Ich bin ein besserer Arzt und ein empathischerer Mensch als Wolff – es gibt keinerlei Grund, mich vor ihm zu fürchten und zu ducken und zu strampeln für seine Anerkennung. Mich von ihm abkanzeln zu lassen, weil ich mich vor meiner vermeintlichen Verantwortung drücke, wenn ich nach Afrika fahre. Statt stolz zu sein auf mein Projekt.

Nein, es gibt tatsächlich keinen Grund, mich kleinzumachen. Hat mich auch niemand dazu gezwungen, Kristina hat es auf den Punkt gebracht. Und es war ja nicht mal eine bewusste Entscheidung, sondern hat sich halt ergeben. Hat mich keiner gefragt, ob ich Chefarzt bei meinem Schwiegervater werden will oder andere Pläne habe. Hatte ich aber eh nicht. Ich kenne nichts anderes als den Clan, dem ich vor Urzeiten beigetreten bin. Vom Provinzler aus dem Reihenhaus in Goslar zum Schwiegersohn von Wolff Heßler. Was für eine Karriere!

170 Jahre Medizingeschichte im Kampf gegen eine der schlimmsten Geißeln der Menschheit. Am Arsch! Mich irritiert die klammheimliche Schadenfreude bei der Vorstellung, dass dieses altehrwürdige, hochnäsige Familienimperium in sich zusammenbricht wie ein Kartenhaus.

Dabei hätte ich die Macht, die Klinik zu retten – das ist die Ironie der Geschichte. Irgendeine plausible Erklärung fiele mir schon ein, um das Geld ins Spiel zu bringen, das noch in Zürich auf dem Konto liegt. Ich könnte drei Millionen auf den Tisch legen – und mich an Wolffs dummem Gesicht freuen. Aber ist Wolffs dummes Gesicht drei Millionen wert?

Man kann nicht auf einem Schiff anheuern und im Sturm von Bord gehen. Wenn ich Wolff jetzt die Brocken hinwerfe, ist das feige Flucht. So wird das jeder sehen. Wenn ich gehe, muss ich das ohne Kristina tun, das ist mir heute Morgen klar geworden. Nicht nur eine andere Klinik, sondern ein kompletter Neuanfang.

Die Kinder gehen eh eigene Wege, und vielleicht werden sie am Ende einen Vater mehr respektieren, der von den Seinen gegangen ist. Ich könnte mein Geld und meine Energie in das Krankenhaus in Ruanda investieren und dort etwas wirklich Sinnvolles tun. Ein Chefarzt, der dem Luxusleben in Deutschland und den Privatpatienten Adieu sagt, um den Ärmsten der Armen zu helfen. Weil er das Bedürfnis hat, etwas zurückzugeben. *To give back*… Meine Güte, mein Leben ist doch keine amerikanische Fernsehshow. Als stehe ich die ganze Zeit vor dem Spiegel und probe meinen Auftritt. Bloß, dass es da kein Publikum mehr gibt in Kigali. Buschdoktor am anderen Ende der Welt. Weit weg und vergessen. Das Bedürfnis, etwas zurückzugeben! Midlife-Crisis-Fantasien, würde Wolff sagen, und vermutlich hätte er recht.

Ich ziehe die Mundwinkel nach oben, als ich den Aufzug im dritten Stock verlasse und schwungvoll die Flügeltür mit meinem Namensschild aufreiße. Frau Foerster wünscht mir lächelnd einen guten Morgen, aber da ist etwas sehr Beklommenes in ihrer Miene.

»Herr Kramer meint, er hätte einen Termin bei Ihnen«, sagt sie unglücklich, und in diesem Moment erhebt sich der böse Zwerg aus dem Besuchersessel hinter der großen Hydrokultur. Ich habe geträumt, dass es passiert. Ich hatte Angst, dass er wieder auftaucht. Aber jetzt reißt es mir den Boden unter den Füßen weg. Glühende Zangen wüten in meinem Magen. Krebs hoffentlich. Lass es einen Tumor sein. Inoperabel.

»Ist Ihnen nicht gut, Herr Professor?«, fragt Frau Foerster besorgt.

»Ist schon recht, Frau Foerster«, sage ich milde und wende mich Kramer zu. »Na, dann kommen Sie doch am besten gleich mal mit und sagen, wo der Schuh drückt.« Ich lege die Hand auf seinen Rücken und führe ihn ins Büro zu der blauen Sitzgruppe. Das war's dann wohl! Was für belanglose Probleme ich doch bis eben hatte! Aufbruch! Neuanfang! Wie komisch! Nein, nicht komisch. Klappt nicht mit der ironischen Distanz. Ich habe Angst, und ich könnte heulen. Das Subjekt lässt sich vorsichtig nieder, rutscht hin und her, legt die Hände in den Schoß und schaut mich unbehaglich an. Ich wische mir mit dem Taschentuch über die Stirn, aber sofort kommen neue Schweißtropfen, laufen in Sturzbächen an meinem Körper hinunter, tropfen auf die Hose.

Ich würde mir gern ein Glas Wasser eingießen aus der Karaffe auf dem Sofatisch, aber dann sähe er meine Hände zittern. Das Herz klopft bis zum Hals, alle Reflexe auf Flucht eingestellt. Aber ich sitze in der Falle. *Häschen in der Grube. Gleich wird dich der Jäger holen mit dem Schießgewehr.* Glotz mich nicht so an, Kramer! Genau zwischen die Augen. Peng!

Ich räuspere mich. »Ich wähnte Sie irgendwo weit weg in der Sonne?«

»Mir geht's dreckig, Professor. Ich kann nix mehr essen, ich hab Schmerzen. Und ich hab schrecklichen Dünnschiss, Sie müssen mir helfen!«

»Natürlich. Und dann sollten wir Sie gleich untersuchen und neue Bilder machen, um Ihnen die bestmögliche Therapie anzubieten. Ich vermute, Ihr Zustand hat sich nicht gebessert in den letzten sechs Wochen, wenn ich das mal so sagen darf.« Das ist schließlich das Wesen der klassischen Tragödie: dass es keinen Ausweg gibt. Aber ich bin noch immer nicht bereit, das zu akzeptieren. Rede einfach immer weiter über seine Krankheit und die Therapie. Tue so, als wäre er ein ganz normaler Krebspatient. Ich bin noch nicht in der Lage, das ganze Ausmaß der neuen Realität zu erfassen. Ich bin erschüttert.

Trotz meiner Ängste habe ich nicht wirklich damit gerechnet, dass er wieder auftaucht – das wird mir gerade bewusst. Nun, da er hier ist, erscheint es mir geradezu zwangsläufig logisch. Wie naiv war ich eigentlich? Zu glauben, dass dieser Drecksack sich an Absprachen hält.

Kramer beobachtet argwöhnisch, wie ich eine Injektion vorbereite. »Bilden Sie sich nichts ein«, sagt er merkwürdig atemlos. »Ich hab 'n neues Päckchen gepackt, bevor ich zu Ihnen zurückgekommen bin. Hab das alles genau aufgeschrieben, und bei einem Anwalt hinterlegt. Im Falle meines Todes zu senden an … Sie können sich vorstellen, an wen.« Er lächelt. »Was drinsteht, wissen Sie auch.«

Eine Menge Insiderwissen auf jeden Fall über ein unaufgeklärtes Verbrechen vor fünfundzwanzig Jahren. Sie müssen sich bloß die alte Akte kommen lassen, um neugierig zu werden. Selbst wenn sein Päckchen bloß ein handgeschriebener Zettel ist, ohne konkrete Beweise. Sie werden mit mir reden, sich ein Bild machen wollen.

»Und als Bonus kriegen die Bullen noch den Schließfachschlüssel für die Kohle«, fährt Kramer mit verkniffenem Grinsen fort. »Brauch ich ja nicht mehr, wenn ich verrecke.«

Meine Reise nach Zürich, mein Besuch bei der Bank, Spuren wie von der Planierraupe gezogen. Die mit ihm begraben werden sollten am anderen Ende der Welt. Doch sein Krebs hat sich nicht an den Plan gehalten.

»Schön, Herr Kramer, Sie haben das alles aufgeschrieben. Und womöglich können Sie meine Existenz ruinieren. Aber deshalb werden Sie trotzdem sehr bald sterben. Wir können uns Beiden das Theater sparen, Herr Kramer.« Ich deute zum Schreibtisch. »Da ist ein Telefon, rufen Sie die Polizei, erzählen Sie Ihre Geschichte. Lassen Sie uns das hier und jetzt zu Ende bringen.«

Er schweigt und schaut mich prüfend an. Ich halte seinem Blick stand, und er senkt die Augen. »Ich weiß doch, dass Sie meinen Krebs heilen können.«

»Nein, das kann ich nicht!«, schreie ich.

»Pah!«, sagt er trotzig, und ich reiße mich zusammen und schlucke die Explosion hinunter. Springe hinter den Schreibtisch, tippe hektisch auf der Computertastatur, bis ich Kramers letztes MRT gefunden habe, drehe den Bildschirm in seine Richtung. »Kommen Sie näher, kommen Sie, Herr Kramer«, rufe ich aufgebracht. »Ich zeig' Ihnen jetzt noch mal, wie das aussieht – oder aussah vor zwei Monaten – und dann erkläre ich Ihnen ganz genau, was der Krebs in Ihrem Körper tut. Und dann sagen Sie mir noch mal, ich wolle Sie betrügen.« Ich spüre, wie die Wut von mir Besitz ergreift. »Wir hatten einen klaren Handel, ich habe meinen Teil erfüllt. Und jetzt haben Sie die Frechheit, hier aufzutauchen und mir vorzuwerfen, ich wolle Sie hinters Licht führen.«

»Ich sterbe, Professor, und ich brauche Ihre Hilfe!«

»Setzen Sie sich da hin und hören Sie zu!«

»Ich halt mich auch an meinen Teil«, sagt er unvermittelt. »Kohlemäßig sind wir quitt, keine Angst. Aber Sie ham mich trotzdem verarscht. Und zwar derbe verarscht.«

»Sie standen offenbar unter keinem guten Einfluss, Herr Kramer«, entgegne ich ruhiger. »Aber wenn Sie mir einfach mal fünf Minuten zuhören würden.«

»Bla, bla, bla.«

»Herr Kramer, Sie sollen mir zuhören!«

»Und was ist das hier, verdammt noch mal?!« Ich zucke zusammen angesichts der Heftigkeit, mit der er die Illustrierte auf den Tisch knallt. Auf dem Titelbild eine Frau im Blümchenkleid auf einer Schaukel und darunter die Schlagzeile: *Geheilt – die Schulmedizin hatte Monica B. aufgegeben.* Die Geschichte einer spektakulären Wunderheilung mit einem neuen Medikament, dem sogenannten Tumorkatalysator. Ich seufze. »Das ist nicht Ihr Ernst, Herr Kramer!«

Natürlich ist es sein Ernst! Als Krebsarzt wirst du von deinen Patienten laufend mit irgendwelchen abstrusen Therapien konfrontiert. Ein Ertrinkender klammert sich auch an ein Krokodil, sagt ein afrikanisches Sprichwort.

»Lesen Sie mal, Professor, damit sind Leute wieder gesund geworden, um die stand's noch viel schlechter als um mich.«

Ich werde seinen Strohhalm nicht zerknicken können, also tue ich ihm den Gefallen und werfe einen Blick auf die Doppelseite. Der sogenannte Krebskat verwandelt bösartige Zellen in gutartige. Erfunden von einem Heiler aus Oregon, der nicht nur Monica B. ihr Lachen zurückgegeben hat. Mir wird schnell klar, dass sich hinter dem neuen Wundermittel in Wahrheit ein alter Hut verbirgt: Dichloracetat, kurz DCA – ein Salz der Dichloressigsäure, das seit Langem bekannt ist, sich leicht herstellen lässt und in der Chemieindustrie verwendet wird. Schon häufiger hat es als Wundermittel gegen Krebs Schlagzeilen gemacht. Es ist erstaunlich, in wie vielen Variationen man immer wieder aufs Neue Altbekanntem begegnet, wie kreativ und zugleich einfältig das Geschäft mit der Hoffnung ist.

»Haben Sie das Medikament hier?« Der Zwerg schaut mich erwartungsvoll an.

»Es ist verboten«, entgegne ich mürrisch.

»Leute erschießen ist auch verboten.«

»Es ist aus gutem Grund verboten, Herr Kramer. Weil es nichts bewirkt, aber vermutlich sehr schadet. So – wie Leute erschießen.« Ich muss schmunzeln, weil ich mich das getraut habe. Kramer schaut überrascht auf und lächelt. Rasch blicke ich weg. Bild dir nicht ein, dass wir Freunde sind!

»Alles wie gehabt, Herr Professor«, sagt er leise, »Sie heilen meinen Krebs, und wir sind quitt.«

Ich stöhne voller Überdruss. Zurück auf Los also. Kramer schaut mich unglücklich an und senkt die Augen. Ich vermag nicht auszudrücken, wie sehr mir dieser Typ zuwider ist. Er hat alle Trümpfe in der Hand, denn er hat nichts mehr zu verlieren. Was kann ich ihm anbieten über den Tod hinaus, damit er das Damoklesschwert über mir wegzieht? Wie kann ich ihn überlisten, um an seine Beweise zu kommen? Das muss ich herausfinden. Und bis dahin mit allen Mitteln dafür sorgen, dass er möglichst lange lebt. »Dann schlage ich vor, dass wir Sie gleich stationär aufnehmen, Herr Kramer.«

»Nein, Professor. Erst besorgen Sie das Medikament. Und zwar schnell. Und dann komme ich wieder.«

»Das halte ich für keine gute Idee in Ihrem Zustand. Wir haben hier …«

»Geben Sie mir einfach erst mal ein Rezept für die Schmerzmittel und was gegen die Scheißerei. Und gut ist.«

»Wie erreiche ich Sie?«, rufe ich ihm hinterher, als er schon in der Tür steht.

»Keine Bange, ich erreiche Sie! Schönes Wochenende, Professor.«

Dann fällt die Tür ins Schloss. »Nicht jetzt!«, herrsche ich Frau Foerster an, die kurz darauf klopft, neugierig hereinlugt und sich sofort zurückzieht. Eine Therapie mit einem verbotenen Medikament, hier auf Station. Kramer, der mit Schwestern quatscht und Magnussen, die blöde Fragen stellt. Genauso gut kann ich mich gleich der Polizei stellen. Ich bin so müde, so unendlich müde und erschöpft. Könnte weinen bei dem Gedanken, dass dies nun alles von vorn losgeht. Ich habe die Kraft nicht mehr, mein Kopf ist leer. *Nein, Zielke, das werden wir jetzt nicht tun!* Solange der Typ lebt, gibt es Hoffnung, dass mir etwas einfällt, eine Lösung für ein Problem. Ich habe eine Schlacht verloren, aber noch lange nicht den Krieg.

Mein Blick fällt wieder auf die alte Villa, und in diesem Moment habe ich eine Idee. Ein so kühner Gedanke, dass ich ihn zunächst als abwegig verbanne. Aber wie das so ist mit derartigen Einfällen, du kannst sie nicht totschlagen, sie brechen sich immer wieder Bahn. Es dauert eine halbe Stunde, bis Frau Foerster die Schlüssel besorgt hat und eine Taschenlampe, ich ignoriere die Fragen in ihrem Gesicht. Übermütig wie ein kindlicher Abenteurer eile ich aus dem Haus, über den Hof, die verwitterten Stufen der geschwungenen Treppe hinauf, die große schwere Holztür zur alten Villa öffnet sich quietschend. Die Eingangshalle wirkt wie eine verlassene Baustelle. Eine dicke Staubschicht liegt über allem, Eimer, Gerüstteile, Material liegen herum. Über der Edelstahlverkleidung des neuen Bettenaufzuges klebt noch die Schutzfolie; das frische Mauerwerk darunter ist unverputzt.

Ich suche ergebnislos nach dem Sicherungskasten, öffne ein paar Türen, die Zimmer sind vollgestellt mit Gerümpel. Rostige Krankenhausbetten, uralte Geräte, Regale voller Aktenordner, Gläser mit Sütterlinschrift auf vergilbten Aufklebern in alten Obststeigen. Ein krebszerfressenes Auge starrt mich an aus trüber Formalinlösung im Schein der Taschenlampe. Der Text darauf ist verblasst, bloß die Jahreszahl leserlich: 1879. Ich muss lächeln. Das Auge hat mich furchtbar erschreckt vor vielen Jahren, als ich die Sammlung entdeckte. Ich war so begeistert, dass ich Wolff ein Museum vorschlug. Nichts Großes, eine Art Gedenkraum irgendwo in der Klinik: 150 Jahre Kampf gegen den Krebs – eine Familiengeschichte. Aber Wolff hat das nicht interessiert, und später habe ich es vergessen. Nachdenklich stöbere ich durch die Regale. Alte Instrumente, gläserne Injektionsspritzen, furchterregend dicke Punktiernadeln, Schwarz-Weiß-Fotos mit ernsthaften Männern in langen weißen Mänteln oder Anzug und Zylinder, eng beschriebene Kladden mit Ledereinband. Carl Heßlers medizinisches Erbe. Schätze der Medizingeschichte in alten Obstkisten.

Ich gehe die geschwungene Holztreppe hinauf, sie ist an vielen Stellen ausgebessert, das Geländer komplett erneuert, aber noch nicht lackiert. Die obere Etage wirkt fertiger, die Arbeiten weiter gediehen. Ich betrete ein geräumiges Zimmer mit hoher Decke, halbrunder Fensterfront und großem Balkon. Freundliches Zwielicht fällt durch die staubigen Scheiben hinter den Lamellen der französischen Jalousien.

Robuste Holzdielen bedecken den Boden. Die Notrufanlage an der Wand ist bereits installiert. Es gibt ein großzügiges Bad, die weißen Fliesen noch stumpf vom Mörtel. Das alte Haus ist in besserem Zustand, als ich gedacht hatte. Zuversichtlich schreite ich die Holzstufen hinab, blicke mich noch einmal zweifelnd in der düsteren, vollgerümpelten Eingangshalle um, bevor ich die schwere Holztür hinter mir zuschließe und entschlossen ins Büro gehe.

»Würden Sie bitte Herrn Biesinger anrufen, damit er kurz zu mir ins Büro kommt, sobald er Zeit hat«, bitte ich Frau Foerster.

Mein Magen klumpt zusammen, ich geh jetzt aufs Ganze. Ein Aufschub, mehr bringt mein kühner Plan nicht. Ein wenig mehr Zeit, um einen Ausweg zu finden.

Ich überwinde meinen Widerwillen, als unser Prokurist zögernd das Büro betritt, sich vorsichtig auf der Kante des blauen Sofas niederlässt, mich nervös durch seine Brille mustert. Ich gieße ihm Kaffee ein, lächle und sage: »Ich brauche Ihre Hilfe in einer etwas delikaten Angelegenheit. Ich kann mich auf Ihre Verschwiegenheit verlassen?«

»Aber natürlich, Herr Professor, ist doch selbstverständlich.«

Dann erzähle ich ihm die Geschichte der Industriellenfamilie. Dem schwarzen Schaf, dem Wunsch nach absoluter Abgeschiedenheit. Und dass wir den Patienten in der alten Villa unterbringen könnten. Das Dachgeschoss sei bereits als Krankenzimmer ausgebaut, es gäbe einen Bettenaufzug, und wir müssten bloß das Gerümpel wegschaffen, alles reinigen lassen und vielleicht neu streichen. »Ein paar Schönheitsreparaturen, nicht besonders aufwendig.«

Ich lächle. Sehe, wie es in Biesinger arbeitet, die Geschichte klingt doch sehr an den Haaren herbeigezogen. »Erlauben Sie mir die Frage, was wir – also die Klinik – davon haben?«, fragt der Prokurist zögerlich.

»Nun, es wäre ein Anfang für die sinnvolle Nutzung der Villa. Ich denke schon lange darüber nach, wie ich die alten Pläne meines Schwiegervaters noch realisieren kann. Weil sie in neuem Licht betrachtet durchaus vernünftig sind. Und insofern wäre das jetzt sozusagen ein Glücksfall, wenn der Begriff sich nicht verböte im Zusammenhang mit einer so schweren Erkrankung.«

»Heißt das, die Familie würde die Kosten übernehmen?«, fragt Biesinger, und ich nicke bloß und lächle zufrieden wie ein Mann, der auf ein gutes Geschäft stolz ist. Der Prokurist runzelt die Stirn, wirkt nach wie vor skeptisch. »Aber warum tun die das? Es gibt mit Sicherheit abgelegenere Kliniken auf dem Land, wo keine solchen Renovierungskosten entstehen?«

»Unser Patient möchte aber explizit in unsere Klinik. Ich will nicht unbescheiden sein, Herr Biesinger, aber ich gelte als einer der besten Onkologen Deutschlands. Vielleicht sogar Europas, wenn es um Leberkrebs geht.« Das ist natürlich übertrieben, aber Biesinger reagiert erwartungsgemäß. Wird rot, stammelt verlegen: »Entschuldigung, Herr Professor, das wollte ich doch gar nicht in Zweifel … keine Frage, also tut mir leid, wenn das falsch rüberkam.«

Er holt tief Luft. »Trotzdem sollten wir uns das gut überlegen, Herr Professor. Ob es nicht ein zusätzliches Risiko für uns darstellt in der aktuellen Situation.«

Ich schaue ihn nachdenklich an, bis er sichtbar unruhig wird. Ich werde ihm mehr bieten müssen, damit er mitspielt. Schüttle meine letzten Zweifel und Bedenken ab, winke ihn näher zu mir heran und sage verschwörerisch: »Und im Übrigen können Sie davon ausgehen, dass die Familie sich mit einer großzügigen Spende für die Klinik erkenntlich zeigen wird. Aber das bleibt vorerst auch unter uns.«

»Ah – ich verstehe.« Biesinger lächelt. Er hat das Bonbon geschluckt. Wirkt erleichtert, weil das Ganze endlich einen Sinn für ihn ergibt.

»Aber keine sechs Millionen, Herr Biesinger!«

»Nun ja, auch eine geringere Summe, die wir zeitnah präsentieren, wäre hilfreich – also eine substanzielle Summe natürlich.«

»Ich denke, wir können mit bis zu drei Millionen rechnen.«

Biesinger lächelt wieder. »Das wäre wirklich ausgesprochen hilfreich. Und ich werde mir die alte Villa nachher gleich ansehen.«

»Freut mich, wenn ich hilfreich sein kann, Herr Biesinger. Und Sie machen mir bitte möglichst rasch einen Vorschlag für die Renovierung. Danke, Herr Biesinger, das war's dann erst mal.«

Er steht auf und geht zur Tür. »Ach«, sage ich beiläufig, als er schon fast hinaus ist. »Und wir sollten meinen Schwiegervater vorerst nicht mit diesen Dingen belästigen. Er befindet sich in einer sehr schwierigen persönlichen Situation, wie Sie vielleicht wissen.«

»Aber natürlich, Herr Professor Zielke«, murmelt er mit vor Betroffenheit triefender Stimme und schließt lautlos die Tür hinter sich. *Ich denke, wir können mit bis zu drei Millionen rechnen.* Die Geschichte mag dünn klingen und nicht wirklich plausibel sein. Aber von außen betrachtet, habe ich keinen Grund, Unsinn zu erfinden. Ich unterschlage schließlich kein Geld, sondern bringe welches. Sie werden ihre Zweifel hinunterschlucken.

Ich werde deine Klinik retten, Wolff Heßler! Du bist ein miserabler Arzt, ein schlechter Mensch und als Unternehmer ein Totalversager. Du hast mich nie ernst genommen. Und jetzt rette ich dir den Arsch! Aber ich werde es nicht umsonst tun. Du bist draußen, alter Mann, du weißt es bloß noch nicht. Jetzt muss ich nur noch meinen Erpresser überlisten und ihm sein Päckchen abjagen.

Mittwoch, 21. Oktober

Seit zwei Wochen warte ich! Und Kramer kommt nicht! Stunden dehnen sich qualvoll, und es krampft schmerzhaft in meinem Gedärm. Ich verbarrikadiere mich im Büro. Sage Patiententermine ab und meide Konferenzen. Meine Nerven vibrieren. Meine eigene Stimme klingt fremd und künstlich in den Ohren. Ich habe Nächte wach gelegen in unglaublicher Furcht und bei der Fahrt zur Klinik Schatten über die Straße huschen sehen vor lauter Übermüdung. Brauchte alle Kraft, um mich morgens aus dem Bett zu quälen, schwer und schwarz breitete sich der Tag vor mir aus. Ich fing aus nichtigem Anlass heraus an zu heulen, während mir die Vorstellung von der bevorstehenden Katastrophe nur ein resignatives Schulterzucken entlockte. Ich sehe den Zusammenbruch glasklar vor Augen. Liege wie gelähmt unter einem Baugerüst und beobachte mit niedergeschlagenem Gleichmut, wie die Streben eine nach der anderen einknicken.

Seit ich die Tabletten nehme, geht es ein wenig besser. Ein Schlafmittel für die Nacht, Angstlöser und Stimmungsaufheller, um die Tage durchzustehen. Ständig taste ich meine Jackentasche ab, ob sie da sind. Sie beruhigen mich und machen mir zugleich Angst. Ich hatte eine Menge Kollegen, die soffen oder medikamentenabhängig waren – oder beides. Aber das hier ist eine Krise, und es geht mir eindeutig besser, seit ich nicht mehr nächtelang wache und grüble und mir die Angst den Magen nicht mehr zerfrisst.

So kann ich selbst Biesinger mit einer gewissen Gelassenheit ertragen, der mich mit vor Stolz beinah platzender Brust an diesem sonnigen Herbstmorgen durch die alte Villa führt. Es riecht nach frischer Farbe. Die Halle strahlt pastellgelb, der Aufzugsschacht ist frisch verputzt, die Zimmertüren neu lackiert, auch wenn dahinter immer noch das Gerümpel steht. Wir haben uns auf das Notwendigste beschränkt. Nur Kramers neuer Raum ist hergerichtet, eine kleine Teeküche und ein Schwesternzimmer. Ich habe einen privaten Pflegedienst organisiert, um unser eigenes Personal da rauszuhalten. Zwei Polinnen, die stundenweise Betten machen und das Zimmer reinigen. Und Kramer beim Anziehen und Waschen helfen, falls es notwendig wird. Aber das weiß Biesinger nicht. Ich habe ihm erzählt, unser reicher Patient bringt seine eigenen Schwestern mit. Seine schwäbische Krämerseele wird es gefreut haben.

DCA zu besorgen, war kein Problem. Kramer hätte sich das mühelos selbst beschaffen können im Internet. DCA lässt Tumore innerhalb von drei Wochen um 75 Prozent schrumpfen, verspricht die Webseite. Bis sie schließlich ganz verschwinden. Einfach einmal täglich das weiße Pulver in einem Glas Wasser trinken. Er braucht keinen Arzt für die Behandlung. Aber das stand nicht in dem Illustriertenartikel über den Wunderheiler aus Oregon, vielleicht hätte es die Geschichte zu sehr banalisiert. Und ich werde es Kramer bestimmt nicht auf die Nase binden. Falls er je wieder auftaucht.

Da DCA als Medikament nicht zugelassen ist, wird es als Tierarznei verkauft. Natürlich habe ich daran gedacht, Kramer ein Placebo unterzuschieben. Irgendwas, letztlich ist es ja völlig egal. Aber ich habe ihn schon oft unterschätzt, er ist mir nicht geheuer. Manchmal scheint er geradezu meine Gedanken lesen zu können. Und wenn er die Täuschung herausbekäme, hätte ich verspielt. Mir ist bewusst, dass ich wieder neue Spuren hinterlasse, als ich die Bestellung mit meiner Kreditkarte bezahle. Aber ich bin ja kein Krimineller, der falsche Kreditkarten zur Hand hat.

Ich folge Biesinger die Treppe hinauf, der frische Lack auf dem Holzgeländer fühlt sich angenehm glatt an. Sonnenlicht flutet durch die frisch geputzten Sprossenfenster des Krankenzimmers, ein elektrisch verstellbares Bett steht an der lindgrün gestrichenen Wand. Vor der Fensterfront ein bequemer Sessel und ein Esstisch mit vier lederbezogenen Stühlen. Ein riesiger Flachbildschirm hängt an einem Schwenkarm von der Decke.

»Das ist wirklich schön geworden«, lobe ich.

»Ja, nicht wahr?«, sagt Biesinger stolz. »Und das alles in Rekordzeit. Wann kommt denn unser geheimnisvoller Patient?«

»Ich rechne jeden Tag mit ihm.« Ich hatte längst wieder mit Kramer gerechnet. Mich darauf eingestellt, dass ich ihn zwischenparken muss auf Station, bis sein neues Zimmer fertig ist. Jetzt mache ich mir Sorgen. Ob die ganze teure Aktion nicht am Ende doch vergebens war. Weil Kramer längst in der Gerichtsmedizin liegt. Und ein ehrgeiziger Kommissar in diesem Augenblick einen ominösen Umschlag öffnet.

Biesinger hüstelt. »Wir müssen dann auch mal über den finanziellen Aspekt sprechen. Alles in allem war der Aufwand ja überschaubar, da hatten Sie recht. Aber die Eile hat die Kosten doch ein wenig in die Höhe getrieben, und es gab unvorhergesehene Probleme, die Elektrik des Bettenaufzugs war hinüber. Sodass wir den ursprünglichen Kostenvoranschlag doch ein wenig überschritten haben. Ich hoffe, das ist kein Problem ...«

»Über welche Summe reden wir?«

»134.500 Euro.«

Ich schlucke. »Nein, das ist kein Problem. Ich habe eine Vollmacht von der Familie. Reichen Sie die Rechnungen an mich weiter, an mich persönlich.« Ich sehe die Zweifel in Biesingers Gesicht und breite lächelnd die Arme aus. »Die Familie besteht darauf, dass das nur über mich läuft. Aber letztlich ist es doch auch egal, wie wir unser Geld bekommen – nicht wahr?«

»Darf ich davon ausgehen, dass es sich bei unserem Patienten um Herrn Hans-Georg Kramer handelt?«

»Ja und?«, fahre ich ihn an.

Natürlich, die Sache mit Kramer hat sich herumgesprochen. Hummer und Schampus. Gott, es entgleitet mir, ich verliere die Kontrolle.

»Nun, weil da noch Klinikrechnungen von Herrn Kramers letztem Aufenthalt offen sind. Und wir haben weder einen Kostenträger noch eine Rechnungsadresse. Das ist schon seltsam, finden Sie nicht?!«

»Und wieso kommen Sie damit erst jetzt, nach über sechs Wochen?«, gehe ich in die Offensive.

»Sie müssen verstehen, das ist eine schwierige Situation. Da Sie sich persönlich darum kümmern wollten, wollte ich auch nicht unhöflich erscheinen und drängen.«

»Ja, schon gut, Herr Biesinger. Wahrscheinlich ist es einfach untergegangen in dem ganzen Trubel. Die übertreiben's auch ein bisschen mit der Geheimnistuerei. Aber ich regle das! Zeitnah!«

»Das freut mich zu hören. Möchten Sie jetzt zurück, Herr Professor?«

»Gehen Sie schon vor, ich bleibe noch einen Moment.«

»Wie Sie meinen. Einen angenehmen Tag noch, Herr Professor.«

Ich öffne die Sprossentür und trete auf den Balkon. Ganz früher einmal war hier ein weitläufiger Park mit mächtigen Bäumen, in Wolffs Haus hängt ein altes Schwarz-Weiß-Foto der Villa aus dem 19. Jahrhundert. Jetzt ist nur noch ein Stück Rasen mit einer einzigen alten Kastanie und einer Bank geblieben, und die beiden Klinikgebäude begrenzen den Blick. Roter Backstein und eine Front aus Glas und Stahl. Da drüben habe ich mit Kramer auf dem Balkon gesessen, Bier getrunken und über den Sinn des Lebens philosophiert. Ich habe es versäumt, mich um seine Rechnungen zu kümmern. Und jetzt noch die Renovierung und die Spende. Eine Menge Geld, das ich da einschleusen und dessen Herkunft ich verschleiern muss.

Seufzend schließe ich die Tür hinter mir und gehe mit schwerem Herzen die geschwungene breite Holztreppe hinab. Womöglich ist es ohnehin zu spät, und dies hier bloß ein allerletztes, verzweifeltes Aufbäumen gegen das Unvermeidliche. Der gesunde Menschenverstand sagt mir, dass die Geschichte unmöglich gut gehen kann. Sie hat zu viele lose Enden.

Ich unterbreche meinen Rückweg auf einer Herrentoilette, wische mir den Schweiß von der Stirn und schlucke eine weitere Tablette. Sammle mich kurz vor der doppelflügeligen Nussbaumtür – die Messingbuchstaben mit meinem Namen verschwimmen ein wenig – und betrete lächelnd das Vorzimmer. Das Subjekt sitzt neben Frau Foersters Schreibtisch, er hat ein untrügliches Gespür für den richtigen Augenblick. Frau Foerster zuckt nur die Schultern, Kramers unerwartetes Auftauchen bringt sie nicht mehr aus der Fassung. Schweigend weise ich Kramer den Weg in mein Büro und warte, bis er sich auf dem blauen Sofa niedergelassen hat. Bin unendlich erleichtert, aber auch verärgert, weil er mich in solche Angst versetzt hat. »Wo haben Sie gesteckt die ganze Zeit?«, fahre ich ihn an.

»Das geht Sie gar nichts an«, blafft er zurück. »Haben Sie das Medikament?«

Ich nicke.

»Darf ich mal sehen?«

Ich nehme eines der braunen Fläschchen aus dem Karton und gebe es ihm. Kramer nimmt es zwischen Zeigefinger und Daumen, wickelt es in ein Taschentuch, steckt es in seine Jacke. »Ist für meine Beweiskiste«, sagt er nebenbei. »Sie haben mir 'n verbotenes Medikament verabreicht, da sind Ihre Fingerabdrücke drauf. Und wenn da nur Wasser drin ist, haben Sie mich auch noch verarscht. Einem todkranken Mann was vorgemacht, schämen Sie sich.«

Es ist diese Gehässigkeit, die bei mir alle Grenzen außer Kraft setzt. »Geben Sie das sofort her«, schreie ich. Und mit einer Wut und einem Hass, die ich mir niemals zugetraut hätte, stürze ich mich auf Kramer. Packe seinen dürren Arm, greife in seine Tasche und entwinde ihm mühelos das Tuch mit dem Fläschchen.

»Alles in Ordnung, Herr Professor?« Frau Foerster steckt besorgt ihren Kopf durch die Tür, ich bedeute ihr mit einer unwirschen Handbewegung zu verschwinden. Sie wird der Polizei eine Menge Geschichten erzählen können über das merkwürdige Verhalten ihres Chefs, falls dies hier nach hinten losgeht. Aber ich hatte panische Angst, dass er das Medikament einsteckt und einfach geht. Weil er glaubt, dass er mich nicht mehr braucht.

»Und – was ist? Fangen wir jetzt an?«

Ich schlucke meine Abneigung hinunter, blicke ihm in die Augen und zwinge mir ein Lächeln ins Gesicht. »So einfach ist das nicht, Herr Kramer. Wir müssen Sie stationär aufnehmen, ein paar Untersuchungen durchführen und dann würden wir mit einer Kombination aus DCA – das, was Sie Krebskat nennen – und Chemotherapie beginnen.«

»Wieso denn Chemo? Davon stand nichts in dem Artikel!«

»Herr Kramer, Sie können einer Illustrierten glauben oder wissenschaftlichen Studien. Ich habe lange recherchiert, bevor ich Ihnen ein nicht zugelassenes Medikament verabreiche. Und die ersten Ergebnisse sind tatsächlich vielversprechend, aber nur als Kombinationstherapie mit Doxorubicin, Sorafenib und Oxaliplatin.« Ich nehme einen beliebigen blauen Aktendeckel von meinem Schreibtisch hoch. »Ich hab die Studie aus Chicago hier, ich hab sie mir besorgt – wollen Sie lesen?«

Kramer winkt ab. »Ich geh mal davon aus, dass Sie sich aus Eigeninteresse bei mir ins Zeug legen.«

»Davon können Sie ausgehen. Ach – und als Geste meines guten Willens bekommen Sie das schönste Zimmer in der ganzen Klinik. Mit Terrasse und Aussicht zum Park.«

»Und 'ner nackten Krankenschwester?«

Ich lächle gequält und lege ihm die Hand auf die Schulter. »Kommen Sie, ich zeig Ihnen jetzt Ihr Zimmer.«

Er wirkt plötzlich sehr unsicher. »Ich kann nicht hierbleiben. Ich hab ja auch gar nichts dabei.«

»Herr Kramer, Ihr Fall ist ernst, und wir müssen so schnell wie möglich mit der Behandlung beginnen. Ich zeige Ihnen Ihr Zimmer, dann werden wir Sie gründlich untersuchen. Anschließend können Sie Ihre Sachen holen. Und morgen legen wir los mit der Behandlung.«

Er folgt mir schweigend über die Gänge und den gepflasterten Innenhof, an den Müllcontainern hinter den immergrünen Hecken vorbei, die Steinfliesen auf dem Rasen, die geschwungene Treppe hinauf. »Sie wollen mich wohl ganz weitab vom Schuss haben.« Sein Ton ist misstrauisch. Ich drehe mich zu ihm um und sage eindringlich: »Ich bin im Begriff, ein verbotenes Medikament einzusetzen, da sollten wir lieber unter uns sein, meinen Sie nicht?!«

Kramer lacht. »Wir sind nun Komplizen, Professor, was?!«

Ich öffne die Tür zu seinem neuen Zimmer und mache eine einladende Verbeugung wie ein Hotelportier, aber ich bin wirklich auch ein bisschen stolz, der lichtdurchflutete Raum hat einen ganz besonderen Zauber. Kramer ist tatsächlich einen Moment sprachlos.

»Wow«, sagt er schließlich anerkennend. »Das nenne ich Erste-Klasse-Unterbringung.«

»Sie haben hier komplett Ihre Ruhe. Und das ist die Speisekarte eines Hotelrestaurants, die liefern ab sechs Uhr morgens. Und ebenso wenn Sie Zeitungen, Bücher oder so brauchen.«

Kramer lächelt zufrieden. »Geht doch, Professor, geht doch!«

Ich ziehe ein Prepaidhandy aus der Tasche und lege es auf den Tisch. »Hier sind alle wesentlichen Nummern einprogrammiert. Unter der Eins erreichen Sie mich. Wenn irgendwas ist, rufen Sie mich an, nur mich. Verstehen wir uns?«

»Also nicht den Notruf drücken?« Sein Finger spielt an der Rufanlage.

»Nein, das funktioniert leider nicht.« Bis gestern tat es das allerdings. Bei der Renovierung war die alte Villa mit der zentralen Rufanlage verwunden worden. Ich habe die Abdeckung aufgeschraubt und das Kabel abgetrennt.

»Haben Sie Schiss, Professor?« Er hat etwas Lauerndes, das mir durch und durch geht. Als würde er meine Seele scannen.

»Ja, habe ich, Herr Kramer. Wenn rauskommt, dass ich Sie mit einem verbotenen Medikament behandle, dann werde ich nie wieder als Arzt arbeiten können. Und daran haben Sie genauso wenig Interesse wie ich. Wie Sie so schön sagten: Wir sind Komplizen.«

»Okay, Kumpel«, sagt er und streckt mir die Handfläche entgegen zum High Five. Ich hebe nur verächtlich die Augenbrauen.

»Ich bin noch nicht fertig, Herr Kramer. Ich habe in der Klinik erzählt, Sie werden von Ihrer reichen Familie hier untergebracht.«

»Ich?« Kramer lacht laut auf. »Und das glauben die?«

»Sie sollen mir zuhören, verdammt noch mal. Falls hier mal irgendeiner reinschneit oder Ihnen im Park begegnet und Sie ausfragen will: Sagen Sie guten Tag und geben Sie sich ansonsten abweisend. Sie reden nur mit dem Professor, und ansonsten wollen Sie, dass man Ihre Privatsphäre respektiert. Punkt.«

»Wie bei den Bullen, Professorchen, was? Nicht quatschen! Ist 'n Anfängerfehler. Irgendwelche Geschichten erzählen, in denen du dich dann verhedderst – und schon sitzt du richtig in der Scheiße.«

»Damit habe ich keine Erfahrung, Herr Kramer!« Er wird schlagartig ernst unter meinem strengen Blick. »Ich hole Sie nachher ab. MRT, Ultraschall, Blutbild. Danach können Sie nach Hause gehen und packen. Aber machen Sie bitte zügig, ich möchte Sie heute Nacht hier haben, weil es morgen ganz früh losgeht. In Ihrem eigenen Interesse, Herr Kramer. Nehmen Sie das nicht auf die leichte Schulter: Ihr Fall ist sehr, sehr ernst.«

Frau Foerster blickt mich mit kaum verhüllter Neugier an, als ich zurück ins Büro komme und sie bitte, Kramers Untersuchungen zu terminieren.

Ich ignoriere es.

»Denkt man gar nicht, wenn man Herrn Kramer so sieht«, sagt sie schließlich.

»Was?!«

»Na, dass der aus so 'ner reichen Familie kommt.«

»Tja, man sollte sich nicht von Äußerlichkeiten täuschen lassen. Was, Frau Foerster?! Und machen Sie mir bitte einen starken Kaffee, ja?«

»Gern«, sagt sie irritiert. »Ach, und Herr Naujocks hat übrigens angerufen und bittet Sie um Rückruf. Ich habe ihm aber gesagt, dass ich für heute nichts versprechen kann.«

Ich wende mich um in der Tür zu meinem Büro. »Ist schon gut, ich werde mit ihm sprechen. Geben Sie mir einfach die Nummer.«

Frau Foerster lächelt. »Ach, und ich wollte Ihnen noch sagen, Herr Professor, ich wundere mich gar nicht, dass der Herr Kramer unbedingt Sie als Arzt haben will.«

»Danke«, sage ich gerührt und entschwinde niedergeschlagen in mein Büro. Nicke abwesend Frau Foerster zu, als sie das Tablett mit der Kaffeetasse und dem Milchkännchen auf dem Schreibtisch abstellt. Ein gelber Zettel mit Naujocks' Telefonnummer. Der Lehrer mit dem Pankreas und der Weltreise. Der mich angesteckt hat mit seinem Trübsinn. Er nimmt nach dem ersten Klingeln ab, muss auf den Anruf gewartet haben.

»Herr Naujocks, wie geht es Ihnen?« Sicher ist das eine hohle Frage an einen Todkranken. Aber sie nicht zu stellen, hieße, ihn schon abgeschrieben zu haben. Ausgeschlossen aus ganz normalem, höflichem Miteinander.

»Ach. Ich weiß auch nicht. Was ich jetzt sagen soll.«

»Geht es um die Chemotherapie? Um einen Termin?«

»Nein, um die Operation.«

Als ob ich es geahnt hätte. Dass die Weltreise ins Wasser fällt. »Ich kann Ihnen da nur wieder ganz entschieden abraten. Das bringt Ihnen nichts, Herr Naujocks. Erinnern Sie sich an unser Gespräch?«

»Ja, und Sie haben ja vermutlich recht, aber meine Frau …« Er bricht ab. Zieht die Nase hoch.

»Ihre Frau? Was ist mit Ihrer Frau?«

»Sie sagt, dass ich sie doch nicht so einfach im Stich lassen kann. Dass ich doch kämpfen muss um unseretwillen.«

»Es macht wenig Sinn, einen Kampf zu kämpfen, den man nicht gewinnen kann.«

»Herr Professor, ich will diese OP ja auch nicht. Ich will nicht, dass man mich ausräumt. Ich habe Angst davor.« Er fängt wieder an zu schniefen. »Aber ich darf nicht so egoistisch sein, verstehen Sie?«

Ach, es ist immer wieder dasselbe alte Lied. Angehörige, die nicht loslassen können – obwohl der Patient selbst längst dazu bereit ist. Und zu Schmerz und Krankheit noch das schlechte Gewissen kommt. Am schlimmsten ist es in der Kinderonkologie. Wie weit Eltern doch gehen, um ein kleines bisschen mehr Zeit mit ihren Kindern zu verbringen. Wie sie betteln und bitten voller Verzweiflung, jede Therapie auszuschöpfen. Und welche Schuldgefühle manche Kinder tragen, weil ihre Eltern ihretwegen so leiden. Angehörige sind mitunter eine große Belastung.

»Herr Naujocks, das hat mit Egoismus nichts zu tun. Und Ihre Frau hat mit Sicherheit mehr von Ihnen, wenn Sie die OP nicht machen.«

»Ja«, schluchzt er leise.

»Herr Naujocks, soll ich mit Ihrer Frau reden? Oder am

besten, Sie kommen gemeinsam her. Wir können eine Menge tun, um es Ihnen möglichst lange angenehm zu machen. Sie können sogar reisen.«

Er stöhnt mir herzzerreißend ins Ohr, ringt einen Moment um Fassung, fängt sich wieder. »Herr Professor, die Entscheidung ist gefallen. Ich werde kämpfen und mich operieren lassen!«

»Herr Naujocks, Sie kennen meinen Standpunkt. Ich würde das auf keinen Fall tun, und ich würde auch keinem aus meiner eigenen Familie dazu raten, wenn ich persönlich betroffen wäre.«

»Ich möchte, dass Sie mich operieren.«

»Ich bin kein Chirurg!«

»Jedenfalls, dass es an Ihrer Klinik gemacht wird, ich vertraue Ihnen. Mehr als unserem Kreiskrankenhaus.«

»Dann vertrauen Sie meinem Urteil, Herr Naujocks, und lassen uns über eine Palliativtherapie sprechen.«

»Ich kenne die Risiken einer OP. Und glauben Sie mir, ich wäre froh, wenn ich nicht mehr aus der Narkose erwachen würde – wirklich.«

»Dieses Risiko besteht tatsächlich, und es ist nicht unbeträchtlich, und deshalb werden wir diese OP nicht durchführen.«

»Sie wollen mich also den Stümpern vom Kreiskrankenhaus überlassen, damit ich länger leide? Sie könnten mir helfen, in Würde zu gehen.«

»Herr Naujocks, ich verstehe Ihre Verzweiflung, aber ich möchte das Gespräch an dieser Stelle doch lieber beenden. Um unser beider Willen. Damit jetzt hier keine Missverständnisse entstehen. Sie sind ein humanistisch gebildeter Mann, denken Sie mal in Ruhe darüber nach. Und dann melden Sie sich wieder. Oder am besten, Sie kommen gemeinsam mit Ihrer Frau her, und wir reden in Ruhe zu dritt. Was wir tun können, um es Ihnen so lange wie möglich angenehm zu machen – Ihnen beiden. Einstweilen wünsche ich Ihnen viel Kraft. Alles Gute, Herr Naujocks.«

Donnerstag, 22. Oktober

Der Wind reißt mir die Tür aus der Hand, krachend fällt sie ins Schloss. Ich blicke mich verstohlen um. Möchte nicht, dass mich jemand mit einem Infusionsständer über den Hof laufen sieht. Der Druck im Magen hat sich zum Sodbrennen manifestiert. Die schwere hölzerne Doppeltür der alten Villa öffnet sich lautlos, ich bin kurz irritiert, jemand hat offenbar die knarrenden Scharniere geölt. Ich spüre die Ampulle mit dem DCA in meiner Tasche. Der Verrat als Arzt erscheint mir ungeheuerlicher als der so lange zurückliegende Mord. Ich begreife nicht, warum Kramer uns beiden seine letzten Monate so schwer macht.

Schon auf der Treppe höre ich das Gelächter. Kramer scherzt mit den beiden Pflegerinnen, die sein Zimmer in Ordnung bringen. Die Tür steht offen. Ich halte einen Augenblick inne und atme tief durch. Kramers derber Humor ist Gift für mein umschattetes Gemüt. Ich drücke ein paar gelbe und rote Kapseln aus dem Blister und schlucke sie trocken. Kramer sitzt am Fenster in dem lederbezogenen Ohrensessel. Er wirkt noch kleiner und zerbrechlicher in dem wuchtigen Möbel, aber macht einen zufriedenen Eindruck. »Aber, Herr Kramer, Sie sind ja ein ganz Schlimmer«, sagt lachend die eine der beiden Pflegerinnen mit osteuropäischem Akzent. Zwei resolute, fröhliche, stämmige Frauen – der Zwerg hat offenbar ihr Herz erobert, und er genießt es. Schwestern mögen die Scherzbolde sehr viel lieber als die ewig Jammernden und Nörgelnden. Es ist eine Szene von irritierender Harmlosigkeit, und sie ebbt ab, als ich den Raum betrete. »Guten Morgen, Herr Professor«, rufen die Frauen. Ich erwidere gut gelaunt ihren Gruß und wende mich Kramer zu. »Es freut mich, Sie so wohlgemut zu sehen.«

»Ja, es geht *uns* gut!«, entgegnet er mit einer raumgreifenden Geste, und die dralle Blondine, die gerade sein Laken glatt zieht, kichert hemmungslos los. »Den Umständen entsprechend.«

»Das habe ich noch nie gesagt!«, protestiere ich.

»Was?«

»Wie geht's *uns* denn heute.«

Er zwinkert mir verschwörerisch zu, während ich den Karton mit den Medikamenten auf den Tisch stelle, neben das Tablett mit den üppigen Resten des Frühstücks.

Die gestrige Untersuchung bot keine Überraschungen. Der Tumor ist weiter gewachsen, und es gibt neue Metastasen. Normalerweise würde ich das gemeinsam mit dem Patienten besprechen, aber je weniger das Subjekt weiß, umso besser.

Die beiden Frauen vom Pflegedienst wünschen uns fröhlich einen schönen Tag, dann gleitet die Tür gedämpft in ihren Rahmen, und ich bin mit Kramer allein. Bitte ihn, sich aufs Bett zu legen, setze die Kanüle und reguliere den Zufluss am Ventil der Infusionsbeutel.

Und als wäre diese ebenso überflüssige wie aggressive Hochdosis-Chemo nicht schon Scharade genug, nehme ich eins der braunen Fläschchen aus dem Karton und schütte das weiße Pulver in einen kleinen Trinkbecher. Gieße Wasser dazu, rühre mit dem Löffel sorgfältig um und komme mir lächerlich vor. Nicht schlecht oder böse – sondern unsagbar albern. Wie ein Medizinmann bei einem heidnischen Ritual. Ein Schamane, der mit Zauber heilt.

Ich gebe ihm den Plastikbecher mit dem in Wasser aufgelösten DCA. Er schluckt es in einem Zug hinunter. Ich habe im Internet recherchiert. Mögliche Nebenwirkungen von DCA sind so gut wie nicht erforscht. Patienten, die es probiert haben, berichten in Foren von Schwäche, Müdigkeit, Zittern – und Schmerzen am Tumor. Außerdem gibt es wissenschaftliche Indizien, dass eine dauerhafte Anwendung zu Nerven- und Leberschädigungen führt. Wegen Nervenschäden musste auch die einzige wirklich seriöse DCA-Studie mit Menschen abgebrochen werden, hieß es im Fachmagazin *Neurology*. Kramer stellt den Becher zurück auf den Tisch. Auch das DCA ist ein zweitrangiges Problem. Wie ich mit Kramer ins Geschäft komme, ist die Frage.

»Ich will ganz ehrlich zu Ihnen sein«, beginne ich. Er darf sich nicht zu viel Hoffnung machen, sonst habe ich keine Chance mit meinem Plan.

»Sie lügen doch in einer Tour«, entgegnet er trocken.

»Fragen Sie, wen Sie wollen, kein seriöser Arzt würde Ihnen eine ernsthafte Chance versprechen.«

»Pah – wenn ich verrecke, dann wissen Sie ja, was passiert.«

»Ja, Herr Kramer, das haben Sie oft genug gesagt. Aber das ergibt keinen Sinn. Sie werden sterben – und das wissen Sie selbst ganz genau. Alles was ich tun kann, ist, Ihnen ein wenig mehr Zeit zu verschaffen.«

»Sie glauben nicht an den Tumorkat?«

»Ich glaube nicht an Heilung, Herr Kramer. Und DCA ist nicht ohne Grund verboten. Es hat möglicherweise schwere Nebenwirkungen.«

»Ich lach mich krank. Als ob es darauf noch ankommt. Versuchen Sie's wenigstens. Wenn's wirkt, haben Sie Glück.«

»Wir versuchen es, Herr Kramer. Ich tue alles, was ich kann. Aber wieso wollen Sie mich dafür bestrafen, dass ich um Ihr Leben kämpfe?«

»Bestrafen?« Er wirkt belustigt. »Sie immer mit Ihren großen Worten. Nee, ich will bloß, dass Sie Ihren Einsatz nicht vergessen. Damit Sie sich richtig ins Zeug legen für mich. Ich weiß, dass Sie das nicht hören wollen, aber ich bin in meinem Leben genug rumgestoßen worden. Und jetzt sitz ich mal am Drücker, so einfach ist das.«

Die Wut der zu kurz Gekommenen, das ist der Schlüssel. Der Gedanke ist mir heute Nacht gekommen, als ich über unseren Abschiedsabend nachdachte. Sein Hadern mit dem eigenen verpfuschten Leben und allen, die es besser haben. Ich muss ihm etwas bieten, was seiner Existenz eine Bedeutung verleiht. »Erinnern Sie sich an unser Gespräch vor Ihrer Entlassung? Über den Tod, den Wunsch, etwas zu hinterlassen über das Ende hinaus.«

»Was kommt jetzt? Wollen Sie mir ein Denkmal bauen?« Er lacht über seinen Witz.

»Ein Denkmal, ja, das trifft es ganz gut. Ich denke an eine Stiftung. Die Hans-Georg-Kramer-Stiftung für krebskranke Kinder oder so. Sie sagten, es wird Sie keiner vermissen. Aber stellen Sie sich doch mal vor, es wird eine Stiftung geben mit Ihrem Namen. Mit einer Gedenktafel im Foyer, und jeder, der dran vorbeikommt, sieht Ihr Bild.«

»Und woher soll ich wissen, dass Sie mich nicht verarschen?«

»Wir machen einen Vertrag. Ganz offiziell mit Anwalt. Über die Gründung der Hans-Georg-Kramer-Stiftung. Wir können das alles genau festlegen. Stiftungszweck, Startkapital und so weiter und so weiter. Was ist eigentlich mit dem Geld, das ich Ihnen gegeben habe?«

»Das ist gut versteckt, Professor, keine Bange!«

»Und meinen Sie nicht, das wäre in einer Hans-Georg-Kramer-Stiftung sinnvoller angelegt, als wenn es in der Asservatenkammer der Polizei verschimmelt? Und das wäre ja bloß das Startkapital, denn da kommen natürlich Spenden dazu.«

»Danke, aber Geld ist momentan mein geringstes Problem!«

»Möchten Sie denn nicht, dass die Menschen sich mit Dankbarkeit an Sie erinnern? Ich meine, klar, Sie können sich revanchieren für die Rumschubserei. Ich kann das sogar verstehen.«

»Pah!«

»Doch, Herr Kramer, ich verstehe das. Wissen Sie, wenn man wie ich aus kleinen Verhältnissen in eine so bedeutende Familie einheiratet – mein Schwiegervater hat mich nie ernst genommen. Die Klinik steht vor der Pleite. Ich bin am Arsch, Herr Kramer, begreifen Sie das?«

»Und was hat das mit mir zu tun?«

Ich fixiere ihn mit meinem Blick. »Das will ich Ihnen sagen, Herr Kramer. Ich wollte meinem Schwiegervater alles vor die Füße werfen. Weil ich das kann, Herr Kramer, und als Arzt mit meinem Ruf jederzeit eine neue Stelle bekomme. Ich hätte mich rächen können und ihn alleine untergehen lassen – und vielleicht hätte sich das sogar einen Moment gut angefühlt.«

»Bestimmt tut es das«, bestätigt mich der Zwerg.

»Ja, aber es geht hier nicht um meine verletzten Gefühle. Es gibt Wichtigeres, verstehen Sie. Die Menschen mit Krebs, denen ich helfe.«

Kramer grinst. »Sie sind ein Held, Professor!«

Ich winke ungeduldig ab. »Es geht hier nicht um mich, Herr Kramer, ich habe meine Entscheidung getroffen. Ich verstehe Sie, Herr Kramer. Ich verstehe verdammt gut, dass Sie das Bedürfnis haben, mir eine reinzubrezeln. Aber Sie haben die Macht, noch sehr viel mehr zu tun. Sie haben die Macht, etwas zu verändern, Herr Kramer.«

»Amen!«

»Und glauben Sie mir, das fühlt sich sehr viel besser an, in Frieden zu gehen – als mit Wut und Hass im Bauch.«

»Woher wollen Sie das wissen?«

»Ich bin mir sicher, dass es so ist. Was haben Sie davon, wenn ich im Gefängnis sitze, und Sie sind tot und vergessen. Wird mich keiner vermissen, haben Sie das nicht gesagt, Herr Kramer? Nun, das könnte auch anders sein. Ich würde das in die Wege leiten, mit Anwalt und Vertrag, schwarz auf weiß – damit Sie ganz sicher sein können, dass alles in Ihrem Sinne geschieht.«

»Ich hab keine Lust mehr, mit Ihnen zu reden. Lassen Sie mich jetzt in Ruhe …«

»Gut, Herr Kramer«, erwidere ich freundlich und erhebe mich. »Wenn Sie irgendetwas brauchen, sagen Sie

Bescheid. Einen schönen Tag einstweilen. Und denken Sie mal über meinen Vorschlag nach.«

Leise schließe ich die Tür hinter mir.

Ich knipse mein Lächeln an, als ich die Kantine betrete. Erwidere Grüße, schüttle Hände, verspreche, meine Frau zu grüßen. Ulli winkt mir heftig vom anderen Ende des Raums zu. Eine üppig grüne Hydrokultur verstellt den Blick auf seinen Tisch. Erst beim Näherkommen sehe ich die anderen Ärzte. Neubach erhebt sich, um mir die Hand zu geben. Marten, der Neurochirurg, blickt kurz von seinem Teller auf, und die Magnussen ist auch da.

Wir wünschen uns guten Appetit und widmen uns schweigend dem Essen. Ein kurzer verlegener Moment, sie warten, dass ich das Gespräch eröffne. Mittagessen mit dem Chef sind nie entspannt – für keine Seite. Ich denke noch über eine geistreiche Bemerkung nach, da kommt Oggers mit seinem Tablett an den Tisch. Setzt sich geräuschvoll, grüßt lässig in die Runde, lächelt mich an. »Und, was macht unser geheimnisvoller Patient in der alten Villa?«, fragt er ungezwungen.

»Ja, der Herr Kramer ist schon sehr speziell«, entgegne ich lässig. »Er macht es mir als seinem Arzt jedenfalls nicht einfach.«

»Stimmt es, dass er Leibwächter mit Maschinenpistolen dabei hat?«, fragt Neubach großäugig.

»Da ist wohl die Fantasie mit jemandem durchgegangen«, sage ich amüsiert. »Aber er hat eigene Krankenschwestern dabei und lässt sein Essen aus einem Restaurant kommen.«

»Sehr dubios, das Ganze, finden Sie nicht?«, fragt Oggers mit vollem Mund.

»Absolut!«, bestätige ich ernsthaft. »Die ganze Familie ist merkwürdig. Ich vermute, er ist ihnen peinlich, deshalb die Geheimniskrämerei.« Ich zucke gleichmütig die Schultern. »Aber ich bin Arzt, kein Psychiater.«

Die Magnussen wirft Ulli einen verstohlenen Blick zu. »Der war schon mal hier, oder?«, fragt sie harmlos. »Das großzellige Leberkarzinom?«

»Kramer, Hans-Georg, genau der!«, bestätige ich so beiläufig wie möglich und führe einen Löffel Eintopf zum Mund. Ulli ist beunruhigend still, ich kann seinen Gesichtsausdruck nicht deuten. »Kommt 'n Skelett zum Arzt«, platzt es unvermittelt aus ihm heraus.

»Sagt der Arzt: Sie hätten früher kommen sollen«, falle ich ihm ins Wort.

Ulli wiehert vor Vergnügen. Die Magnussen verdreht die Augen, vermutlich hört sie den Witz auch nicht zum ersten Mal. Aber nicht unfreundlich, eher nachsichtig, die offensichtliche Sympathie zwischen den beiden verblüfft mich.

Oggers verlangt theatralisch nach einem Skalpell und demonstriert mit dem Messer in der geballten Faust die Zähigkeit seines Schnitzels. Die Schwestern am Nebentisch drehen sich um, weil Ullis dröhnendes Lachen alles übertönt. Die Stimmung ist heiter und ausgelassen, wehmütiger Neid schneidet mir in die Brust. Ich bin so voller Argwohn, dass ich überall Gespenster sehe. Sie misstrauen mir ja gar nicht. Wieso sollten sie auf die Idee kommen, dass ihr Chefarzt sie belügt? Wozu? Sie sind bloß neugierig, das ist alles. Eine exotische Geschichte im grauen Klinikalltag, natürlich macht sie die Runde.

»Eine Millionenspende, habe ich gehört«, sagt Neubach aufgeregt.

»Darüber kann ich im Moment leider nicht sprechen«, entgegne ich.

»Und was müssen wir dafür tun?«, fragt die Magnussen. »Außer einen neuen Krankentrakt zu bauen?«

»Frau Magnussen, für eine Spende muss man nichts tun. Man bekommt sie, weil der Spender überzeugt ist, damit Gutes zu tun. Sie ist gewissermaßen Anerkennung und Ermu… tigung…« Saure Übelkeit schießt mir unvermittelt die Speiseröhre hoch.

»Ist Ihnen nicht gut?«, fragt die Magnussen irritiert. Mir wird schwarz vor Augen, mein Kreislauf sackt ab, aber ich fange mich wieder.

»Ich fürchte, das Chili war keine kluge Wahl«, sage ich bemüht. »Mein Magen reagiert derzeit etwas überempfindlich.« Mir steht kalter Schweiß auf der Stirn, als ich mich erhebe, aber es gelingt mir, das Tablett unfallfrei zum Laufband zu tragen und aufrecht das Kasino zu verlassen. Der Schwindel steigert sich zur Übelkeit, und ich stürze gerade noch rechtzeitig in die nächste Herrentoilette. Nachdem ich mehrfach heftig erbrochen habe, geht es mir besser. Ich lasse mir kaltes Wasser ins Gesicht laufen, richte den Kragen am Spiegel über dem Waschbecken, kämme mein Haar. Das Herz klopft bis zum Hals, hektisch greife ich in meine Tasche und verdränge den Gedanken, dass ich längst die Kontrolle verloren habe über meinen Pillenkonsum.

Ich bin immer noch benommen, als ich das WC verlasse. Meine Knie zittern, und mir ist furchtbar schwindelig.

»Herr Dr. von Bülow wartet drinnen«, sagt Frau Foerster und deutet auf meine offene Bürotür.

Ich möchte sie anschreien, wieso sie ihn reingelassen hat. Aber das wäre unfair, weil sie Ulli wohl kaum hätte stoppen können. Mein Freund lehnt am Schreibtisch und grinst mich blöde an. »Dachte schon, du wärst unterwegs verschollen.« Ich möchte ihn anbrüllen, was ihn das angeht und ihm das dümmliche Grinsen aus dem Gesicht schlagen. Diese Wut tief drinnen ist mörderisch.

»Was willst du?!«, frage ich grob.

»Du siehst grässlich aus«, sagt Ulli.

»Danke für das Kompliment.«

»Ist keine gute Werbung – 'n kranker Arzt. Wie 'n dünner Koch!« Ulli wiehert vor Vergnügen. Wird dann aber ganz schnell ernsthaft. »Dann stimmt das also wirklich mit der Spende! Irre!« Ulli schüttelt den Kopf. »Findest du nicht, dass die Sache irgendwie stinkt?«

»Wieso?«, frage ich möglichst harmlos. Spüre wieder die Schweißtropfen auf der Stirn. Der Gedanke mit der Spende kam von ihm.

»Du findest diese ganze Geheimnistuerei normal? Eigene Schwestern und Essen aus 'nem Restaurant. Vielleicht heißt er ja gar nicht Kramer, es gibt keine Unterlagen!«

»Würde das was ändern, wenn er in Wahrheit Meyer heißt?« Ich lache, selbst in meinen Ohren klingt es aufgesetzt. »Die Familie ist mehr als merkwürdig, keine Frage, und Kramer selbst ein durch und durch unangenehmer Typ – aber das ist nicht strafbar und nicht unsere Baustelle, oder?«

»Hast du dich nicht mal gefragt, warum die das machen? So viel Geld ausgeben, um ihren Verwandten in der alten Villa zu verstecken. Die könnten ihn dafür doch auch locker irgendwo anders unterbringen. Womöglich ist das ein Mafioso – oder so. Ein gesuchter Verbrecher, der sich hier versteckt?«

Ich lache laut auf. »Ulli, du hast eine blühende Fantasie. Bei denen geht es nicht um Geld. Er will die beste Behandlung und glaubt, dass er sie hier bekommt. Wir haben einen hervorragenden Ruf. Mal abgesehen von der Spende, aber die Klinik wird davon profitieren.«

»Wenn du meinst«, sagt er zweifelnd.

»Erinnerst du dich an diesen Naujocks, den wir neulich im Board hatten«, wechsle ich das Thema. »Den Pankreas, den sie in seinem Stadtkrankenhaus operieren wollten.« Ich schiebe ihm einen Ausdruck von Naujocks' MRT rüber, er wirft einen kurzen Blick darauf und nickt desinteressiert.

»Er hat sich vergangene Nacht umgebracht. Mit Autoabgasen in der Garage. Seine Frau hat mich angerufen. Ich hab gestern noch mit ihm telefoniert. Er wollte, dass wir ihn operieren. Und dass er auf dem Tisch bleibt. Jedenfalls hab ich das so verstanden.«

»Suicide by doc!« Ulli lacht wieder sein Pferdelachen. Ich starre ihm grimmig ins Gesicht, er zuckt entschuldigend die Schultern. »Petra wundert sich übrigens, dass du Kramer nicht im Board vorstellst. Und ich kann es ihr nicht verdenken.«

Ich reagiere gereizt. »Auch Frau Magnussen wird akzeptieren müssen, dass dies hier kein basisdemokratischer Debattierclub ist und ich als ärztlicher Direktor nicht über alles sprechen kann.«

»Ist ja gut, Peter, reg dich ab. Du wirst wissen, was du tust. Sei nicht zu vertrauensselig, das ist alles, was ich dir sagen will. Pass auf, dass das nicht nach hinten losgeht und wir kein Debakel erleben. Finanziell oder sonstwie.«

»Warum sollte ich das riskieren?«

»Na ja, weil du vielleicht dem Alten beweisen willst, dass du's draufhast. Du baust jetzt das exklusive Bettenhaus, von dem er immer geträumt hat.«

»Das ist mir echt zu blöd!«, ereifere ich mich künstlich. Soll Ulli ruhig glauben, ich fühle mich ertappt, weil er den Nagel auf den Kopf getroffen hat. Perfekt, wenn seine Gedanken in diese Richtung gehen, weit weg von der Wahrheit.

Er zuckt die Schultern und erhebt sich. »George W. Bush hat den Irakkrieg auch bloß geführt, weil sein Alter es nicht bis Bagdad geschafft hat.«

Ich grinse. »Du solltest das Skalpell weglegen und 'ne Therapeutenpraxis eröffnen.«

»Nenn's doch Wolff-Heßler-Haus, da wird er sich freuen«, sagt er süffisant.

»Gute Idee, vielleicht mache ich das.« Ich schüttle lächelnd den Kopf, als Ulli die Tür hinter sich schließt. Dass ich mich aus Eitelkeit und Naivität auf eine windige Geschichte einlasse – das traut mein bester Freund mir zu. Aber nicht, dass ich ihn belogen haben könnte. Ich schlucke ein paar Tabletten, ziehe den Mantel an und verlasse das Büro.

Kristina winkt mir von einem Fenstertisch zu, als ich das Restaurant betrete. Ich habe mich verspätet und stehe innerlich unter Dampf, während ich meine Frau zur Begrüßung küsse und mich an dem weiß gedeckten Tisch niederlasse. Einmal die Woche verabreden wir uns zum Essen, ein Ritual, das wir über all die Jahre gepflegt haben. Das unsere Ehe gerettet hat, wie wir gelegentlich scherzen. Das Restaurant hat einen Schieferboden und ist stylish karg möbliert, die Gespräche an den Tischen vereinen sich zu einem hallenden Klangteppich, in meinem Kopf dröhnt es. Der Kellner kommt mit einer Schultafel, die er neben unseren Tisch stellt und erläutert gespreizt das heutige Angebot.

Ein trockener Riesling zum Fisch? Zu viel Säure, sagt Kristina, lieber den Grauburgunder. Ich überlasse es ihr, den Wein zu kosten. Beobachte gereizt, wie sie ihn im Mund bewegt. Finde sie affektiert und reizlos. Hebe mein Glas, lächle. »Auf unser Wohl!« Wir stoßen miteinander an, das Kerzenlicht bricht sich golden im Wein. Ich überlege, was ich noch tun kann, um Kramer die Stiftungsidee schmackhaft zu machen.

»Du wirkst wahnsinnig angespannt«, sagt Kristina sanft.

Ich mache eine wegwerfende Handbewegung. »Die ganze Finanzkrise hat mich ziemlich mitgenommen. Ich hab mich mit nichts anderem mehr beschäftigt. Aber ich habe womöglich eine Lösung gefunden.«

»Oh – wie das?« Sie wirkt ehrlich erleichtert. Schaut mich erwartungsvoll an. Ich nehme einen Schluck Wein, um Zeit zu gewinnen. Früher oder später wird sie von der vermeintlichen Spende erfahren. Aber ich möchte jetzt unter gar keinen Umständen mit Kristina über Kramer sprechen. Ich mag nicht ständig Lügengeschichten erzählen und mit immer neuen Details ausschmücken. Kann sein, dass es darauf nicht mehr ankommt. Aber ich bin es leid.

»Sagen wir mal, es haben sich neue Möglichkeiten aufgetan«, sage ich unbestimmt. »Aber sei mir nicht böse, wenn ich jetzt nicht darüber reden mag. Ich habe mich so darauf gefreut, heute mal wieder einen unbeschwerten Abend zu verbringen.« Ich hebe mein Glas. »Auf uns!«

»Aber das ist ja wunderbar. Hast du schon mit Vater darüber gesprochen?«

»Nein, und ich sehe dazu auch keinen Grund und würde dich bitten, es vorerst auch nicht zu tun. Bis die Sache in trockenen Tüchern ist.« Es ist vermutlich naiv, anzunehmen, dass Wolff nicht von dem Umbau erfährt. Dass er nicht mit Biesinger spricht. Wolff-Heßler-Haus. Das könnte dem Alten gefallen.

»Ich finde, du solltest es ihm sagen. Er hat genug Sorgen momentan. Es wird ihn ein bisschen aufbauen.«

»Du meinst, weil ich es alleine nicht hinkriege, ja? Weil ich keine Ahnung vom Geschäft habe und lieber deinen Vater fragen soll?«

Sie schaut erstaunt, mir wird peinlich bewusst, dass ich die Stimme erhoben habe. Woher kommt diese unglaubliche Wut? *Reiß dich zusammen, Zielke!*

»Nein, Peter, das meine ich nicht!«, entgegnet sie.

»Dann hört endlich auf, mich wie einen Hanswurst zu behandeln. Das Ganze ist jetzt allein mein Problem; dein Vater ist raus aus der Nummer. Raus! Verstehst du?!«

Kristina schaut mich befremdet an. »Meine Güte, Peter, was ist eigentlich los mit dir? Deine Bewunderung für meinen Vater war mir immer suspekt, aber diese plötzliche Feindseligkeit finde ich nun echt befremdlich. Es gibt nicht nur schwarz und weiß, Peter. Oder kannst du's nicht ertragen, dass der starke Mann auf einmal schwach ist?«

»Bitte verschon mich mit deiner Küchenpsychologie!« Ich greife nach dem Glas, kippe es runter – herrjemine, dieses Sodbrennen ist mörderisch. Fixiere Kristina, bis sie nicht mehr schwankt. Mir ist so elend, dass ich kotzen könnte, und Kristina schaut irgendwie merkwürdig.

»Vielleicht solltest du weniger trinken!« Ihre Stimme hat einen unangenehmen Hall.

»Danke für deine Fürsorge, aber ich weiß, was ich tue.«

Wir schweigen eine Weile. Es ist unangenehm. Schließlich sagt sie: »Ich möchte jetzt gern bei Mutter sein. Und Vater braucht auch Unterstützung. Ich werde für eine Weile zu meinen Eltern ziehen.«

»Klar. Natürlich! Das verstehe ich gut. Familie muss zusammenhalten. Blut ist dicker als Wasser.«

»Was willst du damit sagen?«

»Nichts!«

»Fühlst du dich im Stich gelassen?«

»Nein, ja, weiß nicht. Ich versteh es nicht. All die Jahre tust du so, als ob du deinen Vater verachtest. Machst dich lustig über meine Loyalität. Aber kaum sag ich mal ein kritisches Wort, wechselst du die Seiten?«

»Es ist dir vielleicht noch nicht aufgefallen, dass meine Mutter stirbt«, sagt sie leise, erhebt sich, wirft die Serviette auf den Tisch. Tränen in den Augen. »Du entschuldigst mich für einen Augenblick!«

»Das hat doch damit gar nichts zu tun«, rufe ich ihr empört hinterher. »Dir ist es vielleicht noch nicht aufgefallen, dass ich die Klinik rette. Dass ich den Mist deines Vaters ausbade. Ich ganz allein.«

Von den anderen Tischen drehen sich Leute zu mir um. Ich erkenne Harding, der die Klinik juristisch vertritt. Dann wird es undeutlich.

Freitag, 23. Oktober

Wechselwirkungen ist das erste Wort, das mir beim Aufwachen in den Sinn kommt. Kleine Hämmer schlagen von innen gegen meine Schädeldecke. Pillen und Alk – na herzlichen Glückwunsch auch. Aber das kommt schon klar. Ich gehe durch meine persönliche Hölle im Moment, ich sollte nicht zu gnadenlos mit mir sein. In der Mitte der Nacht beginnt der nächste Tag, sagte meine Großmutter immer. Ich muss bloß die Nerven behalten, dann wird dies eines Tages nur noch eine schlimme Erinnerung an eine überstandene Gefahr sein. Unter der heißen Dusche versuche ich erfolglos, den Ausgang des gestrigen Abends zu rekonstruieren.

Als ich Treppe herunterkomme, verabschiedet sich Julia gerade von ihrer Mutter. Ich wünsche unbefangen einen guten Morgen. Will Kristina mit einem Kuss begrüßen, aber sie dreht sich weg. Julia drückt mir einen Schmatzer auf die Wange und ist wie immer. »Bis später«, sagt sie zu Kristina. »Ich pack noch ’n paar Sachen nach der Schule, dann komme ich nach.«

»Ach? Ziehst du auch aus?«

»Ich möchte einfach bei Mama sein momentan, das verstehst du doch.« Natürlich verstehe ich das. Sie haben sich gegen mich verschworen. Ich folge meiner Frau in die Küche, hantiere an der Espressomaschine, das Schweigen lastet schwer. »Kristina, es tut mir leid, wenn ich gestern vielleicht ein bisschen unsachlich war und ein paar dumme Dinge gesagt habe. Ich hab das alles nicht so gemeint.«

»Das sagst du ein bisschen oft in letzter Zeit. Aber es ist eigentlich auch weniger das, was du sagst, als dein Verhalten, das ich befremdlich finde.«

»Ach.«

»Ja, du brüllst mir quer durchs Restaurant hinterher, als ich zur Toilette gehe, und als ich zurückkomme, liegst du mit dem Gesicht in deinem Erbrochenen und schnarchst. Bäh, es war einfach …« Sie winkt angewidert ab.

Ich möchte in den Boden versinken. Und Harding, der Klinikanwalt, war auch da. »Kristina, ich …«

»Nee, lass jetzt mal«, unterbricht sie mich. »Ich habe jetzt wirklich andere Sorgen. Lass uns später reden.«

Vielleicht bin ich ihr unheimlich. Ich weiß ja schon gar nicht mehr, wie man sich normal verhält. Weil ich selbst in der harmlosesten Bemerkung nach versteckten Gefahrensignalen forsche. Meine Seele hat schweren Schaden genommen. Ich zahle einen verflucht hohen Preis für eine Jugendsünde. Und wenn das Schicksal nur ein klein wenig gerecht ist, dann lässt es das damit bewenden.

Ich nehme Kristina den Koffer ab und trage ihn zu ihrem Wagen. »Alles wird gut«, sage ich sanft, während ich das Gepäck verstaue. »Ich verspreche es dir.«

Sie steigt in ihr dunkelgrünes Cabrio, schaut mich traurig an. »Verschieben wir das auf später – okay?«

»Natürlich. Du musst jetzt bei deiner Mutter sein. Du weißt, dass ich immer da bin, wenn du mich brauchst.«

»Tatsächlich?«, sagt sie leise, während sie den Motor startet. Ich sehe die Tränen in ihren Augen, bevor sie sich abwendet.

»Ja, tatsächlich«, sage ich patzig und gehe zurück zur Garage. Es gibt jetzt nur noch Kramer und mich. Alles andere ist unwichtig und lässt sich später wieder ins Lot bringen. Zielführend denken. Die Pillen helfen dabei. Fast kann ich die Autofahrt genießen. Die Sonne scheint von einem strahlend blauen Himmel, Bachs Cembalokonzerte perlen durch die Lautsprecher. Die bohrenden Kopfschmerzen tun meiner guten Laune keinen Abbruch. Ich hab auf den Tisch gekotzt! Und Harding war auch da. Ein echter Skandal. Ich muss herzhaft lachen. Natürlich ist es mir peinlich, ich schäme mich unendlich, aber das bringt mich komischerweise noch mehr zum Lachen. Die Heiterkeit hält an, als ich in der Tiefgarage den Fahrstuhl betrete. Sie bekommt einen kleinen Dämpfer, als der Lift im Erdgeschoss hält und Biesinger mit beflissenem Morgengruß samt Handschlag in die Kabine tritt. »Scheint ja nun doch alles gut zu gehen dank Ihrem Einsatz …« Der Satz verliert sich, weil ich deutlich zeige, keinen Wert auf Kommunikation zu legen. Dann signalisiert uns das *Pling* auch schon den ersten Stock. Biesinger wünscht unsicher einen guten Tag, drückt mir tatsächlich noch mal die Hand. Du bist der Erste, der hier geht, du Frettchen! Ein verschlagener Charakter, der zwanzig Jahre meinem Schwiegervater bei seinen Sauereien geholfen hat und am Ende nicht mehr weiterwusste.

Die Konferenz ist in vollem Gange, als ich mein Büro betrete. Einen Moment halte ich das für den Beginn der Revolte. Sie sind gekommen, um meine Verantwortung einzufordern. Aber dann fällt mir ein, dass sie immer in meinem Büro konferieren.

»Machen Sie einfach weiter«, sage ich locker. »Wer zu spät kommt, ist selbst schuld.«

43-jähriger Mann mit Hirntumor. Neubach schaut immer wieder nervös zu mir herüber während seines Vortrages. Seit ich bei dieser herzlosen Schlampe mit ihrem todkranken Vater die Contenance verloren habe, sucht er ständig meine Anerkennung. *Großartig*, hat er gesagt. Was für ein übler Schleimer.

»Herr Wüsthoff ist Filmemacher«, doziert Neubach. »Er hatte sogar den Antrag gestellt, in der Klinik zu drehen. Einen Film über seinen Krebs. Aber das kann er ja wohl jetzt nicht mehr.«

Filmemacher?! Glioblastom?! Aber das ist doch mein Privatpatient! Sein Filmprojekt und die große Gelassenheit, mit der er es begrub, als es ihm zusehends schlechter ging. Er müsse sich jetzt auf einen anderen Weg begeben, sagte er. Er sprach langsam und schleppend, zeigte deutliche Ausfallerscheinungen. Seine Schwester hat ihn begleitet und die ganze Zeit geweint, während Wüsthoff erklärte, dass mit dem Tod ja nicht alles zu Ende sei. Und er seine kleine Tochter dann eben von einem anderen Ort sehen und auf sie aufpassen könne. Genau, und sie hatten einen Antrag dabei für die Versicherung. Weil Wüsthoff nicht mehr arbeiten konnte und nichts verdiente.

Sie haben ihm den Kopf aufgesägt und das bösartige Gewebe herausgeschnitten. Aber der Tumor wächst wieder. Die Chemo mit Temozolomid schlägt nicht an. Die Konferenz ist sich einig, dass er das Medikament absetzen soll. Aber wieso diskutieren die in meiner Abwesenheit über meinen Fall?! Stimmt, ich habe mehrere Termine mit Wüsthoff abgesagt, vielleicht wollten sie mir einfach helfen. Der Neurochirurg schlägt vor, erneut zu operieren, die Tumorherde seien gut zugänglich. Eine OP schafft Raum und Zeit – eine neue Gnadenfrist, um auf andere Medikamente umzustellen. Neubach plädiert für eine Kombination aus Lomustin und Bevacizumab – das hätte ich auch vorgeschlagen. Bevacizumab bedeutet Papierkram, wir müssen die Therapie bei der Krankenkasse beantragen, denn es hat noch keine Zulassung in Deutschland. In den USA haben sie gute Erfahrungen mit Bevacizumab gemacht. Es gibt keine Belege für eine lebensverlängernde Wirkung gegenüber anderen Zytostatika – das ist einer der Gründe für die fehlende Zulassung hierzulande. Allerdings verbessert es nachweislich die Lebensqualität, und allein darauf kommt es noch an bei Herrn Wüsthoff. Bevacizumab blockiert das Wachstum der Blutgefäße, die den Tumor versorgen – aber eben auch gesunder Adern. Mögliche Nebenwirkungen: Blutungen, Thrombosen, lebensbedrohliche Lungenembolien. In der Krebstherapie läuft es häufig darauf hinaus, den Teufel mit dem Beelzebub auszutreiben.

»Einen Moment noch«, sage ich, als sich die Runde auflösen will und erhebe mich. Blicke in aufmerksam gespannte Gesichter. Ich danke den Kollegen, dass sie den Laden während meiner häufigen Abwesenheit am Laufen halten, aber ich hatte daran auch nie einen Zweifel. »Ein guter Chef – so sagt man – ist einer, der sich selbst überflüssig macht. Und die letzte Zeit hat ja nun nachdrücklich gezeigt, dass ich in dieser Hinsicht sehr erfolgreich war. Ich hoffe, Sie sehen es mir nach, dass ich kaum mehr als ein flüchtiger Geist war. Aber ich war vollauf damit beschäftigt, eure – Ihre – Arbeitsplätze zu retten.«

Ich ernte ein paar Lacher und den einen oder anderen anerkennenden Blick. »Aber im Ernst. Die Klinikkrise geht auch an uns nicht spurlos vorbei, und wir waren kurzfristig mit ernsthaften Problemen konfrontiert. Aber nun ist eine Lösung in Sicht, und Sie werden mich wieder häufiger ertragen müssen. Ich bin jedenfalls stolz auf euch, auf Sie, und es ist ein gutes Gefühl, ein so tolles, professionelles Team zu haben, dem ich aus ganzem Herzen vertrauen kann.«

Ich sehe die Erleichterung in ihren Gesichtern. Habe ihnen eine Erklärung geliefert, die Unsicherheit beendet. Ulli klatscht mir übermütig auf die Schulter. »Tolle Rede!«, sagt er strahlend, und auf dem Weg aus dem Büro drücken mir tatsächlich Kollegen die Hand. Ich schüttle sie unwillig ab. Entschwinde ins Treppenhaus, bevor mich jemand in ein Gespräch verwickeln kann.

Stürmischer Wind treibt mir sprühfeinen Nieselregen ins Gesicht, als ich den Neubau verlasse. Die alte Villa mit ihrem Säulenvorbau und den Türmchen wirkt wie ein finsteres Spukschloss im Nieselschleier. Die schwere Holztür knarrt wieder, ich zucke zusammen, fröstele. Treppenstufen knacken unter meinen Schritten.

Auf dem großen Bildschirm an der Decke läuft ein Pornofilm, als ich das Zimmer in der alten Villa betrete. Kramer drückt schuldbewusst die Stopptaste und grinst mich anzüglich an. Ich ignoriere es und frage nach seinem Befinden. »Es geht«, sagt der Zwerg mürrisch. »Aber mir ist furchtbar langweilig. Kann ja nicht den ganzen Tag hier liegen und mir die Palme wedeln.«

Ich ziehe die Augenbrauen hoch. »Was erwarten Sie von mir, Herr Kramer? Dass ich für Sie tanze und singe?«

Er lacht und bekommt einen Hustenanfall. »Nee, lassen Sie mal. Aber Sie könnten mir Schnaps und Zigaretten mitbringen.«

»Sie husten sich doch jetzt schon die Lunge aus dem Hals. Nein, das ist keine gute Idee in Ihrem Zustand.«

»Wenn ich schon verrecke, kann ich das auch ein bisschen entspannter tun, oder?!«

»Ihnen ist also bewusst, dass – Ihre Zeit begrenzt ist?!«

Er zuckt die mageren Schultern. »Kann schon sein.«

»Haben Sie mal darüber nachgedacht, worüber wir gesprochen haben?«

»Ihr verschissenes Denkmal, meinen Sie?« Er lacht wieder. »Haben Sie mal über den Knast nachgedacht? So 'nem feinen Pinkel die Fresse polieren, das ist 'n echter Spaß für die da.«

»Herr Kramer, was soll das?«

»Und der Knastgeruch, der wird Ihnen gefallen. Scheißhaus direkt neben der Pritsche, siffige Gemeinschaftsduschen, übler Fraß, mies gelaunte Schließer. Leuten wie Ihnen geht's da echt dreckig, glauben Sie mir.«

»Nur dass Sie das nicht mehr erleben werden, Herr Kramer.«

»Ach – und bei der Einweihung von meinem Denkmal bin ich dabei?«

»Herr Kramer, das können Sie doch nicht vergleichen. Ich meine ...«

»Einfach mal Fresse halten, Professor«, unterbricht er mich. »Bevor Sie mir nicht einen Cognac und Zigaretten bringen, müssen wir überhaupt nicht weiterreden.«

Ich zucke die Schultern. »Von mir aus.« Drehe mich unauffällig zur Seite und schlucke ein paar von den gelben und roten Pillen – aber der Albdruck im Magen bleibt. Magenfeeling – eine Wortschöpfung meiner Jugend. Wenn du aus Sybilles Zimmer im Schwesternwohnheim kommst und auf dem Flur Jule triffst, die mit deiner richtigen Freundin Anja zum Yoga geht. Dann zieht es dir aber die Eingeweide zusammen auf dem Weg zu Anja, da könntest du kotzen.

Die Erinnerung lässt mich wehmütig lächeln. Es erscheint mir so harmlos und meine maßlosen Ängste als junger Mann so übertrieben. Mit vierzehn oder fünfzehn habe ich mal die Schule geschwänzt und die Post mit zwei blauen Briefen vor unserem Haus abgefangen. Um den Ärger mit meinen Eltern zu vermeiden, die ich konsequent über meine schulischen Leistungen getäuscht hatte. Anschließend habe ich die geforderte Entschuldigung meines Vaters für krankheitsbedingtes Fernbleiben vom Unterricht gefälscht. Samt Unterschrift. Ist natürlich rausgekommen. Eltern einbestellt, Androhung des Verweises, ein Riesentheater – und das alles wegen zwei läppischen blauen Briefen. Potenzierung von Magenfeeling sozusagen.

Aber ich habe meine Lektion gelernt. Mutierte vom Träumer zum Streber und machte ein Einserabitur. Wurde eine anerkannte Kapazität auf meinem Gebiet, engagiere mich sozial. Ich mache alles richtig, und dennoch hat mich dieses unangenehme Kribbeln im Bauch nie so ganz verlassen. Das Magenfeeling von Klein-Peter aus der niedersächsischen Provinz. Der immer Angst hatte, dass es nicht reicht.

Wenn man schon vorher wüsste, was noch auf einen zukommt im Leben, würde man manch scheinbar unerträgliche Situation sehr viel gelassener betrachten. Ein verbotenes Medikament, ein Koffer voller Geld, eine ominöse Millionenspende – ich hab mich enorm gesteigert seit den blauen Briefen.

Montag, 26. Oktober

Kramer sitzt in seinem Lieblingssessel am Fenster und schaut in den trübseligen Herbsttag. Ich lege seine Bestellung auf den Tisch, er nimmt die Cognacflasche aus der Tüte und begutachtet sie. »Feines Tröpfchen haben Sie mir da mitgebracht«, sagt er anerkennend, dann pfriemelt er das Zellophan von der Zigarettenschachtel. »Und holen Sie mir doch 'n Aschenbecher, ja?«

»Gehen Sie wenigstens auf den Balkon zum Rauchen«, entgegne ich.

»Bin zu schwach, tut mir leid.«

»Sie unterstehen sich, hier drin zu rauchen!«, entrüste ich mich.

Kramer grinst mich an. »Wollen Sie's mir verbieten?«

»Auf jeden Fall! Das ist ein Krankenhaus und keine Kneipe!«

»Gut, dann reden wir eben nicht über die Stiftung.«

Ich schlucke meinen Ärger hinunter, knalle eine Untertasse vor ihm auf den Tisch und reiße die Flügeltüren zum Balkon weit auf. Gieße ihm einen Fingerbreit Cognac ein, er nimmt mir die Flasche aus der Hand und macht das Glas randvoll. Zündet sich eine Zigarette an, inhaliert genüsslich. Ich warte schadenfroh auf den Hustenanfall, aber er bleibt aus.

»Das letzte Mal saßen wir da drüben«, sagt Kramer und deutet auf die Glasfront des Bettenhauses. »Und ich dachte noch, was für ein schönes altes Haus. Jetzt sitzen wir drin in diesem alten Haus. Und haben keinen schönen Ausblick mehr.«

»Wollen Sie damit irgendetwas sagen?«, frage ich gereizt.

»Ist doch so! Besorgen Sie uns noch Pizza und Bier?«

Ich lächle gequält, als hätte er einen Witz gemacht. Kramer lässt es auf sich beruhen. Entweder hat er das Interesse am Machtkampf verloren oder die Energie. Ich nehme mir einen Stuhl und stelle ihn neben Kramers Ohrensessel. Draußen schwindet der Tag. Von mittelgrau zu anthrazit.

»Da drüben«, sage ich und deute auf das Hauptgebäude. »Im Foyer, dort wird Ihre Büste stehen mit einer Bronzetafel. Jeder, der da vorbeigeht, wird Ihren Namen lesen. Und in ganz Deutschland werden die Leute die Hans-Georg-Kramer-Stiftung für krebskranke Kinder kennen. Es wird Dorffeste und Bälle und Fernsehshows geben, bei denen für die Kramer-Stiftung gesammelt wird. Das ganze Land wird Ihren Namen kennen. Als Wohltäter, der Gutes getan hat. Wie klingt das?«

»Ganz toll, Professor, echt«, sagt er grinsend. »Aber irgendwie, wissen Sie, ist mir das ziemlich scheißegal. Ich will noch nicht sterben, und wenn Sie das nicht verhindern können, dann hüpfen Sie mit in die Grube – sprichwörtlich natürlich.« Er wirkt sehr zufrieden mit sich.

»Mal so ganz hypothetisch gefragt: Haben Sie keine Angst, dass es mir zu viel wird?!«

»Sie wollen mich abmurksen?«

»Nein, natürlich nicht«, wehre ich entrüstet ab. »Aber ich könnte selbst zur Polizei gehen, weil das hier völlig chancenlos ist. Dann hätten Sie gar nichts gewonnen.«

Kramer schaut mich bass erstaunt an. »Das werden Sie nicht tun«, sagt er sehr bestimmt. »Sie haben viel zu viel zu verlieren!«

»Womöglich komme ich besser aus der Sache raus, wenn ich die Initiative ergreife – als abzuwarten, bis Ihr Päckchen bei der Polizei landet. Weil Sie nämlich auf jeden Fall sterben werden, Herr Kramer – und das schon sehr bald.«

»Aber wenn es gar kein Päckchen gibt, würden Sie sich hinterher sehr ärgern.«

Kramer lacht, als er mein Gesicht sieht. »Das fragen Sie sich doch auch, oder? Aber machen Sie sich keine falschen Hoffnungen, Professor, ich lass Sie nicht raus aus der Nummer. Sie tun's aber trotzdem nicht.« Ein Hustenanfall unterbricht ihn. »Weil Sie immer noch hoffen, dass Ihnen was einfällt. Dass Sie mich bequatschen können mit Ihrer Stiftung. Wie der Frosch, der in die Milchkanne fällt und so lange paddelt, bis es Sahne wird und er rausklettern kann. Das ist sehr lustig, Ihnen dabei zuzuschauen, Professor. Man soll die Hoffnung nie aufgeben, nicht wahr?«

»Das ist doch krank, Herr Kramer«, entfährt es mir unbeabsichtigt heftig. »Macht es Ihnen Freude, Menschen zu quälen?«

»Ich hab keine Ahnung, warum Sie sich permanent aufspielen wie der barmherzige Samariter. Wir beide sehen uns in der Hölle, verlassen Sie sich drauf. Und dann schau'n wir mal, wer länger schmoren muss.«

»Ich fürchte, Sie haben eine verschobene Realitätswahrnehmung«, sage ich angewidert.

Kramer lacht keckernd. »Wie war das? Sie meinen, ich hab einen an der Klatsche – ja?!«

»So würde ich das nicht ausdrücken, Herr Kramer.« Ich habe mich wieder im Griff. »Sie sind gefühlsmäßig stark angespannt, und …«

»Geschissen!«, fährt er mir in die Parade. »Und wissen Sie was? Ob ich einen an der Klatsche hab oder nicht, ist für Ihre Situation vollkommen scheißegal, Professor.«

»Vermutlich!«, stimme ich zu. »Aber ich verstehe immer noch nicht, was Sie davon haben. Selbst wenn ich ins Gefängnis gehe, Sie werden das nicht mehr erleben. Warum wollen Sie als Erpresser die Welt verlassen, statt als Wohltäter in Erinnerung zu bleiben. Ich begreife Sie nicht, Herr Kramer!«

»Damit kann ich leben«, entgegnet er lässig. »Heilen Sie meinen Krebs, und wir beide haben keine Probleme. Besser, Sie glauben an den Krebskat. Das ist nämlich Ihre einzige Hoffnung!« Ich erhebe mich abrupt, weil ich kurz davor bin, die Beherrschung zu verlieren. Kramer schweigt und lächelt. Ich stelle mir vor, wie er aus der Fichtenschonung hervorkriecht und ich ihm den Kopf wegschieße. Wünsche ihm einen guten Abend. Er bittet mich um ein Schlafmittel, und ich gebe es ihm.

Im Treppenhaus muss ich mich am Geländer festhalten. Mir ist schwindlig, und ich bin kurz davor, in Tränen auszubrechen. Seufzend richte ich mich auf, schleppe mich durch die Gänge zum Büro. Ein Konglomerat aus Wut, Erschöpfung, Niedergeschlagenheit. *Wieso will er mich vernichten? Ich hasse ihn. Aus ganzem Herzen hasse ich ihn. Aber er hat ja keine Ahnung, mit wem er sich angelegt hat.*

Ich schrecke auf, als sich jemand räuspert. Petra Magnussen sitzt an Frau Foersters Schreibtisch – meine Sekretärin ist schon lange fort.

»So spät noch hier?«, frage ich unbehaglich.

Ihr Gesicht ist völlig ausdruckslos. »Wenn Sie einen Augenblick Zeit haben, würde ich gerne mit Ihnen reden.«

»Ja, natürlich, kommen Sie herein.« Wir gehen zu der blauen Sitzgruppe, ich warte, bis sie mir gegenüber Platz genommen hat. »Der Kaffee ist leider nicht mehr der allerfrischeste«, entschuldige ich mich, während ich aus der Thermoskanne eingieße. Wenn sie nun mitbekommen hat, dass ich Selbstgespräche führe.

»Ich habe Sie offenbar irgendwie enttäuscht«, erwischt sie mich auf dem völlig falschen Fuß.

»Enttäuscht?«, frage ich irritiert. »Ich finde, Enttäuschung hat im Berufsleben nichts zu suchen.« Ich finde, Enttäuschung hat nirgendwo im Leben etwas zu suchen. *Du enttäuschst mich!* Wie habe ich diesen Satz gehasst. Aus dem Munde von Eltern, Lehrern – und von Wolff. Aber das geht die Magnussen nichts an.

»Und in welchen Punkten habe ich dann Ihre Erwartungen nicht erfüllt?«, fasst sie lächelnd nach.

Ich fühle mich in die Defensive gedrängt. »Frau Magnussen, das haben Sie doch gar nicht nötig. An Ihrer fachlichen Qualifikation kann es nicht den geringsten Zweifel geben.«

»Aber irgendwie stimmt die Chemie nicht mehr – oder? Sie verdrehen die Augen, sobald ich etwas sage, Sie reagieren gereizt, was immer ich tue.«

»Überinterpretieren Sie da nicht etwas? Sie wissen doch, wie das manchmal im Klinikalltag ist, und wenn ich Sie rüde behandelt haben sollte, dann tut mir das Leid.«

Sie schüttelt missbilligend den Kopf. »Ich möchte gerne zum schnellstmöglichen Zeitpunkt kündigen.«

»Dann habe offenbar ich Ihre Erwartungen nicht erfüllt?«, entfährt es mir, und ich komme mir im selben Augenblick vor wie ein Depp.

Sie sieht traurig aus. »Meine Partnerin hat mich gestern daran erinnert, wie begeistert ich war nach dem Bewerbungsgespräch mit Ihnen. Sie haben gebrannt für Ihre Arbeit, und von der Größe der Herausforderung gesprochen. Sie haben mir gesagt, ich habe das Herz auf dem rechten Fleck.«

Das habe ich gesagt? Zu der Magnussen?

»Um ganz ehrlich zu sein«, fährt sie fort. »Ich fühle mich von Ihnen nicht ausreichend unterstützt. Sie werden Ihre Gründe dafür haben, aber ich suche mir lieber einen Ort, an dem ich geschätzt werde.«

»Frau Magnussen, ich bitte Sie!«

»Nein, belassen wir's dabei. Geben Sie mir ein gutes Zeugnis, ich schreib Ihnen den Entwurf, da haben Sie gar keine Last mit.« Sie erhebt sich. »Danke für das Gespräch, einen schönen Abend noch.«

Ich blicke ihr nach, als sie das Büro verlässt.

Und tschüss, Frau Doktor! Ich sollte mich freuen, dass ich sie loswerde. Sie hat ihren Abschied auf dem Silbertablett serviert. Und trotzdem fühle ich mich hilflos, wütend und geschlagen. Die Ratten verlassen das sinkende Schiff. Kristina hat das gesagt, und vielleicht hat sie recht. Ich gehe zum Schreibtisch und hole die Tablettenschachtel heraus. Worauf wollte ich jetzt hinaus? Ja, die Zeichen des Untergangs. Alles um mich herum geht in die Brüche, und ich kriege es nicht mit, weil ich die ganze Zeit sediert bin.

Ich weiß nicht, wie lange ich da im Sessel sitze und im Kreis grüble, die Füße auf dem Schreibtisch. Ich nehme sie wieder herunter, als ich Ullis schwere Schritte auf dem Flur erkenne. Er rauscht herein und baut sich vor mir auf mit allen Anzeichen der Empörung.

»Du solltest sie nicht gehen lassen«, sagt er ohne Einleitung.

»Sie hat gekündigt!«, korrigiere ich ruhig. »Hast du auf sie gewartet oder wieso bist du so spät noch hier?«

»Wir wollten noch einen Wein trinken gehen«, sagt er unbefangen.

»Oh«, entfährt es mir.

»Ich schätze sie sehr, fachlich und menschlich – es wäre ein großer Verlust, wenn sie geht.«

»Sie hat ihre Freundin erwähnt. Wusstest du, dass sie lesbisch ist?!«

»Ja, wusste ich.«

Es trifft mich, dass Ulli mit der Magnussen Geheimnisse vor mir hat. »Hm, hast du mir nie erzählt.«

Ulli wirkt belustigt. »Ich hatte ja keine Ahnung, dass du auf sie stehst. Sonst hätte ich dir natürlich gesagt, dass es keinen Zweck hat.«

»Nein, nein, ich hab doch nur gemeint, dass, ach, schon gut.« Ich winke ab.

Es ist mir einfach ein Rätsel, was die beiden verbindet. Ulli ist ein unbekümmerter, großer Junge und Macho übelster Sorte. Der Albtraum jeder modernen, emanzipierten Frau. Ich hätte erwartet, dass er sich mit der Magnussen fetzt. Sie als verbiesterte Hardcore-Emanze schmäht. Oder Kampflesbe – auch das ein Wort aus Ullis Sprachschatz. Ich hätte nie erwartet, dass ausgerechnet die beiden sich anfreunden. Deshalb war ich überrascht, und nicht, weil ich ein homophober Spießer bin. Aber ich fürchte, dass Ulli genau das jetzt denkt, und so schiebe ich kleinlaut nach: »Wenn sie will, werde ich ihre Kündigung ignorieren.«

»Ein bisschen mehr musst du wohl schon tun. Wenn du sie halten willst.«

»Ich werde ihr sicher nicht hinterherlaufen.«

»Es würde dir Leid tun, wenn sie weg ist. Sie ist ein echter Gewinn für die Klinik, jeder hier wird dir das sagen.«

»Reisende soll man nicht aufhalten«, sage ich kalt.

»Ich würde es tun!« Er zuckt die Schultern und verlässt kopfschüttelnd das Büro.

Donnerstag, 5. November

»Ein Mann, der sein ganzes Leben dem Kampf gegen Krebs gewidmet hat – er verliert seine eigene Frau an diese teuflische Krankheit …«

Der Pfarrer hält kurz inne. Lässt den Blick von der Kanzel durch die vollbesetzte Kirche schweifen, bevor er fortfährt. »Da ist es schwer, nicht mit dem Schicksal zu hadern. Mit Gott …« Er sollte sich keine Hoffnung machen, Wolff hat mit Gott nichts am Hut. Der alte Arzt sitzt zwei Plätze weiter: versteinert und reglos. Kristina zwischen uns. Ich greife nach der Hand meiner Frau, sie zuckt kurz zusammen, aber lässt es geschehen. Eine Schwester Violas, die ich noch nie gesehen habe, sitzt auch in der ersten Reihe. Und Wolffs jüngerer Bruder, ein ehemaliger Neurochirurg, der einmal Weihnachten im Haus der Heßlers war. Familie,

Freunde und Kollegen, die Kirche ist voll. Der Eichensarg ist mit weißen Rosen bedeckt, Violas Lieblingsblumen. Ein Meer von Kränzen mit Schleifen und Goldbuchstaben. »Unserer geliebten Frau und Mutter.« Ein Schwarz-Weiß-Foto steht auf dem Sarg: Viola und Wolff Heßler mit ihrer vielleicht zwölfjährigen Tochter während eines Strandurlaubs. Sie trägt ein gepunktetes Sommerkleid und strahlt glücklich in die Kamera – eine Viola, die ich nie erlebt habe. Seit ich zur Familie gehöre, kämpfte sie gegen den Krebs. Am Ende ging alles ganz schnell. Bevor ich mich aufraffen konnte, meiner Schwiegermutter einen letzten Krankenbesuch abzustatten, war sie tot.

»Lasset uns beten!« Der Gottesdienst erreicht sein Ende, die Gemeinde erhebt sich geräuschvoll von den Bänken.

»Vater unser, der Du bist im Himmel.« Mir wird schwer ums Herz. Ich sehe mich wieder als Kind im Bett gemeinsam mit meiner Oma beten. *»Geheiligt werde Dein Name.«* Eine strenggläubige, schwermütige und gütige Frau. Ich habe sie sehr geliebt. *»Dein Reich komme, Dein Wille geschehe.«* Sie hat mir das Vaterunser beigebracht. Ich war sehr stolz, als ich es endlich auswendig konnte. *»Wie im Himmel also auch auf Erden.«* Denn für mich war das ein sehr langes Gebet als Kind. *»Unser täglich Brot gib uns heute. Und vergib uns unsere Schuld, wie auch wir vergeben unseren Schuldigern.«* Das habe ich nicht verstanden damals. Was Schuldiger sind. Ist Kramer mein Schuldiger? *»Denn Dein ist das Reich, und die Kraft, und die Herrlichkeit – in Ewigkeit – Amen.«* Schneuzen, Husten, Rascheln, Seufzen, Räuspern, klappernde Gesangbuchablagen, scharrende Sohlen – es ist bemerkenswert, wie viel Lärm eine stille Menschenmenge macht. Der Pfarrer hat das Kreuz über

uns geschlagen am Ende des Segens, Orgelmusik setzt ein.

Ich habe tatsächlich als Kind jeden Abend gebetet, auch als Oma längst tot war. Mit gefalteten Händen im Bett. Erst das Vaterunser, das Oma mir beigebracht hatte. Und dann meine persönliche Fürbitte. »Bitte, lieber Gott, lass es keine Fünf sein. Ich verspreche auch, dass ich fleißig lerne.« Oder: »Bitte mach, dass Maria mich auch liebhat – und ich werde nie wieder lügen.« Geschäfte mit dem Herrgott. Wenn es dich gibt, dann bring Kramer zur Vernunft. Ich verspreche … *Werd nicht kindisch, Zielke, das hat schon damals nicht funktioniert.*

Träger nehmen den Sarg auf, die Trauergäste formieren sich hinter dem Pastor mit seiner Halskrause, groß und rund wie ein Wagenrad. Wolff, sein Bruder, Violas Schwester, Kristina und ich an der Spitze. Kristina hat meine Hand wieder abgeschüttelt. Beiläufig. Ohne Aggression. Ich sehe mich mit dem Schäufelchen in der Hand vor dem Grab, Erde fällt polternd auf den Sarg. *Asche zu Asche, Staub zu Staub.* Händeschütteln, Schulterklopfen, Beileidsgemurmel – ein schier endloses Defilee.

Wolffs Limousine wartet vor dem Friedhofsportal. Es dauert seine Zeit, bis wir eingestiegen sind. Der Wagen setzt sich an die Spitze einer kleinen Kolonne zu seiner Villa. Kaffeetrinken im engsten Kreis von Familie und Freunden. Kristina hat die Rolle der Dame des Hauses übernommen. Gießt ihrem Vater Kaffee ein, spricht mit den Gästen, der Haushälterin, kümmert sich. Wir hatten bisher keine Gelegenheit, auch nur ein privates Wort zu wechseln.

»Wann kommst du zurück nach Hause?«, raune ich ihr zu, als sie endlich neben mir Platz genommen hat. Kristina sagt verlegen, dass sie es noch nicht weiß. Dass sie viel nachgedacht habe in letzter Zeit und es so nicht weitergehen könne mit uns. Dass wir miteinander reden müssten. Aber nicht jetzt.

Ich spüre, wie meine Hände zittern und die Stimmen am Tisch schmerzhaft zu hallen beginnen im Kopf. Gehe ins Bad, nehme noch ein paar Pillen, aber sie entspannen mich nicht mehr. Ich erschrecke, als ich aus der Tür komme: Wolff hat mir in der Diele aufgelauert. Er wirkt bleich, alt und schwach, aber seine Stimme ist eisenhart. »Du solltest nicht die Klinik unter deinen Eheproblemen leiden lassen«, sagt der Alte.

»Ach? Hat Kristina dir das erzählt? Dass wir Eheprobleme haben?« Ich fühle mich verraten.

»Meine Tochter erzählt mir nie etwas. Es ist offensichtlich, dass zwischen euch etwas nicht stimmt. Und du das ziemlich schwer nimmst. Aber das musst du trennen, verstehst du?! Du musst dich zusammenreißen.«

»Ich weiß nicht, was du meinst«, brause ich auf.

»Ich meine, dass du als Chefarzt dieser Klinik momentan keinen sehr vorteilhaften Eindruck hinterlässt.«

»Ist das so?«, frage ich schnippisch. Ich bin es leid, mich von ihm herunterputzen zu lassen. »Ich kann auf gute Ratschläge verzichten von jemandem, der mit zweifelhaften Spekulationen fast sein großes Erbe ruiniert hätte.«

Wolff mustert mich abschätzig. »Blas dich mal nicht so auf, Junge. Das ist ganz schlechter Stil!«

»Wolff…«

»Nein, bitte schweig. Man macht sich Sorgen um dich. Es wird geredet, dass du ein Suchtproblem hast.«

»Mit mir hat keiner geredet!«, entgegne ich patzig.

»Machst du Witze?!«, sagt er barsch. »Du bist der Chef.

Du könntest volltrunken in die Klinik kommen, und es würde keiner was sagen.«

»Ulli hat dich angerufen, was?!« Natürlich, der alte Ärzteadel, die Verbindung funktioniert offenbar nach wie vor tadellos.

Wolff blickt mich an mit einer Geringschätzung, dass ich ganz klein werde. »Wie naiv bist du? Glaubst du wirklich, du kannst machen, was du willst, ohne dass ich es mitbekomme? Dieser dubiose Umbau für deinen merkwürdigen Patienten – was soll das? Und wieso hast du nicht vorher mit mir darüber geredet?«

Mir fällt nichts Besseres ein als: »Ich wollte dich überraschen. Weil es doch immer dein Wunsch war, die alte Villa …« Der Satz verhungert unter seinem strengen Blick.

Wolff lacht ohne Heiterkeit. »In meinem Alter schätzt man keine Überraschungen mehr. Ich habe meine Hoffnungen auf dich gesetzt, mein Junge. Enttäusch mich nicht.« Er tätschelt mir die Wange wie einem kleinen Kind und geht wieder zu seinen Gästen.

Ich meine, dass du als Chefarzt dieser Klinik momentan keinen sehr vorteilhaften Eindruck hinterlässt. Mein Zustand ist also Gesprächsthema! Gedämpftes Gesprächsgemurmel dringt vom Beerdigungskaffee durch die Tür. Wenn ich da jetzt wieder reingehe, werden mich alle forschend anschauen und sich ihre Gedanken machen.

Ich greife nach einem Taschentuch, um mir den Schweiß von der Stirn zu wischen. Spüre den Autoschlüssel in der Tasche und mache mich aus dem Staub.

Ich muss mich konzentrieren, damit die Straße nicht vor meinen Augen verschwimmt. Schreckliche Vorahnungen wühlen im Bauch. Vielleicht ist Kramer schon tot, und es wimmelt von Polizei in der Klinik. Mit klopfendem Herzen passiere ich die Schranke zur Tiefgarage. Blicke mich ängstlich um, bevor ich die Treppe hochhaste. Im Foyer am Empfang begrüßt mich freundlich die Frau Petermann, als wäre nichts geschehen. Ich durcheile den langen Flur der Verwaltung und bin schon wieder draußen, auf dem Weg über den Rasen zur alten Villa. Nehme zwei Stufen auf einmal auf der Holztreppe ins Obergeschoss, reiße die Tür auf und blicke in Kramers verdutzte Miene. »Holla, da hat's aber einer eilig! Solche Sehnsucht nach mir, Professor?«

Er sieht aus wie der Tod, aber strahlt übers ganze Gesicht.

»Es wirkt!«, ruft er euphorisch. »Ich spüre, wie es wirkt, es geht mir schon viel besser. Na, Professor, was sagen Sie nun?«

»Es freut mich, dass es Ihnen besser geht«, sage ich unbestimmt. Es ist nicht das DCA, sondern die dämpfende Wirkung des Morphins, dessen Dosis ich bis an die Grenze des Verantwortbaren erhöht habe. Ich habe erneut die Strategie geändert, nachdem ich in den ersten zwei Wochen kein Stück weitergekommen bin. Kramer Tag für Tag boshafter und gehässiger wurde. Die Pflegerinnen, die sich jetzt drei- bis viermal täglich um ihn kümmern, haben sich bitter über sein rüdes Benehmen beklagt. Tagelang hat er sich beharrlich jedem Gespräch verweigert und trotzig geschwiegen, während ich die sinnlose Behandlung fortsetzte und ihn von der Stiftungsidee zu überzeugen suchte. Manchmal verzogen sich seine Lippen zu einem boshaften Grinsen. Vielleicht hält bloß sein Hass ihn noch am Leben. Momentan aber hat das Morphin ihn milde gestimmt.

»Wir sollten uns noch mal unterhalten, Herr Kramer!«, beginne ich vorsichtig.

»Worüber?«

»Über Ihren Nachlass. Verzeihen Sie meine Offenheit, aber es macht keinen Sinn, die Dinge zu verdrängen – die geregelt werden müssen. In Ihrem Sinne geregelt, Herr Kramer, verstehen Sie.«

Das Subjekt seufzt. »Sie nerven, Professor. Wir haben einen glasklaren Deal. Sie machen mich gesund – und wir sind quitt. Sobald ich hier ohne Krebs wieder rausspaziere, werden sämtliche Hinweise vernichtet.«

»Sie werden hier nicht wieder rausspazieren. Sie sind unheilbar krank, das muss Ihnen doch nun endlich klar sein.«

»Ich weiß, dass Sie nicht an das Zeug glauben. Aber ich spür doch, wie's wirkt. Und deshalb mach ich mir bestimmt keinen Kopp über irgend 'ne blöde Stiftung – sondern wie ich's krachen lassen kann mit der Kohle. Nu bleiben Sie mal locker, Professor – wir werden hier beide gut rauskommen aus der Nummer.«

»Glauben Sie!«

»Tja – gemeinsam siegen oder gemeinsam untergehen, Partner!«

Ich muss wieder an seine Geschichte mit dem Frosch denken. Der in die Milchkanne fällt und so lange paddelt, bis es feste Sahne wird. Aber womöglich ist Magermilch in meiner Kanne – da kann ich ewig paddeln.

Ich bin froh, dass Frau Foerster schon Feierabend hat, als ich zurück ins Büro komme. Das Telefon summt, kaum dass ich am Schreibtisch sitze. »Geht's noch?!«, herrscht Kristina mich an.

»Hallo Kristina«, antworte ich betont freundlich. »Was geht noch?«

Keine Ahnung, was mich reitet, ihre Wut weiter anzuheizen, indem ich mich dumm stelle. Sie atmet hörbar aus. »Meine Mutter ist heute beerdigt worden. Und du stiehlst dich davon ohne ein Wort des Abschieds, und ich meine, wir haben uns alle gefragt, was los ist, und…«

»Kristina, es tut mir Leid, weißt du…«

»Es tut dir Leid!«, blafft sie. »Ich kann's nicht mehr hören. Ich kann dich stundenlang nicht erreichen, wir machen uns Sorgen, und der Herr sitzt seelenruhig am Schreibtisch und fragt, was los ist. Also, mir fehlen echt die Worte.«

Ich lasse den Sermon geduldig über mich ergehen, bis ich nur noch ihr Atmen höre. »Kristina«, beginne ich stockend. »Ich will dir nichts vormachen. Die Begegnung mit dir hat mich einfach zu sehr mitgenommen. Ich bin völlig durch den Wind. Du fehlst mir, weißt du. Und ich habe Angst, dass wir nicht mehr zusammenfinden. Weil ich natürlich spüre, dass etwas aus dem Lot geraten ist. Und keine Ahnung habe, wie…« Ich weiß nicht mehr weiter, aber es genügt auch. Einen Augenblick ist sie still. Schnieft. Und wird dann ganz weich. »Und ich dachte, dir wäre alles egal, und du würdest überhaupt nix mehr merken.«

Es ist gar nicht so schwer, wenn man weiß, welche Knöpfe man drücken muss.

Ich grinse, und dann kommen mir die Tränen. Ich bin mutiert zu einem gefühllosen, zynischen Monster, das andere nur noch als Gefährder wahrnimmt. Ich möchte Menschen nicht so behandeln. Ich will doch bloß mein Leben zurück. Resigniert erhebe ich mich vom Schreibtisch und schlurfe ins Bad. Ein fahles Gesicht mit rot unterlaufenen Augen schaut mir aus dem Spiegel entgegen. Wieso hat Wolffs Predigt mich so schockiert? Ich sehe doch selbst, dass Professor Peter Zielke bloß noch ein Schatten seiner selbst ist. Und wenn ich mir vormachen kann, andere über meinen Zustand hinwegzutäuschen – wie sieht es dann wohl mit der kruden Geschichte um meinen reichen Patienten aus? Mein Betrug ist zu ungeheuerlich und absurd, um ihn überhaupt in Erwägung zu ziehen, damit habe ich mich beruhigt. Dass es für Außenstehende kein Motiv gibt, einen Spender zu erfinden. Aber selbst, wenn sie mir nicht misstrauen, so zweifeln sie womöglich an meiner Urteilsfähigkeit. Wundern sich, stellen Fragen. Gedankenverloren spiele ich mit den Tablettenblistern in meiner Tasche. Diese Geschichte kann gar nicht gut gehen, wenn man sie weiterdenkt. Gleichgültig stecke ich mir ein paar Pillen in den Mund. Schließe die Augen und stelle mir vor, wie sich mein Auto in einer Wolke aus Blech und Glas krachend an einem Baum auflöst. Es macht mir Angst. Ich bin noch nicht so weit, dass ich sterben will. Bestelle mir ein Taxi nach Hause, weil ich es nicht wage, noch zu fahren. Ich sitze im Fond und greife nach meinen Pillen, aber die Panik schnürt mir nach wie vor den Hals zu.

Zu Hause hole ich eine Flasche Rotwein aus dem Keller und setze mich an meinen Lieblingsplatz – hinter der Balkonfront im Schlafzimmer. Ganz unten kann ich die Elbe sehen. Wasser glitzert im Mondlicht. Illuminiert von den roten, grünen und weißen Positionslaternen der Frachter und hellerleuchteten Passagierfähren. Ab und an dringt ganz gedämpft das Tuten eines Schiffshorns empor. Mir kommen schon wieder die Tränen, und ich heule und heule und kann nichts dagegen tun. Ich gieße mir noch einen

Schluck Rotwein ein – holla, ganz was Feines hab ich da erwischt! 62er Mouton Rothschild. Ein kostbarer Wein für einen besonderen Anlass.

Leicht angewidert öffne ich die Zigarettenschachtel, die ich auf dem Heimweg gekauft habe – wieso muss das jetzt auch noch sein? Ich zucke die Schultern, zünde mir eine an und ziehe den Rauch in die Lungen. Ich sollte wenigstens raus auf den Balkon gehen, aber es ist zu kalt und zu nass. Schade, dass ich diesen grandiosen Wein nicht wirklich würdigen kann. Ich zünde mir eine weitere Zigarette an und asche in den Blumentopf.

Ich bin es so satt, so unendlich satt. Diese panische Freudlosigkeit, die permanente Angst im Bauch. Ich habe jeden Halt verloren in meinem Leben. Ich habe schwere Schuld auf mich geladen und alle ärztlichen Gebote missachtet. Wäre meine Geschichte ein Fernsehkrimi – ich würde der Kommissarin sämtliche Daumen drücken, dass sie den heuchlerischen Schurken zur Strecke bringt. Was immer mir am Ende widerfährt, habe ich verdient in den Augen der Welt.

Dienstag, 10. November

»Mir geht's so hundselend, Professor«, keucht Kramer, als ich sein Zimmer betrete. Seit gestern habe ich die Chemo um Cisplatin erweitert. Nicht, weil ich mir davon irgendetwas verspreche, sondern weil es heftige Nebenwirkungen hat. Außerdem habe ich die Morphindosis wieder heruntergefahren. Wenn er sich zu wohl fühlt, macht er sich bloß Illusionen, und das bringt uns nicht weiter.

»Ich geb Ihnen was Stärkeres gegen die Übelkeit…«, sage ich freundlich.

»Wenn es nur das wäre. Ich bin völlig erschlagen, mir tut jeder Muskel weh, mein Mund ist Schmirgelpapier, und ich weiß nicht mehr, wie ich liegen soll.«

»Nun lassen Sie sich mal nicht so gehen, Herr Kramer. Das tut mir leid, dass es Ihnen nicht gut geht, aber das lässt sich nicht ändern. Ich habe Ihnen doch erklärt, dass unsere beste Chance in einer kombinierten Therapie liegt. Vertrauen Sie mir!«

»Muss ich ja wohl.«

»Ja, Herr Kramer, das müssen Sie«, sage ich sanft und bereite sein Wundermittel vor. Schütte das weiße Pulver in den Becher mit Wasser, rühre sorgfältig um – ein beinah vertrautes Ritual inzwischen.

»Sie verarschen mich schon wieder«, platzt es aus Kramer heraus.

»Wie bitte?«

»Ja, Sie ham den Krebskat eingetauscht gegen irgendein wirkungsloses Zeug.«

»Reden Sie keinen Unsinn!«, herrsche ich ihn an. Nehme das braune Fläschchen zwischen Zeigefinger und Daumen und halte es ihm vors Gesicht. Etikett in seine Richtung.

»Pah, wer weiß, was Sie da reingetan haben. Ich bin doch nicht blöd, ich merk doch, wie's mir plötzlich wieder dreckig geht!«

»Das sind normale Schwankungen im Krankheitsverlauf, Herr Kramer. Aber ändert nichts daran, dass Ihr Krebs voranschreitet. Unaufhaltsam. Es würde Ihnen besser gehen, wenn Sie beginnen loszulassen, wenn Sie Ihren Frieden machen.«

Kramer lacht, es klingt wie ein Krächzen. »Und mir von Ihnen ein Denkmal bauen lasse, ich weiß.« Er winkt unwillig ab. »Sie langweilen mich. Lassen Sie sich mal was Neues einfallen.«

Ich zucke die Schultern und wende mich zum Gehen. »Ich schaue später noch einmal nach Ihnen«, sage ich müde, bevor ich die Tür hinter mir schließe.

Ich komme zu spät zur Konferenz und bekomme gerade noch mit, wie sie über Magnussens Abschiedsparty sprechen. Schuldbewusst verstummen sie, als ich mein Büro betrete. Vergangene Woche hat sie sich von mir verabschiedet. Sich für die gute Zeit bedankt und in lockerem Plauderton von ihren Plänen erzählt. Kein Anzeichen von Missstimmung. Sehr souverän. Ich habe mir meine Verärgerung nicht anmerken lassen.

Neubach sitzt wieder am Computer, er wirkt ängstlich und geduckt. Wir gehen routiniert die aktuellen Fälle durch, besprechen Therapien, diskutieren Alternativen. Oberarzt Oggers stiert mich unaufhörlich an, während er seinen Patienten vorstellt. Ich sehe, wie er einen schnellen Blick mit Marten tauscht, dem Neurochirurgen. Normalerweise ein gemütlicher und jovialer Mann, ich habe ihn noch nie so grimmig erlebt. Selbst Ulli ist ungewöhnlich verschlossen. Bedrückende Schwere liegt über dem Raum. *Es würde auch niemand was sagen, wenn du volltrunken in die Klinik kommst*… Wolff hat natürlich recht. So funktionieren Hierarchien nun mal. Ich muss nur an den alten Chefarzt während meiner Assistenzzeit denken, der ziemlich wirr und verkalkt war, krudes Zeug redete und nach

Schnaps roch. Alle haben es gewusst und sich hinter seinem Rücken ereifert, dass er eine Gefahr für die Patienten sei. Aber als ich nach zwei Jahren die Klinik wieder verließ, stand er immer noch im OP. Der große Sauerbruch hat noch operiert, als er dement war. Alle wussten es, und es gab auch Tote, aber er war eben der große Sauerbruch. Das bringt einen schon ins Grübeln, wie bereitwillig Menschen sich jeglicher Absurdität unterwerfen, wenn sie durch Titel und Namen legitimiert ist. Auch wenn ich mir immer eingebildet habe, für eine völlig andere Ärztegeneration zu stehen. Ein moderner und aufgeschlossener Chef mit partnerschaftlichem Führungsverständnis zu sein. Aber wahrscheinlich war genau das der Fehler. Damit können sie nicht umgehen, weil, nun ja, so ist das halt und …

Verdammt, jetzt hab ich den Faden verloren. Ulli schaut betreten unter sich, als das Schweigen sich ausdehnt. Ich versuche ein Lächeln. »Tja, dann vielen Dank auch, meine Herren – wir sind ja jetzt wieder nur Herren. Aber ich verspreche Ihnen, das wird sich schon sehr bald ändern.« Ich informiere kurz über die neue Ärztin, die aus dem AK Altona zu uns kommt. Ich hätte damit lieber noch ein Weilchen gewartet nach dem Abgang Magnussens. Aber Dr. Lisa Amelund unterschreibt heute ihren Vertrag, und ich möchte nicht, dass die Kollegen es im Flurfunk erfahren. Ich habe rasch und entschlossen gehandelt, um die offene Stelle schnellstmöglich neu zu besetzen, dagegen lässt sich nichts sagen.

Unsere neue Ärztin wartet schon im Vorzimmer. Ihr Lächeln ist ein Sonnenstrahl in meinem tiefgrauen Tag. »Einen kleinen Moment, Frau Amelund«, sage ich. »Ich muss noch ganz schnell telefonieren, dann habe ich Zeit für Sie.« Vor allem muss ich dringend ein paar Pillen einwerfen, damit ich ruhiger werde.

Die Tür wird aufgerissen, ich weiß, ohne aufzublicken, dass es Ulli ist. Entdecke einen Zug in seinem Gesicht, den ich nicht bei ihm kenne: lauerndes Misstrauen. »Das ist die neue Ärztin, da draußen – oder?«, fragt er mit einer Handbewegung Richtung Sekretariat. »Ganz schön jung.«

»Hm.«

»Irgendwie kommt sie mir bekannt vor.«

»Sie hat sich hier mal behandeln lassen mit ALL. Komplette Remission. Ein Glücksfall.«

»Oho – du stellst eine Patientin ein!« Ich kann nicht beurteilen, ob es amüsiert oder entrüstet klingt.

»Eine ehemalige Patientin!«, stelle ich richtig. »Insofern spielt das keine Rolle. Das musst du trennen. Sie ist Ärztin. Und eine gute Ärztin.«

»Assistentin am AK Altona, ja. Nicht mal dreißig. Du ersetzt eine erfahrene Oberärztin durch ein Küken. Oder sind das jetzt Sparmaßnahmen?!«

»Quatsch!«, entgegne ich heftig.

»Hast du deshalb Petra rausgeekelt?« Er fragt es ganz sachlich, und ich bemühe mich, ebenso sachlich zu antworten: »Rausgeekelt trifft es nicht, Ulli! Frau Magnussen hat von sich aus gekündigt.«

»Das kann man so oder so sehen«, entgegnet er widerwillig. »Aber lassen wir das jetzt mal beiseite. Warum hast du nicht vorher mit mir gesprochen?«

»Wozu?!«, erwidere ich schnippisch. »Nimm bitte zur Kenntnis, dass ich als ärztlicher Direktor dieser Klinik die Personalentscheidungen fälle.«

Falls er verärgert ist, lässt er es sich nicht anmerken.

»Klar, Peter, du bist der Boss. Aber du bist auch mein Freund, und ich würde dich gern davor bewahren, Blödsinn zu machen.«

»Eine qualifizierte Ärztin ins Team zu holen – das ist Blödsinn?«

Ulli schaut mich eindringlich an. »Du weißt, dass es so einfach nicht ist. Eine ehemalige Patientin, herrje. Wahrscheinlich vergeht sie vor Dankbarkeit, weil du ihren Krebs geheilt hast. Himmelt dich an.«

»Es ist gut, Ulli!«, sage ich entschieden. »Ich denke nicht, dass es gegen einen Arzt spricht, wenn er die Krankheit, die er bekämpft, am eigenen Leibe erlebt hat. Außerdem denke ich langfristig. Sie hat Potenzial. Und sie passt gut ins Team. Du wirst sie mögen, Ulli.«

»Bist du verliebt?«

»Jetzt werd mal nicht komisch! Was denkst du denn über mich?! Ich bin doch nicht völlig bescheuert!«

»Männer machen oft bescheuerte Sachen wegen Frauen«, entgegnet er ungerührt. »Ich glaube jedenfalls, du baust riesengroße Scheiße. Keine Ahnung, was für Probleme du hast. Du musst nicht drüber reden. Aber wenn ich früher meinem Chef und guten Freund Peter Zielke vorgeschlagen hätte, eine ehemalige Patientin als Ärztin einzustellen – schätze, der hätte mich ausgelacht. Du gefällst mir nicht, Alter. Ganz und gar nicht.«

»Noch was?«

»Wieso bist du so durch den Wind? Hat es was mit diesem Kramer zu tun?«

»Wie kommst du denn darauf?«

»Weil das alles ein bisschen spooky ist mit unserem Geisterpatienten, der so komplett abgeschirmt wird. Vielleicht hast du dich auf irgendwas mit der Familie eingelassen – wegen der Spende –, und das wächst dir über den Kopf. Ich hab keine Ahnung, aber irgendwas geht hier vor.«

»Die Familie ist ein bisschen paranoid, aber sie retten uns die Klinik«, sage ich bemüht beiläufig, und dann – um von Kramer abzulenken: »Kristina ist übrigens mit Julia ausgezogen.«

»Ich weiß!«, sagt Ulli, und in diesem Moment begreife ich, was gespielt wird. Kristinas Auszug, die Strafpredigt des Alten – Ulli soll meinen Platz einnehmen, es ist alles von langer Hand geplant. Ein abgekartetes Spiel.

»Wenn du jemanden zum Quatschen brauchst«, sagt Ulli, aber ich winke unwirsch ab. »Danke, ich hab alles im Griff.«

»Pass gut auf dich auf, Alter«, sagt er freundlich im Hinausgehen, aber auf sein fürsorgliches Getue falle ich nicht mehr herein. Ich gehe ins Bad und mache mich frisch. Lächle meinem Spiegelbild zu. Dr. Lisa Amelund wird keinen leichten Start haben. Man wird der jungen Ärztin sehr genau auf die Finger schauen.

»Kommen Sie, setzen wir uns da drüben hin«, lade ich sie mit einer Handbewegung in die blaue Sitzecke ein. »Soll ich frischen Kaffee kommen lassen? Oder möchten Sie lieber Tee?«

»Ein Wasser würde mir reichen!«

Ich gieße ihr aus der Karaffe auf dem Tisch ein, lehne mich zurück. »Freut mich sehr, dass Sie zu uns kommen. Ich bin sicher, Sie werden sich wohlfühlen hier an der Klinik.«

Ich reiche ihr feierlich meinen Füllhalter, aber sie besteht auf ihrem eigenen, und wir setzen unsere Unterschriften unter den Vertrag. »Jetzt müssten wir eigentlich mit Champagner anstoßen«, sage ich unbeholfen. »Wo es ja quasi ein doppelter Neuanfang ist.«

»Und an beiden sind Sie beteiligt«, kontert sie lachend.

»Wissen Sie was, ich finde, das sollten wir feiern. Ihren Neuanfang. Machen Sie mir die Freude, heute Abend mit mir essen zu gehen?«

Sie schaut mich erstaunt an, und ich erschrecke über meine Vorwitzigkeit. »Ganz harmlos«, beeile ich mich zu erklären. »Einfach, um uns als künftige Kollegen ein bisschen besser kennenzulernen – in angenehmer Atmosphäre. Betrachten Sie es meinetwegen als dienstliches Essen.« Ich lächle, um der Formulierung die Ernsthaftigkeit zu nehmen. Denke immer noch, dass ich zu weit gegangen bin, aber sie sagt unbekümmert: »Sehr gerne. Holen Sie mich um halb acht ab? Die Adresse steht ja im Vertrag.« Dann klingelt mein Handy, Kramer ist dran. Ich müsse sofort zu ihm kommen. Er klingt nicht gut.

Kramer liegt zusammengekrümmt im Bett und atmet heftig. »Geben Sie mir was Stärkeres gegen die Schmerzen«, stöhnt er. Ich nicke gedankenverloren und greife nach der Morphin-Ampulle in meinem Kittel. Es ist nur eine Frage der Zeit, bis Ulli hinter meinem Rücken etwas intensiver nachforscht. Es muss jetzt schnell etwas passieren, sonst ist es zu spät. Ich nehme die Hand wieder aus der Tasche und sage sanft: »Eine noch höhere Dosis kann ich leider nicht verantworten. Wir kennen die Wechselwirkungen nicht mit dem DCA.«

»Scheiße«, flucht Kramer. »Scheiße, scheiße, Sie wollen mich weichkochen – stimmt's?!«

»Aber, Herr Kramer, nun seien Sie mal nicht so misstrauisch. Ich bin Ihr Arzt, ich will Ihnen nicht schaden.«

»Arschloch!«, presst er zwischen den Zähnen hervor. »Los, gib mir was gegen die Schmerzen. Sofort.«

Ich breite bedauernd die Arme aus, das Subjekt stiert mich hasserfüllt an. »Ich kann auch vor meinem Tod 'ne Aussage machen«, zischt er. »Ist jetzt eh egal. Also los. Geben Sie mir was. Bitte, ich flehe Sie an.«

»Ach, Herr Kramer, in Ihrem Zustand sollten Sie sich vor Aufregung hüten und sich erst mal erholen«, sage ich und greife nach seinem Handy auf dem Nachttisch. Er hat Panik in den Augen. »Keine Sorge«, fahre ich fort. »Ich kümmere mich um Ihr Essen.«

Sein Gesicht ist verzerrt, die Augen quellen ihm aus den Höhlen. Die Wirkung der letzten Morphindosis lässt nach. Er schimpft, bettelt, und ich schüttle bedauernd den Kopf. »Wir reden morgen weiter«, sage ich im Aufstehen, er starrt mich entgeistert an. »Vielleicht fällt uns dann ja noch etwas anderes ein, das wir tun können.« Sein Stöhnen verfolgt mich gedämpft durch die geschlossene Tür bis ins Treppenhaus. Er wird unerträgliche Schmerzen erleiden, wenn auch die letzten Reste der Opiate aus seinem Körper geschwemmt sind. Ich renne die knarrenden Stufen hinunter, lasse die schwere Holztür hinter mir ins Schloss fallen, drehe den Schlüssel zweimal herum. Hier draußen ist nichts mehr zu hören. Ich haste das Treppenhaus im Neubau hoch zu meinem Büro, wie von tausend Teufeln gejagt. Mein Herz rast, ich bekomme kaum noch Luft.

Ich fühle die Ampulle in meiner Tasche. Das Morphin, das ich meinem Subjekt vorenthalten habe. Betrachte unentschlossen das kleine Glasfläschchen mit der klaren Flüssigkeit. Breche die Spitze ab, ziehe die Injektion auf, zögere erneut. Zucke resigniert die Schultern und drücke mir die

Nadel in die Vene und den Kolben der Spritze bis zum Anschlag durch. Schlagartig breitet sich völlige Ruhe in meinem Körper aus. Ich bin eins mit mir, alle Ängste, aller Druck, alle Wut lösen sich auf. Mir geht es gut, mir geht es richtig gut, ich spüre das Lächeln im Herzen. Ich schwebe! Der Gedanke an Kramer bringt mich wieder auf den Boden. Mein erneuter Verrat als Arzt. Aber es geht hier um sehr viel mehr als einen archaischen, weltfremden Eid. Ich bin ganz nah dran, ich spüre es. Ich darf mir jetzt keine Schwäche erlauben.

Eine Stunde später biege ich in den Lärchenweg, die junge Ärztin steht schon vor der Gartentür und winkt mir zu. Wir reden nicht viel während der Fahrt. Ein bisschen Geplauder, wie ihr Tag war und über die Klinik. Ich bin noch immer high, aber zuversichtlich, dass sie nichts merkt. Ulli würde komplett an meinem Verstand zweifeln, wenn er wüsste, dass ich mit ihr essen gehe. Aber ich habe mich schon lange nicht mehr wirklich auf etwas so gefreut wie auf diesen unbelasteten Abend mit meiner Retterin. Ich habe einen Tisch bei einem kleinen Italiener etwas außerhalb von Kristinas Radarbereich reserviert. Nichts Übertriebenes. Wir bestellen zwei Gläser Wein, Wasser, Salat und Pasta. Ich zwinge mich, aufzuessen. Nicht die Drogen sind das Problem, sondern die körperliche Vernachlässigung. Ich werde jetzt noch ein Dessert bestellen. Und kein zweites Glas Wein. Ich bleibe standhaft, als sie für sich ein weiteres ordert und fühle mich stark. Wir sprechen über die Arbeit in der Klinik, sie hat immer noch viele Fragen. Wir sind Ärzte, wir sind ein Team, alles völlig harmlos. Privates wird allenfalls gestreift. Ihre Scheidung, die Krankheit. Vor allem reden wir über den Beruf, der alles andere in den Hintergrund schiebt. Das Leben zuweilen. Doch das geht vielen Ärzten so.

»Ich bin auch einsam!«, sage ich.

»Oh!«, stammelt sie.

Ich lächle. »Ja, ich weiß, das sollte man nie sagen. Einsam klingt nach Loser, deshalb würde es keiner zugeben. Aber genau das ist das Problem. Die meisten Menschen sterben sogar einsam, ich erlebe das jeden Tag.«

»Ich dachte, Sie haben Familie?«

»Ich fürchte, die geht gerade in die Brüche, aber das ist jetzt wirklich zu intim, um darüber zu sprechen.«

»Entschuldigung. Tut mir Leid!«

»Nein, keine Ursache, es ist normal, dass Sie fragen. Im Übrigen hat Einsamkeit zu Unrecht einen so schlechten Ruf. Einsamkeit gehört zum Leben, vielleicht ist sie auch ab und an ganz wichtig. Aber wir lassen ihr keinen Platz. Wir haben die Einsamkeit verdrängt aus unserem Dasein, das ist bedauerlich.«

Sie lacht. »Ein Philosoph im Arztkittel.« Wir prosten uns zu, ich erhebe lächelnd mein Wasser.

Mittwoch, 11. November

Graue und rote Schlieren durchziehen den nachtblauen Himmel, die Sonne ist noch nicht aufgegangen. Schwarz hebt sich die Silhouette der Carl-Heßler-Klinik vor dem Horizont ab. Finster und bedrohlich kommt sie mir vor, was mich tieftraurig stimmt, weil ich mein ganzes Leben gern zur Arbeit gefahren bin. Eine Kurve, die ich mit zu viel Schwung genommen habe, beansprucht meine Aufmerksamkeit. Es ist kurz nach sechs, und ich möchte bei Kramer sein, bevor die Pflegerinnen auftauchen. Ich gähne. Bin aufgedreht und hundemüde; der Magen übersäuert. Schon vor dem Aufstehen lag ich viele Stunden wach. Lisa neben mir, mit tiefen, regelmäßigen Atemzügen.

»Scheiße!«, entfährt es mir. Ich habe es doch von Anfang an darauf angelegt, auch wenn ich's mir nicht eingestehen mochte. Dass ich mich von Ulli durchschaut fühlte. Sämtliche Alarmglocken haben geläutet. Und ich habe es nicht nur geschehen lassen, sondern vorangetrieben. Ich habe mir sehenden Auges etwas vorgemacht. Jedenfalls ist es ganz und gar unmöglich, dass sie jetzt noch als Ärztin bei uns anfängt. Ich stelle den Wagen direkt vor dem Haupteingang ab. Der Weg zur alten Villa ist kürzer durchs Foyer. Ich schenke der Dame vom Empfang ein Lächeln, ohne meinen eiligen Schritt zu verlangsamen.

Rasend vor Schmerzen – Kramers Zimmer füllt die Redewendung mit Inhalt. Der Infusionsständer und die Stühle umgeworfen, selbst der schwere Ohrensessel liegt auf der Seite. Die Kühlschranktür ist aus den Angeln gerissen und die Saft- und Wasserflaschen sind im ganzen Raum verteilt. Es riecht nach Schweiß und Erbrochenem. Kramer liegt zusammengekrümmt wie ein Haken auf dem Boden vor seinem Bett. Stöhnt entsetzlich, die Augen und die Adern an seinen Schläfen quellen hervor. Japst, kann kaum noch atmen. Weint, als er mich sieht. »Bitte«, fleht er kaum hörbar. »Bitte tun Sie was gegen diese Schmerzen.«

»Ist ja gut!«, besänftige ich ihn. »Ich gebe Ihnen was. Gleich wird es besser.«

Ich helfe ihm zurück ins Bett. Seine Gesichtszüge entspannen sich, als das Morphin seine Wirkung entfaltet. Kramer lächelt mich ergeben an und schließt die Augen. Ich sollte Schuld empfinden, aber fühle nur Hass. Nicht den leisesten Funken Mitgefühl für die gequälte Kreatur, und dafür hasse ich ihn noch mehr. Weil er mich zwingt, Dinge zu tun, die allem zuwiderlaufen, woran ich glaube und wofür ich stehe. Denn ganz tief in einem kleinen Winkel meines Herzens habe ich immer noch dieselben Ideale wie der Junge aus der niedersächsischen Provinz, der unbedingt Arzt werden wollte. Weil Ärzte unter allen Berufen das höchste Ansehen haben. Weil Ärzte Menschen helfen. Wieso sagt Kramer mir nicht einfach, was ich wissen muss?! Und was tue ich, wenn der Schmerz seinen Widerstand nicht gebrochen hat. Wie weit muss ich noch gehen?

Kramers regelmäßige Atemzüge füllen den Raum. Wie ein schlafendes, altes Kind liegt er da. Beinah neidisch beobachte ich seine friedlichen Züge. Spüre das Kribbeln, die Lust auf eine Wiederholung dieser wundervollen, geradezu euphorischen Ruhe gestern. Zu einem Junkie hast du mich gemacht, du Kretin!

Kramer schlägt unvermittelt die Augen auf und sagt leise: »Sie glauben, dass Sie gewonnen haben – ja?«

Ich sehe ihn erstaunt an. »Gewinnen oder verlieren ist nicht die Frage. Wir haben beide verloren. Sie Ihre Gesundheit und ich mein Gewissen.«

»Gewissen! Wie schön, dass Sie mich immer noch zum Lachen bringen.«

»Herr Kramer, ich bin Arzt geworden, um Leiden zu lindern und Menschen zu helfen. Es zerreißt mich innerlich, was ich hier tun muss. Haben Sie sich darüber eigentlich auch schon mal Gedanken gemacht, was Sie anderen Menschen antun?«

»Mein Gott, Sie haben aber richtig einen an der Klatsche.«

Ich bin aufgestanden und zum Waschbecken gegangen. Schlucke verstohlen eine Pille. Rühre das DCA in ein Wasserglas. »Es ist Zeit für Ihre Medizin!«, sage ich.

»Lassen Sie den Quatsch! Ist eh besser für Ihr Gewissen!«

»Sie wollen das DCA nicht mehr?«

»Nein«, sagt Kramer und presst die Lippen fest aufeinander.

»Sie nehmen jetzt Ihre Medizin!«, befehle ich energisch, aber Kramer schüttelt bloß stumm und trotzig den Kopf. Wütend greife ich seinen Kopf, presse ihm die Lippen auseinander, gieße die milchige Flüssigkeit in seinen Schlund. Wir könnten genauso gut hier aufhören mit diesem albernen Wundermittelchen, aber ich bin wütend. Du bestimmst hier nicht die Regeln, du übles Subjekt. Ich überlege, ob ich ihm die Nase zuhalte, weil ich damit rechne, dass er mir das Zeug ins Gesicht spuckt. Aber er schluckt es brav runter. Schaut mich an, voller Verachtung. »Okay, Sie sind stärker als ich. Aber Sie müssen trotzdem nicht glauben, dass Sie mich im Sack haben.«

Ich atme tief durch, um mich wieder zu beruhigen. »Ich will Sie nicht *im Sack* haben, Herr Kramer – ich will Sie behandeln.«

»Bilden Sie sich mal bloß nichts ein, ich kann Schmerzen aushalten, Professor.«

»Im Moment haben Sie ja keine Schmerzen. Und wir können auch dafür sorgen, dass das so bleibt.«

»Wenn ich Ihnen das Päckchen ausliefere, meinen Sie!«

Ich ignoriere seinen Einwand. Schaffe sogar ein Lächeln. »Der Punkt ist: Solange Sie von mir erwarten, dass ich Ihren Krebs bekämpfe, ist das mit schweren Nebenwirkungen verbunden. Das bringt Ihnen ein bisschen mehr Zeit, aber die werden Sie leidend hier im Bett verbringen. Wenn wir auf eine palliative Therapie umstellen, können wir uns darauf beschränken, Ihre Schmerzen zu bekämpfen und es Ihnen angenehmer zu machen. Also für mich persönlich wäre es keine Frage, was ich an Ihrer Stelle tun würde.«

»Wenn ich Sie aus der Nummer rauslasse, meinen Sie?«

»Auch das wäre eine sehr vernünftige und reife Entscheidung – ja, das habe ich Ihnen schon mal gesagt. Und ich stehe zu meiner Zusage: eine Stiftung mit Ihrem Namen, die Hans-Georg-Kramer-Stiftung. Sie würden sich besser fühlen, wenn Sie loslassen.«

»Bla, bla, bla.«

Ich zwinge mich zur Ruhe. »Herr Kramer, Ihr Handeln ist völlig unlogisch, ich weiß nicht, wie oft ich noch versuchen soll, es Ihnen zu erklären. Ich biete Ihnen die Chance, über den Tod hinaus etwas zu hinterlassen, zu bedeuten. Und Sie wollen mich in den Abgrund stürzen? Wozu? Ob ich ins Gefängnis gehe oder nicht, hat für Sie keinerlei Bedeutung. Sie werden begraben sein – und vergessen. Aber da könnte auch eine Bronzetafel hängen im Foyer der Klinik – mit Ihrem Namen und Ihrem Gesicht.«

»Irgendwie hab ich das doofe Gefühl, wir dreh'n uns im Kreis. Und jetzt sag ich Ihnen mal, was logisch ist. Sie ham den Krebskat gegen irgend 'nen Scheißdreck eingetauscht, und wenn ich Ihnen mein Päckchen gebe, lassen Sie mich verrecken. Das Päckchen ist meine Lebensversicherung, verstehen Sie?«

Ich schüttle betrübt den Kopf. »Nein, Herr Kramer, das sehen Sie falsch. Sie laufen immer noch vor der Wahrheit weg.«

»Tun Sie das nicht auch?«, fragt er ruhig.

Ich erhebe mich schweigend aus dem Stuhl neben seinem Bett und beginne, notdürftig das Zimmer aufzuräumen. Stelle die Stühle wieder auf, räume die Saftflaschen in den türlosen Kühlschrank. Lege Kramer eine neue Infusion an, hantiere an den Medikamentenbeuteln am Infusionsständer.

Es klopft an der Tür, und die beiden Polinnen vom Pflegedienst betreten das Zimmer, ohne mein »Herein« abgewartet zu haben. Ich setze mich niedergeschlagen ans Fenster und schaue zu, wie sie Kramer zum Waschen ins Bad führen. Er trägt den Seidenpyjama, den er damals unbedingt haben wollte. Der glänzende Stoff schlottert um die dürren Glieder, eine Pflegerin muss ihn stützen. Olga führt ihn wieder aus dem Bad zu der Sitzgruppe um den kaputten Esstisch. Hilft ihm, Platz zu nehmen, stützt seinen Rücken mit einem Kissen. Wortlos sitzen wir uns gegenüber, während die Pflegerinnen das Bett frisch beziehen. Kramer starrt mich feindselig an. Mir fällt nichts ein, was ich noch sagen könnte. Nach einer Weile verabschiede ich mich und verlasse die alte Villa.

Als ich nach Hause komme, höre ich Musik aus Julias Zimmer. Ich klopfe und bin erstaunt, meine Tochter an ihrem Schreibtisch zu sehen. Wir begrüßen uns ein bisschen unbeholfen. Ich frage, ob sie jetzt wieder hier wohnt, aber sie will nur ein paar Sachen holen. »Trennt ihr euch?«, fragt sie mich wie aus dem Nichts. Ich habe keine Ahnung. Eigentlich dachte ich, Kristina wolle nur eine Weile ihrer Mutter und ihrem Vater beistehen. »Das wird schon wieder«, sage ich und biete ihr an, mit mir zu essen. Bin froh, als sie ablehnt. Sie ist mit einer Freundin verabredet und in Eile. Na dann, sage ich und trabe in die Küche. Ich habe frisches Brot, Schinken, Käse und Tomaten auf dem Rückweg gekauft und bereite mir ein kaltes Abendessen. Ich habe einen Deal mit mir selbst. Wenn ich besser auf mich achte, dann habe ich mir nachher eine Belohnung verdient. Ohne Appetit zwinge ich mir die belegten Brote hinein und trinke Wasser dazu. Julia ruft ein flüchtiges Tschüss in die Küche, und als die Tür ins Schloss fällt, entfährt mir ein Seufzer der Erleichterung. Voll freudiger Erwartung greife ich nach der Ampulle in meinem Sakko und gehe die Treppe hoch zu meinem Lieblingsplatz am Schlafzimmerbalkon.

Das Morphin versetzt mich beinahe schlagartig in einen Zustand völliger Zufriedenheit. Die Positionslichter der Schiffe weit unten auf der Elbe verschwimmen zu einem bunten Feuerwerk. Das ist schön. *Flapp* macht der orange Wecker auf meinem Nachttisch. Jede Minute, wenn sich die Plättchen mit den Ziffern eins weiterbewegen. So sitze ich ewig da und höre der Zeit beim Verflappen zu. Es ist ein ganz leises Geräusch eigentlich, aber mit der Zeit wird es immer lauter und geht mir auf die Nerven. »Flapp.« Wie ein Schlag im Kopf. Gespannt warte ich auf das nächste »Flapp«, und zucke dann trotzdem jedes Mal zusammen. Es gibt keinen Kramer und keine Klinik, keine Kristina und keine Lisa mehr. Nur angstvolles Warten auf das nächste »Flapp«. Eine Minute kann eine Ewigkeit sein, wenn man die Ziffern einer Uhr anstarrt. »Flapp«, macht es wieder. Dann stehe ich auf und schmeiße den Wecker gegen die Wand. *Flapp* macht es, und ich trete noch einmal kräftig zu. Ausgeflappt!

Mein Blick fällt auf die Brandlöcher in den Holzdielen. Den großen Rotweinfleck in Kristinas cremefarbenem Berberteppich. Ein Geschenk ihrer Tante. Und mein alter Wecker ist auch Schrott! Ich hätte einfach den Stecker rausziehen können. Schade, dass ich da nicht vorher draufgekommen bin.

Und dann habe ich das Telefon in der Hand und wähle Lisa Amelunds Nummer. *Du reitest dich in eine riesengroße Scheiße,* sagt eine Stimme im Hirn. *Ich weiß,* sagt eine andere – und dann ist sie auch schon dran. Ich hatte ganz vergessen, welch ein Krampf das sein kann, wenn ein Mann und eine Frau nach der ersten gemeinsamen Nacht miteinander telefonieren. Welche Ansammlung von Verlegenheit. Sie kann sich auch nicht erklären, wie es passiert ist. »Vielleicht waren es deine traurigen Augen.« Sie lacht. Sagt, ich solle mir keine Sorgen machen, sie sei erwachsen. Wir könnten das Ganze auch einfach vergessen, wenn ich das wolle. Als wäre es nie geschehen. Ich denke: Ich habe ein Riesenglück, weil sie eine vernünftige Frau ist und mich komplikationslos aus der Sache herauslässt. Ich sage: »Dabei wollte ich dich gerade fragen, ob wir uns vielleicht sehen können.«

»Sorry, aber ich liege im Jogginganzug mit Dr. House im Bett.«

»Mit wem?«

»Sag bloß, du kennst House nicht. Eine amerikanische Arztserie.«

»Du schaust Arztserien?«

Sie lacht. »Bloß House. Als Diagnostiker ein Genie und als Mensch ein Kotzbrocken. Und er ist medikamentenabhängig. Vicodin.«

»Vicodin«, wiederhole ich gedankenverloren. Ich weiß nicht recht, was ich noch sagen soll. Ob sie mir einen verklausulierten Korb gibt und einfach nur weiterplappert, um nicht brüsk zu sein. Und dann wird sie einen Moment still und sagt leise, stockend und schüchtern: »Ich kann dir House aber gerne vorstellen. Wenn du mir Gesellschaft leisten magst. Aber du musst mir versprechen, dass du nicht dazwischenquatschst.«

Mein Verstand schüttelt den Kopf und meine Seele macht einen Luftsprung. »Bin schon unterwegs!«, rufe ich euphorisch und lege auf. In weniger als fünf Minuten sitze ich im Auto, überdreht wie ein Teenager auf dem Weg zu seinem Schwarm. *Mach dich nicht lächerlich. Du kannst nicht vor deinen Problemen fliehen in die Arme einer jungen Geliebten.* Da ist er wieder, dieser kleine Mann im Ohr, der mir den Spaß vermiesen will. Mit seinem protestantischen permanent schlechten Gewissen. Ich stehe an der Treppe zum Schafott – da will ich wenigstens noch einmal leben und lieben und mich spüren und stark fühlen und jung.

»Um House kommst du trotzdem nicht herum«, sagt sie eine gute Stunde später lachend und springt aus dem Bett. Beinah ehrfürchtig betrachte ich ihren schönen, jungen Körper, während sie an dem DVD-Player unter dem großen Flachbildschirm hantiert, und ziehe mir die Decke hoch bis zum Kinn. Sie ist überdreht. Zum letzten Mal habe ich als Kind mit meinen Eltern Ärzteserien geschaut. Schwarzwaldklinik. Entsetzlicher, langweiliger Kitsch, aber man war nicht wählerisch an diesen endlosen, öden Sonntagnachmittagen zu Hause. Dr. House hat freilich wenig gemein mit dem gütigen Professor Brinkmann. Ein zynischer Menschenfeind als Arzt – Lisa findet ihn köstlich und kann sich ausschütten vor Lachen über seine Sprüche. Mir ist House zutiefst zuwider, eine Schande seines Berufsstandes. Ich ärgere mich. Über den Fernseharzt und über Lisa, weil sie sich für solchen Mist begeistert. Vor allem aber ärgere ich mich darüber, dass ich mich ärgere. *Wo bleibt dein Humor, Zielke, es ist Fernsehen, mach dich locker.* Im Geiste merke ich mir vor, seine Unterlagen zurückzuschicken, sollte sich Dr. Gregory House jemals an der Carl-Heßler-Klinik bewerben. Ich schrecke auf, als Lisa sagt: »Du hast ja gar nichts mitbekommen. Du bist eingeschlafen.«

»Tatsächlich. Aber jetzt bin ich wieder wach.«

»Sicher? Möchtest du vielleicht ein Glas Sekt mit mir trinken?«

»Stimmt, das wollten wir gestern schon.« Ich richte mich auf, ein Tablett mit Sektkühler und Gläsern steht auf dem Nachttisch. Recke das Kinn ein Stückchen vor, um es zu straffen, während ich die Flasche öffne. Wir lassen die Gläser gegeneinander klingen. Ich weiß nicht, was ich sagen soll, aber das macht nichts. Sie lächelt mich an und kuschelt sich in meinen Arm. So liegen wir da und schweigen einvernehmlich. Ich spüre ihre Wärme, atme sie ein und fühle mich zum ersten Mal seit langer Zeit einem Menschen ganz nahe und beinahe glücklich. Es ist nichts Billiges, Offensichtliches zwischen uns. Es geht tiefer. Ja, ich hab es schon lange gespürt. Nein, ich habe es nicht darauf angelegt. Ich konnte bloß nichts dagegen tun. Ich würde ihr so gerne zeigen, dass sie mir vertrauen kann. Dass ich keine Geheimnisse vor ihr habe. »Hast du schon mal was richtig Schlimmes getan?«, frage ich leise. »Wofür du dich geschämt hast?«

»Ja«, sagt sie ohne zu zögern. »Ich hatte eine Abtreibung. Und habe mich wie eine Mörderin gefühlt.«

»Das kann ich mir vorstellen«, sage ich mitfühlend, »nein, das ist Unsinn, ich kann das nicht wirklich nachempfinden als Mann, ich ahne höchstens, wie schwer es für dich war.« Ich nehme einen Schluck Sekt. »Aber ich habe tatsächlich gemordet!«

Sie reißt erschrocken die Augen auf, sagt aber nichts, sondern schaut mich nur abwartend an. Und dann erzähle ich ihr von dem Morgen im Revier vor fünfundzwanzig Jahren. Den beiden Männern, die ich erschossen habe. Weil ich sie für Terroristen und ihre Schaufeln für Waffen hielt. Sie schweigt nachdenklich.

»Das war kein Mord«, tröstet sie mich schließlich, »so mit Vorsatz. Du hattest Todesangst.«

Ich sehe den hoffnungslosen Schrecken im Gesicht des Schwerverletzten, bevor ich den Drilling auf seinen Kopf abfeuere und muss schlucken. Verdränge das Bild.

»Ja, vermutlich.« Ich zucke die Schultern. »Weißt du, ich schleppe das seit fünfundzwanzig Jahren mit mir rum. Ich musste es einfach mal einem Menschen erzählen.«

Sie streichelt mir zärtlich die Wange. »Armer Peter. Was für eine Last. Ich bin sehr froh, dass du's mir erzählt hast. Du bist ein Mensch mit einem großen Herzen und einem Gewissen. Du bist ein schöner Mensch, Peter Zielke.«

Mein Gott, Zielke, was für eine abgefeimte Show ziehst Du hier ab. Ein großes Geheimnis anvertrauen und das Wesentliche weglassen – da hätte ich lieber ganz geschwiegen. Trotzdem bin ich kein grundschlechter Mensch, nein, das nicht. Ich weiß, dass es diesen guten Kern tief in mir drin noch gibt. Ich spüre ihn, weil ich ihn ständig quäle in letzter Zeit. Weil er so schmerzt. Meine Augen füllen sich mit Tränen. Ich weiß, dass ich unmoralisch handle. Dass ich Verbrechen begangen, gegen meinen Eid und jeden Anstand verstoßen habe. Es ist unverzeihlich, und niemand verurteilt mich dafür so hart wie ich selbst. Trotzdem ist dieser gute Kern mit den allerbesten Absichten immer noch da. Die empfindsame Seele ganz tief drinnen. Lisa spürt es auch, und das gibt mir Hoffnung. Irgendwann werde ich ihr auch den Rest erzählen.

»Ich liebe dich!«, sage ich.

Sie lacht. »Kommt das nicht ein bisschen plötzlich?«

»Ich weiß, was du denkst. Ein alter Sack im zweiten Frühling. Hormoneller Überschwang. Aber das ist es nicht. Und ich bin kein Typ, der so was leichtfertig sagt. Ich weiß, dass ich eine ganz besondere Verbindung zu dir fühle. Ich habe das schon gespürt, als ich dich das erste Mal sah – aber damals konnte ich mit dem Gefühl nichts anfangen.«

»Du kennst mich doch gar nicht wirklich«, sagt sie traurig. »Sonst würdest du das vermutlich nicht sagen.«

Teil III

Bescherung

Montag, 21. Dezember

Riesige Augen in einem viel zu kleinen Schädel folgen jeder meiner Bewegungen, als ich das Pulver ins Wasserglas rühre. Kramers Körper steckt bis zum Hals unter der Decke, er friert mächtig in letzter Zeit. Ein afrikanischer Schrumpfkopf auf einem Kissen. Ich lächle, als ich mit dem Glas zu seinem Bett gehe. Seinen Kopf stütze, um ihm bei seiner Medizin zu helfen. Kramer sagt nichts, er schweigt schon seit Tagen. Wir haben einfach weitergemacht mit dem DCA, weil wir das immer schon so gemacht haben. Jedenfalls solange ich mich erinnere.

Behutsam setze ich ihm das Glas an die Lippen, da kommt sein Arm aus der Bettdecke hervor, die dürren Finger greifen nach meinem Handgelenk. Es ist kein fester Griff, aber er lässt mich innehalten. Kramer nimmt mir das Glas aus der Hand und lässt es zu Boden fallen, wo es klirrend zerbricht.

»Da wird nix mehr besser. Es geht zu Ende, das spüre ich. Ziehen Sie den Stecker.«

»Das kann ich nicht, Herr Kramer. Das wissen Sie doch. Es tut mir wirklich leid, aber da müssen Sie jetzt durch.«

»Ich will nicht mehr. Machen Sie Schluss!«

»Das darf ich nicht, Herr Kramer. Ich bin Arzt. Aber wir können es Ihnen leichter machen. Mit einer Palliativtherapie, wir haben darüber ja schon oft gesprochen.«

»So kriegen Sie das Päckchen nie!«, stöhnt er.

Ich lasse die Ampulle mit dem Morphin wieder zurück in die Kitteltasche fallen und wende mich zum Gehen. »Darüber sollten Sie vielleicht mal ernsthaft nachdenken in den kommenden Stunden«, sage ich freundlich, während ich die Türklinke herunterdrücke.

»Warten Sie, bitte!«, fleht er. Seine Stimme nur mehr ein Flüstern. »Sie kriegen das Päckchen. Wenn Sie mir helfen.«

Ich schließe die Tür wieder und drehe mich zu seinem Bett. Bemühe mich um einen möglichst unbeteiligten Gesichtsausdruck. »Aber natürlich helfe ich Ihnen, Herr Kramer, dafür bin ich doch da. Und wie stellen Sie sich das vor – mit dem Päckchen?«

Kramer windet sich in seinem Bett. Kann nur noch mit Mühe sprechen. »Ich schreibe in Ihrer Gegenwart einen Brief an meinen Anwalt. Und wenn Sie das Päckchen haben, ziehen Sie den Stecker.«

»Also gut. Geben Sie mir Ihre Beweise – und ich lasse Sie gehen.«

»Oh, Sie lassen mich gehen? Und wie stellen Sie sich das vor? Dass ich hier raushüpfe? Nee, Professor, ein bisschen deutlicher müssen Sie schon werden. Ich hab nämlich nicht studiert, müssen Sie wissen.«

»Geben Sie mir Ihre Beweise, und ich verschaffe Ihnen einen schmerzlosen Tod.«

»Na also. Ist doch gar nicht so schwer – oder? Und jetzt geben Sie mir endlich was gegen die beschissenen Schmerzen, und dann bringen Sie mir was zum Schreiben.«

Kramers verkrampfte Züge lösen sich, als das Morphin zu wirken beginnt. Sein keuchender Atem beruhigt sich. Ich gehe zum Nachttisch und hole den Schreibblock heraus. Bezwinge meine innere Unruhe, sage sachlich: »Sie werden jetzt Ihren Anwalt beauftragen, mir Ihr Päckchen auszuhändigen. Und Sie werden ihn mir gegenüber von der Schweigepflicht entbinden. Dann werde ich mit diesem Brief zu Ihrem Anwalt fahren.« Ich helfe ihm, sich noch ein Stück weiter im Bett aufzurichten und klappe das Tischchen vom Nachtschrank vor ihm aus. »Wenn alles zufriedenstellend geregelt ist, dann reden wir über die Stiftung.« Ich lege den Schreibblock vor ihn hin.

»Wissen Sie, wo Sie sich Ihre Stiftung hinstecken können?« Womöglich bedeutet es ihm tatsächlich nichts. Aber vielleicht ist es auch ein Test. Ob ich es wirklich ernst gemeint habe.

»Doch, ich werde das für Sie tun«, sage ich feierlich. »Die Hans-Georg-Kramer-Stiftung für krebskranke Kinder. Ich brauche übrigens noch ein Foto von Ihnen.«

Ich reiche ihm meinen Füllfederhalter. »Soll ich Ihnen den Text diktieren?« Kramer schaut mir direkt in die Augen, sein Gesicht verzieht sich zu einer hasserfüllten Grimasse. Und mit einem Schwung, den ich ihm nicht zugetraut hätte, schleudert er den Füller gegen die Wand, Tintenkleckse breiten sich aus … »Leck mich!«, sagt er nur, und ich starre ihn an mit mühsam unterdrückter Wut.

»Sie haben mich reingelegt!«

»Ich habe bloß meinen Arzt um ein Schmerzmittel gebeten«, sagt er ungerührt.

»Sie sind ein niederträchtiger Kretin!«, schreie ich empört.

»Ach – und was sind Sie? Glauben Sie, dass Sie auch nur einen Deut besser sind als ich, bloß weil Sie 'nen goldenen Löffel im Mund haben?«

»Sie wollen wieder Klassenkampf führen?«

»Das sagt mir nicht viel, aber es ist kein Wunder, dass Leute wie Sie das Leben gerecht finden. Dass Ihnen das Spiel gefällt. Sie ham schließlich fett abgesahnt.«

»Wissen Sie, warum Sie so unglücklich sind? Weil Sie immer nur daran denken, was andere Ihnen angetan haben. Und nicht mal einen Funken daran verschwenden, was Sie Gutes für andere bewirken können. Ich glaube, dass Sie dann auch in Frieden loslassen könnten.«

»Ich glaub nicht mehr an ein Wunder. Ich weiß, dass ich sterbe.« Seelenruhig sagt er das. Ohne die geringste hörbare Gefühlsregung. Es sieht aus, als horchte er dem eigenen Satz hinterher. Dann lächelt er heiter und sagt: »Ich hab gewonnen, Professor!«

Ich bin baff und denke darüber nach. Spüre die Wut in mir wachsen.

»Sie können mir nichts mehr bieten und nichts mehr antun«, fährt er fort. »Bald bin ich tot, am Ende aller Schmerzen. Und Sie – Sie glauben immer noch, dass Sie aus der Nummer rauskommen. Deshalb haben Sie verloren.«

»Ach? Darum ging es Ihnen? Um einen persönlichen Zweikampf mit mir? Also, ich wollte Sie nicht besiegen, Herr Kramer. Ich wollte Ihnen helfen, Ihren Seelenfrieden zu finden.«

Das Subjekt lacht. »Sie glauben das wirklich? Sie meinen das echt ernst? Irre! Ach – und haben Sie eigentlich mal in den Spiegel geguckt in der letzten Zeit?«

»Sie vielleicht?«, frage ich schnippisch, aber Kramer lässt sich nicht provozieren. »Ich darf so aussehen, ich bin so gut wie tot. Aber Sie als Arzt … Was ist es? Pillen? Oder klauen Sie mein Morphium?« Er lacht leise in sich hinein. Dann dreht er sich weg und schweigt. Mein Schädel dröhnt, ich bin am Ende mit meinem Latein. Der Druck im Kopf wird unerträglich, alle Glieder tun weh, ich spüre Übelkeit in mir hochsteigen und den Schweiß die Achselhöhlen hinunterrinnen. Erhebe mich, und als ich schon in der offenen Tür bin, drehe ich mich noch mal um zu Kramers Bett. »Na ja, auch ein kurzer Weg kann hart und steinig sein«, sage ich leise.

Was immer mir etwas bedeutet hat im Leben, habe ich verraten. Alles, woran ich glaube. Alle, die ich liebe. Und das soll nun vergebens gewesen sein? Verstohlen blicke ich mich um auf dem Flur, stecke mir schnell zwei von den gelben Tabletten in den Mund, schaffe es beim zweiten Anlauf, sie zu schlucken, muss würgen, mein Mund und meine Kehle sind staubtrocken.

Ich ignoriere Frau Foerster, eile in mein Büro, schließe die Tür hinter mir. Gehe ins Bad, zum Spiegelschrank, in dem ich meine Morphin-Vorräte aufbewahre – schließe die Augen, während ich die Tür öffne, weil ich mich nicht selbst sehen mag. Binde den rechten Oberarm ab und ziehe mit zittrigen Fingern die Injektion auf. Drücke die Luft aus der Spritze, betrachte gierig den glänzenden, klaren Tropfen auf der Nadelspitze, bevor ich sie in meiner Vene versenke. Löse die Klemme an der Manschette um den Oberarm, und der böse, kleine Mann in meinem Kopf verstummt beinah schlagartig. Die Stimme, die mir sagt, dass ich nicht mehr in der Lage bin, nüchtern mit meinem Alltag zurechtzukommen. Dass die Abstände zwischen den Injektionen immer kürzer und die Grenzen zwischen Wahn und Wirklichkeit durchlässiger werden.

Jetzt ist da nur noch große Erleichterung. Kein Hunger, kein Durst, keine Probleme, keine Sorgen. Nur Frieden.

Mein Leben ist perfekt in diesem Augenblick. Bis das Telefon auf dem Schreibtisch summt und der Schrecken wieder nach mir greift. »Nicht jetzt!«, herrsche ich Frau Foerster an und knalle den Hörer auf. Das Büro dreht sich, und ich schließe die Augen. Kristina. Lisa. Julia. Wolff. Richterroben, Blitzlichter. Immer wieder dieselben grässlichen Bilder.

Mit 180 gegen einen Brückenpfeiler, und alles wäre vorbei. Alle Ängste, Hoffnungen und Scham. Mein Tod noch vor seinem – das wäre Kramers ultimativer Sieg. Und er könnte ihn sogar erleben und auskosten. Vielleicht kann ich ihm das schmackhaft machen: mein Leben gegen seine Beweise. Ein tragischer Unfall. Ehrenvolles Andenken. Ein bedeutender Arzt aus der Blüte seines Schaffens gerissen. Großes Begräbnis. Der Erste Bürgermeister kommt. Nachrufe. Wolff spricht zur Trauergemeinde.

Lieber den Ruf retten als das verpfuschte Leben. Ich stehe das nicht durch, mit Verbrechern in eine Gefängniszelle gesperrt zu werden. Verlassen von allen. Totgeschwiegen. Eine peinliche Erinnerung. Ich kann eine Menge einstecken, das habe ich hinreichend bewiesen. Und ich bin noch immer nicht am Ende meines Kampfes. Aber auch meine Kraft hat Grenzen.

Jeder Mensch hat seine Sollbruchstelle. Selbst der Stärkste und Edelste verrät unter der Folter am Ende seine Gefährten. Wie viel Schmerz kann ein Mensch wohl aushalten? Lässt Kramers Leiden sich noch steigern? Und wie viel Zeit bleibt mir?

Ich öffne die Tür zum Vorzimmer. »Ach, Frau Foerster«, beginne ich und warte, bis sie mir ins Gesicht schaut. Forsche nach einem verräterischen Zeichen, Besorgnis oder Erschrecken über meinen Zustand. Aber ihre Miene bleibt unbeweglich. Nicht mal ein Lächeln. »Ich brauche schnellstmöglich für Herrn Kramer ein neues MRT. Würden Sie das bitte veranlassen?« Ich warte ihre Antwort nicht ab und ziehe mich wieder ins Büro zurück. Dämmere am Schreibtisch vor mich hin, bis Frau Foerster mich an Kramers Termin erinnert. Werfe noch eine Tablette ein, nicke im Hinausgehen Frau Foerster zu und gehe müde zur Alten Villa, wo die beiden Pfleger schon vor der Tür auf mich warten.

»Na, haben Sie Verstärkung mitgebracht?«, ätzt Kramer, als wir sein Krankenzimmer betreten.

»Herr Kramer, wir müssen jetzt erst mal neue Bilder machen«, erkläre ich freundlich. »Und dann sehen wir, wie wir weiter vorgehen.«

Kaum merklich hebt er die schmalen Schultern. »Wenn's Ihnen Spaß macht.« Ich nicke den Pflegern zu, und sie lösen die Bremse des Bettes, rollen Kramer aus dem Zimmer. Er ist in seine Kissen zurückgefallen, dämmert im Halbschlaf, ich habe meinem Patienten eine großzügige Dosis Morphin gegönnt. Wir schweigen auf der Fahrt im Aufzug, die Pfleger schauen teilnahmslos durch mich hindurch. Im Laufschritt schieben sie Kramers Bett durch den kalten Nieselregen, die Automatiktür zum Neubau schwingt lautlos auf. Wir begegnen niemandem im Flur zur Radiologie. Oberarzt Seuffert begrüßt mich mit schlaffem, feuchtem Handschlag. Ist nervös, fragt sich vermutlich, was ich hier will. Aber mit Sicherheit hat er auch schon vom geheimnisvollen Patienten des Chefs gehört.

»Ich bin gar nicht da«, sage ich abweisend, und er beugt sich über das Bett. »Guten Tag, Herr Kramer, ich bin Dr. Seuffert, der Leiter der Radiologie. Wir werden Sie jetzt in die Röhre schieben, das wird ein bisschen laut, aber Sie kennen das ja.« Seufferts Stimme verliert sich in meinem Hirn, ich drifte weg. Zucke zusammen, als Kramers Arm plötzlich aus der Decke schießt, die knochigen Finger das Handgelenk des Radiologen umklammern. »Professor Zielke ist ein Mörder, und ich kann es beweisen. Und er ist verrückt geworden. Rufen Sie die Polizei, bitte!« Seine Stimme ist kraftlos und leise, aber von solcher Eindringlichkeit, dass jeder im Raum innehält. Ich bemühe mich um einen möglichst gleichmütigen Gesichtsausdruck. Als beträfe es mich nicht.

»Herr Kramer hat im Laufe seiner Krankheit eine schwere Psychose entwickelt«, erläutere ich sachlich, bis sie ihn endlich in die Röhre schieben. Seuffert sitzt am Computer, schaut aber nicht auf den Schirm, während Kramers Unterbauch virtuell in Hunderte dünne Querschnitte zerlegt wird. »Wollen Sie sehen?«, fragt er beflissen und rückt mit seinem Schreibtischstuhl beiseite.

»Das hat keine Eile«, sage ich beiläufig, und dann schweigen wir wieder. Er setzt mehrmals an, etwas zu sagen, aber ist offenbar unsicher, ob er das Wort ergreifen darf. Seuffert ist 37 Jahre alt. Voller Zweifel, Hoffnungen, Ehrgeiz und großen Plänen, und das Schweigen meine Waffe gegen ihn. Ich spüre wieder das Kribbeln und Stechen in Armen und Beinen. Entzugsschmerzen – registriere ich sachlich. »Na dann schönen Tag noch, Herr Kollege!«, sage ich brüsk und drehe mich zur Tür.

Die beiden Pfleger warten schon mit Kramers Bett auf dem Gang. Ich schaue bewusst abweisend, um jeden Gesprächsversuch im Keim zu ersticken. Aber den Pflegern ist es wohl egal, sie wirken nicht im Mindesten befangen.

Sie haben keine Zweifel, Hoffnungen, Ehrgeiz und großen Pläne – sondern einfach nur einen Job. Sie können es sich leisten, souverän zu sein. Ich kann es kaum erwarten, zurück ins Büro zu kommen. Die Nadel in meine Vene zu stechen, den Kolben der Spritze durchzudrücken.

Ha! Welche Wonne fließt in diesem Blick.
Auf einmal mir durch alle meine Sinnen!
Ich fühle junges, heil'ges Lebensglück
Neuglühend mir durch Nerv' und Adern rinnen.
War es ein Gott, der diese Zeichen schrieb?
Die mir das innere Toben stillen,
Das arme Herz mit Freude füllen,
und mit geheimnisvollem Trieb,
Die Kräfte der Natur rings um mich her enthüllen.
Bin ich ein Gott? Mir wird so licht!

Ich kann es noch! Kristina war damals schwer beeindruckt, als ich den Prolog aus dem *Faust* rezitierte. Beiläufig – während eines Spazierganges an der Elbe an einem sonnigen Herbsttag.

Die Geisterwelt ist nicht verschlossen,
Dein Sinn ist zu, dein Herz ist tot,
auf, bade, Schüler unverdrossen
die irdsche Brust im Morgenrot.
Weh steck ich in dem Kerker noch?
Verfluchtes, dumpfes Rattenloch, nein, Mauerloch …
Ähh … Festgemauert in der Erden
Steht die Form aus Lehm gebrannt,
heute muss die Glocke werden …

Aber nein, das war der andere! Schiller. *Die Glocke* ist in meinem Kopf. Ohrenbetäubend hallt das Läuten im Hirn, die Schädelkalotte bebt von den Schlägen des mächtigen Klöppels. Erstaunlich, dass sie nicht auseinanderbricht.

Ich schrecke auf und sehe das vibrierende Handy auf dem Schreibtisch wandern. Schüttle die Benommenheit ab und erwische es kurz vor der Kante.

»Hab ich dich geweckt?«, fragt Kristina irritiert.

»Natürlich nicht. Ich ... Alles gut. Was gibt's?«

»Wie geht es dir?«

»Geht so, ist alles 'n bisschen viel zurzeit.«

»Ulli meint, dass du mich brauchst. Ist das so? Warum sagst du das nicht?«

»Na, wenn Ulli das meint ...«

»Peter, ich finde das gerade sehr schwierig. Nicht nur wegen Mutters Tod und Vater. Sondern auch wegen uns. Ich glaube, dass uns ein wenig Abstand ganz guttut, aber wenn es dir schlecht geht, bin ich natürlich für dich da.«

»Ich glaube, dein Vater braucht dich jetzt dringender. Ich komm schon zurecht, wirklich.«

»Aber Weihnachten feiern wir doch zusammen?«

»Ja – natürlich. Sehr, sehr gern.«

Drei SMS auf meinem Smartphone. Lisa möchte mich sehen. Ich habe es nicht geschafft, einen Schlussstrich zu ziehen, obwohl sie seit dem 1. Dezember als Ärztin hier arbeitet. Lisa akzeptiert, dass sie mich nicht in meinem Büro anrufen oder besuchen kann. Wir sind diskret. Aber wie oft habe ich jenes *Ich liebe dich!* schon bereut. Vielleicht hielt ich es für Liebe in diesem Moment. Aber nicht einmal da bin ich sicher. Ich wollte sie an mich binden, so schnell und so fest wie möglich. Weil ich Angst hatte, dass sie mich wieder fallen lässt. Sie ist eine Schönheit, und ich bin beileibe kein George Clooney, ich kann nicht mal sagen, dass ich besonders sportlich für mein Alter bin. Streng genommen könnte ich ihr Vater sein, ein Mann an der Schwelle zum Alter. Ihrer Jugend habe ich nichts entgegen zu setzen. Was also findet Lisa an mir? Verspricht sie sich etwas von einer Affäre mit dem Chef?

Ich wollte sie beeindrucken, deshalb habe ich ihr auch von dem Morgen im Revier erzählt. Ich wollte, dass sie mich liebt. Auch wenn ich argwöhne, dass das nicht unbedingt für sie spricht.

Sie hat es nicht geschafft, sich einzugliedern ins Team. Ihr fehlt die Distanz zu ihrer Arbeit. Hat vermutlich mit der eigenen Krankheitsgeschichte zu tun. Sie ist schnell überfordert und reagiert oft hysterisch. Natürlich spürt sie die Blicke, die Kollegen sich zuwerfen – und das macht sie noch unsicherer. Anfangs habe ich Ulli verdächtigt, Front gegen Lisa Amelund zu machen. Seinen Unmut über mich an ihr auszulassen. Mehrfach barsch Unterstützung für die junge Kollegin eingefordert, Beschwerden über sie rüde abgeblockt.

Ihre Einstellung war ein Fehler. Unsere Affäre ist ein Fehler. Trotzdem komme ich nicht von ihr los. Es hat mir geschmeichelt, wie sehr sie sich ausgeliefert hat. Mir ihre Seele offenlegte bis hin zum familiären Missbrauch. Ich hielt sie für meine Retterin. Dabei sucht sie selbst einen Retter. Und jetzt bin ich enttäuscht. Weil mein vermeintlicher Engel sich als hilfloses Menschlein entpuppt.

Aber ich werde nicht das letzte menschliche Wesen vertreiben, das mich klaglos erträgt.

Dienstag, 22. Dezember

Die Ameisen wecken mich. Krabbeln mit schmerzhaftem Jucken durch meine Blutbahn. Vom großen Zeh den ganzen Körper hinauf. Mein rechter Arm ist taub. Ächzend richte ich mich auf, taste nach dem Lichtschalter, die Helligkeit tut weh. Ich liege auf dem Sofa im Arbeitszimmer. Rundherum ist der Boden mit zerknülltem Papier bedeckt, das mich vor ein Rätsel stellt. Ich greife mir eine Seite, glätte sie – entziffere meine ungelenke Füllhalterschrift. … *der Gestank des Eiters umgab die Krankenhäuser, Wundinfektionen wüteten unter Verletzten und Operierten. Stellen Sie sich vor, damals hätte jemand prophezeit, diese Geißel der Medizin ließe sich mit Schimmel bekämpfen* … Was soll das? … *weil Alexander Flemming nachlässig Laborkulturen verschimmeln ließ, entdeckte er das Penicillin, eine der größten Errungenschaften der Medizin … ein Zufall stand auch am Anfang unserer Entdeckung* … Auf der nächsten Seite derselbe Text auf Englisch. Ein wenig ratlos blättere ich weiter. … *incredible … struck by … of course I didn't believe … jeder seriösen medizinischen Forschung Hohn.* Deutsche Sätze, englische Sätze, Satzfragmente, manchmal nur ein einziges Wort auf einem Blatt. … *miracle* … Ich suche eine Logik, einen Sinn. Dann schießt mir heiß die Röte ins Gesicht. Panik flackert auf, als es mir wieder einfällt.

Ich habe eine Rede verfasst!

Für den Onkologenkongress in Boston kommendes Jahr.

Wo ich gefeiert werde für meinen Durchbruch bei der Krebsbehandlung. Den Schlusspunkt hinter 170 Jahre Medizingeschichte im Kampf gegen eine der furchtbarsten Geißeln der Menschheit. Durch eine Zufallsentdeckung, die Kombination dreier bewährter Zytostatika mit einem Abfallprodukt der Chemieindustrie. Ich vergrabe das Gesicht in den Händen und fange bitterlich an zu weinen. *Du musst sofort mit den Drogen aufhören, Zielke!*

Beim Aufstehen stolpere ich über die leere Weinflasche. Meine Lymphknoten schmerzen, der Schädel dröhnt, ich gehe ins Bad und setze mir eine Injektion. Entzug ist das Letzte, das ich jetzt brauchen kann. Ich rufe Frau Foerster an und informiere sie, dass ich nicht zur Konferenz komme – sie sollen ohne mich anfangen. Gegen Mittag fühle ich mich so weit wiederhergestellt, dass ich aufbrechen kann. Schleiche mich wie ein Dieb durch meine eigene Klinik, verbarrikadiere mich im Büro und rufe Kramers MRT am Computer auf.

Kramer hat neue Metastasen im Bauchraum und eine kleine am oberen rechten Rippenbogen. Auch der Primärtumor in der Leber ist gewachsen. Das ist keine Überraschung, trotzdem bin ich enttäuscht. Gegen alle Vernunft habe ich mir in den letzten Tagen wieder und wieder vorgestellt, dass die Therapie anschlägt. Drei bewährte Zytostatika und eine große Unbekannte. Eine zufällige Wechselwirkung, die Tumorgewebe zerstört. Selbst bei einem erprobten Medikament können wir ja selten bis ins Letzte erklären, warum es hilft.

Krebszellen wachsen, wuchern und vermehren sich, weil ihre Mitochondrien ausgeschaltet sind – die Kraftwerke der Zellen, die normalerweise den Zelltod auslösen.

DCA reaktiviert angeblich die lahmgelegten Mitochondrien wieder, und die treiben dann – salopp gesagt – die Krebszellen in den Selbstmord. So erklärt es die Webseite des Vertreibers. Dichloracetat, ein Salz der Dichloressigsäure. Abfallprodukt der Chemieindustrie für 45 Dollar je 100 Gramm. Ich denke an mein wirres Redemanuskript und schüttle angewidert den Kopf.

Pochender Schmerz durchzieht meinen Schädel, die Hände zittern, und ich schlucke noch ein paar Pillen. Das dämpft die Entzugsschmerzen, doch die innere Unruhe bleibt. Diese unglaubliche Hibbeligkeit. Aber ich habe mir erst am Morgen eine Injektion gesetzt und beschlossen, die Intervalle zu vergrößern. Andererseits – wieso soll ich mir das Leben mutwillig schwerer machen, als es ohnehin schon ist? Wenn es doch das Einzige ist, was hilft.

Ich bin ein Junkie, ein Zombie! Fresse Tabletten gegen den Entzug während der Injektionspausen und weiß nicht, was mich mehr in den Wahnsinn treibt. Ich bin schreckhaft und von grässlichen Albträumen geplagt. Manchmal auch tagsüber – aber zumindest erkenne ich sie noch als Wahnvorstellungen. Nicht die Realität ist mir entglitten, sondern mein Platz darin.

Ich kann nur mit Mühe die Augen aufhalten, während ich abwesend auf den Bildschirm stiere. Die Zeit wird knapp. Kramers Tod und damit sein Sieg ist zum Greifen nahe. Aber das werde ich nicht zulassen.

Ich nehme den MRT-Ausdruck und eile zur alten Villa. Durchnässt vom heftigen Regen reiße ich ungeduldig die Tür zu Kramers Zimmer auf. Er blickt mich an aus angstgeweiteten Augen, triumphierend halte ich ihm die Schwarz-Weiß-Aufnahme hin. »Wissen Sie, was das ist?«

»Ich vermutlich«, sagt er desinteressiert.

»Genau! Das hier ist Ihre Leber. Und was sehen Sie?«

Das Subjekt zuckt die knochigen Schultern.

»Das Tumorwachstum stagniert«, belüge ich ihn sachlich. »Die Therapie schlägt offenbar an.«

Er schüttelt langsam seinen Totenschädel. »Sicher, Professor. Und heut Abend gehe ich in die Disco tanzen.«

»Das wohl nicht«, sage ich milde. »Und ich will Ihnen auch keine überzogenen Hoffnungen machen. Das wäre unverantwortlich. Ich kann Sie nicht heilen, das nicht. Aber wir gewinnen mehr Zeit, um zu einer fruchtbaren Übereinkunft zu gelangen.« Ich versuche mich an einem diabolischen Lächeln, um die Drohung zu unterstreichen.

»Überschätzen Sie sich mal nicht«, entgegnet Kramer düster.

»Ich schlage vor, wir feiern jetzt erst mal unseren Therapieerfolg. Und dabei werde ich Ihnen erklären, wie es weitergeht.« Ich greife nach dem Handy und wähle die Nummer des Hotelrestaurants. Bestelle eine halbe Flasche Champagner und zwinkere Kramer verschwörerisch zu. »Wir wollen es ja auch nicht gleich übertreiben. Was möchten Sie essen?«

»Ich hab keinen Hunger!«

»Sie müssen wieder zu Kräften kommen«, ermahne ich freundlich und bestelle Rinderbouillon, Kartoffelbrei und Rote Grütze. Kramer schaut mich fassungslos an. Dann lächelt er milde. »Machen Sie Ihren Frieden, Professor. Es ist aus und vorbei.«

»Hören Sie endlich auf, immer nur an sich zu denken! Vergessen Sie mal einen ganz kleinen Moment Ihre Bosheit – und seien Sie ein bisschen dankbarer.«

»Mir geht's beschissen. Ich habe Schmerzen.«

»Dagegen können wir ja was tun«, entgegne ich lässig und ziehe die Morphinampulle aus der Kitteltasche. Während ich am Infusionsschlauch hantiere, wird das Essen geliefert. »Stellen Sie das Tablett hier auf den Nachttisch«, weise ich den Boten an und zu Kramer gewandt: »Wir machen uns jetzt 'n schönen Männernachmittag – wie damals auf dem Balkon, Sie erinnern sich.« Kramer entspannt sich ein wenig, als das Schmerzmittel zu wirken beginnt. »Das war jetzt das letzte Morphium für Sie«, bemerke ich beiläufig. »Jedenfalls solange Sie sich weiter unkooperativ verhalten. Also genießen Sie es.«

Ich nehme mir einen Stuhl und setze mich ans Kopfende seines Bettes. »Ich werde Ihnen jetzt erzählen, wie Ihre Zukunft aussieht, Herr Kramer. Was Sie bisher als Schmerzen erlebt haben, war nicht mal ein kleiner Vorgeschmack auf das, was Ihnen bevorsteht. Der Krebs wird Sie bei lebendigem Leibe zerfressen, als würden glühende Zangen Sie von innen zerreißen. Sie werden um Erlösung flehen, aber ich werde dafür sorgen, dass Sie so lange wie möglich am Leben bleiben. Vier Monate, fünf Monate, vielleicht sechs – wer weiß das. Eine Ewigkeit, wenn man unerträgliche Schmerzen leidet …«

»Sie glauben, wenn Sie mich foltern, kriegen Sie das Päckchen? Waren wir da nicht schon mal?«

»Foltern? Wegen der glühenden Zangen, meinen Sie. Ja, das hat man im Mittelalter gemacht, Leuten mit glühenden Zangen die Brust aufgerissen. Aber glauben Sie mir, das ist gar nichts gegen das, was der Krebs da in Ihrem Inneren anrichtet. Direkt dort, wo der Schmerz entsteht, am Nerv. Aber das tut der Krebs Ihnen an, nicht ich – und deshalb foltere ich Sie nicht. Sie können freilich auch nicht von mir erwarten, dass ich mich für Sie aufopfere, wenn Sie mich mit in den Untergang reißen wollen. Das ist wie mit dem Rettungsschwimmer, der sich aus der Umklammerung eines Ertrinkenden befreit.«

»Sie sind das größte Arschloch, dem ich je begegnet bin. Und ich bin schon vielen begegnet, das können Sie mir glauben. Ich wünschte, ich hätte Sie umgebracht, als ich dazu noch in der Lage war.«

»Sie können es uns beiden leichter machen, Herr Kramer. Denn am Ende werden Sie mir doch erzählen, was ich wissen will. Kein Mensch kann solche Schmerzen aushalten. Sie würden alles und jeden verraten, damit das aufhört, sogar Verbrechen gestehen, die Sie nie begangen haben – glauben Sie mir. Sie werden sich die Seele aus dem Leib brüllen, aber niemand wird Sie hören, denn ich werde die Pflegerinnen wegschicken. Sie werden in diesem Bett in Ihrem eigenen Dreck verfaulen und sich in entsetzlichen Qualen auflösen und …« Erschöpft halte ich inne.

»Und?« Der Totenkopf blickt mich herausfordernd an.

»Ich will das alles nicht, das müssen Sie mir glauben, Herr Kramer. Ich habe nichts gegen Sie, das ist nichts Persönliches. Aber versetzen Sie sich mal in meine Lage – was würden Sie denn tun?«

»Was kümmert Sie das? Tun Sie, was Sie tun müssen – aber erwarten Sie nicht auch noch Mitleid von mir!«

»Wieso sagen Sie mir nicht, wo das Päckchen ist?«

Kramer lacht wieder sein röchelndes Lachen. »So leicht mache ich Ihnen das nicht, Professor.«

Ich zucke die Schultern. »Sie machen es vor allem sich selbst schwer.«

»Ich mach hier gar nix, Professor! Oder hab ich Sie gezwungen, mein Morphium zu fressen? Sie sind 'n mieser Typ, und Sie wollen nicht, dass es rauskommt. Das ist alles.«

»So einfach ist das nicht!«

»Nein? Ja, ich weiß, Sie behandeln kostenlos arme Kinder in Afrika. Aber Sie haben auch meinem Bruder aus einem halben Meter in den Kopf geschossen. Tun das anständige Leute? Keine Ahnung, ich bin auch 'n Halunke. Aber ich weiß das wenigstens. Sie sind 'n noch viel mieserer Typ und wollen es nicht wahrhaben.«

»Mag sein«, sage ich nachdenklich. »Aber nein, ich verschließe nicht die Augen vor meinen Taten. Ich bin mir absolut bewusst, wie viel Schuld ich auf mich lade. Dass es kriminell ist, was ich tue. Unmoralisch. Ich erschrecke vor mir selbst. Wozu ich fähig bin. Ich gehe durch die Hölle, aber es geht nicht nur um mich, Herr Kramer.«

»Woll'n wir tauschen?«

Ich sage nichts, und eine Zeit lang ist nur Kramers röchelndes Schnaufen in der Stille zu hören.

»Es gibt kein Päckchen mehr«, flüstert die Stimme aus dem Halbdunkel. »Keinen Brief bei einem Anwalt, nichts. Ich habe geblufft, Sie können ganz beruhigt sein.«

»Tatsächlich?«

»Ja, klar – oder seh ich aus wie 'n Typ, der freiwillig mit Anwälten redet. Spritzen Sie mich tot – und Sie sind alle Sorgen los.«

»Ach, Herr Kramer«, sage ich belustigt. Er würde alles tun, um erlöst zu werden.

»Lassen Sie's drauf ankommen, Sie haben nichts zu verlieren.« Kramer lächelt boshaft. »Nein, nein, das werden Sie nicht tun. Und deshalb verlieren Sie. Ich glaub nicht mehr an den Krebskat, aber Sie hoffen immer noch auf ein Wunder.«

»Kein Wunder, Herr Kramer, sondern Ihre Vernunft. Wenn Sie mich vernichten, bringt Ihnen das weder Ihre Gesundheit noch Ihren toten Bruder und all die verpassten Gelegenheiten zurück. Sie gehen als namenloser Versager ins Grab. Und Sie werden nie erfahren, ob Ihr Plan aufgeht. Guter Leumund, Geld, teure Anwälte, Sie wissen doch, wie so was läuft.«

»Dann brauchen Sie ja nicht so 'n Schiss haben!«

Ich hebe beschwichtigend die Hand. »Gut, vielleicht können Sie mir schaden, aber das ist nicht der Punkt. Es geht nicht um verlieren oder gewinnen. Wir verlieren beide – oder gewinnen beide. Ich errichte Ihnen eine Bronzebüste in meiner Klinik. Und was immer in Ihrem Leben schiefgelaufen ist, aber am Ende können Sie diese Welt mit Stolz verlassen. Weil Sie etwas erreicht und etwas hinterlassen haben.«

»Puh, Sie geben aber nicht auf.« Er wirkt belustigt. »Sie sind 'n Schisser, das ist das Problem. Und deshalb geht das hier für Sie so oder so in die Hose – scheiß auf irgendwelche Päckchen. Sie werden sich weiter reinreißen – aus lauter Schiss um Ihren guten Ruf!«

»Glauben Sie?«

»Wenn Sie nicht so ein totaler Schisser wären, wär das alles gar nicht erst passiert, Professor. Dann hätten Sie mir in der Tiefgarage den Stinkefinger gezeigt – so wie Ihr Schwiegervater.«

»Der hat auch niemanden erschossen!«, erwidere ich barsch.

»Haben Sie vor dem auch Schiss?« Ich sage nichts, und

der Zwerg fährt fort: »Sie bestehen nur aus Schiss, Professor. Klar, jetzt hamse mich am Arsch. Aber ich wette, wenn wir uns vor zehn Jahren aufm Kiez getroffen hätten – ich hätte Sie nur schief angucken müssen und Sie wär'n zusammengezuckt. Ohne Ihre Titel, Ihre Klinik, Ihre Kohle sind Sie einfach nur 'ne Null – 'ne Null im weißen Kittel.«

Ich sitze außerhalb des Lichtkegels von Kramers Nachttischlampe und bin froh, dass er mein Gesicht nicht sieht. Meine Augen sind feucht, ganz tief und schmerzvoll die Traurigkeit in mir drinnen, während die leise krächzende – von angestrengtem Schnaufen unterbrochene – Stimme schleppend ihr Verdikt vorträgt.

»Wissen Sie, wovor mein Bruder am meisten Angst hatte?«

»Woher soll ich das wissen?«

»'n Schisser mit 'ner Knarre. Das ist das Gefährlichste, was es gibt, hat er gesagt. Und am Ende wurde er von einem umgelegt.«

Schweigend erhebe ich mich aus dem Stuhl am Kopfende des Bettes. »Falls Sie wieder Schmerzen bekommen«, sage ich und lege einen Blister mit drei Tabletten auf seinen Nachttisch. Der Totenschädel im Bett schaut mich erstaunt an, sagt aber wohlweislich nichts. »Gute Nacht, Herr Kramer, schlafen Sie gut«, sage ich, und ziehe leise die Tür hinter mir zu.

Lisa hat sich hübsch gemacht. Empfängt mich im schulterfreien schwarzen Minikleid. Strahlt von den rot geschminkten Lippen bis zu den grauen Augen. Ein Lächeln voller Wärme und Versprechen. Sie sieht so bezaubernd aus, dass alle Zweifel sich verflüchtigen.

Der Tisch in der Küche ist festlich gedeckt. Weißer Damast und das kostbare Porzellan ihrer Großmutter, Kristallgläser reflektieren Kerzenlicht. Sie weist mir schweigend meinen Platz, ihr Lächeln warm, der Sekt eiskalt. Ich bin glücklich in diesem Moment. Wir sitzen uns gegenüber, sie füllt Salat auf meinen Teller, unsere Hände berühren sich, und ich versuche, nicht an Kramer zu denken, nicht an Wolff, Kristina, die Klinik. Versuche mir vorzustellen, dass ich einfach nur ein Mann bin, der von der Arbeit nach Hause kommt und mit einer schönen Frau zu Abend isst, der das Prickeln genießt und die Vorfreude, später mit ihr zu schlafen. Und sonst ist da gar nichts. Sie holt den Lachsauflauf aus dem Backofen und stellt ihn auf einen Untersetzer.

»Nichts Dolles«, sagt sie bescheiden.

»Riecht köstlich!«, lobe ich begeistert. Ich bin tatsächlich hungrig und esse mit Genuss. Spüre schon wieder, dass mir die Augen feucht werden, früher war ich nicht so scheißnah am Wasser gebaut. Ich helfe ihr beim Einräumen der Spülmaschine und küsse sanft ihren Nacken, der zarte Flaum kitzelt meine Lippen. Sie dreht sich um, legt mir die Arme um den Hals, ich sauge ihren Duft auf, den Geschmack ihres warmen, weichen Mundes. Und versuche, nicht darüber nachzudenken, wie ich die Herkunft der Millionenspende verschleiern kann. *Die Familie will, dass das ausschließlich über mich läuft*. Biesinger wird es schlucken müssen. Und Wolff? Lisa nimmt unsere Gläser und geht voran ins Schlafzimmer. Ich schaue gebannt zu, wie sie sich auszieht, sie wirkt so zart und zerbrechlich. Zur tiefen Trauer in mir gesellt sich der Albdruck im Magen, ich werde nicht umhinkommen, sehr bald ein ernstes

Gespräch mit ihr zu führen. Über ihre Arbeit. Als ihr Chef. Ich sinke in ihre Arme und verdränge für einen klitzekleinen Augenblick, dass es keine Zukunft für uns gibt und ich sie tief verletzen werde. Dann ist da nur noch Leere und Niedergeschlagenheit. Und das Verlangen nach der nächsten Injektion. Sie nimmt mich fest in den Arm, so liegen wir eine Weile da, und ich versuche, mich nicht erdrückt zu fühlen.

»Was denkst du?«, fragt sie, und ich blicke ihr in die weit aufgerissenen Augen.

»Das solltest du einen Mann nie fragen, denn du könntest eine ehrliche Antwort bekommen.«

»Und wie lautet die?«

»Nichts!« Wir lachen beide. Sie rückt ein Stück von mir ab, betrachtet mich und sagt nachdenklich: »Ich glaube dir nicht. Du wirkst wie jemand, der eine große Last trägt! Du bist so extrem. Ich frage mich, was du mir verschweigst.«

Ich richte mich auf. »Lisa, ich habe dir Sachen erzählt von mir, die ich noch nie jemandem erzählt habe.«

»Ja, ich weiß. Du öffnest dein Herz, dass einem die Luft wegbleibt. Und in der nächsten Minute machst du komplett dicht.«

»Ich bin ein Mensch an einer Wegkreuzung des Lebens«, erkläre ich ernsthaft. »Das ist keine leichte Situation.«

»Für mich auch nicht«, entgegnet sie schroff. »Ich bin deine Geliebte und deine Angestellte. Ist dir bewusst, dass sie über dich reden in der Klinik?«

»Alle Mitarbeiter lästern über ihre Chefs, da mach ich mir nichts draus.«

»Aber sie machen sich Sorgen, Peter. Fragen sich, ob du ein Drogenproblem hast.«

»Wirke ich auf dich wie Dr. House?«, erwidere ich betont lässig.

Sie lacht laut auf. »Der wirkt ja auch völlig normal auf den ersten Blick und funktioniert ganz prächtig. Außerdem kannte ich dich früher nicht. Es heißt, du hättest dich sehr verändert in der letzten Zeit.«

»Wer sagt das? Ich muss das wissen, Lisa, ich muss das wirklich wissen, sonst droht große Gefahr.«

»Komm, Peter, das ist nicht dein Ernst!«

Ich ziehe sie mit festem Griff an mich, aber sie schiebt mich weg. »Bitte, lass das jetzt. Erzähl mir lieber, was dich bedrückt. Du bist mir manchmal ein bisschen unheimlich, weißt du das?!«

Ich stehe wortlos auf und beginne mich anzuziehen. »Bist du jetzt sauer oder was?«, fragt sie mit leicht gereiztem Unterton. Nicht sauer, nur furchtbar überdrüssig. Ich mag nicht reden, nichts erklären müssen. Wo jedes Wort, das ich sage, ja ohnehin gelogen ist. Es ist plötzlich alles zu nah und zu eng, und ich will einfach nur noch zu Hause am Schlafzimmerfenster sitzen, mir eine Injektion setzen und still auf die Elbe schauen.

»Nein«, antworte ich, während ich das Hemd zuknöpfe. »Aber ich kann das momentan nicht brauchen.«

»Du kannst nicht jeder Auseinandersetzung aus dem Weg gehen!«

»Nicht jeder, Lisa, aber dieser hier schon. Lass uns den Tatsachen ins Auge schauen. Es passt einfach nicht mit uns.« Sie macht mich ungeheuer wütend. Weil ich sie so viel weniger begehre als das Morphin.

»Hast du nicht gesagt, du liebst mich?!«

Unwillig schaue ich sie an. Ich will weg hier – sofort.

Denke mit Kribbeln im Bauch an die Ampulle, die zu Hause auf mich wartet.

»Dann habe ich mich offenbar geirrt«, sage ich und streife das Sakko über.

»Gut«, sagt sie kalt, aber mit Tränen in den Augen. »Vergessen wir's also und machen weiter, als wäre nie etwas zwischen uns geschehen. Ist es das, was du willst?«

»Vermutlich ist es wirklich das Beste, wenn du dir eine andere Stelle suchst.«

Ich höre ein leises »Arschloch!«, als ich die Tür schließe. Mir ist schwer ums Herz.

Mittwoch, 23. Dezember

Die Vorahnung schrecklicher Ereignisse meldet sich im Gedärm zurück auf der Fahrt in die Klinik. Aber das sagt gar nichts, wenn du ohnehin jede Sekunde mit dem Schlimmsten rechnen musst. »Guten Morgen, Herr Professor«, grüßt die Frau am Empfang. »Kann ich Ihnen helfen?!« Womöglich wirke ich ein wenig konfus, deshalb beeile ich mich zu sagen, dass alles in Ordnung ist, danke der Nachfrage, schönen Tag noch, Frau Petermann. Und eile weiter durch den Korridor Richtung Alte Villa. Ja, da freut sie sich, die Frau Petermann. Ich kenne alle Mitarbeiter meiner Klinik mit Namen, jeden Einzelnen. Selbst die Frau Heberer, die in der Kantine an der Kasse sitzt.

Kramer liegt leblos im Bett, das Tablett mit dem Essen steht unberührt auf dem Nachttisch. Ich hebe seine Lider –

die Pupillen sind weit und reagieren nicht. Kein Puls zu spüren. »Du Schwein«, brülle ich. »Das tust du nicht!« Greife nach dem Handy, rufe die Station an. »Ich brauch ein Rea-Team in der alten Villa! Sofort! Patient mit Kreislaufversagen.« Natürlich werden sie Fragen stellen, misstrauisch werden, aber das ist jetzt zweitrangig. Kramer darf nicht sterben – das ist alles, was zählt.

Ich reiße ihm die seidene Pyjamajacke vom mageren Oberkörper und beginne mit der Herzmassage. Pumpe mit den Händen auf seinen Brustkorb, die Arme durchgedrückt, bewege mich rhythmisch von oben nach unten. Eine Rippe kracht, dann noch eine. Ich ignoriere es. Meine schwitzigen Hände rutschen ab, weil sich durch die gebrochenen Rippen eine Delle gebildet hat. Zähle laut vor mich hin. Eins, zwei, drei, vier … Minuten später höre ich sie unten am Haupteingang.

»Hier oben«, rufe ich, und schon poltern die schweren Schritte der Kollegen mit ihren Geräten die Treppe hinauf. Ausgerechnet Lisa leitet das Team. »Ich löse Sie ab«, sagt sie und beginnt regelmäßig zu pumpen, während der Pfleger mich beiseiteschiebt.

»Ein Zugang und ein Siebenertubus!«

»Adrenalin, ein Milliliter!«

Sie machen jetzt den Defi klar, Lisa schmiert Gleitcreme auf die Paddel. »Alle weg. 360 Joule.« Der Oberkörper des Patienten zuckt in einer gewaltigen Kontraktion sämtlicher Muskeln. Der EKG-Monitor zeigt viele kleine grüne Zacken. Unkoordinierte elektrische Entladungen. Spannungsschwankungen, keine Herzaktion. Die Beatmungsmaschine zischt überlaut. »Noch mal Adrenalin.«

Sie pumpt weiter, eine gefühlte Ewigkeit. Hält inne,

schaut mich an. »Das hat doch keinen Zweck«, sagt sie leise. »Lassen Sie ihn gehen!«

»Du machst gefälligst weiter, wenn dir dein Job lieb ist«, schreie ich wie von Sinnen, sie zuckt zusammen, die Pfleger schauen betreten unter sich.

»Mach mal Pause, ich lös dich ab!«, sagt einer. Die hohen Wellen der Reanimation auf dem Monitor stoppen und verwandeln sich in Zacken. Regelmäßige grüne Zacken. »Kann sein, dass das nur elektrische Aktionen sind.«

»Fühl den Puls an der Leiste«, sagt Lisa, während der Pfleger weiter pumpt und pumpt. »Wir haben ihn«, ruft die Ärztin, und mir fällt ein Stein vom Herzen. Ich spüre, wie mich jemand an der Schulter fasst und aus dem Zimmer schiebt. »Ulli, was machst du denn hier?«

»Du kannst hier nichts mehr tun«, sagt er tonlos. »Geh in dein Büro und beruhig dich.«

»Sag mal, hast du sie noch alle?!«, empöre ich mich.

»Geh!«, drängt Ulli. »Los, mach schon, verschwinde hier!«

»Danke, Frau Amelund«, rufe ich ihr durch den Raum zu. »Gute Arbeit!« Aber sie dreht sich einfach weg. Ulli schaut mich nur grimmig an, und ich eile wie ein geprügelter Hund aus der alten Villa in mein Büro.

Ich habe die Vene verfehlt und die Sauerei im Bad mühsam aufgewischt. Aber es sind immer noch Blutspritzer auf dem Spiegel und den Wandkacheln. Ich erschrecke, weil Ulli vor der Tür steht. Massig, ernst, abwartend. »Was führt dich her, Ulli? Hat Lisa Amelund sich bei dir ausgeweint, großer Frauenversteher?« Ich lache gehässig.

»Wir haben ihn stabilisiert«, informiert mich Ulli. »Er ist bei Bewusstsein.«

Ich zucke die Schultern. »Na dann …«

»Warum tust du das?«, fragt er ruhig. »Wieso lässt du ihn nicht gehen?!«

»Jeder entscheidet selbst, wie lange er kämpfen will?«

»Er hat jede weitere Behandlung abgelehnt. Wir mussten ihm versprechen, dass du nicht mehr in seine Nähe kommst. Er hat Angst vor dir. Kannst du dir das erklären?«

Ich stöhne genervt auf und breite die Arme aus. »Mein Gott, Ulli, der Mann hat eine schwere Psychose. In der Radiologie hat er erzählt, ich wolle ihn ermorden.«

»Aha«, sagt Ulli ruhig, schaut mich an, bis mir unbehaglich wird. »Er hat von einem Krebskat erzählt, sagt dir das irgendetwas?«, fragt er dann.

»Nein!«

»Und du hast auch keine nicht zugelassenen Therapien ausprobiert?«

»Hat er das auch behauptet? Wieso sollte ich das tun?«

Ulli denkt einen Moment nach. »Das frage ich mich bei einigen Dingen, die du in letzter Zeit tust, Peter. Vielleicht, weil die Familie oder Kramer dich unter Druck gesetzt haben. Es ging ja schließlich um viel Geld. Vielleicht war das ja der Preis für …«

»Das ist eine schlimme Unterstellung«, falle ich ihm ins Wort.

»Nein, Peter«, widerspricht er ernst. »Das sind bloß so Gedanken, die ich mir mache. Weil ich dein Freund bin und mich um dich sorge.«

»Er lügt, Ulli! Ich weiß nicht warum, aber er will mich vernichten. Vielleicht, weil ich ihn nicht retten kann.«

»Wenn du mir das sagst, glaube ich dir. Trotzdem stinkt dieser Fall zum Himmel, das habe ich von Anfang an gerochen. Und du bist, ich weiß nicht – du wirkst wie ein Gespenst auf mich, ich erkenne dich nicht wieder. Was ist los, Peter?«

»Was passiert jetzt mit dem Sub… dem Patienten?«

»Wir verlegen ihn in ein Hospiz.«

»Ich muss unbedingt noch mal mit ihm sprechen.«

»Auf gar keinen Fall. Mach es nicht noch schlimmer. Und ich bitte dich jetzt wirklich, die Klinik vorerst zu verlassen. Als Freund und als Kollege kann ich es nicht mehr verantworten, dass du weiterhin Patienten behandelst.«

»Ulli, ich finde, du…«

»Nein, Peter, du gehst jetzt nach Hause und beruhigst dich«, er winkt unwirsch ab, als ich ihn unterbrechen will. »Wir machen uns hier große Sorgen um dich – auch Kristina. Rede mit ihr! Kristina ist stark.«

»Wow, du triffst dich hinter meinem Rücken mit meiner Frau, und du wirfst mich aus meiner eigenen Klinik raus. Bist 'n echter Freund, Ulli.«

Ich stehe auf und gehe ins Bad. Ulli füllt den Türrahmen, als ich hinter mir abschließen will. »Ich würde gern auf Toilette gehen«, sage ich genervt und schiebe ihn zur Tür hinaus, damit er die Blutspritzer auf den Kacheln nicht sieht. Öffne den Spiegelschrank über dem Waschbecken und stopfe mir meine Vorräte in die Taschen. Es ist so viel, dass der Fehlbestand demnächst auffallen muss, aber darauf kommt es dann auch nicht mehr an. Eine beruhigende Menge jedenfalls, ich neigte – aus irgendwelchen Ängsten heraus, denen ich nicht unbedingt auf den Grund gehen muss – immer schon zum Hamstern. Es geht mir sofort besser, als ich sämtliche Ampullen und Tablettenschachteln bei mir weiß. Ich betätige die Spülung, wasche mir die

Hände und drücke mich grinsend an Ulli vorbei, der die ganze Zeit vor der Tür gewartet hat. »Also dann, bis demnächst mal«, sage ich locker. Die Ironie misslingt, ich bin zu aufgebracht.

»Wo willst du hin?«

Ich zucke zusammen ob der Schärfe in seiner Stimme, bemühe mich, belustigt zu klingen. »Na, du hast mich doch gerade nach Hause geschickt.«

»Nein, Peter, du fährst nicht Auto. Ich bring dich heim!« Ulli schiebt mich durchs Vorzimmer, Frau Foerster lächelt mir aufmunternd zu. »Wenn Sie irgendwas brauchen, Herr Professor …«

Ich komme mir vor wie ein Idiot, aber bin zu verstört, um Widerstand zu leisten. Ich will jetzt einfach weg. Fort vom Ort meiner Schande. Willenlos begleite ich Ulli in die Tiefgarage, lasse mich in den Beifahrersitz seines Porsches gleiten. Versuche in der Miene meines Freundes zu lesen. Mein Freund, von wegen. Freunde drohen einander nicht.

»Du willst die Klinik, stimmt's? Erst machst du dich an meine Frau ran – und dann wirst du mir die Klinik wegnehmen.«

»Ich versuche vor allem, dich vor dir selbst zu schützen! Und ich hoffe, du kannst mir das Ganze irgendwann mal erklären. Aber jetzt möchte ich nicht mit dir reden, ich bin nämlich gerade ziemlich sauer auf dich. Und was immer du da nimmst, hör auf damit. Such dir Hilfe. Aber vor allem verschwindest du aus der Schusslinie und bleibst erst mal unsichtbar. Meld dich am besten krank.«

»Ulli, ich weiß nicht, was das …«

»Sei jetzt einfach mal still!«, herrscht er mich an. Ich schlucke die Erwiderung hinunter. Den Rest der Fahrt schweigen wir. Ich öffne die Tür, als er vor unserem Haus hält. Will mich am Holm hochziehen, aber Ulli hält mich zurück. »Du machst keinen Scheiß – oder? So verzweifelt du auch momentan sein magst, aber das kommt alles wieder ins Lot.«

»Alles klar, Ulli, mach's gut«, entgegne ich, aber er hält immer noch meinen Arm fest.

»Ich hab einfach kein gutes Gefühl, dich jetzt allein zu lassen.«

»Ich tu mir nichts an, wenn du das meinst«, sage ich ruhig, und er lässt mich gehen. Froh, von mir wegzukommen, das spüre ich. Erleichtert blicke ich seinem albernen Sportwagen hinterher. Endvierziger mit Bauch und Porsche, das ist lächerlich. Dann eile ich ins Haus.

Setze mir eine Morphininjektion und lasse mich in den Sessel hinter dem Schlafzimmerfenster fallen. *Es ist lustig, Ihnen dabei zuzusehen. Wie Sie strampeln und paddeln, weil Sie immer noch hoffen, aus der Nummer rauszukommen.* Der Kampf ist vorbei! Ich bin raus aus dem Spiel. Kann nichts mehr tun, nur noch abwarten. Traurig, resigniert und sogar ein bisschen erleichtert. So müssen sich meine Patienten fühlen, wenn sie bei mir in der blauen Sitzgruppe sitzen. *Irrtum, Zielke, das ist nicht mehr deine Sitzgruppe, da macht sich jetzt Ulli breit.*

Ich zucke zusammen, als mein Handy eine SMS ankündigt. Schalte es ab, es kann keine gute Nachricht sein. Unten im Flur höre ich nach mehrmaligem Klingeln Frau Foersters Stimme auf dem Anrufbeantworter des Festnetzes. Sie brauchen dringend Kramers Unterlagen. Wegen der Verlegung. Und sie finden nichts.

Donnerstag, 24. Dezember

Ich habe kein einziges Weihnachtsgeschenk! Noch wäre Zeit, in die Stadt zu fahren. Auch wenn mir davor graut, mit beflissenen Verkäuferinnen zu reden, entscheiden zu müssen und am Ende doch das Falsche zu kaufen – weil es nicht von Herzen, sondern unter Druck gewählt wurde. Schmuck für Kristina, für Wolff einen kostbaren Bildband über die Jagd – es geht um die Geste. Um die Wünsche der Kinder kümmert sich ohnehin meine Frau.

Heiligabend mit der Familie bei Wolff, der letzte Anker meines alten Lebens. Sie werden es mir leicht machen, meine Probleme vermutlich kein Thema sein. Schließlich ist Weihnachten. Wir werden in dem holzgetäfelten Speisezimmer um den großen Tisch von Carl Heßler sitzen – und der Karpfen wird aufgetragen. Oder Rehrücken, vom Hausherrn selbst geschossen. Und später werden wir uns in den Salon begeben mit dem riesigen, geschmückten Baum bis zur vier Meter hohen Decke. Geschenke auspacken und zu viel trinken. Viola ist nicht mehr da, aber das macht keinen großen Unterschied. Meist saß sie bleich und schweigsam dabei und verabschiedete sich früh. Natürlich werden wir ihrer gedenken und pflichtbewusst trauern. Und dann wird Wolff sich ans Klavier setzen und Weihnachtslieder spielen. Ein bisschen Klassik, ein wenig Jazz improvisieren, er spielt gut. Sich später auf einen Cognac mit mir in die Bibliothek zurückziehen. Männergespräche. Da wird er sicher mal fragen, was los ist, aber nicht weiter insistieren. Sondern seine Lebensweisheiten und Erfahrungen und seine Weltsicht vor mir ausbreiten. Glasige Augen bekommen und zunehmend sentimental und weinerlich werden.

Ich schüttle mich angewidert und packe eine kleine Reisetasche. Bestelle mir ein Taxi, wir legen einen Zwischenstopp vor dem Blumenladen ein. Weit vor dem Ziel lasse ich mich absetzen und gehe den letzten Kilometer zu Fuß durch das Wäldchen, das an die Rückseite der Klinik grenzt. Verstecke mich hinter einem Gebüsch, beobachte den Haupteingang, das erleuchtete Foyer, den Weihnachtsbaum mit den elektrischen Kerzen, die Silhouetten von Patienten, die in ihren Bademänteln frieren und rauchen. Ich nehme allen Mut zusammen und laufe die circa 30 Meter über den Hof bis zur Tiefgaragenausfahrt. Winde mich unter der Schranke hindurch und renne völlig außer Atem die Rampe hinunter. Haste geduckt zwischen den parkenden Autos zu meinem Wagen. Verriegle die Autotür hinter mir, starte den Motor, fahre durch die Schranke, den Kopf tief über das Lenkrad gesenkt. Mit einem Seufzer der Erleichterung entfährt mir die Luft, die ich die ganze Zeit angehalten habe. Sobald ich in Bewegung bin, fühle ich mich sicher. Die Fahrt auf der Autobahn kann ich schon fast genießen.

Als ich von der Autobahn abfahre, fängt es wieder an zu regnen. Bei der Esso-Tanke am Ortseingang habe ich früher mein Moped mit Zweitaktgemisch befüllt. Da vorne rechts geht's runter zu dem Weiher, wo ich zum ersten Mal mit einem Mädchen auf der Bank geknutscht habe. Ich war überzeugt, dass wir nun zusammengingen, aber sie hatte einen festen Freund. Asti Spumante aus der Flasche, der erste Joint, Kellerfeten mit Lichtorgeln, die aussahen wie Verkehrsampeln auf Speed. Seltsam, dass ich nur die schlechten Erinnerungen konserviert habe. Nicht die Neugier und die großen Pläne und die Lust, jung zu sein. Die Stadt sieht anders aus, auch die Straßenführung hat sich verändert. Ich verfahre mich auf dem Weg in die Siedlung.

Als ich vor dem elterlichen Reihenendhaus parke, fühle ich wieder den Klumpen im Bauch. Grüner Holzzaun. Gelbklinkerfassade. Waschbeton auf dem Weg zur Haustür, Drahtglas. Mutter schaut mich an, als wäre ihr ein Geist begegnet. »Ist alles in Ordnung?«, fragt sie besorgt, dann drückt sie mich an sich. »Junge«, ruft sie. »Das ist aber ein schönes Weihnachtsgeschenk, dass du da bist.«

Sie schnieft. Mein Vater ist geschrumpft, seit ich ihn das letzte Mal gesehen habe, ein kleiner, gebeugter alter Mann. Wir geben uns die Hand und schlagen einander unbeholfen auf die Schultern. Stehen in der kleinen Küche, über dem weißen Esstisch hängt immer noch die orangefarbene Kugellampe an ihrem Spiralkabel. Trinken Henkell Trocken, Mutter richtet meine Blumen in der Vase und wirkt besorgt. Fragt nach den Kindern, Wolff, Violas Tod, Kristina. Ob wir Streit hätten.

»Oje, ich muss mich ums Essen kümmern«, sagt sie unvermittelt und eilt zur Kellertreppe. »Mach dir keine Umstände!«, rufe ich ihr hinterher. »Ich hab nicht viel Appetit.«

Sie kommt mit einer Tiefkühlpackung zurück. Geflügelmix zum Sparpreis. »'ne ganze Gans lohnt sich ja für uns zwei nicht mehr«, sagt sie, als sie meinen Blick bemerkt, und drängt dann freundlich: »Ihr Männer setzt euch jetzt mal ins Wohnzimmer und geht mir aus dem Weg.«

Auf der Anrichte neben dem Fernseher steht ein kleines Weihnachtsbäumchen mit elektrischen Kerzen und viel Lametta. Die Krippe davor hat meine Kindheitsweihnachten begleitet, ich hatte sie größer in Erinnerung. »Wir zwei trinken jetzt mal 'n schönen Weinbrand zusammen, was meinst du?«, sagt mein Vater unsicher. Ich traue mich nicht, abzulehnen, möchte nicht überheblich wirken. Die Enge meines Kleinbürgerheims – das war stehender Begriff, wenn ich Kristina von meiner Kindheit erzählte. Aber dass es so eng war, das war mir nicht mehr bewusst. »Und, wie ist es so an der Klinik? Du hast es ja wirklich weit gebracht, das kann man ja auch mal sagen, unsere Nachbarn haben dich übrigens neulich im Fernsehen gesehen.« Wir prosten einander zu. Ich versuche mir vorzustellen, dass ich Angst vor ihm hatte. Seinem Jähzorn. Dass ich ihn hasserfüllt als »reaktionäres Arschloch« beschimpft habe. Die Schiebetür zur Diele gleitet quietschend zurück und Mutter kommt herein. »Der Bürgermeister hat ihm zum Fünfundsiebzigsten gratuliert. Es stand sogar in der Zeitung, warte – ich hol sie mal.« Und der eigene Sohn hat's natürlich mal wieder vergessen? »Aber eure Karten mit den Fotos von den Kindern sind ja auch jedes Mal schön«, sagt Mutter. Meine tüchtige Frau! Denkt wie immer an alles und alle.

»Wir gehen ja sonst Heiligabend in die Kirche«, plappert meine Mutter weiter.

»Kein Problem, ich geh gerne mit.«

»Wirklich?«, sagt sie zweifelnd. »Du musst das nicht uns zuliebe tun, es ist schön, dass du hier bist, und wir können auch ganz einfach zusammensitzen und uns unterhalten.« Sie haben die heftigen Kämpfe um den weihnachtlichen Kirchgang offenbar nicht vergessen. Mit vierzehn habe ich das erste Mal rebelliert. Kurz nach der Konfirmation war ich Atheist geworden. Zwei Jahre noch habe ich mich missmutig dem Druck meiner Erziehungsberechtigten gebeugt. Hinterher gab es jedes Mal Streit, weil ich meine Nachgiebigkeit bereute. Die Heuchelei.

»Doch, wirklich – gern«, versichere ich. Einfach dasitzen. Schweigen. Und fliegen. *Stille Nacht, Vom Himmel hoch, Tochter Zion,* O *du fröhliche.* Das volle Programm. Orgel, Posaunenchor, Krippenspiel. Großangriff auf sämtliche Gefühlsrezeptoren. Ergreifend – wenn du dir vorher eine Morphininjektion gesetzt hast.

Anschließend serviert Mutter in der Wohnküche das Essen. Gänseteile mit Fertigsauce und Dosenrotkohl, Klöße aus der Packung. So trügen Erinnerungen, ich war immer sicher, dass meine Mutter gern und gut gekocht hat. »Der Frank und die Martina lassen sich scheiden«, sagt meine Mutter unvermittelt. Sie waren beide in meiner Klasse, er hat die väterliche Zahnarztpraxis übernommen. Ein dummer, arroganter Kerl. Meine Mutter und ich lachen schadenfroh. »Ach, und wir haben letzte Woche die Gisela Stürmer mit ihrem Enkel getroffen, die war doch auch in deiner Klasse.« Unsterblich verliebt war ich in sie. Aber dann bin ich doch mit Susanne gegangen, weil die zugänglicher war.

Vater holt seine Herztabletten – ich schaue mir die Packung pflichtbewusst an, frage nach seinen Beschwerden und sage, dass es ein gutes Medikament ist. Spüre, wie stolz er ist auf seinen Sohn, den Chefarzt. Und wie befangen. Mutter hat alte Fotoalben herausgekramt, und ich tue ihr den Gefallen und betrachte die ausgewaschenen Farbbilder: Vater mit langen Koteletten und spitzen Hemdkragen,

Mutter im bunt gestreiften Sommerkleid, ich mit Föhninnenwelle und Samtsakko. Der gelbe Opel Rekord, Urlaub in Tirol, Konfirmation, Abschlussball. Immer wieder nimmt sie meine Hände in die ihren. »Ach, und wie er sich immer geschämt hat. Weißt du noch, Günther?«

»Was?«, schreckt mein Vater hoch, und ich fliehe ins Bad vor den alten peinlichen Geschichten. Setze mir eine Injektion und fühle mich gewappnet für den Rest des Abends. In der Diele bleibe ich eine Weile vor der Schiebetür stehen und höre der Unterhaltung meiner Eltern zu. »Findest du das nicht seltsam?«, sagt meine Mutter eindringlich.

»Freu dich doch einfach, dass er da ist«, brummelt mein Vater.

»Ich hoffe bloß, dass alles in Ordnung ist.«

Ich räuspere mich laut und betrete wieder das Wohnzimmer. Wir schauen noch ein bisschen fern, trinken Riesling und knabbern Salzstangen und Chips. Mein Vater schläft im Sessel ein, Mutter macht sich bettfertig. Wir verabschieden uns in eine gute Nacht. Es ist merkwürdig, wieder in meinem alten Jugendzimmer unter dem Dach zu sein. Ich öffne das Velux-Fenster und sauge die klare, kalte Luft in die Lungen. Die Kirchturmuhr schlägt Mitternacht. Irgendwie vertraut und doch so unfassbar weit weg. Du hast recht, Vater. Ich hab's weit gebracht. Weiter, als ich mir je hätte vorstellen können. Ich habe keinen Grund zur sentimentalen Rückschau und dieses rührselige »Weißt du noch« immer gehasst. Aber besser, als sich wieder und wieder zu fragen, was denn da wann und warum so furchtbar aus dem Ruder gelaufen ist.

Mein Blick fällt auf ein Buch im Regal, und ich ziehe es heraus. *Das Jahrhundert der Chirurgen* von Jürgen Thorwald. Schon als Kind wollte ich Arzt werden. Gedankenverloren klappe ich den Wälzer auf. Säuberlich mit Füllhalter steht da im Einband: *Man muss aufwärts blicken, um die Sterne zu sehen. Folge Deinem Stern zielstrebig, damit sich all Deine Wünsche erfüllen – Weihnachten 1983 von Deinen Eltern.* Ich stutze. Das sollen meine Eltern geschrieben haben?! Es passt nicht zu meinen Erinnerungen an enge Grenzen, Borniertheit und Spießigkeit, und meinen eisernen Willen, den eigenen Weg zu gehen. Ich kokettiere gern mit meiner kleinbürgerlichen Herkunft, die gehässigen Anekdoten aus dem Reihenhaus in Goslar haben manche Party erheitert. Ich habe mir eine Kämpfergeschichte gebastelt. Aber welche Eltern sind nicht stolz, wenn der Sohn Arzt wird. Es gab keine Kämpfe. Keine Fesseln, die ich sprengen musste. Niemand, der mir Steine in den Weg legte. Bloß meine schäbige Scham für die eigene Familie.

Irritiert stelle ich den Thorwald zurück ins Regal. Meine Kopfhaut kribbelt, ich bin hellwach und würde mir jetzt gern eine Injektion setzen, aber hatte ganz bewusst nur zwei Ampullen mitgenommen auf die Reise. Wollte mir beweisen, dass ich es immer noch im Griff habe. Jetzt bereue ich es. Ich schleiche aus der Tür. Vor dem Elternschlafzimmer verharre ich einen Moment, höre beruhigendes Schnarchen. Die typischen Geräusche des Hauses sind überlaut in der Dunkelheit: das Ticken der Küchenuhr, das leise Brummen des Kühlschranks, das Knacken abkühlender Heizkörper. Die Treppe knirscht noch immer an derselben Stufe. Der Keller riecht nach ungehobeltem Kiefernholz, Staub und Kindheit. Ich hole mir eine Flasche Wein aus dem Regal in der Vorratskammer, gehe vorsichtig wieder nach oben. Drücke den Korken mit einem Kuli hinein, stehe am geöffneten Fenster und spüle ein paar Pillen mit Wein hinunter. Setze mich auf den Schreibtischstuhl und öffne die Schubladen. Bin fast sicher, noch eine Packung Tabak zu finden. Staubtrocken wird er sein nach all den Jahren und in der Lunge schmerzen. Aber ich würde jetzt so gerne am geöffneten Dachfenster stehen, in die klare, kalte Goslarer Nacht schauen, kratzige Selbstgedrehte rauchen und Wein aus der Flasche trinken.

Ich finde keinen Tabak, dafür ein altes Gemeinschaftskundeheft. *Mörder im weißen Kittel.* Ein Aufsatz über KZ-Ärzte. Die Medizin hatte mich schon damals ganz und gar in ihrem Bann, und deshalb habe ich mir Mengele & Co. nach unserer Auschwitz-Klassenfahrt als Thema ausgesucht. Weil ich den Verrat so ungeheuerlich fand. Dass ausgerechnet Ärzte, die Leiden lindern sollen, zu Folterern und Mördern wurden. *Ärzte, intellektuell in der Lage, ihr Tun zu erfassen. Bei aller ideologischen Verblendung, aber sie wussten, was sie taten. Dass sie gegen alle Gebote ihres Berufsstandes und der Menschlichkeit verstießen. Sonst hätten sie sich wohl auch kaum so viel Mühe gemacht, ihr schändliches Tun vor der Weltöffentlichkeit zu verbergen …* Ich lese weiter. Von Benzininjektionen ins Herz. Infektionen mit Fleckfieber und Malariaerregern, Operationen ohne Anästhesie. Den furchtbaren Schreien der Häftlinge, die nackt ins Eiswasser geworfen wurden. Experimente, um die Überlebenschancen abgestürzter deutscher Piloten zu erhöhen. Bin seltsam berührt von der gerechten Empörung des jungen Peter Zielke, seiner Fassungslosigkeit: *Kann man sich wirklich so weit entfernen aus der Realität, der Empathie, der Menschlichkeit – um sich einzureden, dies sei notwendig im Sinne irgendeines vermeintlich höheren Ziels?*

Wie haben diese Mediziner, die einen heiligen Eid geleistet haben, es geschafft, vor sich selbst eine Rechtfertigung zu finden?

Verärgert schüttle ich den Kopf. Weil sich das hier anfühlt wie ein schlechter Film. Arzt auf Abwegen findet eigenen Schulaufsatz über KZ-Ärzte und erschrickt, weil er sich in Mengele wiederzufinden glaubt. Fast wäre ich dem schiefen Bild selbst auf den Leim gegangen! Ja, ich habe meinen Eid, mein Berufsethos, meine Ideale verraten, dessen bin ich mir schmerzhaft bewusst. Doch ich habe es nicht getan aus Karrieregeilheit, Sadismus oder im Dienst irgendeiner kruden Ideologie. Ich habe um meine Existenz gekämpft gegen einen gemeingefährlichen Verbrecher, und ich bin dabei aus Verzweiflung übers Ziel hinausgeschossen. Notwehrüberschreitung nennt man das wohl, und sie bleibt in der Regel straflos. Weil niemand von einem Menschen in einer existenzbedrohenden Situation erwarten kann, dass er den Einsatz seiner Mittel sorgfältig abwägt.

Es führt halt eins zum anderen. Du triffst eine Fehlentscheidung – und katapultierst dich in eine Situation, wo du nur mit einem neuen falschen Schritt reagieren kannst. Wo es schlicht zu spät ist für »stopp« oder »zurück«. Weil du schon viel zu viel Schuld auf dich geladen hast, als dass es auf die nächste Sauerei noch ankäme. Wer A sagt, muss nicht B sagen, heißt es bei Brecht. Aber irgendwo sehe ich den Punkt nicht, wo ich aus dieser Spirale hätte aussteigen können, ohne mein ganzes Leben zu sprengen.

Sich der Verantwortung stellen, das klingt gut und rechtschaffen. Aber wer würde nicht versuchen, sich um die Folgen eigener Fehler zu drücken, wenn es irgendwie geht. Mir droht die totale Vernichtung, das ist unverhältnismäßig. Gemessen an meiner Schuld. Natürlich möchte ich nicht, dass Dinge ans Licht kommen, die mich zu einem Monster verzerren. Ich habe schreckliche Dinge getan – dessen bin ich mir bewusst. Aber ich weiß auch, dass ich kein schrecklicher Mensch bin. Ich hatte keine bösen Absichten, sondern die Umstände waren gegen mich. Ich war schwach. Unverzeihlich schwach. Aber kein Monster.

Freitag, 25. Dezember

Ach ja, diese karierten Plastikhütchen. Ich lächle, als ich den Eierwärmer abnehme. »Wachsweich, nicht flüssig das Eigelb, so mochtest du's immer am liebsten«, sagt meine Mutter stolz. Toast, Leberwurst, Schinken, Schnittkäse, Himbeermarmelade, Honig, Filterkaffee mit Dosenmilch. Nichts hat sich geändert. »Gut geschlafen?«, fragt Vater. »Fantastisch«, antworte ich. Dann schweigen wir. Wir haben alles gesagt gestern, da ist nicht mehr viel übrig. Ich widme mich konzentriert meinem Ei. Sie schauen mir zu mit verschränkten Armen, haben ihr Frühstück längst hinter sich. Es ist gleich elf, ich bin vor einer halben Stunde aufgewacht und fühle mich unbehaglich. Nach dem letzten Bissen Toast blicke ich auf und lächle sie an. »Ich muss leider schon gleich wieder los.«

»Ach Gott, so früh schon, das ist aber schade.«

»Ja, finde ich auch, aber geht leider nicht anders.«

»Ach, Hauptsache, du warst überhaupt da. Das war das schönste Weihnachtsgeschenk für uns.«

»Ich fand's auch schön, dass wir uns mal wieder gesehen haben. Ich pack mal langsam meine Sachen, sonst wird es zu spät.«

Ich erhebe mich vom Tisch, gehe nach oben in mein altes Zimmer. Nehme die leere Weinflasche vom Schreibtisch, unschlüssig wohin damit. Es ist mir peinlich vor meinen Eltern – noch so ein vertrautes Gefühl. Ich öffne den Kleiderschrank und verstecke sie ganz hinten im Wäschefach. Grinse in mich hinein, als würde ich einen besonders gelungenen Streich feiern. In diesem Schrank werde ich sie wiederfinden und mich an diesen Abend erinnern. Eines nicht allzu fernen Tages, wenn ich dieses Haus auflöse. Vielleicht bekomme ich Freigang für die Beerdigung.

Mutter umarmt mich mit Tränen in den Augen. Ich verspreche, die Kinder das nächste Mal mitzubringen und lade meine Eltern nach Hamburg ein.

»Lass bald mal wieder von dir hören«, brummelt Vater, während er mir die Hand schüttelt und wir uns unbeholfen auf die Schultern klopfen. Im Rückspiegel winken sie mir nach, vor dem Abbiegen drücke ich kurz auf die Hupe und strecke die Hand zu einem letzten Gruß aus dem Seitenfenster.

An der Esso-Tanke am Ortsausgang hole ich mir einen Kaffee für die Fahrt. »Jingle Bells« erfüllt den Kassenraum. Der Mann an der Kasse kommt mir bekannt vor. Ich glaube, er war in meiner Klasse, sicher bin ich nicht, er ist arg fett. Aber er sagt nichts, und ich sage auch nichts, als ich meinen großen Cappuccino to go bezahle.

Kristina hat mehrfach auf meine Mailbox gesprochen – in allen Abstufungen von besorgt bis aufgebracht. Ulli, Wolff, die Kinder mit Weihnachtsgrüßen. Und dann ein Dr. Wiebold, der sich als Hospizarzt vorstellt. Um Rückruf bittet. Kramer habe ihm aufgetragen, mich über seinen Tod zu informieren, teilt mir der Kollege Wiebold mit. Vergangene Nacht sei er friedlich eingeschlafen.

Ich rufe Gernot auf seinem Handy an. Unseren Familienanwalt. Ob ich vorbeikommen könne, es sei dringend. Kein Problem, sagt Gernot, er sei ohnehin in der Kanzlei, an Feiertagen sei es da so schön ruhig. Kramer ist gestorben, ohne dass ich sein Päckchen in die Hand bekommen habe. Und ich möchte wissen, worauf ich mich einstellen muss, bevor ich entscheide, ob und wie es weitergeht.

Nachdenklich blicke ich zu dem Lkw, der vor der Tankstelle gehalten hat. *Horst* steht auf dem Schild in der Fahrerkabine und daneben ein Plastikweihnachtsbäumchen mit blinkenden bunten Lämpchen. Mir war nie bewusst, wie trostlos Weihnachten sein kann. Das Handy piepst mit einer neuen Nachricht. Ich werfe es in den Mülleimer und fahre los.

Gernot hat seine Kanzlei in einem schön renovierten Jugendstilhaus. Ein Designtraum aus spiegelblanken Dielenböden, hohen Stuckdecken, Edelholz, Aluminium und Granit. Der Hausherr passt nicht ins Ambiente: ein gemütlicher, kleiner Opa mit Glatze und Bauch. Wir lassen uns in der grauen Wildledergarnitur nieder, Gernot putzt ausgiebig seine Brille und schaut mich an. »Was führt dich zu mir?«, ermuntert er mich schließlich.

»Ich habe jemanden erschossen … Zwei, genauer gesagt …«

Gernot sagt nichts. Wirkt weder entsetzt noch überrascht, blickt mich einfach nur abwartend an.

»Ist allerdings schon fünfundzwanzig Jahre her. In Wolffs Revier. Hielt sie für schwer bewaffnete Terroristen. Aber da war keine Waffe, sondern nur eine Schaufel. Sie haben Geld vergraben, die Beute aus 'nem Überfall.«

»Und wieso erzählst du mir das jetzt? Sag nicht, dein Gewissen lässt dir keine Ruhe.«

»Es gab einen Zeugen. Der erpresst mich. Hat mich erpresst. Jetzt ist er tot.«

Und dann erzähle ich ihm die ganze Geschichte. Das Schweizer Nummernkonto, Kramers brauner Umschlag, sein Krebs, das verbotene Medikament. Alles! Außer dem Schmerzmittelentzug, aber der tut nichts zur Sache. Gelegentlich gerate ich ins Stocken, weil ich mich vor dem alten Anwalt schäme. Gernot fragt immer wieder geduldig nach. Interessiert, nicht wertend. Schließlich kommentiert er trocken: »Kommt 'n Skelett zum Arzt. Sagt der Arzt: Sie hätten früher kommen sollen!«

Ich muss grinsen. Den Witz hat er von mir. »So schlimm?«

»Gott, was heißt schlimm. Wenn du gleich gekommen wärst und wir wären in die Offensive gegangen, hätten wir jetzt keine Probleme. Hast damals zwei Typen im Wald überrascht, aus Panik geschossen und bist abgehauen. Und ein angesehener Arzt ohne Fehl und Tadel …«

»Ich hab das Geld genommen, Gernot, da könnte man auch auf die Idee kommen, ich hätt's deshalb getan.«

»Panikreaktion. Und dann konntest du es natürlich nicht zurückbringen – und hast Gutes damit getan. Nachweislich. Wir wären da aufrecht rausgegangen – falls es überhaupt zu einem Prozess gekommen wäre. Aber wenn die Sache erst durch 'ne Erpressung rauskommt – eine, auf die du dich auch noch eingelassen hast, und dann dieser Kramer als Patient in deiner Klinik – na ja, das kompliziert die Sache ein wenig.«

»Meinst du, wir sollten es jetzt noch anzeigen?«

»Auf gar keinen Fall«, fährt er mir barsch in die Parade. »Der Lügner überschätzt gemeinhin die Bedeutung des späten Geständnisses«, fährt er freundlich fort. »Womit ich dir nicht zu nahe treten will, aber so könnte man das sehen. Dass du nur beichtest, weil es sowieso rauskommen würde. Wir warten jetzt erst mal ab. Falls da überhaupt was kommt. Vermutlich hat er geblufft, solche Typen machen normalerweise keine Verträge mit Anwälten. Außer mit Pflichtverteidigern.« Er grinst. »Und glaub mir, dann würde dir dein plötzlicher Ehrlichkeitsanfall sehr, sehr leidtun. Sollte sich die Polizei bei dir melden, sagst du gar nichts. Und rufst mich an. Dann beantrage ich Akteneinsicht, und wir sehen, was sie wirklich in der Hand haben. Dann können wir uns immer noch äußern. Ein toter Zeuge, ein paar Indizien, fünfundzwanzig Jahre … also, da lach ich den Staatsanwalt doch aus. Wenn wir Glück haben, kann ich mit dem reden – und es gibt nicht mal 'ne öffentliche Hauptverhandlung.«

»Und wenn wir kein Glück haben – glaubst du, ich muss ins Gefängnis?«

Gernot lacht herzhaft. »Peter, nun denk doch nicht an so was. Freiheitsstrafe, ich meine, theoretisch ja, aber da müsste es schon ganz dumm laufen. Und dafür hast du ja mich, dass ich alles dafür tue, dass es gut für dich läuft.«

»Aber sicher bist du nicht.«

»Du kennst doch den Spruch: Vor Gericht und auf hoher See sind wir alle in Gottes Hand. Ich bin Anwalt, Peter, und kein Prophet. Ich hätte ein Jahreseinkommen verwettet, dass kein Staatsanwalt Anklage erhebt im Fall Kachelmann. Bei der Beweislage. Na ja, er wollte wohl mal selbst Schlagzeilen machen und hat sich vergaloppiert. Aber mach dir mal keine Sorgen, das wird schon.«

»Und meine Approbation?«

Gernot schaut mich ernst an. »Ich tu mein Bestes, damit du da ungeschoren rauskommst. Mein Gott, du bist ein völlig anderer Mensch als vor einem Vierteljahrhundert. Aber wenn das mit dem verbotenen Medikament irgendwie auf den Tisch kommt – na ja, das müssen wir sehen. Aber warum sollte es denn. Nun lass uns nicht über ungelegte Eier reden. Mach dich nicht vorschnell verrückt, vermutlich ermitteln sie gar nicht groß, weil es den Aufwand nicht lohnt. Und wir kommen vorher zu einer Einstellung. Vertrau mir, Peter, wir schaffen das schon.«

Ich bin lange genug Arzt, dass ich zwischen den Zeilen lesen kann. Gernot hat wenig Hoffnung für meinen Fall. Er wird mich nicht retten können.

Ich überlege, nach Hause zu fahren und das Morphin zu holen. Aber nein, nicht wie ein Junkie mit einer Nadel in der Vene. Einen Autounfall habe ich schon mehrfach durchgespielt und weiß daher, dass ich es nicht fertigbringe, frontal einen Brückenpfeiler zu rammen. Mir ist ein bisschen flau im Magen, als ich vor der Villa Heßler stehe und an der Haustür klingle, aber was soll er mir jetzt noch tun. Wolff öffnet selbst, schaut mich einen Augenblick schweigend an und sagt sachlich: »Wir haben dich vermisst gestern.«

»Sorry, ich musste dringend zu meinen Eltern. Ich weiß, ich hätte anrufen sollen, aber in der ganzen Aufregung ist es mir durchgerutscht.«

»Was ist denn passiert?«, fragt er anteilnehmend. Ich winke ab. »Frag nicht, Wolff. Aber vorerst ist alles geregelt.«

»Ulli sagt, du hattest einen Zusammenbruch. Mein Gott, Junge, was machst du für Sachen?«

»Ich erklär's dir später. Aber alles kommt klar, mach dir keine Sorgen.« Wolff schaut mich skeptisch an, schweigt eine Weile und sagt dann: »Komm rein, wir müssen ja hier nicht in der Tür stehen. Ich vermute, du willst mit deiner Frau reden.«

Der Tannenbaum im Salon reicht bis zur Balkendecke, wie all die Jahre. Dieselben Figuren, dieselben silbernen Kugeln, dieselbe Messingspitze.

»Hallo Paps, frohe Weihnachten«, sagt Julia, die auf dem Sofa liegt und mit dem neuen iPad spielt. »Wo warst du gestern?«

»Ich musste mich um meine Eltern kümmern.«

»Oh. Schlimm?«

Ich zucke die Schultern. »Geht so. Wo ist dein Bruder?«

»Fitnessstudio. Er hat gerad so 'n Sportfimmel.«

Im Hintergrund höre ich Wolff herrisch nach seiner Tochter rufen. Kristinas Absätze klacken auf der Treppe, als sie herunter in die Halle kommt. Sie küsst mich distanziert auf die Wange und wünscht mir unterkühlt frohe Weihnachten. Wolff hat ihr schon erzählt, dass ich in Goslar war, und sie fragt höflich, was los ist. Mustert mich misstrauisch. Dass ich zu meinen Eltern gefahren bin, auf diese Idee wäre sie nie gekommen. »Ach«, sage ich unbestimmt. »Verantwortlichkeiten kehren sich um, so ist das nun mal. Aber ich möchte jetzt eigentlich nicht darüber reden.«

»Du hättest anrufen können. Wir haben uns große Sorgen gemacht.« Sie ist ganz ruhig und beherrscht, aber ich kenne sie lange genug, um ihren Zorn zu spüren.

»Es tut mir leid, Kristina, es ist gerade ein bisschen viel, was da auf mich einstürzt.«

»Deshalb solltest du erst recht an deine Familie denken. Und uns nicht ständig vor den Kopf stoßen. Wir sind nämlich für dich da, wenn du uns brauchst. Also rede mit mir, verdammt noch mal!«

»Später, Kristina, versprochen. Lass mich ein paar Dinge regeln, dann reden wir. Es kommt alles wieder in Ordnung, ehrlich.«

»Bist du sicher, dass du alleine klarkommst? Vielleicht solltest du dir professionelle Hilfe suchen.«

»Du meinst, ich hab 'ne Meise, ja?!«

»Ich würde lieber von psychischen Problemen reden. Und das ist keine Schande. Muss man behandeln. Wie Krebs.«

»Dass ich nicht lache!«, mischt sich Wolff herrisch ein. Er hat uns die ganze Zeit gemustert. »Peter braucht keinen Seelenklempner, der braucht seine Familie. Ihr beide redet jetzt miteinander. Macht einen Spaziergang oder geht in die Bibliothek. Und bringt das wieder in Ordnung.«

»So einfach ist das nicht«, widerspricht Kristina.

»So schwer aber auch nicht. Wenn du nicht ständig rumzicken würdest, sondern deinen Mann mehr unterstützen. Er leitet unsere Klinik, er hat eine große Verantwortung, und er hat gerade eine schwere Krise unserer Klinik gemeistert. Mit Bravour, nebenbei gesagt. Du solltest bei ihm sein.«

»Das glaub ich jetzt nicht«, braust meine Frau auf. Ich mache eine beschwichtigende Handbewegung. »Komm Kristina, so hat er das nicht gemeint …«

»Doch, hat er. Weil er sich noch nie für mein Leben interessiert hat.« Alle Kränkungen einer langen gemeinsamen Geschichte kochen wieder hoch. Aber Wolff denkt auch nicht daran, klein beizugeben.

»Dein albernes Radiogeplapper und Zeitungsgeschreibsel? Nein, das hat mich in der Tat nicht interessiert. Ich hatte Großes mit dir vor. Nun macht das dein Mann. Also sei wenigstens eine loyale Ehefrau.«

»Hörst du das?«, kreischt Kristina.

»Das hat doch keinen Sinn«, versuche ich sie zu beruhigen. »Wir reden ein andermal in Ruhe, Kristina!«

»Ihr redet jetzt miteinander,« insistiert mein Schwiegervater. »Und dann nimmst du deine Familie mit nach Hause.« Ich sehe, wie es rast und tobt in meiner Frau. Sie bringen sich gerade so richtig in Fahrt, ein über Jahre eingeübtes Ritual.

»Du meinst es sicher gut, Wolff«, sage ich, bevor Kristina explodieren kann. »Aber das müssen wir schon alleine hinkriegen. Und meine Frau ist alt genug, um selbst zu entscheiden, wann sie zurückkommt.«

Wolff zieht verächtlich die Augenbrauen nach oben, Kristina lächelt mich dankbar an. »Ich muss los«, sage ich. Wir verabreden, dass ich sie anrufe, sobald es mir besser geht. Dass wir in Kontakt bleiben.

Ich sage Wolff, dass ich noch mal telefonieren muss, weil ich mein Handy vergessen habe. »Du weißt ja, wo alles ist«, sagt er kühl. Der Schlüssel zum Waffenschrank liegt immer noch in der obersten Schublade seines mächtigen

Eichenschreibtisches. Ich öffne die schwere, mannshohe Tresortür. Fünf oder sechs Gewehre stehen da aufrecht in ihren Gummihalterungen. Auch der Drilling, mit dem es vor fünfundzwanzig Jahren begonnen hat. Ich sorgte mich um Kratzer an der alten Waffe, während ich im Dreck lag und um mein Leben fürchtete. Ich schüttle den Kopf und schließe mit dem zweiten Schlüssel den kleinen Innentresor auf. Nehme einen kurzläufigen Revolver und eine Schachtel Munition heraus und lasse beides in meine Aktentasche gleiten. Ich kann es beenden! Ich bin nicht ausgeliefert, ich habe es in der Hand. Zum ersten Mal seit langer Zeit fällt die Anspannung von mir ab. Ich fühle mich geradezu heiter und gelassen, als ich zu meinem Lieblingsplatz in Wolffs Revier fahre.

Wind kräuselt das Wasser des Teichs, es glitzert im Sonnenlicht. Ein älteres Ehepaar schlendert gemächlich am Ufer entlang, einen Spaniel an der Leine. Ich sehe sie aus der Ferne, beneide sie um ihr stilles, zufriedenes, ereignisloses Dasein. Sitze im Gras der Böschung, salzige Tränen im Gesicht, kann nicht aufhören zu weinen. Meine Hand im Schoß hält den kurzläufigen Revolver. Gedankenverloren streichle ich mit der Linken den kalten, schwarz glänzenden Stahl, drücke ihn gegen mein heißes Gesicht. Und lasse die Hand entmutigt wieder fallen.

Zwei Stunden sitze ich schon hier am Seeufer. Unsagbar leer und müde, spüre nicht mal mehr die Winterkälte. Der schwere Revolver hat etwas Tröstliches. Verspricht Erlösung von all der Angst und Panik und Leere und Hoffnungslosigkeit. Einfach den Lauf in den Mund stecken – und abdrücken. Meine Lippen schließen sich um den kalten Stahl, die Zunge spürt die Kanten der Mündung. Ob ich den Knall noch hören, die Kugel noch spüren werde, die mein Gehirn zerfetzt? Ein eiskalter Schauer durchläuft mich beim Gedanken an dieses unvorstellbare Nichts. Der Hahn der Waffe ist gespannt – nur ein ganz leichter Druck des Zeigefingers und alles, was mich jemals ausgemacht hat, ist ausgelöscht. Als hätte Peter Zielke nie existiert.

Ich sehe die Sonnenreflexe auf dem See tanzen, höre die Enten schnattern.

Schaudernd nehme ich den Smith & Wesson aus dem Mund und entspanne vorsichtig den Hahn. Ich kann es nicht. Ich hätte wieder geweint, wenn ich noch Tränen gehabt hätte. Es geht nicht, ich will nicht sterben. Ich hab bloß keine Ahnung, wie ich weiterleben soll.

Dienstag, 29. Dezember

Es ist ein ungleiches Paar an unserem Gartenzaun. Sie um die vierzig, Kurzhaarschnitt, eleganter Mantel; er Ende zwanzig mit lässigem Dreitagebart und Parka. Sie klingeln erneut, blicken sich um, die Frau zeigt auf das offene Garagentor mit meinem Wagen. Ich beobachte sie eine Weile auf dem Monitor der Gegensprechanlage. Beim dritten Klingeln zucke ich resigniert die Schultern. Betätige den Türöffner, warte gefasst in der Haustür, bis sie heran sind. Die Frau streckt mir einen grünen, in Plastik eingeschweißten Ausweis entgegen: Kriminalpolizei. Hab ich mir's doch gedacht. Blut schießt mir in die Ohren, bestimmt werde ich rot, die Kanonenkugel im Magen erhitzt sich auf Weißglut. Ich habe damit gerechnet, dass sie kommen – wenn auch nicht so schnell –, aber jetzt ist es doch ein Schock. Weil ich wider alle Vernunft immer noch hoffte, dass ich vielleicht doch Glück habe und es ein Happy End gibt.

»Man hat uns gesagt, dass Sie krank sind, Herr Professor Zielke, aber Sie würden uns sehr helfen, wenn Sie trotzdem ein paar Fragen beantworten könnten.«

Ich weiß, dass ich nicht mit ihnen reden müsste. Nicht mit ihnen rede sollte. Sondern sie wegschicken und unverzüglich Gernot anrufen. Aber ich halte die bange Ungewissheit nicht mehr aus, deshalb bitte ich sie herein. Ich will das jetzt zu Ende bringen. Denke an den Revolver in meinem Aktenköfferchen. Ich könnte den da jetzt rausholen und auf die Kripoleute richten. Polizisten sind ja bewaffnet. Aber am Ende verletzen sie mich vielleicht nur. Prof. Zielke, der berühmte Krebsarzt, nach einer Schießerei verhaftet.

Doch es geht nicht um eine Mordermittlung! Kein ominöses Päckchen, das im Kommissariat angekommen ist – jedenfalls keins von Kramer. Sondern eine anonyme Anzeige wegen unerlaubter Medikamentenversuche mit einem nicht zugelassenen Präparat. »Außerdem hat er – oder sie – das hier mitgeschickt«, ergänzt die Frau und zieht einen Klarsichtbeutel mit einem braunen Medikamentenfläschchen aus der Tasche. »Sagt Ihnen das etwas, Herr Professor?«

Ich nehme den Plastikbeutel und begutachte das Fläschchen. »Wenn da drin ist, was draufsteht, handelt es sich um DCA.«

»Einem nicht zugelassenen Krebsmedikament aus den USA«, ergänzt die Frau. Sie hat ihre Hausaufgaben gemacht. »Und können Sie sich vorstellen, dass jemand dieses DCA an Ihrer Klinik eingesetzt hat?«

»Gute Güte. Natürlich nicht. Es ist verboten. Und darüber hinaus ist es Humbug. Ich bin Arzt …«

»Und das macht Sie zu einem besseren Menschen?«, fragt die Kommissarin lächelnd.

»So meine ich das nicht«, sage ich indigniert, »aber ich kann als Arzt Medizin von Scharlatanerie unterscheiden und …« Ich stutze. »Ermitteln Sie gegen mich?«

»Wir gehen einem Hinweis nach«, sagt der junge Mann besänftigend. »Und möchten Sie gern bitten, uns dabei zu helfen, das aufzuklären. Aber wenn Sie sich lieber mit einem Anwalt beraten möchten …«

»Dieser Herr Kramer«, wirft die Frau ein. »Wir haben nichts über ihn gefunden in den Klinikunterlagen, keine Familie, keine existente Adresse – das ist merkwürdig. Er war Ihr Privatpatient.«

»Die Sache ist ein bisschen delikat«, erläutere ich lächelnd. »Herr Kramer war das schwarze Schaf einer reichen Familie – für die war es ganz, ganz wichtig, dass die Sache geheim und vertraulich blieb. Ich habe natürlich die Familie informiert über seinen Tod – und nein, mehr kann ich Ihnen dazu nicht sagen. Respektieren Sie bitte meine ärztliche Schweigepflicht.«

»Okay«, nickt die Frau. »Lassen wir das mal beiseite. Lässt Ihre Schweigepflicht es zu, dass Sie mir etwas über die Krankheit Kramers sagen – jetzt, da er tot ist?«

»Herr Kramer hatte metastasierenden Leberkrebs. Inoperabel, mit schlechter Prognose.«

»Das heißt, er hatte so oder so nichts mehr zu verlieren?« Die Frau lächelt. Ich lächle zurück. Bemüht, nicht ungehalten zu reagieren auf die Unterstellung, die mitschwingt. »Hören Sie«, sage ich ernst und ruhig. »Wenn ein Mensch den Tod vor Augen hat, ist er bereit, sich an jede Hoffnung zu klammern, auch die absurdeste. Manche gehen zu obskuren Quacksalbern oder Heilern, andere halten batteriebetriebene Kästchen in den Händen, die angeblich den Krebs vertreiben. Es gibt eine Menge krimineller Geschäftemacher, die Geld verdienen mit der Verzweiflung todkranker Menschen – etwas, wogegen ich immer vehement gekämpft habe.«

»Halten Sie es für möglich, dass er sich das Medikament selbst besorgt und ins Krankenhaus gebracht hat?«

»Natürlich, wir sind eine Klinik und kein Gefängnis. Sie können das im Internet bestellen.«

»Aber mit Ihnen hat er nie über das DCA gesprochen?«

»Nein, nie!«

»Gut, dann haben Sie erst mal herzlichen Dank«, sagt die Frau und steckt ihren Block ein. Freundliche Verabschiedung. *Ist ja trotzdem immer ein Schock, wenn die Polizei klingelt, machen auch bloß unseren Job. Schönen Tag noch. Ach und gute Besserung.* Ja, ihr mich auch. Nachdenklich blicke ich dem ungleichen Paar nach. Sie steigen in einen dunkelblauen Audi. Der junge Mann fährt.

Dann renne ich zum Telefon und rufe Ulli an. Brülle ihm meine ganze aufgestaute Wut entgegen. Von Freundschaft und Falschheit, Neid und Verrat, Missgunst und Mittelmaß. Wie er dazu kommt, mir die Kriminalpolizei ins Haus zu schicken. Ulli bleibt völlig ruhig, was mich irritiert. »Hier waren sie auch, eine anonyme Anzeige. Irgend 'ne Schwester hat Skandal gewittert, was weiß ich, die müssen dem nachgehen. Kramer wird sich das DCA selbst besorgt haben, nu bleib mal aufm Teppich.« Er ignoriert meine Beschuldigung, und er erwähnt auch unser Gespräch über den Krebskat mit keiner Silbe, was es für mich noch peinlicher macht.

»Hast du eigentlich schon mal darüber nachgedacht, dir professionelle Hilfe zu suchen?«, fragt er ungewohnt ernsthaft.

»Hast du dich mit Kristina abgesprochen? Die will mich auch zum Seelenklempner schicken.«

»Nein, habe ich nicht«, stellt er klar. »Aber es ist offensichtlich, dass du Probleme hast und damit alleine nicht klarkommst. Vielleicht ist das auch ein Signal, dass du 'n bisschen Druck rausnimmst.« Meine Güte, das ist es, was von mir bleibt. Dass ich die großen Schuhe leider nicht ausgefüllt habe.

»Da hast du sicher recht, Ulli. Ich muss mir da über ein paar Sachen klar werden. 'tschuldige den Anruf.«

»Hey – dafür hat man Freunde. Und wenn du jemanden zum Quatschen brauchst, ich bin in 'ner Viertelstunde bei dir.«

»Das weiß ich sehr zu schätzen, Ulli, aber ...«

»Das sagst du jedes Mal, Peter!«

»Was?«

»Das weiß ich sehr zu schätzen, aber ...«

Das Telefon klingelt wieder, sobald ich aufgelegt habe. Die roten Digitalziffern zeigen 37 Nachrichten auf der Mailbox. Ich reiße die Schnur aus der Wand und gehe ins Bad, um mir eine Spritze zu gönnen. Horche ängstlich zur Tür hin, ob da Schritte zu hören sind oder Klopfen oder Kristinas Schlüssel sich im Schloss dreht. Wenn die nassforsche Kommissarin jetzt noch Kramers Päckchen kriegt, ist das doch wie Weihnachten und Ostern an einem Tag für die. Haftbefehl, Handschellen, neugierige Nachbarn.

Ich haste ins Schlafzimmer, stehe unschlüssig vor dem Kleiderschrank, zerre ziellos Unterwäsche, Hosen, Hemden, Pullover heraus, werfe sie in einen kleinen Lederkoffer. Watte im Hirn, sirrende Nerven – eine unangenehme Mischung. Schnell die Drogenvorräte im Bad zusammengerafft. Aus dem Safe in meinem Arbeitszimmer hole ich den braunen Umschlag mit den Fotos, Kramers Brief und dem Filmdöschen mit den Negativen. Drei Millionen für ganz und gar wertloses Zeug. Ich stecke den Umschlag in die Innentasche des Koffers und nehme mir vor, seinen Inhalt bei nächster Gelegenheit zu vernichten.

Ich zögere kurz, bevor ich die Tür zur Garage aufstoße, lausche aufmerksam – doch bestimmt kommen sie nicht mit Blaulicht und Martinshorn. Aber das ist bloß Logik. Den Koffer in der Linken, Wolffs Revolver in der Rechten – ich werde meine Haut teuer verkaufen.

Und wenn sie das Auto finden und ihre Schlüsse ziehen? Es wäre unklug, den Wagen zu benutzen. Also marschiere ich los, Richtung S-Bahnhof Blankenese. Auf halber Strecke fängt es an zu regnen – ich bin klatschnass, als ich mich in den Fond des Taxis fallen lasse und dem Fahrer das Ziel nenne. Ich schließe die Augen, der Regen trommelt heftig aufs Autodach. Wir stecken im dichten Stop-and-go-Verkehr. Weiter vorn zucken Blaulichter, Polizisten in reflektierenden gelben Westen sichern die Unfallstelle. Hinter den weit geöffneten Hecktüren des hell erleuchteten Notarztwagens bewegen sich Schatten. Schrittchenweise nähern wir uns der Fahrbahnverengung. Es geht dann trotz des Wetters zügig voran.

Die Sprechanlage an der Haustür verstummt, nachdem ich mich zu erkennen gegeben habe. »Bitte mach auf«, dränge ich. »Ich muss mit dir reden. Es ist wichtig.« Sie sagt immer noch nichts, aber nach einer endlosen Pause summt der Türöffner. Schwer atmend und verschwitzt komme ich im zweiten Stock an. Lisa steht mit verschränkten Armen in der Wohnungstür. Ich weiß, dass ich erbärmlich aussehe. »Was willst du?«, fragt sie betont abweisend.

»Ich brauche deine Hilfe!«

»Auf einmal?« Es soll schnippisch klingen, aber ich spüre, sie wird mich nicht fortschicken. Dreht sich wortlos um, ich folge ihr in die Küche. Sie nimmt eine Weinflasche aus dem Kühlschrank. »Willst du auch was? Also, ich brauch jetzt 'n Schluck.« Ihre Hand zittert beim Eingießen. Ich berühre sie wie zufällig, als sie mir das Glas hinschiebt. Sie zuckt zusammen, hebt den Kopf, unsere Blicke treffen sich, dann umfasst sie meine Hand, drückt sie gegen ihr Gesicht. »Ich bin so froh, dass du zurückgekommen bist«, sagt sie, und mir wird unbehaglich. Will meine Hand zurückziehen, aber Lisa lässt sie nicht los, nässt sie ein mit ihren Tränen.

»Weißt du, Lisa, ich habe ein paar …« Sie legt mir ihren Finger auf die Lippen und drückt meine Hand noch fester. »Du musst nichts erklären«, sagt sie sanft. »Nicht jetzt. Wir haben noch so viel Zeit zum Reden. Ein ganzes Leben lang. Und was immer du getan hast, ich weiß, dass du ein schöner Mensch bist, Peter Zielke. Das habe ich dir schon mal gesagt.«

Ich löse behutsam meine Hand aus ihrer, nehme einen langen Schluck, um Zeit zu gewinnen. *Ein ganzes Leben lang*… Natürlich war es ein Fehler, herzukommen. Aber wo soll ich denn sonst hin?

»Hast du zufällig Zigaretten?«

»Du rauchst?!« Es klingt schockiert.

»Nur manchmal …«

»Tut mir leid«, entschuldigt sie sich, und nach kleinen Pause: »Wenn du willst, hole ich dir welche.«

»Das würdest du tun?!«

»Natürlich«, sagt sie lächelnd, steht auf und zieht sich Jacke und Schuhe an. Ich höre die Tür ins Schloss fallen. Als Nächstes schrecke ich auf vom Klappern der Tür. Bin eingenickt mit dem Kopf auf dem Holztisch, mein Arm kribbelt. Lisa lächelt mich voller Wärme an, und ich spüre die Wut zurückkehren. »Komm«, sagt sie sanft. »Du solltest schlafen.«

»Ich würde gern noch eine rauchen«, protestiere ich, bin aber zu müde und erschöpft, um Widerstand zu leisten, als sie meinen Arm nimmt und mich ins Schlafzimmer führt. Lasse mich aufs Bett plumpsen und es zu, dass sie mir die Schuhe aus- und die Hose herunterzieht. »Alles ist gut!«, flüstert sie und massiert meinen Rücken, während ich behaglich wegdämmere. »Lass das«, will ich sagen, aber die Bewegungen ihrer Hände tun gut, die Spannung löst sich. Können die falschen Menschen das Richtige tun?

Freitag, 1. Januar

Traurige Lieder soll man hören, wenn man glücklich ist. Im Radio läuft »Yesterday«. In der Version von Ray Charles ist es viel melancholischer als das Beatles-Original. Ein alter Mann, der die Vergangenheit beschwört. Kein junger Paul McCartney, der noch keine Ahnung hat, was gestern bedeuten kann. *Yesterday, all my troubles seemed so far away*… Dicke Tränen tropfen auf die Tischplatte. Ich tue mir Leid und verachte mich dafür.

Vor einem Jahr habe ich an Silvester mit Kristina auf der Terrasse unseres Hauses angestoßen. Raketen tauchten den Himmel in bunte Farben, und die Schiffe auf der Elbe begrüßten das neue Jahr mit ihren Signalhörnern. Das Haus war voller Gäste, die Stimmung ausgelassen, strotzende Zuversicht von Menschen, die mitten im Leben stehen. Einen guten Platz darin und keinen Grund zum Zweifeln und Hadern haben. Gestern habe ich mit einer anderen Frau auf dem Balkon ihrer Wohnung die Gläser klingen lassen und ins Feuerwerk geschaut. Wir haben uns leidenschaftlich geküsst, und sie hat mich angestrahlt voller Glück. Ein schönes Bild, wenn es keine Lüge wäre.

»Ich liebe dich«, hat sie gesagt.

»Ich weiß«, habe ich gesagt.

»Liebst du mich auch?«, hat sie gefragt.

»Wie kannst du daran zweifeln?«, habe ich geantwortet. Ich hätte heulen können vor Trübsinn.

Lisa ist jetzt in der Klinik, sie hat Feiertagsdienst. Ich sitze an ihrem Küchentisch, habe eine Codein-Tablette eingeworfen und hänge trüben Gedanken nach. Ulli ist kommissarischer Chefarzt, hat mir Lisa erzählt. Ich hätte mich wegen eines Burn-outs krankgemeldet, heißt es. Es kränkt mich zutiefst. Obwohl es sicherlich erst der Anfang einer ganzen Kette von Erniedrigungen ist. Prof. Zielke, einer der renommiertesten Onkologen Deutschlands, Chefarzt der Heßler-Klinik – ins Bodenlose gestürzt von einem Niemand. Manchmal schnürt die Wut mir die Kehle zu. Oder ich sitze dumpf brütend auf dem Sofa und mir kommen die Tränen. »Du musst deine Schwäche annehmen«, sagt Lisa. Sie hat Erfahrung mit Krisen und Therapien, und mein vermeintlicher Nervenzusammenbruch bringt uns in ihren Augen einander noch näher. Ich bin nicht länger Chefarzt und Vorgesetzter, sondern ein Mensch, der Hilfe braucht.

Als ich vergangenen Donnerstag bei ihr auftauchte, hätte ich mir beinahe die ganze Geschichte von der Seele geredet. Jetzt bin ich froh, dass sie mich gestoppt hat. Sie hat auch nicht mehr danach gefragt. Dass ich zu ihr gekommen bin, ist Erklärung genug. Sie sieht es als ihre Aufgabe, mich zu beschützen; unsere Liebe zu beschützen, wir beide gegen den Rest der Welt. Lisa lebt ihre eigene Realität. Sie hat ein klares Bild im Kopf, wie die Dinge zu laufen haben – und was dabei stört oder nicht passt, blendet sie aus. Wenn ich resigniert sage, dass ich mich nicht ewig in ihrer Wohnung verkriechen kann, will sie das nicht hören. Ich schätze, sie ist froh, dass sie mich ganz für sich hat. Behandelt mich wie einen kostbaren Besitz, will mir helfen, meinen Weg zu mir selbst zu finden. Unabhängig von Status, Einfluss und Geld. Glaubt allen Ernstes, dass ihre eigenen Krisen und der Krebs sie der Erkenntnis nähergebracht haben, worauf es im Leben wirklich ankommt. In unzähligen Therapien verinnerlichtes Psychologengeschwätz. *Du bist auch liebenswert, wenn du schwach bist*, das ist eine Ausrede für Verlierer. Schwäche ist ein Makel – nichts, worauf man stolz sein kann.

Der Engel ist ein Fake. Die Projektion meines Wahns und meiner Ängste. Eine Drogenfantasie, Symbol meines Niedergangs. Ich bin in die Arme einer Verhuschten geflüchtet. Verhuscht – so würde Kristina sie nennen. Verächtlich die Mundwinkel verziehen, wenn sie mich mit Lisa sähe. Eine dieser jungen Ärztinnen, die sich auf Affären mit dem Chef einlassen. Belanglos, austauschbar. Wie bei ihrem Vater. Aber der ist nicht gleich bei ihnen eingezogen.

Ich gehe auf den Balkon, um eine Zigarette zu rauchen. Der Himmel ist grau, die Straßenlaternen schalten sich gerade ein, ein trüber Neujahrstag. Fröstelnd ziehe ich den Bademantel enger um den Körper, während ich hastig an der Zigarette sauge. Sie schmeckt widerlich, aber beruhigt meine Nerven. In der Ferne läuten Kirchenglocken, eine Krähe schreit in dem blätterlosen Baumgerippe an der Straße. Ein älteres Ehepaar – dick eingemummt in Wintermäntel – tastet vorsichtig über den Bürgersteig, ein Mann führt seinen Rauhaardackel spazieren. Aus den Kneipenfenstern gegenüber fällt warmer Lichtschein, das Neonschild über der Tür mit seiner altertümlichen Schrift flackert. Wie ein Foto aus den Fünfzigern. Wieso nennt man eine Innenstadtkneipe »Zum Anker«? Und wie überlebt der Laden wohl? Seit vier Tagen bin ich jetzt bei Lisa, und noch nie – während ich auf dem Balkon meine Zigaretten rauchte – habe ich dort jemanden hinein- oder hinausgehen sehen.

Lisas Fürsorge ist erdrückend. Unablässig beobachtet sie mich, um Wünsche und Bedürfnisse zu erahnen, bevor sie ausgesprochen sind. Ein Seismograph meiner Stimmungen und Regungen. Ob ich mich unwohl fühle, traurig bin – oder lieblos und unaufmerksam. Es braucht nicht viel, damit sie sich zurückgesetzt oder unverstanden fühlt. Ihre Stimmung schlägt dann von einer Sekunde auf die nächste um – in rasende Wutausbrüche oder verzweifelte Weinkrämpfe. Und genauso schnell wieder zurück, in den devoten Modus, von Furie auf kleines Mädchen. Manchmal ist sie mir ein bisschen unheimlich.

»Ich würde alles für dich tun – sogar morden!« Das sagt sie oft, und ich fühle mich dann sehr schlecht. Hasse mich für meine Grausamkeit. Weil ich ihren zahlreichen Enttäuschungen über kurz oder lang eine weitere hinzufügen werde.

Montag, 4. Januar

Ich war mit Kramer in einer finsteren Absteige in Thailand. Wir haben gemeinsam in einer Art Tretauto einen Koffer voller Drogen zum Flughafen gebracht. Ein Streifenwagen stoppte uns, Kristina und Ulli stiegen aus und legten uns Handschellen an. Dann teilte ich mir mit dem Zwerg eine Zelle. Er hatte mich an der Pritsche festgeschnallt und knipste mir die Fingerkuppen und Zehen mit einer Kneifzange ab. Dazu krähte er fröhlich Kinderlieder.

Der Traum verblasst, während ich mich rasiere – die Angst vor dem Gefängnis bleibt. Eingesperrt in einer Zelle mit brutalen Verbrechern. Ausgeliefert zu sein. Kramers Geschichten von Gewalt, Gestank und Willkür wirken nach. Und wahrscheinlich ist es in Wahrheit noch schrecklicher. Kramer war schließlich daran gewöhnt.

»Meinst du nicht, du solltest mir langsam mal erzählen, was es mit diesem Kramer auf sich hatte?« Ich zucke zusammen, habe Lisa nicht kommen hören. Sehe sie im Badezimmerspiegel mit verschränkten Armen in der Tür stehen. Ich drehe mich um, ohne den Rasierschaum abzuwischen. »Da gibt es nicht viel zu erzählen«, sage ich. »Ich habe mich verrannt und wollte ihn nicht gehen lassen. So was kommt vor …«

»Aha. Und du hast nicht zufällig mit verbotenen Medikamenten experimentiert?«

»Wie kommst du denn darauf?«

»Das ist keine Antwort!«, fährt sie mich an.

»Nein, habe ich nicht! Natürlich nicht!«

»Lüg mich nicht an!«, entgegnet sie in einer Heftigkeit, dass ich zusammenzucke.

»Hoho, da wird ja jemand ganz wild«, versuche ich, die Situation ins Lächerliche zu ziehen.

»Und bevor du dich mit weiteren Ausflüchten blamierst und in Widersprüche verwickelst – ich habe das Glas gefunden. Ich hab das Rea-Team geleitet an dem Tag, du erinnerst dich.«

»Ach?! Und was hast du damit gemacht?«

»An die Polizei geschickt natürlich. Mit einem Begleitschreiben.« Sie lächelt, aber da ist nicht ein Funken Freundlichkeit in diesem Lächeln. Und ich hatte Ulli verdächtigt! Ich bin verärgert, aber auch erleichtert, dass sich das Rätsel aufklärt: die Rache der verletzten Geliebten.

»Belüg mich nie wieder!«, sagt sie eisig. »Sonst …«

»Sonst was?«, frage ich herausfordernd. Ich bin nicht bereit, klein beizugeben.

»Das wirst du dann schon sehen.« Ihre Stimme ist tonlos. »Und es wird dir mit Sicherheit nicht gefallen. Unterschätz mich nicht, Peter, das würdest du bereuen.«

Dann strahlt sie mich an, als wäre nichts geschehen, und drückt mir einen Kuss auf die Lippen. »Ich muss los, bin spät dran. Was hältst du von Pizza und Glotze im Bett?«

Ich atme tief durch, als die Wohnungstür sich hinter ihr schließt. Gönne mir eine Morphininjektion, setze mich mit einem Becher Kaffee an den Küchentisch und klappe den Laptop auf. Jeden Tag durchforste ich die Internetseiten der Hamburger Zeitungen. Sehne die Meldung geradezu herbei über einen verschwundenen Chefarzt oder Fahndungsaufruf der Polizei, die mich aus meiner Ungewissheit erlösen.

Ich lege mich aufs Sofa, schalte den Fernseher ein, zappe teilnahmslos durch die Programme und bleibe bei einem Gesundheitsmagazin hängen, als ich das Gesicht eines Kollegen sehe. Vergangenes Frühjahr haben wir uns bei einem Kongress in Turin getroffen und gut verstanden. Es geht um die Krebstherapie der Zukunft. Maßgeschneiderte Tumorbehandlung für jeden Patienten mit Gentechnologie. Ich ärgere mich über das verquaste, unverständliche Interview, das hätte ich besser gemacht. Muss an die Talkshow denken mit dem Quacksalber und der hübschen Moderatorin, die mit mir geflirtet hat. *Sie berühren die Menschen, weil Sie so leidenschaftlich sind.* Ihre Visitenkarte hat sie mir zugesteckt. O *ja, Peter, du warst gut, wenn es das ist, was du hören willst.* Kristina war verärgert, weil ich alkoholisiert Auto gefahren bin. Kramer hatte da mein Leben bereits überschattet, aber hätte ich mir vorstellen können, dass es einmal so endet? *Ich möchte, dass dies eine gute Erinnerung wird. An einen Mann im Bad, der die Ausweglosigkeit der Situation nicht akzeptierte. Sondern einen Ausweg fand …* Kein halbes Jahr ist das her, ein ganzes Leben weit weg. Ich bin fassungslos, und meine Augen füllen sich mit Tränen. Vergrabe meinen Kopf schluchzend im Kissen, trommle mit den Fäusten auf das Sofa – und denke an den Revolver im Koffer. Ich bin weg! So weit draußen, wie es weiter nicht mehr geht. Die Welt dreht sich einfach weiter, und sie merkt es nicht einmal – dass Peter Zielke darin nicht mehr stattfindet.

Ich schlurfe in die Küche und versuche, die Bilder der Vergangenheit mit Wein und Codein zu vertreiben. Kaue lustlos eine Scheibe trockenes Brot gegen das Sodbrennen, Hunger habe ich keinen. Rauche eine Zigarette auf dem Balkon. Mache ein Nickerchen, schlucke noch eine Codein, dämmere ein bisschen vor dem Fernseher. Ehe ich mich versehe, ist es dunkel geworden und Lisa ist zurück. Wir bestellen beim Italiener und machen uns einen gemütlichen Abend.

Lisa liebt Fernsehdinner im Bett. Kalter Weißwein, fettige Pizzastücke direkt aus den Pappschachteln auf dem Bauch. *Jurassic Park* ist einer ihrer Lieblingsfilme. Lisa amüsiert es königlich, wenn Menschen von Sauriern zerfleischt werden. Selten habe ich sie so ausgelassen und heiter erlebt. Es fällt mir zunehmend schwer, das Bild meiner klugen, freundlichen Patientin von einst in Einklang zu bringen mit der hysterischen Verrückten, mit der ich hier zusammenlebe. Dieser hochexplosiven Melange aus Größenwahn und Minderwertigkeitskomplexen.

Ich stehe auf, um mir im Bad eine Injektion zu setzen und ein wenig herunterzukommen, weil Lisa mich gerade wieder unglaublich aggressiv macht, aber finde das Besteck nicht in meinem Kulturbeutel.

»Suchst du das hier?« Sie steht in der Tür und streckt mir die silberne Blechschachtel entgegen.

»Hast du in meinen Sachen gewühlt?« Ich fühle mich ertappt, aber bin auch verärgert. Wieso schleicht sie unablässig hinter mir her?

»Natürlich!«, sagt sie mit einer Selbstverständlichkeit, die mich schaudern lässt, und dann mit erschreckender Schärfe: »Es darf keine Geheimnisse zwischen uns geben.«

Ich sage nichts. Finde durchaus, dass es ein Recht auf Geheimnisse gibt, aber habe keine Lust auf Streit. Möchte ihr zugutehalten, dass sie besorgt um mich ist.

»Du hast also ein Drogenproblem«, stellt sie sachlich fest.

»Da habe ich doch was mit Dr. House gemeinsam«, versuche ich, zu scherzen.

»Ich werde dir helfen, davon loszukommen. Ich stehe das mit dir durch.«

»Danke«, wehre ich ab. »Ich hab's im Griff.«

»Du weißt selbst, dass das Unsinn ist.« Sie kommt mir plötzlich sehr vernünftig vor, sehr erwachsen, und ich fühle mich wie ein Schulbub, der von seiner Lehrerin beim Rauchen erwischt wurde. Bis sie sagt:

»Wir werden uns jetzt gemeinsam einen Schuss setzen. Ich muss wissen, wie das ist und wovon ich rede – wenn ich dir helfen will.«

Ich zucke die Schultern und folge ihr ins Schlafzimmer. Ziehe bereitwillig die Spritze auf, drücke ihr die Nadel in die Armbeuge und den Inhalt des Zylinders in ihre Vene. Obwohl ich überzeugt bin, dass sie sich etwas vormacht. Dass sie viel zu labil ist, um sich gegen die Verlockung der Droge zu wehren. Es ist mir egal. Nein, schlimmer, ich spüre eine diabolische Lust, sie mit hinabzuziehen.

»Wow«, sagt sie und lächelt selig, als die Droge sich in ihrer Blutbahn ausbreitet. Ich beneide sie um die entspannte Euphorie, die das Morphin längst nicht mehr bei mir auslöst. Setze mir selbst eine Injektion, und versinke in Gleichgültigkeit. Nehme ihren Arm, streichle gedankenverloren über die wulstigen Narben auf dem Handgelenk. Ich habe sie damals bei der Untersuchung nicht darauf angesprochen, obwohl mir klar war, was sie bedeuten. Wollte offenbar nicht wahrhaben, dass der Engel psychisch gestört sein könnte. Denn was hätte das am Ende über mich gesagt, wenn dem Urteil meiner Retterin nicht zu trauen ist? Sie hat sich selbst mit dem Messer verletzt, war lange in Behandlung wegen Borderline-Störung. Ich schüttle unmerklich den Kopf – kann nicht nachvollziehen, dass Menschen Schmerzen brauchen, um sich zu spüren.

»Schmerz ist der Bruder der Lust«, raunt sie leise.

»Nicht die Schwester?«, entgegne ich belustigt, aber ihr ist das ernst. Sie entzieht mir die Hand und quetscht unter der Bettdecke meine Hoden. Ein furchtbares Stechen durchzieht meinen Unterleib. Unwillkürlich schreie ich auf. »Was soll das?!«, herrsche ich sie an. Habe ihre Hände gepackt, halte sie fest, damit sie aufhört. Der Schmerz hält sich als dumpfes, unangenehmes Pochen.

»Schlag mich!«, fordert sie, und ich schüttle erschrocken den Kopf. »Na los, schlag mich, ich will es, tu es.«

»Nein«, sage ich. »Ich stehe nicht auf so was!«

»Aber ich!«, herrscht sie mich an. »Tu mir weh, bitte!«

Eine seltsame Erregung erfasst und irritiert mich.

»Nein«, sage ich und richte mich auf. »Ich mag das nicht. Ich kann niemandem weh tun.«

»Woher willst du das wissen, wenn du's nicht ausprobierst.«

»Komm, lass uns über was anderes reden ja?«

»Es ist dir peinlich, was? Geradezu süß, wie verklemmt du bist. Aber das musst du nicht. Du brauchst keine Hemmungen bei mir zu haben. Trau dich, deine schwarzen Fantasien auszuleben mit mir. Es gibt keine Grenzen für uns, verstehst du?«

»Und wenn ich gar keine schwarzen Fantasien habe?« Ich lächle sie milde an. »Wenn ich ein ganz normaler Spießer mit ganz bürgerlichen sexuellen Bedürfnissen bin?«

Lisa zuckt die Schultern und würdigt mich keiner Antwort.

Samstag, 9. Januar

Wir haben uns die letzte Ampulle in die Venen gedrückt und noch das ganze Wochenende vor uns. »Möchtest du auch was trinken?«, frage ich Lisa, die mir gegenüber im Sessel sitzt, aber sie reagiert nicht. Sie hat mir die Zurückweisung bis heute nicht verziehen, wir sprechen schon seit Tagen nur das Nötigste. Haben uns jeden Abend einen Schuss gesetzt, zu viel Alkohol getrunken und dumpf vor uns hin gebrütet. Der Fernseher liefert die Geräuschkulisse, sonst wäre es unerträglich still. Irgendwann schleppen wir uns bedröhnt ins Bett. Sie dreht mir den Rücken zu und schläft ein.

Ihre Gleichgültigkeit ist leichter zu ertragen als das ständige Beobachtetwerden. Gerade mal zwei Wochen bin ich hier, aber es kommt mir vor wie eine Ewigkeit. Schwer vorstellbar, dass da jemals ein anderes Leben war. Dass ich

Chefarzt war und in Talkshows auftrat. Manchmal spüre ich noch den Stich, wenn Lisa von ihrem Alltag in der Klinik erzählt. Ansonsten kommt es mir vor, als hätte sich meine Welt schon immer auf diese drei Zimmer beschränkt.

Lisa stiert mich geringschätzig an. Die Haare hängen ihr strähnig ins Gesicht, die Augen sind blutunterlaufen, die Haut teigig, fahl und schweißig. Erstaunlich, wie rasant sie zu Grunde geht. Ich bezweifle, dass Lisa ihre Arbeit in der Klinik noch lange durchhält. Während andere jahrelang unter allen möglichen Drogen unauffällig funktionieren. Offenbar gibt es da ganz unterschiedliche Sucht-Typen. Doch wieso überrascht mich das? Ich wusste doch, wie labil sie ist. Habe geahnt, dass sie dem Morphin derart mit Haut und Haaren verfallen würde.

Habe ich Lisa auf dem Gewissen? Womöglich sieht sie das so. Manchmal murmelt sie unverständliches Zeug in sich hinein oder fängt unvermittelt an zu lachen, zuweilen ist ihr Blick hasserfüllt. Womöglich ist sie längst zu dem Schluss gekommen, dass sie mich nicht mehr braucht. Aber wie meine Oma sagte: Es gehören immer zwei dazu. Einer, der was macht, und einer, der was mit sich machen lässt. Ich bin nicht der erste und mit Sicherheit nicht der letzte Mann, der sie enttäuscht. Scheint ein Muster bei ihr zu sein. Sie ist dieser Typ Mädchen, die irgendwann einfach untergehen. Du kannst niemanden retten … leider.

Welche Zufälle doch das Leben bestimmen. Wäre mein Schulfreund damals nicht krank geworden, wären wir nach dem Abitur mit seinem VW-Bus nach Portugal gefahren. Ich hätte mein Studium ein Jahr später begonnen und Kristina nie kennengelernt. Wäre jetzt vielleicht Oberarzt am Kreiskrankenhaus in Goslar. Und hätte mich mit Sicherheit auch nie für die Onkologie entschieden, die ich immer für die trübsinnigste medizinische Disziplin hielt. Bis ich die Größe der Herausforderung begriff, gegen die heimtückischste Krankheit der Menschheit zu kämpfen.

So viele dumme, kleine Zufälle.

Es hätte bloß in Strömen regnen müssen an diesem unseligen Maisonntag, und ich wäre womöglich nicht morgens um vier zur Jagd auf meinen ersten Rehbock aufgebrochen. Sondern einen Tag später, als die Räuber ihre Beute längst vergraben hatten. Dann würde ich jetzt das Wochenende mit meiner Familie verbringen und Montag wieder in die Klinik fahren. Es würde keine Affäre geben, und ich hätte Dr. Lisa Amelund niemals als Ärztin eingestellt. Weil ich sie ohne Herrn Kramer, meine Schuldgefühle und Ängste niemals mit einem Engel verwechselt hätte.

Lisa war da, als ich ein Versteck suchte. Wäre sie nicht da gewesen, sähe die Lage jetzt auch anders aus. Vielleicht hätte ich mich erschossen. Vielleicht wäre ich in einer Zelle eingesperrt. Oder die ganze Geschichte hätte sich in Wohlgefallen aufgelöst und ich säße nach wie vor in meinem Büro. Diese Was-wäre-wenn-Spielchen sind die Pest, aber du kannst dich ihrer Verlockung nur schwer entziehen.

Ich hab keine Ahnung, wie es weitergeht. Verdränge den Gedanken an Zukunft, sobald er sich in mein Hirn schleicht. Ich weiß nur, dass es so nicht weitergeht. Dass ich meine Lage mit jedem Tag in diesem Versteck weiter verschlechtere.

»Haben wir noch Pillen?«, fragt sie in meine Gedanken hinein.

»Ein paar Codein«, sage ich, und sie steht auf und geht ins Bad.

»Das geht so nicht weiter«, sage ich, als sie zurückkommt.

»Ich weiß«, stimmt sie mir zu.

»Wir müssen aufhören mit den Drogen.«

»Du hast recht.«

Wir führen diesen Dialog bereits zum zweiten oder dritten Mal in unserer kurzen Schicksalsgemeinschaft. Wissend, dass er folgenlos bleiben wird. Haben keinen blassen Schimmer, wie es weitergehen soll, und die Drogen helfen uns, diese Ratlosigkeit zu verschleiern. Aber nun haben wir fast keine mehr und werden panisch.

Lisa steckt mir eine Codein in den Mund, ich spüle sie mit Weißwein hinunter. Sie setzt sich zu mir auf das Sofa und schmiegt sich eng an mich, was mich nervös macht. Streicht mit den Fingernägeln über die Innenseite der Oberschenkel, knabbert zart an meinem Ohrläppchen. Ich versteife mich, drehe ihr das Gesicht zu, mustere sie misstrauisch. Ihre Annäherung setzt mich unter Druck. Mein Bedürfnis nach Sex und Zärtlichkeit ist weitgehend erloschen, Trost finde ich bei meinen Drogen. Ich bin eine Maschine, die nur mit dem richtigen Treibstoff funktioniert. Aber ich wage auch nicht, sie durch eine erneute Zurückweisung vor den Kopf zu stoßen. Erwidere voller Widerwillen ihren Kuss, streichle ihren Rücken. Lisa steht auf und ich folge ihr ins Schlafzimmer, beobachte, wie sie sich auszieht. Sie ist mager, beinah knochig, bleich, reizlos. Winkt mich zu sich mit einer Bewegung, die wohl lasziv sein soll. Ich habe einen Kloß im Hals und beginne zu schwitzen, als ich – meine Kleider von mir streifend – auf das Bett zugehe, ein Lächeln versuche. Ich sinke ergeben in ihre Arme und spüre nichts. Und während ich mich noch frage, ob mein Körper mir wohl gehorcht, stößt sie mich unvermittelt von sich und richtet sich ruckartig auf. Grinst mich höhnisch an und sagt triumphierend: »Ich wollte dir nur mal zeigen, wie das ist.«

Ich bemühe mich um einen enttäuschten Gesichtsausdruck, um mir die Erleichterung nicht anmerken zu lassen. Gehe schweigend ins Wohnzimmer, um das restliche Codein und den Wein zu holen.

»Ich besorg was von der Station«, sagt Lisa, als ich zurück ins Schlafzimmer komme. Ich sollte sie warnen vor dem Risiko, doch die Aussicht auf neues Morphin ist zu erregend. Hochwirksame Opiate sind auf dem Drogenmarkt heiß begehrt, deshalb ist der Umgang damit in Krankenhäusern streng geregelt. Jede Ampulle, jede einzelne Pille, die unter das Betäubungsmittelgesetz fällt, muss dokumentiert werden. Es gibt aber nicht nur die zentrale Klinikapotheke – in der Onkologie unterhalten alle Stationen selbstverständlich Notfallvorräte. Der bürokratische Aufwand für die vom Gesetzgeber verlangte Nachweisführung ist daher enorm – und gerade darin liegt paradoxerweise die Chance, dass ein gewisser Schwund lange unbemerkt bleibt. Papier ist geduldig – aber vergisst auch nichts: Früher oder später wird der Fehlbestand auffallen.

Doch welcher Junkie denkt schon an morgen?

Montag, 11. Januar bis Mittwoch, 13. Januar

Schwierig, die Tage voneinander abzugrenzen. Ich kann nicht sagen, wo der eine endete und der nächste begann. Lisa hat fette Beute gemacht in der Klinik: Morphin, Codein, Fentanyl – dazu trinken wir Wein, wärmen Fertiggerichte auf, bestellen Pizza oder beim Chinesen und schlafen zugedröhnt vor laufendem Fernseher ein. Wachen früh um drei auf und setzen uns einen weiteren Schuss oder schlucken ein paar Pillen und fallen für den Rest der Nacht in den unruhigen, schweißnassen Schlaf der Süchtigen. Drei Tage und Nächte Rausch. Wobei Rausch es nicht trifft. Rausch ist perlend und heiter, aber diesen Zustand haben wir längst hinter uns gelassen. Gelassene Gleichgültigkeit ist das höchste der Gefühle. Wir haben nicht viel miteinander gesprochen, glaube ich. Außer »Bestellst du 'ne Pizza?« oder »Ich mach mal 'n Kaffee« und solche Sachen.

»Holst du mir ein Glas Wein?«, fragt Lisa.

»Kannst du das nicht selbst?«

»Wenn es dir zu viel ist, mir auch mal einen Gefallen zu tun«, entgegnet sie schnippisch und erhebt sich.

»Nein, natürlich nicht, sorry«, lenke ich ein und gehe in die Küche. Als ich mit der Flasche zurückkomme, bereitet sie eine neue Injektion vor. Ich setze das Glas auf dem Nachttisch ab und mich erwartungsfroh neben sie. »Kannst du dir nicht selbst mal was besorgen?«, fragt sie gereizt.

»Boah, ich glaub, mir reicht es.«

Sie zuckt die Schultern. »Komm, lass uns nicht streiten. Aber ich glaube, ich möchte jetzt lieber doch keinen Wein. Würdest du uns einen Tee kochen?«

Wortlos grummelnd gehe ich in die Küche. Bringe das Teewasser und meine finsteren Gefühle für sie zum Kochen.

»Noch einen Wunsch, gnädige Frau?«, frage ich, während ich das Tablett mit dem Teegeschirr auf dem Bett abstelle.

»Mein Gott, ich hab dich einfach nur gebeten, einen Tee zu machen.«

»Und es ist mir selbstverständlich nicht zu viel, dir *auch mal einen Gefallen* zu tun«, entgegne ich gespreizt. »Wo du schon die Drogen besorgst. Und es deine Wohnung ist.«

»Das ist also dein Problem!«

»Weil du einen kindischen Machtkampf mit mir führst.«

»Du kämpfst doch gar nicht«, sagt sie abfällig.

»Ich sehe auch keinen Grund dafür.«

»Natürlich nicht, du manipulierst die Leute lieber. Gib dir keine Mühe, Peter, ich hab dich durchschaut.«

Ich lache laut auf.

»Du hast gesagt, du kannst niemandem weh tun – du wirst dich erinnern. Aber du tust mir permanent weh. Ich öffne dir mein Herz und du lässt mich gegen Mauern anrennen.«

»Lisa, nun mach mal ’n Punkt!«

»Und wenn ich dich noch einmal bäte, mich zu schlagen?«

»Meine Güte, es tut mir leid, wenn du dich zurückgewiesen gefühlt hast. Aber was erwartest du denn? Für mich ist das befremdlich, ich verstehe es nicht.«

»Schlag mich, oder du bekommst nichts von meinen Drogen.«

Sie lacht, als sie mein Gesicht sieht. »Jetzt bist du stinksauer. Und würdest mir gerne eine knallen, stimmt's?! Du traust dich bloß nicht. Du bist ein Heuchler.«

»Du hast echt 'n Problem«, presse ich hervor.

»Weißt du, was mein Problem ist«, entgegnet sie traurig. »Dass ich dich noch immer liebe. Aber ich glaube, ich mag dich nicht mehr.«

Meine letzte Verbündete wendet sich von mir ab, das tut weh. Der Satz hängt nach. Obwohl ich nicht weiß, ob er je ausgesprochen wurde. Ob es den Dialog mit Lisa wirklich gegeben hat oder ob ich ihn geträumt habe? Wo Realität aufhört und Traum beginnt? Wachsein und Schlaf sich ablösen in diesen drei Tagen und Nächten? Fast die ganze Zeit lagen wir teilnahmslos auf dem Bett und haben Netflix geglotzt, aber was war Film und was echt? Eine Kakophonie von Szenen und Dialogen verschlingt sich in meinem Kopf ohne Zusammenhang, ohne Sinn – weil ich ständig weggedämmert bin. Vielleicht bin ich auch bloß ein Hirn in Nährflüssigkeit, dem von einem Zentralcomputer ein Leben vorgespielt wird. Ich habe drei Tage in einer Matrix verbracht, und mein Programmierer hatte offenbar ziemlich üble Laune.

Haben wir wieder miteinander geschlafen – oder habe ich das auch bloß geträumt? Ich könnte sie fragen, aber diese Blöße mag ich mir nicht geben.

»Lisa ist dein Untergang!«, sagt Kristina ernst. Wir sitzen an einem Holztisch in einem üppig blühenden Rosengarten, sie trägt ein blaues Sommerkleid mit weißen Punkten, hat die blonden Haare hochgesteckt und sieht unwiderstehlich aus. »Bist du eifersüchtig?«, frage ich. Sie macht eine wegwerfende Handbewegung. »Dafür ist sie viel zu unbedeutend.«

Ich ärgere mich ein bisschen über ihren Dünkel. »Und wieso ist sie dann mein Untergang?« Kristina beißt in ihre Bratwurst und antwortet lächelnd: »Na, weil null plus null immer noch null ergibt.«

Draußen scheint die Sonne, es ist ein herrlicher Tag. Ich quäle mich aus dem Bett, ziehe mir meine Jeans an und den Wintermantel über den Schlafanzug und gehe nach unten, um in einem Café an der Straße zu frühstücken. »Hey, Professor«, ruft jemand, und ich zucke zusammen. Eine Stretchlimousine hält neben mir, der livrierte Chauffeur öffnet den Schlag, und Kramer steigt aus. Er trägt einen eleganten Anzug, ist wohlgenährt und braun gebrannt. Führt mich zu einem kleinen runden Blechtisch vor einem Straßencafé, winkt mit einer herrischen Handbewegung den Kellner herbei, der wenig später eine Flasche Champagner und zwei Gläser bringt. »Aber Sie sind doch tot!«, entfährt es mir ungläubig. Kramer streckt mir gut gelaunt seinen Kelch entgegen. »Prost, Professor. Und meinen Tod habe ich nur vorgetäuscht. Weil ich Angst hatte vor Ihnen.«

»Aber, aber, Ihr Krebs …«

»Geheilt! Dank Ihnen, Professor. Drei bewährte Zytostatika und eine große Unbekannte. Der Krebskat. Hab es zum Patent angemeldet.«

»Aber ich hab es doch entdeckt«, empöre ich mich.

»Nu lassen Sie mal gut sein, Professor. Hab 'ne Stiftung gegründet. Die Peter-Zielke-Stiftung für drogensüchtige Ärzte. Na, wie finden Sie das?«

»Das Patent muss Millionen wert sein!«

»Eher Milliarden! Ich kann nicht klagen, Professor. Und Sie verstecken sich immer noch bei Ihrem jungen Hüpfer und spritzen mein Morphium?«

Kramer lacht schallend. »Ich hab Ihnen das damals schon prophezeit«, fährt er munter fort. »Dass es auf das Päckchen nicht ankommt. Dass Sie sich selbst in die Scheiße reiten. Weil Sie 'n Schisser sind.«

»Aber schön, dass es Ihnen gut geht«, entgegne ich patzig.

»Schauen Sie, Professor. Wir beide sind quitt. Sie haben mich geheilt, und ich hab das Päckchen vernichtet. Aber Sie sitzen trotzdem in der Scheiße, wieso eigentlich?«

Kramer holt eine Zigarre aus der Tasche und zündet sie umständlich an. Pafft genüsslich blaue Wölkchen, bevor er fortfährt: »Der alte Heßler ist übrigens tot. Kristina Zielke – oder wie sie jetzt heißt – von Bülow ist die Alleinerbin. Man hat fünf Jahre nach Ihnen gesucht und Sie dann für tot erklärt.«

Fünf Jahre! Ich hatte keine Ahnung, dass ich schon so lange fort bin. »Was soll ich denn jetzt machen?«, frage ich verzweifelt.

»Das ist eine selten dämliche Frage für einen Akademiker! Gehen Sie wieder ins Bett, setzen sich noch 'n Schuss, schlafen Sie weiter.«

»Toller Rat!«

Kramer schaut mich listig an. »Kennen Sie die Geschichte von dem König und dem Bettler? Der Bettler träumt zwölf Stunden täglich, er sei ein König. Und der König träumt zwölf Stunden lang, ein Bettler zu sein.« Der Zwerg lehnt sich lässig zurück – er trägt jetzt einen froschgrünen Fransenumhang und Dreispitz – zieht genüsslich an seiner Zigarre. »Und jetzt Professor – sagen Sie mir, wer von den beiden besser dran ist.«

Donnerstag, 14. Januar

Ich spüre die Bewegung neben mir und öffne die Augen. Lisa hat sich ruckartig aufgerichtet. Sie ist bleich und zerknittert, ihre geröteten Augen schauen durch mich hindurch. »Wie spät ist es?« Sie blickt suchend nach ihrem Smartphone. »Ach du Scheiße, ich muss los.« Sie springt aus dem Bett, Sekunden später höre ich die Dusche rauschen. Ich wälze mich auf Lisas Seite, um einen Blick auf ihr Handy zu werfen. 8.25 Uhr. Lisa wird zu spät zum Dienst kommen. Und wenn sie sich nur ansatzweise so fühlt wie ich, dann wird das eine verdammt harte Schicht für sie heute. Ich sollte ihr wenigstens Kaffee machen.

»Ist in zwei Minuten durch«, sage ich, als sie fertig angezogen in die Küche kommt. »Keine Zeit mehr«, winkt sie ärgerlich ab. Drückt mir einen flüchtigen Kuss auf den Mundwinkel und huscht ohne ein weiteres Wort wieder aus dem Raum. Kurz darauf höre ich die Tür ins Schloss fallen.

Unschlüssig tigere ich durch die Wohnung. Öffne Schränke, durchsuche Schubladen, wühle in ihrer Kosmetiktasche, zwischen ihrer Unterwäsche – aber werde nicht fündig. Ich bin sicher, dass sie noch einen Rest Drogen vor mir versteckt hat. Eine Notreserve, die sie nicht teilen will. Mir fällt beim besten Willen kein Platz mehr ein, wo ich suchen könnte.

Ich rauche eine Zigarette auf dem Balkon. Schließe die Augen, und die Bilder aus einem anderen Leben sind wieder da. Ich will sie nicht, weil die Erinnerungen mich trübsinnig machen, aber die Augen zu öffnen, hilft auch nicht. Weihnachten bei Wolff, Urlaub in Italien, Julia und Claas als kleine Kinder, die Schaukel im Garten, Claas als stolzer Abiturient. Ich versuche mir vorzustellen, wie mein altes Leben wohl ohne mich weitergeht. Ob Kristina und Julia beim Frühstück oft über mich reden. Wütend sind. Wie sie sich eingerichtet haben in einem Alltag ohne mich. Ich habe mich aus dem Staub gemacht und alle ratlos zurückgelassen. Irgendwann werde ich mich ihren Fragen stellen müssen, und die Furcht vor diesem Augenblick bohrt beinah jede Minute in meinen Eingeweiden. Dass sie sich peinlich berührt abwenden. Mich hassen und schnellstmöglich vergessen wollen. Ich weiß, dass es umso schlimmer wird, je länger ich warte. Und erfinde trotzdem jeden Tag eine neue Ausrede, es auf morgen zu verschieben.

Ich drücke den Zigarettenstummel an der Hauswand aus, zucke resigniert die Schultern und gehe zurück in die warme Wohnung. Setze mich voll innerer Unruhe mit einem Glas Weißwein und dem Laptop an den Küchentisch und widme mich – wie jeden Tag – den lokalen Nachrichtenseiten. Nichts! Wie jeden Tag. Es ist alles so unerträglich öde geworden, ich könnte schon wieder heulen.

Als Lisa nach Hause kommt, bin ich betrunken. Sie ist schwer angesäuert. Wenigstens die Küche hätte ich aufräumen können – wo sie sich schon um alles andere kümmert. Sie hat kein Morphin besorgen können, und jetzt ist nicht mal mehr Wein da. »Ja, du hast recht«, sage ich, um ihrer schlechten Laune und dem drohenden Streit zu entgehen.

»Das war gedankenlos. Ich gehe neuen kaufen. Rot oder weiß? Am besten beides, denke ich.« Plötzlich kann ich es gar nicht mehr erwarten, hier herauszukommen – und sei es nur für eine halbe Stunde.

Lisa wirkt überrascht und alarmiert. Es ist das erste Mal, dass ich die Wohnung verlassen will.

»Das ist zu gefährlich«, sagt sie düster.

»Hast du Angst, dass ich abhaue?«, spotte ich.

»Und wenn du verhaftet wirst?! Bitte bleib, ich möchte dich nicht verlieren.«

»Ich fühle mich sowieso schon wie eingesperrt«, entgegne ich. Und stutze. »Wieso denn verhaftet?«

»Na, weil du doch den Bruder von Kramer erschossen hast«, sagt sie ruhig. »Und er dich damit erpresst hat.«

Ich bin eine Sekunde fassungslos. Stürme aus der Küche ins Schlafzimmer, gehe zum Schrank – nehme den Koffer heraus. Öffne den Reißverschluss im Futter, taste durch die Innentasche. Der Umschlag ist weg! Ich greife noch einmal in den Koffer, nach dem Beutel mit den Schuhputzutensilien, wo der Revolver liegt – merke aber schon am Gewicht, dass er nicht da ist. Wütend stapfe ich zurück. Lisa sitzt am Küchentisch und lächelt. »Wo ist der Umschlag?«, frage ich beherrscht.

»Wieso hast du mir das nie erzählt, dass du ihm in den Kopf geschossen hast, als er schon am Boden lag«, sagt sie ruhig.

»Ich habe mich geschämt«, antworte ich. Nach meiner großartig inszenierten, verlogenen Offenheitsbeichte kann ich jetzt schlecht sagen, dass es sie nichts angeht.

»Wofür? Du hast eine Bedrohung eliminiert, du hattest keine Wahl. Dass du mir schon wieder nicht die volle Wahrheit erzählt hast – dafür solltest du dich schämen.«

Da ist wieder diese Kälte in ihrer Stimme, die mich erschaudern lässt.

»Wo ist die Waffe?«, herrsche ich sie an.

»Brauchst du eine Pistole, um mit mir fertigzuwerden?«, fragt sie höhnisch.

»Sie gehört mir, ich will sie wiederhaben!«

Sie zieht die Hand unter dem Tisch hervor und richtet den Revolver auf meinen Unterleib »Hol sie dir!«, sagt sie lächelnd.

»Mach keinen Mist, das ist kein Spielzeug!«

»Weiß ich«, antwortet sie belustigt. »Und du erzählst mir jetzt die ganze Geschichte. Wenn sie mir gefällt und du mich nicht belügst, werde ich dir nicht die Eier wegschießen.«

»Du weißt doch eh schon alles«, entgegne ich patzig.

»Das meiste ja. Hilf mir einfach, die Lücken zu schließen. Ich möchte die ganze Geschichte von dir hören, nicht nur Bruchstücke.«

»Leck mich!«, schreie ich ihr voller Wut ins Gesicht. Ein Donnerschlag von solcher Heftigkeit erfüllt die Küche, dass ich nur noch Klingeln in den Ohren habe. Kann das Zittern nicht kontrollieren, zu Tode erschrocken. Diese Irre hat tatsächlich auf mich geschossen!

Ich blicke panisch an mir herab, aber bin unverletzt. In dem hölzernen Türrahmen direkt neben mir ist ein kreisrundes Loch. Lisa lächelt mich an, bewegt die Lippen ohne Ton. Aus dem Revolverlauf, den sie immer noch auf mich richtet, kräuselt sich feiner Rauch. »… die Geschichte bitte!«, sagt ihre Stimme jetzt von weit weg, langsam kommt mein Gehör zurück. Und so erzähle ich ihr – immer noch völlig verstört – die ganze Geschichte vom Anfang in Wolff Heßlers Jagdrevier bis zu Kramers Ende in seiner Klinik. »Und jetzt leg endlich die Waffe weg!«

»Nein«, sagt sie schmollend. »Ich möchte erst, dass du weißt, dass es mir wirklich Leid tut, aber du darfst mir nichts verheimlichen. Und du darfst mich nicht für naiv halten. Ich würde alles für dich tun. Auch mit dir ins Ausland fliehen, was meinst du?«

Ich möchte schreien, dass sie durchgeknallt ist, eine Wahnsinnige, ich sie hasse, mit ihr nirgendwohin gehe – nicht mal in die Hölle. Aber Angst habe ich schon. Ich traue ihr zu, dass sie auf mich schießt. »Du würdest mit mir fliehen?«, frage ich betont sanft. »Es ist schön für mich, dass ich das weiß. Dass ich mich immer auf dich ...« Mitten im Satz springe ich nach vorn und werfe mich gegen den Tisch. »... verlassen kann.« Der Tisch kippt um, bringt ihren Stuhl zu Fall, sie landet unsanft auf dem Rücken. Ich werfe mich auf sie, packe ihr Handgelenk, entwinde ihr die Waffe, rasend vor feuerroter Wut. Höre es knirschen, als das Griffstück des Smith & Wesson ihre Nase trifft, ihr Schmerzensschrei bremst mich aber nur einen kurzen Moment. Ich schleudere den Revolver durch den Raum, außer Reichweite, höre Glas und Porzellan scheppern. Versetze Lisa einen Faustschlag in die Rippen, in den Bauch, schlage sie ins Gesicht. Und sie stöhnt, wimmert und sagt: »Ja – ja – ja – Liebling, mach mit mir, was du willst.« Ich umfasse ihren Hals, drücke sie auf den Boden, von geradezu übermächtiger Erregung erfüllt. »Komm, tu mir weh!«, fordert sie. »Schlag mich! Nimm mich!« Ich zerreiße ihr Kleid, der Akt ist roh und gewalttätig. Danach renne ich auf die Toilette und übergebe mich.

Lisa lehnt an der Spüle, als ich zurückkomme, ihr Gesicht blutverschmiert, der Körper voller Blutergüsse. Sie lächelt mich an und reicht mir ein Glas. Fentanyl mit Whiskey. Wir stoßen schweigend miteinander an, und sie drückt mir einen langen Kuss auf die Lippen. Er schmeckt nach Blut.

Freitag, 15. Januar

»Oh Gott!«, sage ich, als ich am Morgen neben ihr aufwache. Ihr rechtes Auge ist zugeschwollen, Nase und Mund von getrocknetem Blut verschmiert, der Körper grün und blau. »Oh Gott«, wiederhole ich. »Was habe ich getan?!«

»Ja«, sagt sie lächelnd. »Das hast du getan, mein Geliebter.«

»Es tut mir leid, ich neige nicht zur Gewalt, aber die Waffe – und dann der Schuss, das war einfach zu viel …«

»Wofür entschuldigst du dich, ich gehöre dir, ganz allein dir!«, flüstert sie, und mir wird mulmig.

»Bitte – hör auf!«

»Komm schon, es hat dich doch auch geil gemacht – wieso gibst du es nicht zu? Ich wette, es war der beste Orgasmus deines Lebens!«

»Hör auf, so einen Mist zu reden«, erwidere ich ungehalten. »Du hast mich mit einer Waffe bedroht, du hast abgedrückt. Ich hatte Angst vor dir, ich war so wütend, ich habe völlig die Kontrolle verloren.«

»Ich nicht!«, wirft sie leichthin ein und lächelt spöttisch. Ich starre sie grimmig an und sage nichts. Mir fällt beim besten Willen nichts ein.

»Bist du wütend auf mich?«, lockt sie. »Na los, Liebster, bestraf mich! Tu mir weh, komm!«

»Das ist kein Spiel, Lisa«, belehre ich sie unwillig. »Das hätte völlig aus dem Ruder laufen können. Hast du eine Ahnung, was so ein Revolver anrichten kann? Wir werden ihn in die Elbe werfen, ich will keine Waffe um mich haben.«

»Bitte nicht!«, flötet sie. »Der fühlt sich so mächtig an. Und ich möchte das auch mal erleben, wie es ist, jemanden zu erschießen.« Lisa lacht ausgelassen, als sie mein Gesicht sieht. Sie hat einen sehr speziellen Humor.

»Lass mich mal deine Nase anschauen«, sage ich statt einer Antwort.

»Mach dir keine Sorgen, ist nichts gebrochen«, winkt sie ab. »Nur eins musst du noch lernen ...«

»Aha. Was denn?«

»Keine Spuren im Gesicht zu hinterlassen.« Bevor ich reagieren kann, verschwindet sie im Bad. Als sie wiederkommt, sieht sie einigermaßen manierlich aus, ohne das Blut und mit Make-up im Gesicht. Nur das Veilchen leuchtet in allen Blautönen.

»Bei dem Krach hat es mich gewundert, dass nicht das SEK vor der Tür stand«, flüchte ich ins Launige.

»Die Wohnung unter uns steht gerade leer – und die Frau oben ist neunzig und stocktaub.«

Wir haben keine Drogen mehr, deshalb kann Lisa sich nicht krankmelden. Die Kollegen in der Klinik werden sich vielsagende Blicke zuwerfen angesichts ihres blauen Auges und einen prügelnden Mann vermuten.

Als sie weg ist, suche ich nach Kramers Päckchen. Beginne im Schlafzimmer, und bin freudig überrascht, als ich schon nach kurzer Zeit fündig werde. So gut, wie sie die Drogen versteckt, hatte ich einen langen Tag mit ungewissen Erfolgsaussichten erwartet. Der braune Umschlag liegt im Bettkasten auf ihrer Seite. Sie hat ihn unter die Laken und Bezüge geschoben, aber ein Zipfel des inzwischen stark verknitterten Packpapiers ragt heraus und fällt mir sofort ins Auge. Kramers Brief, die Zeitungsartikel und Fotoabzüge zerreiße ich in kleine Schnipsel und spüle sie in der Toilette hinunter. Die Filmnegative zünde ich draußen auf dem Balkon mit dem Feuerzeug an – das Zelluloid verschmurgelt mit stinkendem, pechschwarzem Qualm.

Dann beginne ich gut gelaunt, die Wohnung aufzuräumen. Die Glastür in dem alten Kiefernholz-Vertiko ist zerborsten – dahinter liegt zwischen zerschlagenem Porzellan der Revolver, den ich durch die Küche geschleudert habe. Ich schwenke die Trommel aus, lasse die Patronen in meine Handfläche fallen, schiebe sie wieder in die Öffnungen, drehe die Walze westernmäßig, spanne klickend den Hahn. Mein Plan, den Smith & Wesson zu entsorgen, gerät ins Wanken. Lisa hat recht. Mächtig fühlt er sich an, solide und mächtig, ein merkwürdiger Kitzel geht von dem schwarz glänzenden Stahl aus. Ich stelle mir vor, wie das Magnum-Geschoss Lisa gegen die Wand schleudert und sie mit leerem Blick zu Boden rutscht, eine Blutspur an der weißen Wand hinterlassend. Ich schüttle den Kopf, hole einen Schraubenzieher aus der Werkzeugschublade und zerlege die Waffe. Werfe alle Federn und Kleinteile in die Toilette und spüle ab. Ohne seine Mechanik ist der Revolver nutzlos.

Ich habe die Blutspuren beseitigt, das verschwitzte Bett neu bezogen und räume gerade die Spülmaschine ein, als sich der Schlüssel in der Wohnungstür dreht. Lisa ist ein Bild des Jammers. Das Gesicht aufgequollen und verheult, eine dunkle Wimperntuschespur unter dem blauen Auge lässt sie wie einen Zombie aussehen. Wortlos fällt sie mir in die Arme und hört nicht mehr auf zu schluchzen. Sie ist auf frischer Tat beim Drogendiebstahl ertappt worden. Ich bin nicht wirklich überrascht, sie war zu gierig. Ulli von Bülow, der kommissarische Chefarzt, hat sie fristlos entlassen. Die Klinik wird außerdem Anzeige erstatten und Dr. Lisa Amelund vermutlich nie wieder als Ärztin arbeiten dürfen. So Leid es mir persönlich für sie tut, aber für die Welt der Medizin ist das kein Verlust. Wir lösen Codein in Whiskey auf und verbringen den Rest des Nachmittages in schwerem Schweigen auf dem Sofa.

»Ohne dich wäre ich nie so tief gesunken«, sagt sie unvermittelt.

»Soll ich gehen?«, frage ich, nicht minder aggressiv. Vermutlich ist nun genau jetzt der richtige Zeitpunkt dafür.

»Das könnte dir so passen. Erst reitest du mich in die Scheiße – und dann machst du dich aus dem Staub und lässt mich hängen.«

»Ich habe dich nicht in die Scheiße geritten«, entgegne ich indigniert.

»Nein, natürlich nicht. Du hast auch Kramers Bruder nicht erschossen und nicht deine Kollegen belogen und deine Familie nicht hintergangen. Und du hast mir keinen Müll erzählt von wegen Liebe und Offenheit. Ist ja auch nichts passiert, außer dass meine Existenz vernichtet ist.« Ich zucke zusammen, als sie aus voller Kehle losbrüllt: »Verdammter Mist. Wieso muss ich immer an solche miesen Scheißkerle geraten.«

»Ich geh wohl doch besser.«

»Ja, tu das! Geh zurück zu deiner Frau, vielleicht verzeiht sie dir. Nimm dir 'n Staranwalt, der haut dich raus. Geh zurück in deine Klinik und sag, wie tief dich diese vielversprechende Ärztin enttäuscht hat, und dass du damit nie gerechnet hättest, dass sie Drogen stiehlt.«

»Du machst dir das ein bisschen einfach.«

»Findest du?« Ihre Stimme trieft vor Hohn. »Aber denk dran, dass ich auch eine ganz andere Geschichte erzählen könnte.«

O ja, sie könnte Kramers Brief aus dem Jenseits mit Leben füllen. Sie wäre eine Traumzeugin der Anklage, diese zierliche, attraktive junge Ärztin. Von ihrem Chefarzt missbraucht, drogensüchtig gemacht, zum Opiatdiebstahl verleitet.

»Du weißt nicht mehr, was du sagst.« Entschlossen erhebe ich mich. »Und denk mal eine Sekunde über Eigenverantwortung nach, Lisa.« Als sie sieht, dass ihre Drohung ins Leere geht, bricht sie in Tränen aus.

»Ich weiß es wirklich nicht«, schluchzt sie. »Es tut mir so Leid. Ich wollte dich nicht verletzen, du bist doch das Einzige, das ich habe. Verzeih mir – ja? Bitte bleib!«

Also bleibe ich.

Samstag, 16. Januar

Mit verquollenen Augen sitzen wir uns am Frühstückstisch gegenüber. »Vielleicht wäre das eine gute Gelegenheit, um aufzuhören mit den Drogen«, schlage ich vor.

»Wozu? Um nüchtern und klar meine Situation zu betrachten? Nein, das ist definitiv keine gute Gelegenheit, um aufzuhören. Gib mir deine EC-Karte.«

»Was hast du vor?«

»Ich kaufe was hinterm Hauptbahnhof. Da steh'n sie doch immer.«

»Nein, das tust du nicht. So tief sind wir noch nicht gesunken.«

»Sind wir nicht?« Sie schaut mich traurig an.

»Außerdem ist es viel zu riskant.«

»Möchtest du vielleicht selbst gehen?«, fragt sie genervt.

»Vergiss es! Die verkaufen Heroin da, das rühre ich nicht an.« – Sie lacht höhnisch auf. »Wo ist da der Unterschied? Hauptsache, es dröhnt!«

»Zwischen klinischen Opiaten und Heroin von der Straße? Das ist ein himmelweiter Unterschied.«

»Deine feinen Trennlinien kannst du dir sonst wohin stecken. Ich hab keinen Bock auf diese Diskussion. Gib die EC-Karte her.«

»Nein! Das unterstütze ich nicht.«

»Ich werde dich nicht verantwortlich machen, wenn ich einem Zivilfahnder in die Hände falle, falls es das ist, was dir Sorgen bereitet. Los, gib schon her!«

Seufzend reiche ich ihr meine Karte. Die Geheimnummer kennt sie, ich habe darauf bestanden, zum Lebensunterhalt beizutragen. Sie steckt sie in die Gesäßtasche ihrer Jeans, während sie aufsteht. Dann schlüpft sie in ihre roten Stiefel, zieht ihre Daunenjacke über und verlässt die Wohnung ohne ein Wort des Abschieds. Wenn ich jetzt nicht gehe, bin ich verloren. Wenn du so tief gesunken bist, dass du Heroin von der Straße kaufst – dann hast du dir den Rückweg in die Gesellschaft ziemlich sicher verbaut. Dann lösen sich auch die letzten Reste meiner Selbstachtung und meines Überlebenswillens im Drogennebel auf.

Das Problem ist ja nicht so sehr der körperliche Entzug – das traue ich mir ohne Weiteres zu – sondern die Perspektive. Kristina, Wolff, die Kinder, Ulli – all die enttäuschten Gesichter, die tiefe Scham, es wird mir schlecht, wenn ich es mir vorzustellen versuche. Prozess, Gefängnis, Verlust der bürgerlichen Existenz – alles keine sonderlich reizvollen Alternativen zur Droge. Aber wenn ich bleibe, dann werden sie mich irgendwann in Handschellen aus Lisas Wohnung zerren. Besser, es endlich hinter mich zu bringen, statt ständig vor Augen zu haben. Irgendwie wird das Leben schon weitergehen. Aber wie? Ich wollte Arzt werden, seit ich vierzehn bin. Das ist kein Beruf, das ist meine Identität. Was bleibt noch, wenn sie mir das nehmen? Meine Familie? Ich bezweifle, dass Kristina mir den Vertrauensbruch verzeiht. Nicht diese fortgesetzte Kette von Betrug und Verheimlichen und Verrat an Moral und Anstand. Man kann keinen Menschen, den man liebt, so lange und konsequent hintergehen – das würde sie sagen. Und vielleicht hätte sie recht. Genau deshalb bin ich ja in dieses Schlamassel erst so tief hineingeraten. Ich wollte nicht, dass irgendjemand meinen dunklen Fleck sehen könnte. Mich sieht – wie ich doch eigentlich gar nicht bin. Ich habe so hart gekämpft, um dazuzugehören. Eine wichtige Rolle zu spielen im Leben. Ich hab's versemmelt. Wolff wird mir Gernot schicken, unseren Familienanwalt – das ja. Aber das war's dann auch.

Ich bin nicht gemacht aus dem Holz, das einen solch bodenlosen Sturz übersteht. Die öffentliche Hinrichtung, die Verachtung. Ich werde mich nicht erholen von dem Schlag. Ich bin so oder so am Ende! Also kann ich genauso gut hierbleiben! Meine Lymphknoten schmerzen, und der Magen krampft. Das letzte Morphin ist lange her, ich werde ganz hibbelig, wenn ich an Lisa und das Heroin denke. Und bevor ich mich verhaften und vor Gericht stellen lasse: Überdosis – ein ganz und gar friedliches, schmerzfreies Ende.

Als Junkie bei seiner drogensüchtigen Geliebten verreckt – möchte ich dieses Andenken an ihren Vater meinen Kindern hinterlassen? Die Vorstellung gibt mir neue Kraft. Ich werde jetzt aufstehen und mir ein Taxi rufen. Nach Hause fahren oder in ein Hotel oder erstmal bei Ulli unterkommen, ich weiß es noch nicht. Dann gehe ich mit Gernot, unserem Anwalt, zur Polizei. Und wenn es zum Prozess kommt, werde ich da aufrecht hineingehen. *Ja, Euer Ehren, ich habe schwere Schuld auf mich geladen. Aber zugleich viel Gutes getan in meinem Leben. Ich weiß, dass Gut und Böse sich nicht gegeneinander aufwiegen lassen, aber wenn ich eine weitere Chance bekomme im Leben, werde ich mich ihrer würdig erweisen.* Vielleicht mache ich irgendwann ein Buch daraus. Nein, keine Tragödie, das ist keine verdammte Scheißtragödie. Sondern eine Erweckungsgeschichte. Der tiefe Sturz als Reinigung. Und all die Menschen, deren Urteil ich so fürchte – die können dann gar nicht anders, als mir zu applaudieren.

Lisa wird ausrasten. Sie hat mich schon einmal bei der Polizei denunziert. Aber kommt es darauf noch an? Woher soll ich wissen, was Lisa wirklich tut? Und was geht es mich an? Wäre ich nicht permanent vor Ängsten und Einbildungen weggerannt, säße ich noch in meinem Büro in der Heßler-Klinik. Jedes Mal, wenn ich versuchte, den Konsequenzen meines Handelns zu entfliehen, habe ich alles nur schlimmer gemacht.

Aber ich habe schon wieder zu lange gezögert. Lisa

steht plötzlich in der Küche und streckt mir triumphierend einen faustgroßen Plastikbeutel entgegen. »Tausend Euro, hab den Höchstbetrag abgehoben, ich hoffe, es ist dir recht«, sagt sie lachend. »Aber ich hab's gut angelegt.«

Ihre Augen sind Stecknadelköpfe, sie hat den Einkauf offenbar schon getestet. »Boah, bin ich froh, dass ich wieder zu Hause bin. Aber das reicht erst mal für 'ne Weile. Und ich hab jetzt 'n Kontakt.« Ich sage immer noch nichts. Beobachte fasziniert, wie sie das braune Pulver mit Zitronensaft aus einer gelben Plastikflasche auf einem Silberlöffel über dem Gasherd aufkocht. »Du machst das nicht zum ersten Mal?«, vermute ich. Es ist ein beruhigender Gedanke, weil er meine Schuld an ihr relativiert. Doch Lisa antwortet nicht. Ich spüre, wie es in meinen Haarwurzeln kribbelt. Lisa zieht die unansehnliche Brühe in die Injektionsspritze und zwinkert mir dabei verschwörerisch zu. »Komm!«, sagt sie. »Du darfst zuerst.« Die Gier ist überwältigend, alles in mir möchte ihr nachgeben. *Scheiß drauf,* sagt der kleine Mann im Hirn, *nun sei mal nicht so 'n Prinzipienreiter.*

Tu es nicht, Papa, sagt meine Tochter.

»Nein, Lisa, ich will das nicht!«

»Was ist los?«, fragt sie irritiert und ängstlich. »Habe ich was falsch gemacht?«

»Ich will einfach nicht.«

Sie schluckt. »Warum sagst du nicht einfach, was dich ärgert. Statt mich zu quälen.«

Wieso stelle ich mich überhaupt so an? Morgen ist ein ebenso guter Tag, um mit den Drogen aufzuhören. »Ich finde, dass es so nicht weitergehen kann«, sage ich mit trockenem Mund. »Weil ich die Nase voll davon habe, mich ständig zu belügen und es auf morgen zu verschieben. Und weil Heroin für mich eine Grenze ist, die ich nicht überschreiten werde.«

»Aber ich kann das nicht«, fleht sie. »Ich bin noch nicht so weit.«

»Halte ich dich von irgendetwas ab, Lisa?«, frage ich kalt.

»Nein, bitte, du kannst mich doch jetzt nicht allein lassen. Ich brauche dich, ich brauche jetzt einen Schuss, ich will …« Der Rest des Satzes geht in Schluchzen unter.

»Siehst du, Lisa, das ist unser Grundproblem. Wir stützen uns nicht gegenseitig, sondern ziehen uns runter.«

»Du willst dich von mir trennen?!« Erstaunlich, wie schnell sie umschaltet. Ihre Stimme klingt schneidend, die Augen sind dunkel vor Hass. »Wieso bist du so ein Feigling?!«, giftet sie. »Wieso kämpfst du an gegen unsere Liebe. Ich würde überall mit dir hingehen. Ich würde allen, die dich bedrohen, den Kopf wegschießen.«

»Es geht nicht um Liebe«, sage ich sanft. »Wir sind zwei Menschen, die Hilfe brauchen, und wir können uns die nicht geben, das müssen wir uns einfach mal …« Der Schmerz ist überwältigend und plötzlich. Sie hat mir die Injektionsnadel in den Bizeps gerammt, der Muskel brennt höllisch. Es tut so weh, und ich bin so wütend, dass ich zu einem Schlag aushole – mich aber im letzten Augenblick bremse. »Na los«, lockt sie und leckt sich die Lippen. »Schlag zu, tu dir keinen Zwang an!«

Verbissen schüttle ich den Kopf, dann erfüllt mich geradezu schlagartig tiefer Frieden.

»Fick mich!«, fordert sie. »Das ist doch, was du willst. Nimm dir, was du willst.«

»Scheiße!«, sage ich. »Heilige Scheiße!«

Lisas Konturen verschwimmen ein wenig. Meine Beine

sind weich wie Pudding, und ich möchte mich aufs Bett gleiten lassen und ein bisschen schweben. »Ich gehe jetzt«, sage ich.

»Wohin denn?«, fragt sie höhnisch. Sie hat sich die Adernpresse um den Oberarm gezogen und zieht eine weitere Injektion auf. »Ins Gefängnis?«

»Willst du mir drohen?«, frage ich die Monsterfratze, in die sich ihr Gesicht verwandelt.

»Nein, dich bloß vor einer großen Dummheit bewahren. Zu deinem eigenen Besten. Wir gehören zusammen, wir sind füreinander bestimmt, und ich lasse nicht zu, dass du alles kaputt machst.«

»Ich liebe dich nicht!« Es geht mir ganz leicht über die Lippen. Aber wenn ich noch länger bleibe, muss ich mich setzen. Und dann habe ich verloren.

»Doch, du liebst mich. Du willst es nur nicht wahrhaben, warum auch immer. Wieso läufst du vor deinen Gefühlen davon, wieso bist du so ein Feigling?«

»Feigling?!« Ich muss kichern. »Du hast keine Ahnung, wie stark und mutig ich gerade bin. Tschüss, Lisa.«

»Wenn du jetzt gehst, brauchst du nicht mehr wiederkommen«, sagt sie.

»Alles klar!«, antworte ich kühl, wanke in den Flur und nehme den Mantel vom Haken. Höre es klappern in der Küche und vermute, sie setzt sich einen weiteren Schuss.

Ich weiß nicht, woher ich die Kraft nehme. Womöglich mindert das Adrenalin die Wirkung der Droge. Vielleicht gibt mir aber auch erst das Heroin den Mut. Weil meine Sucht fürs Erste befriedigt ist. Ich denke eine Weile auf dieser Frage herum und bin daher nicht schnell genug aus der Tür.

»Warte!«, ruft sie und kommt aus der Küche gerannt. Zieht mich an sich, fixiert mich mit ihren winzigen Pupillen, auf einmal sehr friedlich.

»Ich muss jetzt einfach allein sein«, sage ich.

»Ich weiß«, entgegnet sie überraschend versöhnlich. »Aber bitte komm wieder!« Ihre Hände sind in meinen Manteltaschen vergraben, sie klebt an mir. Unwillig reiße ich mich los und flüchte in die eiskalte Winternacht. Fröstelnd schiebe ich die Hände in die Taschen und spüre den Schlüssel, den Lisa mir zugesteckt hat.

Unschlüssig stehe ich auf dem menschenleeren Bürgersteig. Gegenüber leuchtet das Neonschild der Eckkneipe, die ich immer von Lisas Balkon beobachtet habe. Ich überquere die Straße und öffne neugierig die Tür. Auch drinnen wirkt die Wirtschaft seltsam aus der Zeit gefallen. Nikotingelbe Gardinen, Kakteen auf der Fensterbank, dunkles Holz, funzlige Beleuchtung, gekachelter Tresen mit messinglänzenden Zapfhähnen. Ich bin der einzige Gast. Hinter der Theke steht ein junger Mann, der Fernseher läuft. »Nicht viel los«, begrüße ich ihn.

»Der Sparclub macht 'n Ausflug nach Berlin.« Er schaut wieder auf den Fernseher. Ich muss lächeln. Sparclub, womöglich bin ich durch ein Zeitloch gerutscht. Meine Kehle ist ausgedörrt. Ich bestelle ein Wasser und zum Wachwerden einen Kaffee, der offenbar stundenlang auf der Warmhalteplatte gestanden hat. Grau wird statt braun, als ich Dosenmilch hineinkippe.

Ich blicke auf die Uhr. »Ich müsste mal telefonieren!«

Der junge Mann stellt mir ein erbsengrünes Tastentelefon mit Einheitenzähler hin. Ich wähle die Nummer von Kristinas Handy, der Klumpen im Magen wird weiß glühend, als sie sich meldet.

»Ich bin's!«

Stille!

»Du lebst also«, sagt sie schließlich leise.

»Ja.«

»Du hast Vaters Revolver genommen.«

»Ja, aber ich konnte es nicht, ich ...«

»Um Himmels willen, warum hast du nicht mit mir geredet.«

Sie klingt atemlos.

»Nein, ich ...« Es ist schwerer, als ich dachte. »... eine Art Zusammenbruch. Mir ist der Boden unter den Füßen weggerutscht. Ich wusste teilweise nicht mehr, was ich tat.«

»Wo bist du?«

»Das ist eine lange Geschichte, erzähle ich dir später.«

»Aha.«

»Ich hab Mist gebaut. Ich bin in Panik ausgebrochen, davongelaufen, es ist unverzeihlich. Und es ist womöglich alles noch viel, viel schlimmer, als es jetzt für dich aussieht.«

»Ah – ja?« Die Pause dehnt sich ewig.

»Ich muss dir einiges erzählen. Aber nicht am Telefon.«

»Drei Wochen«, unterbricht sie mich und kann jetzt ihre Wut nicht mehr unterdrücken, »einfach verschwunden, spurlos abgetaucht.«

»Achtzehn Tage«, korrigiere ich überflüssigerweise.

»Du bist so ein Riesenarschloch. Kannst du dir eigentlich vorstellen, was hier los war. Sie haben deine Leiche gesucht im Revier.« Sie weint.

»Kristina, ich verstehe, dass du wütend bist, aber ich konnte mich nicht melden, es war unmöglich. Ich werde dir alles erklären, auch wenn es dir nicht gefallen wird.«

»Ich weiß nicht, ob mich das noch interessiert«, sagt sie kalt. Und nach einer kleinen Pause: »Doch, es interessiert mich. Aber ich weiß nicht, ob das etwas ändert.«

»Kristina – trotz allem, was geschehen ist – ich liebe dich.«

»Hab ich gemerkt.«

»Ich war mir dessen vielleicht nicht immer bewusst in letzter Zeit. Aber mir ist einiges klar geworden in den vergangenen Tagen.«

»Ah – der Herr hat sich zurückgezogen, um zu sich selbst zu finden.« Es soll amüsiert klingen, aber sie kann die Bitterkeit nicht verbergen. »Und jetzt machst du eine Psychotherapie, und alles ist wieder gut …«

»Auch das, wenn du willst. Ich erwarte nicht, dass du bei mir bleibst, wenn du die ganze Wahrheit kennst. Aber ich bin dir das einfach schuldig und davor kann ich nicht wegrennen. Auch wenn ich Heroin im Blut habe.«

»Mein Gott, Peter, du erschreckst mich, was machst du für Sachen.«

»Es ist vorbei, Kristina, du musst keine Angst haben. Aber ich möchte den Menschen, die mir etwas bedeuten, nichts mehr vormachen. Ich bin böse auf die Nase gefallen. Nein, das klingt so passiv, ich habe komplett moralisch versagt. Aber ich werde mich der Verantwortung stellen und auch wieder aufstehen.«

»Ach, Peter!« Sie klingt plötzlich erschöpft. »Wir reden, wenn ich zurück bin – ja? Und dann sehen wir weiter. Ich weiß nicht, was ich noch fühle. Im Moment bin ich vor allem fassungslos und wütend.«

»Wo bist du?«

»Ich bin mit Julia und Claas ein paar Tage in London. Deine Kinder – du erinnerst dich?«

Ich übergehe die neuerliche Spitze. »Ich wollte nach Hause kommen.«

»Es ist auch dein Haus«, sagt sie brüsk. »Obwohl ich es ehrlich gesagt besser fände, wenn du erst mal ins Hotel ziehen würdest.«

»Gut«, sage ich bereitwillig. »Ich hole ein paar Sachen und dann tue ich das.«

»Versteh das nicht falsch«, sagt sie eine Spur versöhnlicher. »Aber ich muss mich erst wieder an den Gedanken gewöhnen, dass du ...«

»Nein, nein«, unterbreche ich sie. »Ich verstehe das gut. Wirklich. Wann bist du zurück?«

»Mittwoch. Ich melde mich, wenn ich so weit bin. Und ich bin sicher nicht die Einzige, der du einiges zu erklären hast. Mach's gut.«

»Hat die Polizei ...« Aber sie hat schon aufgelegt. Dieses Flattern im Magen, ich hasse das Gefühl. Bin machtlos gegen das Stöhnen tief aus meiner angstverkrampften Brust, der junge Mann dreht sich erschrocken zu mir um.

»Ärger?«

»Kann ich ein Bier haben?«

Ich nehme einen tiefen Schluck, wische mir den Schaum vom Mund. Fühle mich ganz und gar wurzellos. Ich habe den Schlüssel für unser Haus bei Lisa gelassen. Und meine EC-Karte auf ihrem Küchentisch. Ich bestelle ein weiteres Bier, dann noch eins – bis der junge Mann sagt, dass er jetzt schließen will, weil es nicht mehr lohnt. Viertel vor zwölf. Lisa wird längst eingeschlafen sein, den unruhigen erschöpften Schlaf des Junkies. Ich denke, ich kann es riskieren.

Ganz vorsichtig drehe ich den Schlüssel im Schloss herum, schleiche auf Zehenspitzen in den Flur. Im Wohnzimmer brennt Licht, durch die offene Tür sehe ich Lisas Beine auf dem Sofa, sie schläft offenbar fest. Ich gehe in die Küche, nehme meine EC-Karte vom Tisch und stecke sie in die Manteltasche, hole den Koffer aus dem Schrank im Schlafzimmer. Versichere mich, dass mein Haustürschlüssel noch da ist und stecke ihn in die Hosentasche. Sammle meine restlichen Sachen ein und stopfe sie in den Koffer. Werfe noch einen Blick ins Wohnzimmer und erschrecke. Lisas Kopf liegt in einer Lache Erbrochenem, ihre Haut ist bläulich verfärbt. Ich eile zu ihr, lege den Finger an ihren Hals, spüre keinen Puls. Bette sie flach auf den Rücken, reiße das Tischtuch herunter, säubere sie notdürftig und beginne mit der Herzdruckmassage. Dreißigmal drücken – zweimal Mund-zu-Mund-Beatmung. Der Mund, den ich so oft geküsst habe, riecht nach Kotze. Dreißigmal drücken – zweimal beatmen – ich komme schon nach wenigen Minuten ins Schwitzen. Aber tatsächlich beginnt ihr Herz wieder zu schlagen – ganz zart und flatterig. Ich lächle. Ich habe sie gerettet. Aber ich werde sie nicht halten können auf Dauer, sie braucht eine Naloxon-Injektion gegen die Überdosis. Ich greife mir ihr Smartphone vom Tisch, tippe zweimal die Eins – doch bevor ich die Zwei drücke, lässt mich etwas innehalten. Ich blicke mich suchend um, der Beutel mit dem Heroin liegt auf dem Tisch, die Injektionsspritze ist auf den Teppich gerollt. Ich zucke bedauernd die Schultern und lege ihr Handy zurück. Dann ziehe ich meinen Mantel wieder an, nehme den Koffer und verlasse das Wohnzimmer, ohne mich noch einmal umzudrehen. Horche ins Treppenhaus und spähe nach allen Seiten in den Flur, bevor ich heraustrete und die Tür sanft hinter mir zuziehe.

Draußen ist alles weiß. Eine Schneedecke hat sich über das Viertel gelegt. Dicke Flocken in der Luft reflektieren den Schein der Straßenlaternen und schmelzen in meinem Gesicht. Mit knirschenden Schritten passiere ich die dunklen Schaufenster von Sanitär-Neumann und Zweirad-Günter. Gedämpftes Licht hinter den Gardinen der Wohnhäuser.

Ein freies Taxi schleicht vorbei, aber ich wage nicht, es heranzuwinken. Möchte lieber erst einmal Distanz gewinnen zu Lisas Wohnung. Rufe mir den Stadtplan von Hamburg ins Gedächtnis, zu Fuß müsste ich in einer halben Stunde den Bahnhof in Altona erreichen, von da kann ich mir ein Taxi nehmen. Aber ich verlaufe mich und finde mich wieder in einem Gewerbegebiet mit Mauern an beiden Straßenseiten, die düstere Lagerhallen und Werkstätten umschließen.

Kein Mensch unterwegs, den ich nach dem Weg fragen könnte. Stapfe weiter in frisch gefallenem Schnee, Kälte kriecht durch die dünnen Ledersohlen meiner Schuhe. Dann bin ich in einem Park. Straßenlaternen werfen enge Lichtkegel auf den asphaltierten Weg – links und rechts nur undurchdringliche Schwärze. Wind rauscht durch Büsche und laublose Äste. Eine Katze schreit in der Dunkelheit. Ich höre Stimmen, und dann sehe ich die glimmenden Lichtpunkte von Zigaretten, die zu einer Gruppe junger Männer gehören, die trotz der Kälte mit ihren Bierflaschen auf einem Klettergerüst sitzen.

»Entschuldigung«, rufe ich. »Können Sie mir sagen, wie ich zum Bahnhof Altona komme?«

»Zum Bahnhof will er«, grölt einer. Sein Kumpel nähert sich breitbeinig, rempelt mich heftig an und blafft: »Hey, pass doch auf.«

»Entschuldigung«, sage ich kleinlaut, aber dann hat der Dritte auch schon ein Messer gezückt. »Handy!«, fordert er.

»Ich habe kein Handy.«

»Er hat kein Handy«, höhnt der Erste. »Dann müssen wir ihn wohl ausziehen und nachschauen.«

»Nein, bitte, wirklich, ich habe es zu Hause vergessen.« Ich ziehe die Brieftasche aus der Hose und halte sie ihnen hin »Nehmen Sie das Geld.« Sie stecken die Köpfe zusammen, zählen die Scheine. Ich nutze die Gelegenheit und renne davon. Aber dann haben sie mich wieder eingeholt.

»Was ist in dem Koffer?«, fragt der, den ich als Anführer ausgemacht habe.

»Nur Kleidung.« Ich hasse meine weinerliche Stimme, aber körperliche Gewalt macht mir von jeher Angst. Hemden, Pullover und Unterwäsche fallen in den Schnee, der ausgeweidete Revolver poltert auf den Asphalt. »Ey, guck mal, der hat 'ne Wumme«, ruft einer und schnappt sich das Teil. Vom Eingang des Parks bellt ein Hund, eine Männerstimme gibt leise Kommandos. Die drei Räuber besinnen sich kurz und laufen über die Wiese davon. Auch ich nehme die Beine in die Hand und renne. Frierend, gedemütigt, orientierungslos. An erleuchteten Fenstern eines Wohnviertels vorbei, dann bin ich in einem Stadtteil mit vielen Kneipen und Menschen auf der Straße, will mir ein Taxi heranwinken, aber sie haben mir ja die Brieftasche abgenommen.

Meine klammen Finger ertasten die EC-Karte in der Manteltasche, und ich schöpfe neuen Mut. Tatsächlich entdecke ich an der nächsten Kreuzung einen Geldautomaten. »Bitte setzen Sie sich mit Ihrem Bankberater in Verbindung«, sagt der Automat. Die Karte behält er. Ich lasse mich zu Boden sinken und weine bitterlich.

»Ist Ihnen nicht gut?«, fragt eine Stimme.

Ich blicke erschrocken auf; in das freundliche Gesicht eines älteren Herrn, dankbar für sein Lächeln. Peinlich berührt erhebe ich mich. »Ich, nein, alles in Ordnung.«

»Schlimmer Tag?«, fragt er mitfühlend.

»Das können Sie laut sagen. Und jetzt muss ich irgendwie nach Blankenese. Können Sie mir vielleicht …«

»Na, das ist doch gar kein Problem«, muntert er mich auf. »Sie gehen hier geradeaus weiter, dann sind Sie in fünf Minuten am Bahnhof Altona. Da steigen Sie in die S1 Richtung Wedel. Fünf oder sechs Stationen, dann sind Sie da.«

Ich bedanke mich und laufe los. Suche eine Weile nach dem richtigen Bahnsteig, ich bin seit Ewigkeiten nicht mit öffentlichen Verkehrsmitteln gefahren. Vom Bahnhof in Blankenese ist es noch fast eine Dreiviertelstunde Fußweg.

Das Haus ist dunkel und abweisend. Ich komme mir vor wie ein Einbrecher, als ich die Tür aufschließe. Taste nach dem Lichtschalter und bin irritiert über die gleißende Helligkeit. Der Flur ist riesig. Unwirklich. So habe ich vor nicht mal drei Wochen tatsächlich gewohnt. Verdammt lang her, dieses Leben. Ich streife die Schuhe ab, die Wärme der Fußbodenheizung lässt meine eiskalten Füße kribbeln. Gehe bedächtig in die Küche und versuche das beklemmende Gefühl einzuordnen. Der Raum atmet behagliche Vertrautheit und lässt mich zugleich frösteln vor Einsamkeit. Ich finde eine angebrochene Flasche Chablis im Kühlschrank, nehme mir ein Glas aus dem Schrank und setze mich an den großen Esstisch aus den Bohlen eines alten Schiffes. Ein Haufen Umschläge auf dem dunkel glänzend polierten Holz. Ich ziehe planlos Briefe heraus, einen nach dem anderen. Weihnachtskarten, die meisten, ein paar amtlich aussehende Fensterumschläge, alle geöffnet. Der Stempel der Landespolizeidirektion, eine Vorladung als Zeuge in einem Ermittlungsverfahren wegen des Gebrauchs nicht zugelassener Arzneien.

Dann stutze ich. Krakelige Buchstaben auf einem unauffälligen grauen Umschlag. Die Schrift kenne ich. Der Brief ist verschlossen, Kristina hat ihn offenbar übersehen oder nicht für beachtenswert gehalten. Beklommen reiße ich das Papier auf, meine Hände zittern ein wenig. Ein Schlüssel fällt heraus, rutscht über die Tischkante und klimpert auf die Bodenfliesen. Dann blicke ich in das trotzige Gesicht eines sehr viel jüngeren und gesunden Kramers mit vollem, dunklem Haar. Lege das Foto auf den Tisch und entfalte ein einzelnes liniertes Blatt mit eckiger Krakelschrift.

»Hallo Professor!

Na, geht Ihnen schon die Muffe? Sie sind echt 'n richtig mieser Typ, und ich würd Sie verdammt gern im Knast sehen. Aber kann ich ja nicht mehr, und deshalb ist's für mich egal, was Sie machen. Sie sind mir egal. Mit dem Frieden schließen war aber 'n guter Rat. Hatte 'n ziemlich verpfuschtes Leben und es ist 'n schöner Gedanke, dass ich irgendwie doch was bedeutet hab. Hans-Georg-Kramer-Stiftung für krebskranke Kinder. Das gefällt mir. Der Schlüssel gehört zu 'nem Schließfach im Hauptbahnhof, da finden Sie die Tasche mit der Kohle. Ist fast noch alles da. Sie regeln das alles in meinem

Sinne, ham Sie versprochen. Iss auch ein Bild von mir dabei, eins der wenigen guten – da war ich noch nicht krank. Das müssen Sie da aufhängen. In der Halle von Ihrer Klinik. Und 'nem schönen Text dazu, dass ich 'n guter Mensch war oder so und von wegen den Kindern, Sie können das besser. Machen Sie das. Sie sind mir was schuldig. Vielleicht können Sie dann ja auch mal Frieden schließen.«

Ein dicker, fetter Kloß sitzt in meinem Hals. Ich denke an unser Besäufnis auf dem Balkon. Das Männergespräch über Sinn des Lebens, Tod und geknackte Zigarettenautomaten und kann nicht verhindern, dass mir die Tränen kommen. Ich habe in den Abgrund meiner Seele geblickt. Ich habe einen Menschen gequält – aber ihm auch geholfen, loszulassen und über sich hinauszuwachsen am Ende. Geholfen, seinen Frieden zu machen. Und er gibt mir nun mein Leben zurück!

Ich nehme den Brief wieder hoch und lese ihn zum zweiten Mal, weil ich es immer noch nicht so recht fassen kann. *Sie sind mir was schuldig!* Ja, da hat er recht. Ich habe ihm Schlimmes angetan, aber wenn er mir verzeiht, dann darf ich das auch. *Sie regeln das alles in meinem Sinne, ham Sie versprochen.* Ich hebe den Schließfachschlüssel vom Boden auf und stecke ihn in die Hosentasche. Muss wieder weinen um meinen Patienten.

Hab ihn unterschätzt, den Zwerg. So viel Größe! Hätte ich ihm nicht zugetraut. *Hatte 'n ziemlich verpfuschtes Leben.* Wer weiß, was aus ihm hätte werden können – unter anderen Umständen. *Es ist 'n schöner Gedanke, dass ich irgendwie doch was bedeutet hab.* O ja, Herr Kramer, ich weiß, was ich Ihnen schuldig bin, da machen Sie sich mal keine Sorgen. *Vielleicht können Sie dann ja auch mal Frieden schließen*. Keine Angst, mein Freund, ich werde die Lektion nicht vergessen, die du mir erteilt hast.

Aber eine Stiftung? Meine Güte, was glaubt der Kerl, wer er ist?

* * *